第八届鲁迅文学奖获奖作品

中国当代文学
研究与批评书系

中国当代小说八论

张学昕 著

作家出版社

张学昕

张学昕，文学博士，先后毕业于中国人民大学和吉林大学文学院。辽宁师范大学中国文学批评研究中心主任、文学院教授、博士生导师。曾在《文学评论》《文艺研究》《中国现代文学研究丛刊》《南方文坛》《当代文坛》等期刊发表文学研究、评论文章300余篇。著有《真实的分析》《唯美的叙述》《话语生活中的真相》《南方想象的诗学》《我的现实 我的主义》《穿越叙述的窄门》《小说的魔术师——当代短篇小说文本细读》《苏童论》等专著10余部。主编有《学院批评文库》，《21世纪中国文学大系·短篇小说卷》，《少年中国·人文阅读书系》，“布老虎系列散文”，“百年百部短篇小说正典”等。获第八届鲁迅文学奖，第三、四、五、六及第九届辽宁文学奖；2008年获首届“当代中国文学批评家奖”。主持国家、省社科基金多项。

WELCOME TO

目　录

莫言论

一

无论是在莫言获得“诺奖”之前还是之后，到目前看，他都是近四十年以来，在当代中国文学中被研究得最多、也较为充分的作家之一。但是，对于莫言这样一位杰出的作家，我觉得现在的研究和阐释仍然是远远不够。毕竟，莫言创作的潜力和文学价值、意义，迄今我们还远远无法估量，因此，对他的研究和思考也就不可限量，尚处于“可持续”状态。这就如同海明威的“冰山理论”，对于莫言的解读和阐释，以我们目前的认知，或许刚好是海平面以上的那“八分之一”。若想继续获得其余的“八分之七”，可能还需要我们不断扩大对处于不断发生裂变的存在世界进行继续探索，对其中的文化、人性及其衍变具有更深刻的辨识力、认知能力并去不断发掘。尤其是，拓展我们时代的审美认知的边界，将阅读、理解和阐释深植于历史、现实和叙述的聚合点，也成为我们充分而沉实地把握作家莫言文本世界与存在之关系的重要坐标。

可以看到，在过去了的八年里，由“诺奖”引发的“莫言热”，在几年内早已经较为理性、理智化地“降温”。但是，由于中国本土作家莫言获得“诺奖”，已经构成巨大的文化事件，它所蕴含的种种复杂的政治、文化、精神、民族心理、大众传媒等因素，造成的诸多文学的、非文学的因素等隐性的相互杂糅的“文化效应”，挥之不去，并且仍将不断地持续下去。在很大程度上，这使得莫言从一个“有限度”的著名作家，跻身于一个民族的“文化符号”的序列之中。这些，对于我们时代的纯文学和精英文化，固然有着增强自信的重要作用。但这些外部因素所带给我们的认识和意义，在很大程度上只会让莫言成为一个象征性的标识而已。而这显然会对作为一位依然可以继续创造新的文学可能性的莫言，持有一个僵化的、世俗化的理解，也是一种盲从的、不负责任的态度。

那么，我们现在所看到的莫言，究竟是怎样的一个莫言？我们是否要重审进入莫言文本世界的路径？回答应该是肯定的，我们需要重新打开视域，对莫言有更新的、更符合文本意蕴和审美通约的理解。我认为，唯有从文本出发，从文学史出发，从历史的、美学的、文化的大视角出发，才有可能重新发现一个“新莫言”。从《晚熟的人》中，我们又依稀发现了一个重新“企稳”的莫言。这个莫言较之获奖前的莫言、获奖之后八年来的莫言，都有极大的不同。它源于或来自我们在新的时代语境下，对莫言及其文本所做出的全新判断和评估，甚至包括研究和批评方法论层面的重新定义和选择。当然，不同以往，对莫言的新认识也来自莫言自身创新性变化和自我调整。问题的关键是，我们确实需要有一种新的方法论层面的东西，对作家莫言有一个整体上新的判断和把握。

进一步讲，无论在怎样的语境和现实情境下，我们所关心和重视的，更多的依然应该是那个与文学本体、文本自身密切相关的莫言。因此，在面对莫言及其文本的时候，我更愿意思考有关莫言写作本身的种种文学价值、精神价值和文化价值。因为，无论莫言获奖与否，他所创作的作品，都是当代中国文学最具有阐释性的文本之一。从莫言几十年具体的文学创作实绩看，无论从精神性、文化性，还是文本蕴含的丰富性、奇崛性，莫言无疑都已成为一位“说不尽的莫言”。而我们应该深入思考的，是作为一个“中国故事”“中国经验”的讲述者的莫言，如何将我们带回历史现场，或深入现实中人性的窘境，勘察生命主体在历史洪流中灵魂的律动。我们更需要思考和阐发，他为什么要如此变化不羁地、不间断地讲述历史和人性的故事？他的身上有着一种什么样的精神美学的“气力”和“气理”？他对现代汉语写作的真正贡献是什么？他给中国文学乃至世界文学所提供的新的文学元素是什么？究竟是什么因子在最初的写作中，或者在数十年来迄今的写作中，依然不断地点燃莫言的写作激情？他持续表现这个民族的历史，以及人性的存在生态和灵与肉的变异，其叙事的动力何在？这些问题，都密切地与莫言的写作及其文本“纠结”在一起。

我们都认可莫言所具有的“奇崛”的想象力。想象力的强劲，让莫言如虎添翼，势不可挡。可以想见，莫言的想象力在经验、感官和竭力去发现事物本色的勇气下，令莫言写作的主体性日益走向文本的“狂欢诗学”。也就是说，我们最需要探究的是，莫言的想象力是如何借助他天才的表现力，穿越历史和我们这个时代的表象，创造、玄想出一种独特语境和承载着人类、人性、命运的想象世界。还有，莫言通过如此大体量的叙述，在文本中所提供的关于整个存在世界的图像，在今天乃至未来重新体悟时，究竟还将会有多少隐藏的深层“意味”？也就是说，莫言是凭借怎样的韧性，几十年来写得如此狂放不羁，不能自已？从《红高粱家族》，到《天堂蒜薹之歌》《十三步》《酒国》《丰乳肥臀》，再到《四十一炮》《檀香刑》《生死疲劳》《蛙》，以及大量的中短篇小说，他不断地介入历史和现实，又不断地超越存在的表象。我们在此感受到的，则是他勇于超越自身的气魄。

我想，自称是“讲故事的人”“诉说就是一切”的“莫言叙述”，最能打动人心的，是具有一种超越历史，尤其超越时代的激情和强大的精神力量。莫言所拥有的激情，来自他所拥有的“赤子之心”。他永远有自己独特的艺术能力和方向，但从不站在自以为是的、超拔自身的立场和角度进行艺术判断。莫言十分清楚，这个世界需要怎样被讲述，有什么东西最值得讲述。而在讲述它的时候，作为一个讲述者，他内心的方向和选择，决定了故事的方向，同时也决定了故事的价值和意义。因此，讲述的方式和出发地就显得异常重要。聪明、智慧的讲述者未必能讲述出世界的真相，能够真诚面对历史和现实的作家，才有可能道出存在的种种玄机。莫言曾经说出了一个作家自身强烈的写作欲望和需求：“所谓作家，就是在诉说中求生存，并在诉说中得到满足和解脱的过程。”我最理解莫言说的那句“许多作家，终其一生，都是一个长不大的孩子，或者说是一个生怕长大的孩子”以及“我们这些人，哪一个没被偷换过呢？我们哪一个还保持着一颗未被污染过的赤子之心呢？”莫言借评价大江健三郎《被偷换的孩子》，推己及人，反思、反省世道人心和人性的复杂和险恶。同时，深入地探究一位作家洞悉、勘测世界和事物的目光如何才能锐利和真切，警惕世界的被“置换”，以及自身的被“置换”。我感觉，莫言格外喜欢这种《皇帝的新装》式的“看见”和盘诘，所以，在他的文字里，诡异的世界之门，才会对他訇然中开。其实，莫言，包括许多试图发现生活内在质地的，对历史、现实和人性具有深刻穿透力的作家，都愿意具备一双孩子的眼睛，因为文学的叙述不能使用谎言。由于我们长期在一个具有顽强生活惯性、思维惯性的语境里，或者说，在一种“约定俗成”的存在世界里，我们所信赖的始终是一个被“固化”的人与物、人与人的关系，这种关系影响着我们判断事物的方向与维度，成为我们辨析存在真相的巨大屏障。那么，“具备一双孩子的眼睛”，便成为写作者的一件极其“奢侈”的事情。或许，作家唯有像孩子这般“看见”，才可能没有任何“先验的”和“过滤性”的取舍，才会有直面历史或现实的“裸照”，也才会发现一个“别样”的世界和存在。

那么，对于莫言的“看法”，也就是对其写作形态的“看见”，也需要我们的目光和判断，来甄别莫言的判断是怎样一种判断，这种“看见”是怎样一种看见。关键在于，我们必须看清楚作为“整体性”的文学莫言、文化莫言，而不是被我们的一些散光的眼睛和既定的理念“肢解”了的莫言。所以，我愿意在此提出“发现莫言”这样一个命意。就是说，我们从莫言的文本写作及其内涵，到艺术思维、叙事伦理和直面存在的勇气和精神，包括形式与内容，想象力、虚构力、表现力，民间性、魔幻性、荒诞性、话语语境，通过辨析和梳理诸多的层面和若干元素，并触及历史、个人命运、人性，我们会发现莫言作为一位杰出作家的叙事天才，强烈地感受到其独特的存在价值和意义。因此，莫言文本所蕴藉的强大思想力量，他对于大历史和当代现实的探勘和深刻表达、表现，还有莫言在“新时期”，即 1980 年代以来对汉语写作所开辟的新路径，他的新的语言观的形成对当代汉语文学所做出的贡献。当然，这些都呈现出文学叙述整体修辞面貌的革命性改变。应该说，莫言为 1980 年代以来的“中国经验”“中国故事”叙事，提供了一个能够充分显示写作主体力量的经典例证和楷模。

二

我们说，莫言是中国最早非常成熟地表现历史、时代和生活荒诞的作家之一。他在发现了历史和现实所蕴藉的荒诞一面之后，以一种“狂欢式”的倾诉呈现这种荒诞，并将其持续地表现。莫言的这种发现，其实是发现了历史和生活本身的惯性和日常性，他所选择和表现的生活，实际上就是当代的日常生活。所以，在这个时代，谁发现了荒诞，谁就发现了日常生活的“扭结”，或者说，谁发现了历史、现实、日常生活的变异性，谁就能真正建立起关于这个世界最真实的图像。这时，我想到另一位杰出的作家余华，想到他的《第七天》。当时很多人认为他利用了新闻和媒体的材料，“串烧”当下中国的现实和新闻案例。其实，现在看并非如此。余华小说所呈现的现实，就是曾经极其荒诞、不可思议的现实。但是，在我们这个处于高速变异的时代，以往荒诞的概念已经被彻底颠覆了，荒诞不再是荒诞，甚至渐渐地衍变为日常生活的事实性常态。与莫言不同的是，余华还是把以往存在的荒诞当作荒诞来呈现，以荒诞击穿荒诞；而莫言则始终将一种整体性的荒诞当作日常生活，并继续将这种荒诞不断地、“变本加厉”地进行变形。所以，面对荒诞的时候，莫言选择的是更加含蓄、魔幻、隐喻、夸张性地呈现荒诞，走的是一条用力敲碎生活和历史逻辑链条的道路。而余华是贴着辎重的现实，残酷地触摸荒诞中人性的无力及其存在、现实中的绝望的成分。因此，我在理解莫言叙述意义和价值的同时，也理解了余华强烈介入现实的勇气和方式。

可以说，莫言较早就具有同时代作家不具有的“酒神精神”。正是这种来自创作本体的强大的美学力量，使得他能在上世纪 80 年代较早地迅速脱离种种文学潮流裹挟着的叙述惯性，迅速地突围，不再被文学内外的戒律所束缚和支配。如此，他才得以以一种新的叙事美学形态呈现与众不同的艺术锋芒，创造出许许多多令人叹服的文学意象、神奇的气息和超凡脱俗的文本形态。上世纪 80 年代的文学环境和意识形态场域的调整，使许多有才华的作家脱颖而出，但也使得许多作家因为不能适应环境的剧变而无法突破自己的局限，那个时候，只有具有强劲的、狂放不羁的想象力和艺术勇气，才能调整写作的美学方位，在“诗与真”的艺术取向上用功用力，让自己的才华得以长久地保持。这从莫言早期的《红高粱家族》以及后来的《酒国》《丰乳肥臀》《檀香刑》《蛙》中逐渐充分显示出来。这种贯穿于莫言写作始终的内在美学驱动力，显然已经不能简单地从所谓“民间视角”“民间审美”“民间想象”来笼统认识。我最喜爱他的《生死疲劳》，作品所体现出的叙事气度，直接缘于一种对人的终极诉求，这是生命大于任何社会和时代的感觉、意识和寓言，是人类存在的终极理由。他在历史幽深的隧道里，在现实、存在世界的不同角度，在人与自然和所谓“轮回”中，发掘出人性的困境和存在本相，发现人类的秘密，生存的秘密，个体的、集体的秘密，世界的丰富、苍凉和诡异。生命大踏步地跨越了政治、经济和文化的规约，一气呵成地实现了彻底的解放。而他对“土地”的理解，对母亲、大地和生命的内在联系，完全是基于“母亲”伦理并超越了任何道德规约的人性本原，充满着母性和神性的光辉。这是一个大视角、大胸怀、大气魄和大智慧。这样的感怀和叙述，必定是对大于一切固化视角下事物的“还原”，是充分尊重世间万物的包容，是任何功利美学所难以企及的。而作为故事讲述者的莫言无所不在，无所不能，像一个精灵，自由、洒脱。所以，莫言更是一位最尊重生命本身的作家。用一个不太恰切的比喻：莫言永远不会是一个“缺氧”的作家。只有既仰望星空又脚踏大地，才可能有“天马行空”般地飞翔。

我同样喜爱《檀香刑》对民间、历史、人性的深度沉潜和破解，这是莫言在超越“民间想象”基础之上对地缘文化的“寻根”。

回顾上世纪 80 年代中期出现的“寻根文学”，它无疑是与“边缘文化”相联系的。但由于中国文化和中国文学面向西方现代化的迫切要求，“寻根文学”与“边缘文化”的关系呈现出十分复杂的状况。在此，我们并不想对“寻根文学”与“边缘文化”的关系作出“优根”“劣根”和“审美”“审丑”的区分和判断，因为这是站在“主流文化”的立场上所作出的区分和判断，是对“边缘文化”固有特征的消解和同化，是为建设中国文化的现代化建构提供依据。然而，这种区分和判断也没有反映出“寻根文学”产生的实际情况，却反映了“寻根文学”的另一个重要的发展趋向。当然，“边缘文化”是地域性的。当时，以贾平凹和一些“知青”为主的一批作家，他们曾经被抛到社会的底层，与他们所置身的偏远土地结下了不解之缘。如贾平凹之表现陕南商洛山区的自然和人文景观，李杭育着重写浙江“葛川江”流域的风情，郑万隆力求再现黑龙江边陲的山村生活，陆文夫对苏州饮食文化的描述，刘心武则推出写北京普通市民的“民俗风味小说”，等等。他们笔下的地域文化虽有其特点，却并不构成与“主流文化”的“互文”“互动”，并未显出其所应该有的“边缘”性特征。“寻根文学”创作的这种情形，在中国当代文化面向西方现代化的强大影响中，就容易发生畸变，容易陷入西方后殖民主义批评所质疑的文化模式中。

那么，莫言的《檀香刑》在很大程度上则深深植根于“边缘文化”之中。其表现依然是有明确的地域标识——“高密东北乡”，而“高密东北乡”则出现在莫言的几乎所有文本中。写于 1986 年的《红高粱》，就是描写 1939 年抗战前后发生在这里的人生故事。莫言称“高密东北乡无疑是地球上最美丽最丑陋、最超脱最世俗、最圣洁最龌龊、最英雄好汉最王八蛋最能喝酒最能爱的地方”。在这里，“审美”与“审丑”的两极化评介标准，被彻底地消解了，而使这个地方的乡风民俗走出先验或预设语境的视野中，成为人们见怪不怪的文化模式。而当文本表现出的这种地缘文化特征进一步延伸到《檀香刑》时，则有更加显赫的表现。另外，莫言着力写出自己与高密东北乡之间随岁月的流逝和人生故事的变换而难以割断的“情结”，它成为此地民风乡情之“魂”。这在《红高粱》中表现为“高粱”以及源于高粱的高粱地、高粱酒，而在《檀香刑》中则是“猫腔”。高粱在秋季是火红的，高粱地就是通红的炉，高粱酒则能使人血脉偾张，所以高粱体现了孕育并连接着人的情感、理智和意志。

其实，莫言的《檀香刑》真正触动我们思考的，除了作品所展示的中国刑罚之残酷，还有小说中被檀香刑裂身的“猫腔”班主孙丙所唱的“猫腔”，以及“猫腔”这种民间戏剧几乎成为地域性的“集体无意识”，与其显现出的高密东北乡的民情、民性和民魂——但当时中国文化建构并没有融含这种文化，它只能“边缘性”存在。可以看到：人的生命在燃烧。如果由此来深入体察“猫腔”，“猫腔”是燃烧着的生命迸发出的欲望、情感、理智和意志的艺术表现，积淀着此地的“集体无意识”，形式就是内容，内容就是形式，它是一种“有意味的形式”，这可以追溯到久远的历史深处。它又是现实的，诸如莫言笔下地道的“猫腔”语言述说出的桩桩“最美丽最丑陋、最超脱最世俗、最圣洁最龌龊”的现实人生故事。重要的是，莫言用“猫腔”述说出的人生故事与我们熟知的中国近现代历史和文化相对应而又不无对立，在对后者不着文字的审视和消解中，确立这种人生和故事的“边缘文化”特质。《檀香刑》的人生故事，发生在 1900 年前后，它写出了由“猫腔”所孕育的民情、民性和民族魂，或者说写出了高密东北乡乡民从自身的民间信仰出发，自发地与在山东修建胶济铁路的德国人进行对抗，自发地与镇压山东义和团运动的袁世凯展开对抗，在对抗中焕发出的生命活力，真正激发出人性中本有血性的张扬。而使我们感到以往熟知的教科书中的那段历史是简单化了的，使我们感到长期以来耳濡目染着我们并浸透进我们血脉中的文化，似乎已经失去了中国人本有的精神和风骨。现在看，莫言对故乡流传的

“猫腔”的这种感受，蕴含着积淀在个体生命深处无法摆脱的沉重记忆，带有一种历史的深沉感和悲凉感，颇耐人寻味。

就是说，“莫言叙事”，充分地体现在对经验、想象的审美与文化的深度处理上。大家普遍认为是“通约”了马尔克斯、卡夫卡和福克纳的艺术元素和精神重心，更重要的，则是莫言走出了自己的审美民族化的路数。他与众不同的地方，就是他能够将现实、历史的真实形态，独特地转化成另外一种非现实的形态。这也使他能够让想象力超越现实，进入一个自由、宽阔的状态。他对历史、现实和人性的叙述，有节制，有放纵，有内敛，也极其开阔。他找到了多种视点变幻的方式，恰切得体，是一种挥洒自如、张弛有度的自由而平衡的叙述状态。在这里，具体涉及的就是文体问题。一种叙述方式的选择取决于想表达的主题意蕴，但文体的限制和规约常常窒息作家的情感和叙述。有胆识的作家就会无所畏惧地挑战文体的局限，开始他精神和文体的双重扩张。文体的扩张，在莫言的写作中，突出地表现出一种革命性的延展，这是美学的延展。这也完全是一种超越现实的审美的感性、审美的观照、审美的物化、审美的静观、审美的化境，在写作的激情和“酒神精神”的“外化”过程中，莫言的叙述，改变了或变形了以往的固化和惯性的“执念”，做到了形神兼备、一泻千里的语言气势和形象展示。任何固有的、被规约的文体，都被强大的精神性表达需求所冲破，作品中人的精神的盘诘、焦虑和不安、灵魂的沉重、彻骨的荒寒、无际无涯的复杂情感、人性的逼仄和悲情，早已经不能被传统、惯常的表现样式和模态呈现出来。可以说，莫言“通神”“通灵”般地发现了人性的秘密，关于土地和生命的奥义，都以一种不同凡响的“异端”的文体在语言中自由地溢涨出来，并撑破了文体的局限，原创性地“喷薄而出”。小说、戏剧和寓言诸种元素相互交融，既有魔幻与志怪的交合，也有写实和浪漫的对撞。在机智、智慧的叙述中自由地天马行空，汪洋恣肆。以旷达的情怀“狂欢化”地容纳、叙述历史的记忆和想象，充分的自信和能量超越了现实，以修辞的荒诞击穿了现实和历史的荒诞。对此，长篇小说《酒国》《檀香刑》《生死疲劳》《四十一炮》和《蛙》都是绝好的例子。

概括地说，莫言小说的美学形态，也是对所谓“雅和俗”规约的实践性超越。真正的文学，不仅能登大雅之堂，更能潜入大众的内心，构成与阅读的契合性接受美学。以往，我们曾经作茧自缚地将写作纳入

"纯文学"这样一个十分可疑的"红线"以内，这就从根本上束缚了作家的自由和豪迈，也将阅读、接受置于一个十分尴尬的境地。而莫言的写作，从更加宽厚的审美视域，为我们提供了更为开阔的写作和阅读的可能性。说到底，莫言的叙述，或者说，他所讲述的"经验"，是新的叙述美学的建立和出色实践，这也使我们对莫言的阅读和喜爱永远也不会产生精神性疲劳。

三

对于人性的洞见和刻骨铭心的描摹，历史、暴力和正义渐次呈现着非正义、非逻辑的推衍。在爬梳存在的细部时，从心理、灵魂的层面作出"罪与罚"的审视和批判，使得莫言在一个敞开的人性世界里作出充满揶揄的讽刺，剥离出人在道德、悲悯、善良丧失之后的丑陋和残暴。若干年前，我曾将莫言的《拇指铐》和余华《黄昏里的男孩》放在一起进行过较为细致的分析和比较："如果说，我们从《黄昏里的男孩》中感受到的是敏感、脆弱、屈从的忍受形态，而莫言的《拇指铐》一方面将人性的罪恶、仇恨、放纵和邪恶这种非理性的人性异化演绎得极其充分，另一方面，它呈现出对灾难和困扰的反抗，以及努力在苦难中建立存在的希望和爱的责任。基于试图表现生存的本真状态的强烈冲动，呈现'绝望'、冲决'绝望'似乎是一个更合适的范畴，这也许能够用来描绘出生存个体的生存和人格状态。"[1] 从某种角度讲，莫言的这篇小说，似乎还没有能够超越鲁迅小说惯用的"看"与"被看"的经典的叙事模式。我们在阅读鲁迅的时候，已深切感受到《阿Q正传》《孔乙己》《祝福》的叙述所缊藉的那种沉郁、压抑、冷硬和荒寒的情感语境和叙事氛围。正是这样的叙事语境，凸现出鲁迅内心博大、浩瀚的审美格局。我们也注意到，莫言的中、长篇小说如《红高粱家族》《檀香刑》等，都以擅写酷刑、擅写看客而引人注目。莫言在谈及《檀香刑》时说，我们人类，有某种局限和阴暗，人类灵魂中都有着同类被虐杀时感到快意的阴暗心理。以前，我们在鲁迅的文字中就曾看到。但这篇《拇指铐》，显得更具有许多独到之处。在这里，我们充分地意识并触及人性的晦暗，感受到人的真实生存状态与本相。而且，这直接涉及人道精神的缺失，存在的绝望，道德无法拯救，文本叙述几乎要彻底堵死微弱的、喘息着的生命去路。同时，这样的叙述，也表达着如何才能承载、呈现对苦难的主动承担，个人意志对绝望的挣扎和反抗。可以这样讲，《拇指铐》是中国当代小说中书写绝望的最重要文本之一。它在很大程度上，不仅承续了鲁迅的传统，而且在描摹人性细部方面，叙述更是深入至人心最荒凉、最悖谬、最荒诞和扭曲的层面。我们能够感觉得到，莫言在诉诸文字时的无奈、激愤和隐忍，以及他在对丑陋进行人性批判、历史判断、道德评判、文化批判时痛彻而犀利的“无情”。

这篇小说讲述一个未谙世事的少年阿义，以其为病重的母亲去典当、买药、返回为基本叙事线索和内容，呈现人性的晦暗。从黎明到夜晚，仅仅在一整天的时光里，阿义却历经到世态的炎凉和人性、人心的粗鄙和暴力。显然，莫言在这篇万余字的小说里，无法掩饰他内心的悲凉和忧伤的生存感悟，向我们清晰而绵密地展示人在精神、灵魂愚钝与溃败的状态下的真实情境，并昭示着群体性的生态危机。《拇指铐》不似余华《黄昏里的男孩》那样，表面冷静，骨子里却异常沉郁悲痛，而是在整体叙述上有意张扬看似平静实则惊心动魄的生活场景。莫言选择一个八岁的男孩阿义，并让“他”承担人生的道义、善良、软弱、恐惧、焦虑、希望、血腥和残暴。

显然，莫言和余华一样，在小说中选择了一种“双重视角”：小说的叙事者和主人公。小说的叙事者像一个传感器，是以少年主人公的心灵去感受小说所描写的人物、事件和情景的“参与者”。主人公阿义“被叙述”着，同时也作为“我”进行着自我倾诉。在一整天的经历中，阿义遭遇到无数的冷眼、嘲弄、鄙视、奚落和无端的残害。莫言惯于运用文字营构充满生活质感的氛围，将人物的感觉推向极端的境地，造成对阅读者强大的感染力和冲击力，甚至有令人窒息的感受。

问题在于，为什么这一切竟然都是如此地无端和无奈？！

他这时清楚地看到，坐在石供桌上的是一个男人和一个女人。男人满头银发，紫红的脸膛上布满褐色的斑点。他的紫色的嘴唇紧抿着，好像一条锋利的刀刃。他的目光像锥子一样扎人。女的很年轻，白色圆脸上生着两只细长的笑意盈盈的眼睛。

男人用一只手攥住他的双腕，用另外一只手，从裤兜里摸出一个亮晶晶的小物体，在阳光中一抖擞，发出清脆悦耳的声音。“小鬼，我要让你知道，走路时左顾右盼，应该受到什么样的惩罚。”阿义听到男人在树后冷冷地说，随即他感到有一个凉森森的圈套箍住了自己的右手拇指，紧接着，左手拇指也被箍住了。阿义哭叫着：“大爷……俺什么也没看到啊……大爷，行行好放了俺吧……”那人转过来，用铁一样的巴掌轻轻地拍拍阿义的头颅，微微一笑，道：“乖，这样对你有好处。”说完，他走进麦田，尾随着高个女人而去。

满头银发的老者，仅仅因为阿义的回头一顾，便对其施行了令人发指的“现代”刑罚。因此，年幼的阿义被置于“希望中的绝望与绝望中的希望”之中。也正是这样，阿义一天里的遭际逼出了人性的隐秘部分：残暴的、阴冷的、非理性的、疯狂的、黑暗的。在常态生活中，这些因子都隐藏在人的内心深处，一旦有一点点机会或释放的可能，它们就会从内心里爬出，泯灭良知和天性，“把人身上残存的良知和尊严吞噬干净。人变成非人，完全失去人性应有的光辉”。所以，在人的内心深处寻找一种力量摆脱人性的黑暗是非常艰难的。可怜的阿义陷入了人性的黑暗，正是“偶因一回顾，便为阶下囚”，如此荒诞，如此绝望！

我们知道，鲁迅无疑是少数觉醒者之一员，甚至他的彷徨、苦闷、阴冷都是觉醒的表达，历史和现实都要求他有这样一双觉醒的冷眼。鲁迅早已洞悉国民性中最劣根的实况，尤其“虚伪的牺牲”的“畸形道德”。人所共知，鲁迅对人性的洞悉和揭露最令人惊异、令人推崇。因此，像鲁迅那样，莫言也更愿意选择那种深刻的切入生活和现实深处的视角。在《拇指铐》里，这位银发老者很轻松、快意地让幼者阿义无端地做了“长者的牺牲”。莫言的叙述，使我们伴随着阿义在灼目的正午开始苦熬。这期间，老 Q、黑皮女子、大 P 等一伙人的到来，让阿义的希望在他们的嬉笑谩骂和不以为然中消蚀。背婴儿的女子在表达了她仅有一点本能的善意之后，发出了愚昧的疑问：“你也许是个妖精？”“也许是个神佛？您是南海观音救苦救难的菩萨变化成这样子来考验我吗？您要点化我？要不怎么会这样怪？”阿义感到绝望，但又不能绝望。于是，莫言让阿义在想象和噩梦中顽强地支撑着自己的存在。作者用“托梦”的手法，将少年阿义推向了生的绝地，并且，发出已超越他年龄、阅历的幻想与玄思："我还活着吗？我也许已经死了。""他鼓励着小妖精们，咬断我的拇指，我就解放了。小妖精，你们有母亲吗？我的母亲病了，吐血了，你们咬断我的手指吧，让我去见母亲。"西边天的一片血红，阿义咬断手指吐出时的那一道血光，连同母亲的血一起飞扬起来，演化为对人性异化和堕落的倾力控诉。在这部小说里，"断指"是莫言设计的一个具有悬念的故事结构，沉重、沉痛而悲惨至极。"血珍珠"和田野上的歌声、女子的哭声、中药的药香交织成视、听、味觉的盛宴，则加深着这部作品深刻、强烈的悲剧效果。阿义万般无奈之下别无选择的选择，竟然是如此悲壮惨烈，一个年仅八岁的孩子的行动能唤醒我们吗？会打动人吗？会撕咬当代日渐物化、麻木的世道人心吗？我们几乎已无力也无法选择沉默和拭目以待。

同属发掘生存本相、昭示人性扭曲与世态炎凉的小说《黄昏里的男孩》和《拇指铐》，都选择"断指"，这一情节，直指人心，"十指连心"，"铐"指示着最令人发指的人性残暴。在叙述风格上各有独特追求，一个是冷静、沉郁，一个是活泼、激越，一个冷硬，一个悲怆，但它们都智慧、冷峻、犀利，都具象征、寓言的属性和色彩。莫言和余华两位作家关注人性，"反抗绝望"的文学审美立场，都体现出对大师鲁迅的自觉继承。这一点，莫言被孙郁誉为是"与鲁迅相逢的歌者"。[2] 而"拯救"的道义情怀，在叙述中毫发毕现，体现出两位当代作家与众不同的当代人文思考力量。作家拯救人性关注人文的责任感、使命感，使小说叙述的母题内涵得到强化，可见其帮助人们走出磨难和困境的执着信念，在近些年浮躁、焦虑的表意语境下，更显得弥足珍贵。可以肯定，在当代，很少有作家像莫言和余华这样"直面惨淡的人生，正视淋漓的鲜血"，我们在莫言、余华的许多小说里，才可能感受到那种令人惊世骇俗的"血光"，并激烈地震荡我们的内心。

四

张新颖曾经写过一篇《从短篇看莫言》的文章，特别提到莫言写作的"自由"叙述的精神，讲到上世纪80年代中期的"先锋文学"潮流如何让莫言解放了自己，发现了自己："很多作家更多地感受得到短篇的限制而较少地感受短篇的'自由'，是件很遗憾的事。莫言获得了这种'自由’，由‘自由’而‘自在’。他这样不受限制的时候，我们更容易接近和感触到他的文学世界发生和启动的原点，或者叫做核心的东西。”[3] 汪曾祺在谈到小说写法时，强调写小说就是“随便”。所以，我们前面谈到的莫言小说的“逻辑”，其实是指小说叙事的策略。实质上，小说在写法上有着多种内在的结构和“逻辑”，这样才会有“各式各样的小说”，才可能有叙述的多种面貌。进一步说，小说，有时可能正是一座向下修建的铁塔，在呈现“词与物”的某种错位中，完成对存在世界的深度认识和判断。因此，莫言写作的“自由精神”，他的“写法”，也就常常成为我们判断莫言与其他同代作家之间差异性的关键词。从叙事性文本的语义内核、叙事修辞、美学立场等层面看，我们能清晰地感受到莫言从《红高粱家族》，到《酒国》《天堂蒜薹之歌》的“酒神”和传奇性美学形态。甚至在《四十一炮》《檀香刑》《生死疲劳》里，尤其不断地“徘徊”于莫言文字间的“野性”“狂放”，如泥沙俱下，波涛翻滚，构成莫言叙述整体上的巨大张力。也许，我们在莫言这些文本里，体验到某种“激进”或激烈的“不节制性”，映射出文本试图无限延伸的寓言品质，直逼历史、现实、人性的“痛点”和衰颓。这些文本，代表着小说写作的一种难能可贵的境界：“一种完全没有任何束缚的、随心所欲的自由境界。这是一种能让作家的想象力和创造力发挥到极致的境界。”“在当代中国作家中，很难说王安忆、余华、韩少功、贾平凹、张炜、张洁等作家的成就与莫言孰高孰低，但从‘自由’的程度来说，恐怕他们谁也无法与莫言相提并论。”[4] 在《生死疲劳》中，莫言设置出“六道轮回”式的视角变换策略，堪称一种奇幻的叙事时间模式，凸显出巨大的中国民间性文化和根深蒂固的俗世生活理念。主人公西门闹的生死六道轮回，在其间就是不同生灵各自对自己一生的叙述，写出生死之间的“转换”，所谓“人畜混杂，阴阳并存”的叙事结构[5]，让我们从不同的生命存在视角下体验生死、苦难和命运的“差遣”，感受叙事对家族兴衰、历史、人性畸变所作的荒诞的隐喻。变形、夸张、荒诞，自然构成叙事本身的“狂欢化”诗学，不仅是对叙事功能的丰富、发展，也蕴含着莫言建立更深邃的叙事结构和深层“潜文本”的雄心。那么，前面吴义勤所肯定的莫言写作的“自由”，就是指虚构力和想象力的彻底解放。因为，这是一部伟大作品诞生的基础，也是一位有大师气象的杰出作家出现的前提。显然，自由地虚构和想象，既拓展了小说的叙事空间结构，也强化了小说叙事应有的自由、虚构的品质。

有人将莫言的叙事、虚构的“自由”根性，归结为来自于“欲望”“本能”等原始形态的所谓叙事“合法性”自觉，但这样判断，或许会在一定程度上，自然地消解莫言叙事中写作主体的历史意识。其实，直到现在，莫言仍保持、延续着叙事的“自由”的天性和禀赋。无论在历史、现实层面，还是从虚构、“非虚构”角度看，莫言处理存在和事物的自由度，始终拥有异乎寻常的魅力，丝毫不减当年。李洱在谈及莫言获奖后八年以来的近作时，是以《晚熟的人》这部小说集作为一个阅读视角，来审视莫言写作上所发生的变化：

> 这些小说单独发表的时候，莫言小说的变化可能还不容易看得太清楚。这一点，我与格非的感受是相同的。我们会纠缠于某篇小说在叙事上是否完整，留白是否过大，是否有足够的说服力。但是，当这些小说收到一个集子里，从头到尾看下来，我们就会获得新的阅读感受。此种情形在文学史上其实屡见不鲜。鲁迅的《野草》和《故事新编》，如果单篇阅读，我们也会觉得有些篇章不够完整，个别篇章甚至显得晦涩难解，语言风格参差不齐，文体上也不够统一。但是完整地看下来，你会觉得各篇章之间构成了互文关系，最终呈现出鲁迅在某个阶段的心理世界。
>
> 当叙述人称由复数变成具有独特身份的第一人称单数的时候，小说的变化就是从“虚构”到“非虚构”。这或许说明，莫言是以此为活生生的现实赋形立传。因为讲故事的人称发生了变化，那么在《晚熟的人》当中，无论是历史还是现实，都因突出了其亲历性、突出了其“非虚构性”，而显得日常化了。莫言此前的小说，无论是长篇、中篇还是短篇，故事都带着明显的传奇性。[6]

看得出来，作为小说家的李洱，虽然他并没有以“一己之经验”去猜测、推衍莫言《晚熟的人》这部短篇小说集所呈现出的种种“端倪”，而是从小说叙事学层面和接受美学的层面，探勘莫言写作伦理上的再度“自觉”和自由。但是，李洱对莫言“变化”的判断，最终归结到“虚构”和“非虚构”的范畴之内来讨论。我想，这会否容易模糊小说的真实与生活的“真实”之间的叙事边界，令我们对莫言叙事逻辑起点的判断发生一定程度的游弋。事实上，无论是莫言八年前的文本，还是这部《晚熟的人》，作家的所谓“亲历性”“非虚构性”“日常性”都是显而易见的。无论莫言在叙事中是否“现身”，按照小说叙述的虚拟性要求，都必然会使虚构力首先成为审美创造及其存在的先机。“亲历性”“自传性”，是小说获得个体独特性品质的前提，“自传体”小说存在着叙事时间的某种自然发展形态，较少小说本身“智慧”对作家的干预。我们常说的“小说都是作家的自叙传”，永远是作家挥之不去的情结和心结。而且，“自传性”是小说聚焦个体生活经验和存在感受时，常常会以某种“恰当”的方式构成一种不可避免的见证或自我确证。在几个不同文本中，莫言不止一次地讲述的“吃煤的故事”，如果仅仅是在长篇小说《蛙》里讲述，我们就会将其作为纯“虚构”的存在来接受，而不会以为它就是生活的实相的追忆。因此，“讲法”，也是决定小说叙事性质的重要因素。至于对《晚熟的人》作所谓“整体性”阅读，所产生的小说文本之间“互补”的特别效果，也并不能决定或判定文本个体品质和整体风格的“变化”程度。问题的关键，恐怕还在于莫言对叙事伦理的坚守和进一步调整。这种调整和“变本加厉”，使得莫言的文本形态更加趋于自然、智慧、自由和洒脱。我认为，这正是莫言将“自由”的叙事特性，悄然地引向“元叙事”，用以消解意识形态中的固化思维、僵化历史意识对“故事”“原型”的全新覆盖。也可以说，这是莫言越来越坚定自己多年以来对文学的理解，具有时时注意摆脱概念化束缚的清醒和明智。

无论是《地主的眼神》《晚熟的人》《等待摩西》，还是收在这集子里的其他文本，莫言都无法“离开”高密东北乡。这也像是一个“叙事的圈套”：一方面，莫言愿意徜徉其间，“乐不思蜀”；另一方面，这个“高密东北乡”永远都是一个“叙事元”，既是莫言叙事的出发地，也是“回返地”，对于莫言总有一种神启的力量，是心灵的召唤。莫言在与其“对视”的时候，似乎总是能够瞬间体味到“东北乡”神秘的一隅，并且仿佛具备惊世神功和魔法，立刻就能够咀嚼出生活的无尽的况味。与以往一样，莫言依然是先行地进入时下的“生活现场”，于经意不经意间获得不同的“现时回访”的机缘，重新回放往昔岁月，在渐渐逝去的醇味的乡俗里，重述那些“乡里乡亲”们之间的故事，让历史找到一次重新发酵的良机。《地主的眼神》可以说是一篇精致的短章。“地主的眼神”里有什么？地主，这个穿越了几个时代的、可资作“考古”的概念，萌生出的历史感、年代感、沧桑感、荒诞感，都油然而生出一种古旧的气息。我们看到，莫言仅仅通过一篇小学生作文，还有地主孙敬贤的那个刻骨铭心的“眼神”，就轻松、自然而深刻地串联起一个家族三代人的境遇，以及时代、社会变迁埋藏在时间深处的“故事”，叙述将历史的苍茫和现实的清澈整合一处，引人深思。我感到，莫言写作这样一篇充满反思“意味”的小说，似乎是要与以往的历史再一次接续和延展，让我们意识到人在不同时代生活中的变异状态。“恍若隔世”，就像是一种悠远和绵长的时空呼应，尽管莫言只是截取了一个极小的“横断面”。那个“眼神”所透射出的沧桑，并不是仅仅依据某些预设思维的判断就可以体味的。而《晚熟的人》，更加呈现出另一种叙述的自信和从容，对题材本身的超越和经验的重新处理，自然使文本形态显示出更多隐喻的性质。“晚熟”，是否可以理解为是主客体之间的“错位”，或者人物自身面对存在世界所具有的“超强纠错”能力，唯有具备这样的能力，才可能成为一个“成熟”或“晚熟”的人。我和蒋二、单雄飞、常林，都是从另一个时空走过来的人，现在又相遇在一个新的时空之内。我（或者说“莫言”）在自己的“旧居”，也是自己的“出发地”——“高密东北乡”，获得的却是戏剧般的感受。在小说中，“我”内心的龃龉、无奈和醒悟，都已经无法找回曾有的率真和踏实。生活，俨然就是一部喜剧，从少年时代的清纯、憨实、聪明，到“当下”的老练、功利、世俗、算计，蒋二的“发达”喻示着我们时代生活所发生的石破天惊的变化。可以看出，这两篇小说，强烈地彰显着历史、现实中隐蔽的成规和无法掩饰的荒诞。其实，呈现生活和时代的荒诞，始终是莫言永远也挥之不去的“心结”。因为，在莫言看来，唯揭示出生活的荒诞，才可能辨析出一个时代的急需整饬、疗治的病症。

收入在《晚熟的人》这个集子里的十二篇作品，较之以往文本，莫言叙述的“元叙事”倾向呈现出更复杂的状态。我们在其间明显感到文本叙事情境的转换。叙述者的形象在叙事过程中逐渐强化，“大踏步”地向着作家莫言接近，最终，叙事者、作者和作家莫言几乎化为一体，难分彼此。如果换一个角度思考，我们就会感觉到生活本身和作家想象力之间的距离在缩短，或者说，生活本身似乎要吞噬叙事的价值和意义，反而让我们以为作家的经验，正变得愈发可疑起来。

当我们重读他早期的《枯河》《秋水》《白狗秋千架》《神嫖》等作品时，就会感受到“生长期”或者说“写作发生期”的莫言对“原始经验”的依赖和“提炼”。那时的莫言，虽然已经很擅于处理故事与叙述之间转化的文本机制，但他更多地还是“恪守”经验的田园，而非“出离”高密“东北乡”的“结构”。现在，成熟或“晚熟”的写作者莫言，从一个“讲故事的人”真正地“过渡”到晚熟的状态，这里，必然有着莫言没有言表的更大诉求。看上去，莫言从一个曾经的“愤怒者”或“呐喊者”，似乎化身成一位在历史和现实之间“徘徊”和“彷徨”的人。其实，这种貌似的叙事者“身份”的转变，并没有改变莫言骨子里的清冷和沉重。因为在所谓“虚构”和“非虚构”之间，莫言试图重新寻找和建立的则是历史和现实之间的“对位”和“错位”。唯有这两者，才可能使生活、现实、存在世界的传奇性和日常性构成“对峙”或是悖论的状态。有所不同，莫言此次选择更加“乖巧”和“变通”的方式，且“不留痕迹”。但是，无论怎样表达，作为作家的莫言，骨子里始终遵从的是内心之光。因此，“放下身段”，就成为一个最诚实、最朴素的叙事者，一个“讲故事的人”的自觉选择。这也是莫言极具智慧又朴实的叙事伦理选择。所以，他所倡导的“作为老百姓的写作”，是一种叙事姿态和审美伦理选择，是一种身份确认。正是由于这样的写作宣言，才让我们对莫言刮目相看。

王安忆在描绘莫言的小说世界时坦言：“莫言有一种能力，就是非常有效地将现实生活转化为非现实生活，没有比他的小说里的现实生活更不现实的了。他明明是在说这一件事情，结果却说成那一件事情。仿佛他看世界的眼睛有一种屈光的功能，景物一旦进入视野顿时就改了面目。并不是说与原来完全不一样，甚至很一样，可就是成了另一个世界。这世界里的一切还是依原来的样式链接镶嵌，色彩却全变了，你很容易将其视作为一种风格，但风格其实是装饰的意味，而这里的色彩则影响到事情的性质。所以，这‘色彩’更接近‘质地’的意思，事情的质地不同了，于是，就变得不那么真实。这里的‘真实’并不相对于‘虚假’，金克木所著《文化卮言》第一六二则‘诗与真’说：‘我们中国人经常将假和真对立，却很少把诗和真并列。’我想，莫言的不真实大约是和金克木说的‘诗’相仿。可是我又不情愿说它就是‘诗’，也可能我个人对

‘诗’的理解太狭隘，我总是觉得诗是一件比较单纯的事，而即便是在莫言的那个不真实的世界里，情况也是，甚至是比真实的更为沉重，但我不否认那里确有着一重意境。小说实在是一种过于结实的东西，现实既是它的内核，又是外相，要从中抽离出一个独立的世界，是需要更有力量的占位，诗似乎欠一些。如果我们将‘诗’广义为超越性的空间，大概也可以这么说了。”[7] 也曾有人直言“莫言是一个诗人”，实质上，这仍然是对莫言想象力和叙事自由度的充分肯定。王安忆说莫言“看世界的眼睛有一种屈光的功能，景物一旦进入视野顿时就改了面目”，这无疑是一种极其恰当的形容或比喻。“屈光”在这里就是对事物进行的“变形”处理。说到莫言的“变形”能力，不得不将其与叙事伦理、叙事策略联系到一起。这也是一个作家处理自我经验、认知力与存在世界之间关系、观照方式、艺术呈现的整合过程。作家为什么要“变形”生活？倘若不对生活进行所谓“变形”，就不足以或无法呈现存在的“另一种真实”？难道这是获得对事物“超现实”“超惯性”状态的“真实”观照的重要途径？显然，这是绕不过去的方法论问题，是叙事美学的问题。莫言很早就提出过：“当代小说的突破早已不是形式上的突破，而是来自哲学的突破。”[8] 可以说，“变形”“屈光”这类叙事策略，实质上就是莫言的“叙事哲学”。如此看来，莫言所赞赏的余华的“人类自身的肤浅来自经验的局限和对精神本质的疏远，只有脱离常识，背弃现状世界提供的秩序和逻辑，才能自由地接近真实”[9]，这同样也是莫言叙事和写作的内在规则。

短篇小说《倒立》就是作家通过叙述一次“倒立”的动作，在日常和俗世中，捕捉、发现被“扭结”的生活。显然，这也是莫言叙事的“屈光”策略，在直面现实时所获得的审美意象。文本讲述一次同学的聚会过程。这次具有个人性的“私人聚会”所蕴藉的强烈现实性，对人性和社会心理机制的反思，既令人感到惊异，也让我们倍感沉重。在这里，“倒立”仿佛一个隐喻或象征，折射出一个时代生活的镜像，寓意深远。当年极其调皮的中学同学孙大盛，现已成为省委组织部副部长，他荣归故里，衣锦还乡，大宴宾客，以此显示自己的地位和威望。那些企图以此荣身的同学们，则在聚会现场纷纷露出丑态。在这里，权力的大小，穿透了真正的同学情谊，过去的校花虽已呈现出几分老态，却在孙大盛的强烈要求之下，为同学们当场表演“倒立”，并由此露出肥胖的大腿和红色的内裤。这个场景如此滑稽，如此丑态毕现，权力和地位竟然可以使同学变成“大圣”或小丑，时间可以使人变得如此荒谬不堪、不忍卒睹！莫言用戏谑的语言，为我们呈现出一个充满笑闹的场景，它是如此欢腾，却又让我们感到如此无言和忍俊不禁。我们从中可以看出莫言对当代精神衰变这一现实的关注，权力与情谊，似乎也已经本末倒置，世道人心被功名利禄熏染得惨不忍睹。无疑，《倒立》的深刻寓意，就在于透过一个平庸至极的庸俗、荒唐的场景，揭示人性的粗鄙和生活的荒诞不经。这让我们产生一种深沉、真切的怀旧的情愫，这其实也是对近年来社会愈来愈浮躁，愈来愈功利的一种叹惋。在这里，“倒立”成为一种目光，正是角度之变，才恰当、真切地完成对事象的一次勘探。

也许，一个时代的文化之变，人性之变，在社会学、心理学等层面，相对地更容易得到“合理”的解释或揭示。而在文学叙事中，就必然会产生种种“暧昧”的充满歧义的理解。这种“变形”的合理性、“合法性”不免时时会遭到质疑。当然，这类问题也常常会被拉升到诗学的层次，古代文论里的“思接千载”“随物宛转”“与心徘徊”，无疑都是描述创作主体在写作活动中，“外境”对作家所引发的“催化”“变形”冲动和写作状态。这些“范畴”，要求作家一方面“以物为主”，直面存在世界的实相；另一方面，作家自身又必须“以我为主”，以“心”为主，自觉地驾驭生活和事物。但是，前者“以物为主”势必对作家的想象活动构成制约，这就造成想象力的窒息和叙事的难度，形成呈现事物“本相”的困境。这些，完全可以视为“变形”的理论前提或叙事纠结。“变形”在小说文本里，往往体现在叙事视角的变化和选择，凸出叙述人或人物的某种特异品质，这也是“魔幻化”的“变种”和具体策略、手段。而“疾病”“特异”，作为小说内部的元素之一，或者叙述视角、叙述人设置，在近些年的中国当代小说中不断地涌现出来。以“疯癫”和“傻子”为主要表现形态或形象谱系的，也不在少数。其中，有作家自觉或不自觉地将人的虚妄状态、人的自恋和幻觉，以及超常思维逻辑，放大并凸显出来。甚至，有时将人的精神幻觉、错觉、偏执等，变异、衍生成某种文学叙述的手段，其实，它就是一种独特的修辞策略。贾平凹的《秦腔》《古炉》和《山本》、阿来的《尘埃落定》、苏童的《米》《黄雀记》《河岸》《桥上的疯妈妈》、迟子建的《白雪乌鸦》《群山之巅》、阎连科的《日光流年》《受活》《丁庄梦》《年月日》、史铁生的《病隙碎笔》等大量文本，不断地将荒诞、隐喻和“疾病视角”大肆铺排。而且，这些视角或角色，在这些叙事文本里，自然地衍生成为一种叙事方式，将叙事引向精神的纵深处。实质上，正是这些“视角”，助力作家发现、表现存在的可能性。莫言的《檀香刑》，赵小甲借“虎须”生成独特的“屈光”的功能，就是典型的荒诞、魔幻。

真正有胆识和探索精神的作家，不仅会挑战文体自身的局限性，而且他会从精神、心理方面扩大文体的张力和向心力。这种语境形成的夸张和“变形”，就制造出意想不到、引人入胜的效果。在写作中，莫言让叙述改变或变形以往的固化呈现生活、存在世界的方式，去发现与重绘包括荒诞、象征、隐喻在内的事物，做出形神兼备的叙述、表达。对于莫言小说的荒诞美学，王德威认为，莫言的《十三步》“情境荒诞无稽，每每使读者有不知伊于胡底的危机感，但莫言正要借此拆散我们安身立命的阅读位置”[10]。除此，《蛙》同样也是绝好的例子。当叙事将“狂欢”、荒诞充斥日常生活空间的时空，人性、存在的隐秘，就会以另一种独特的方式“现身”。

实际上，魔幻并不是什么叙述层面上的特异功能，而是作家作为写作主体所具有的“超验”能力。也可以说，“超验”也是一种视角功能。莫言、贾平凹、阿来这几位作家，都喜欢而且擅于选择、使用这样的视角，来“透视”或“斜睨”出存在世界的另一种真实事象。那么，如何“超验”地进入存在世界和人性深处呢？换一个角度讲，当我们考察文学文本所呈现的疯癫“疾病”时，我们可能就会联系到福柯的名著《疯癫与文明》。福柯认为，疯癫意象的魅力，在于“人们在这些怪异形象中发现了关于人的本性的一个秘密、一种秉性。从疯癫的想象中产生的非现实的动物变成了人的秘密品质”，“这些荒诞形象实际上都是构成某种神秘玄奥的学术的因素”。[11] 在福柯看来，疯癫在各方面都会使人迷恋。它所产生的怪异图像不是那种转瞬即逝的事物表面的现象。那种从最为奇特的谵妄状态所产生的东西，就像一个秘密、一个无法接近的真理，早已隐藏在地表下面。而且，疯癫与人，与人的弱点、梦幻和错觉相联系，通过疯癫衍生出错觉，反过来通过自己的错觉造成疯癫。那么，这种所谓的“疯癫”，一种是事物或人物本身所具有的真实存在状态；另一种则是作家“有意为之”。即如果不实施“变形术”，就无法洞悉或穿透现实、存在的“块垒”，就无法抵达常规无法僭越的认知瓶颈。卡夫卡

《变形记》的策略，马尔克斯《百年孤独》的整体性美学氛围，都为莫言这一代中国作家提供新的参照系。

“好的结构，可以超越故事，也可以解构故事”，而我认为，若要拥有“好的结构”，最重要的就是要具有独到的叙事视角和叙事的活力。几十年来，每每谈及莫言的写作风格和特性，我们似乎很难离开“魔幻现实主义”或叙事的“魔幻性”“魔幻化”这些“概念”。这种审视莫言小说的角度，或者说，域外文学的影响，的确对莫言的写作具有极大的启发性。但是，如果我们从莫言早期小说的生产环境、背景和语境来考量莫言文本的质地、性质，影响、决定莫言文本形态的元素绝不止“魔幻”。上世纪 80 年代，“寻根”“先锋”“魔幻”“形式”“文体”诸多理念、概念，构成那个时代写作和批评的显学，一起加入到“反叛”“创新”“叙述”“意象”等庞大的文学革命的行列之中。那时，当《透明的红萝卜》和《红高粱》甫一问世，莫言的叙述“家缘”很快便与马尔克斯的“魔幻”外衣构成伦理关系。实际上，魔幻并不是对写实、现实的摆脱，而是对存在和现实的深刻发掘、深化，是对一种存在可能性的拓展。孙郁分析《透明的红萝卜》：“黑孩的形象是苦难记忆的一种多旋律的展示。我印象最深的是作者对色彩的把握，完全是多维的、灿烂的意象。那光景，没有传统写实主义的单一，他呈现的是一般写实文学所不能实现的存在。底层社会原始的遗风和不可名状的心性之美飘然而出。小说对工地苦楚的生活的描绘，有浓彩大墨之处，乡下人的麻木、善良、无聊都在一种紧张的旋律里涌动。可怜而可爱的孩子在火光的映现里，弥漫生命力的气韵淹没了苦楚之境，让人感到气韵竟如此强大。”[12] 这里重视和强调的，还是“变形”的超现实力量。它“是一般写实文学所不能实现的存在”。余华说，“强劲的想象产生事实”。这句话对于莫言来说，任何一部作品都是想象力和虚构力的产物，每一个文本都是生活、“事实”或事物的“变形记”。唯有具备强劲想象力的作家，才可能出人意料、于情理之中甚至“情理之外”地“变形”“放大”“扭结”生活和事物，“按着美的规律”创造出奇崛、奇诡又令人信服的叙事情境，让人获得不曾有过的审美体验。《酒国》《生死疲劳》和《檀香刑》的叙事，就是一场叙事革命或嬗变，无疑它们都打破以往叙事窠臼，重新建立文学审美维度，令文本生发出超越以往惯性叙述特征的诗学意蕴。致力于文本中发掘大量的超现实成分，呈现“异象”，成为莫言叙事的内在追求。现在看，莫言早期的写作，像《透明的红萝卜》，它的出现并引起当时文坛震动，并非偶然。它一定是莫言摆脱以往叙事传统束缚，寻找个性化语感和语境的拓荒之作。作为文本个案，它必将成为研究莫言叙事美学的起点。胡河清在阐释莫言《透明的红萝卜》时，主要强调莫言赋予黑孩身上的“特异功能”，以及由此产生的罕见的神秘之美。叙述极度地夸张、放大人物的独特功能和感觉：黑孩所见到的阳光是蓝色的，他可以听见头发落地的声音，还能够用手抓热铁，让热铁在手上像知了一样滋滋地鸣响。黑孩的那种类似“通感”的超常感觉，近似佛教里的“幻相”。我想，这是莫言不期然的审美直觉对事物、人物的感悟，胡河清称之为“酷似东方神秘主义哲学的某些审美直觉方式”[13]使然。叙事的奇崛性和诡异策略，自信的语言能力，让莫言一上手就俨然生发出叙事的宏大气象。

在这里，我想用“一半是海水，一半是火焰”来形容、描摹或界定莫言小说的整体叙述形态。“海水”用以形容莫言写作的体量、容量、宽广度和纵深度，“火焰”则可以比拟莫言叙事的结构、态势、情境和文体美学面貌。不妨说，这也是莫言对自己“文体诗学”建立的肇始或滥觞之作。我始终认为，“讲故事”和“叙述”，在文学文本里，完全是两个充满悖论的存在。一方面，它们不可分割地纠缠一处，难分彼此，因为“讲故事”的“讲法”似乎就是叙述的策略，但故事本身天然的“本色”需要则是“原生态”的朴实或悬疑的面貌；另一方面，叙述在文本层面，则必须体现无可替代的、最核心、最内在的作家的结构力，有沉淀，有燃烧，这是“叙述”层面的“技术美学”要求。从一定意义上说，莫言的“文体诗学”是“水与火”的交融。

五

1950年代以来，对于我们中国当代作家的写作，几乎都有“史诗性”的期盼和诉求。“史诗性”在一定程度上，构成了我们判断一个作家的写作处于何种状态和层次的重要尺度。它成为许多作家的“情结”和“心结”。但对于“史诗性”的理解，也就是我们如何判断和评价一位作家的整体创作，或者一部长篇小说，是否具有“史诗性”，到底要凭借什么样的叙事形态、规则或美学趋向，始终是一个较为模糊、含混、不够清晰的暧昧状况。我感觉，决定一部作品或一位作家及其文本是否具有史诗品质，除去叙事格局、背景和时空间性等因子，还有一个重要的因素，应该是其是否具备强烈的抒情性张力。一部作品所体现出、涨溢出的对一个时代的激情和描述的宽柔。在一定程度上讲，写于1980年代的《红高粱家族》，就是一部具有强烈“史诗性”的小说。它就是试图通过一部“家史”“族史”来透射出一个民族的最底部的人性、心理、文化形态，正是因为这其中显示出的“内暴力”，方才足以让1980年代的中国当代文学界感到震惊。它之所以构成了当代文学的现象，一个重要的原因或理由，我想一定是处理历史与叙事、个人经验与家国历史、民族志学等方面，表现出的前所未有的创新品质。现在看，莫言的这种“史诗性”，看似发掘于自己虚构的家族传奇，实际上，更具有在“家国”的场域展开叙述的历史长度和“纵深性”品质。那么，《红高粱家族》《丰乳肥臀》《生死疲劳》《檀香刑》，无不具有强烈的“家国”情怀和“寻根”意识。但是，莫言的写作并没有“解构”“戏仿”和“改写”大历史的趋向，也没有掉入对“历史的先验”的诠释之中。莫言以自己的审美方式——历史叙述和审美的民间性，回到历史现场。莫言彰显历史的“剩余”，也是试图裁剪掉深藏于历史之中的“野性”。其深层的愿望，无非是将他所感知到的大历史的“剩余想象”打磨成另一面镜子。也可以说，莫言是从另一个界面呈现、建构历史的多元性状态，所谓“正史”“野史”在文学审美意义和价值层面讲，就是一种“互文”，彼此既不构成悖论，也不相互逢迎，是一种对话关系。同时，充满想象力的虚构，恰恰可以厘清、爬梳出叙事的真伪，只要遵从内心和灵魂的真实，就不会陷入历史虚无主义的泥淖。所以，“诗比历史更永久”这句话，就成为描述文学家和历史学家相互“较量”的箴言。莫言《红高粱家族》出现的这一阶段，学界或小说界正在探讨有关历史书写的“新历史主义”“寻根文学”。其中涉及现代主义的史学观，还有结构主义、存在主义。这些概念或理论问题与叙事文学纠缠一处，引发广泛、复杂而莫衷一是的争议，直接影响着文学批评对这些文本的判断和阐释。莫言自述自己写作《红高粱家族》系列时，“一天到晚都处在迷迷糊糊的状态，写完了连能不能发表自己都拿不准”[14]。莫言自己笃定，想在叙述中竭力搞清楚的是“历史上到底发生了什么”这样的问题。他试图将历史还原或“微缩”到一个家庭诸成员的经历或命运之中，就是要将历史还原民间，以纯粹民间的视角描摹民间的人生，写他们在大历史中个人的生死歌哭。由此可以推断，莫言叙事的逻辑起点和叙事伦理是以个人性姿态介入历史，对历史形象的描摹格外鲜活，并让这样历史中的个人本色地“现身”，且与大历史构成特殊的密切关系。这样的“史诗性”，是否更具有个人“英雄史诗”的意味和属性呢？当然，这种史诗性自然是来自民间，又超越民间。其间，难免有处理经验、想象和历史、个人关系时，作家自身的充满矛盾的牵扯。但莫言以强烈的个人性、抒情性作为介入、诠释、再现中国现代性的途径和方法，在文本中镌刻一个个屈辱的、压抑的、感伤的灵魂，申诉时间长河里人们的不幸和苦难。支撑文学叙事并产生文本力量，以及使叙事具有“史诗”品质的重要因素，就是源于作品中对人物形象的塑造。《红高粱家族》中的“我爷爷”“我奶奶”、《丰乳肥臀》中的上官金童、《檀香刑》中的孙丙等，这些人物在“金戈铁马”的历史空间维度里，展示出生命、命运在大历史风云变幻中的奇诡、传奇经历，爱恨情仇，生死歌哭，生命中的不可测和变数。但是，文学叙事所要肯定的，是人性内在的冲动和真实境遇，肯定生命、经验的重要性，一句话，就是正视人存在的尊严。这些人物，虽然都是大历史中的“尘埃”，却是莫言对历史想象的结晶。

在中国现代、当代文学史上，我们可以看到这种与众不同的文学现象：这就是有些作家十分自觉地遵循传统，他们的写作从取材、处理题材，到情节、人物、细部修辞、意象，甚至语言、叙述、整体的意蕴和语境等方面，都明显是源自以往的文学传统。那种无法摆脱的沉浸感，在其叙述的字里行间，丝丝缕缕地渗透出来，让我们感受到高度传统化的气韵和格局，向传统致敬，深挖“民间”的深井，并且，在他们的文本里可以清晰地爬梳出种种元素、“原型”特征。这类作家的写作，也有无数经典文本的出现和留存。而平民意识、英雄情结及其“原型”，也就成为“史诗性”情结得以实践的另一条宽广的路径。

谈到“史诗性”，我们必须要论及莫言与长篇小说这种文体的关系。起初，莫言写作《红高粱家族》的时候，显然并没有考虑这可能是一部重要的长篇小说的一部分。他的构思和文本结构、框架，就是一个短篇或者中篇的想法和设计。但是，这部小说后来“发展”成一部长篇小说，似乎也是一场宿命般的“安排”和趋向。这部作品的写作，与高晓声写作“陈奂生系列”的情况十分相近。后者是通过一个人物的命运，延展出一个人在时代发展、变化过程中的命运史；前者则不同，莫言《红高粱家族》的写作生长点则是一个家族的命运变迁。两者的叙事情境也大相径庭。莫言的叙事，完全是依靠叙事的激情在不断地推进。当然，这也涉及文学叙事的文体问题。文体形式作为小说创作的一个重要方面，最终还是无法取代小说的精神性价值，因此我们说，文体的独立性仍然要依赖小说精神的独特性而存在。大多数中国当代作家需要解决的问题，恐怕还是如何整合个人经验与存在世界、历史、现实的关系问题，其实，这也是一个哲学的问题，世界观、审美观的问题，是作家如何进入自由创造的文学精神空间的问题。那么，文学自身应该具有的丰富性，能否真的在文体创造冲动中呈现新景观、新状态就显得尤为重要。多年以来，我们已在贾平凹的《秦腔》、莫言的《生死疲劳》《檀香刑》、阎连科的《日光流年》《受活》、苏童的《碧奴》、格非的《人面桃花》等作品中，看到了作家对历史、现实以及人类生活深广度的发掘，体会到作家们对长篇小说艺术可能性的可贵探索。从文学史的角度讲，任何时代文学的标高都在于审美价值和艺术创新程度，在于对历史和当下现实生活的穿透力，在于对生活或存在的想象力、个性化的修辞能力，更在于文学叙述的气度和耐心。保留住文学直面现实、超越现实的品质，才是校正时代生活、历史、精神与个性化写作的关键。因此，只有努力寻求一种新的话语模式，在超越性的艺术想象中建立虚构的力量，只有直面语言和生活的质感，回到生活本身，回到灵魂深处，重视对人类精神现状的艺术考证，才能摆脱叙事的焦虑，建立起当代文学叙事真正的丰厚、宽广。也就是，从一定意义上说，特定文类的话语功能通过叙述实现更大的张力，导致小说结构方式和文体的革命；但同时，也必然带来小说形态的变形，打破传统文体形式和规约的平衡性。像《檀香刑》《生死疲劳》等文本，不可避免地在显示出文本“陌生化”和奇崛性的同时，也会很大程度上显现出文体的“坚硬性”“极端性”，甚至涨溢出经典文学性的边界。这样，文体自觉的另一方面的“效应”，就难免会流露出无法掩饰的叙事的“做”的痕迹或“匠气”。所以，文体、叙述的轻与重，其产生的叙事结果都是文本的“双刃剑”，它需要作家切实地把持。

莫言在《捍卫长篇小说的尊严》一文中，进一步鲜明地表达了他对长篇小说文体和叙事的诉求，他不仅要“大苦闷、大抱负、大精神、大感悟”，还要“大悲悯”，这就需要“大叙述”。他提出：“长篇小说的难度，是指艺术上的原创性。”“长篇小说的密度，是指密集的事件，密集的人物，密集的思想。”“长篇小说的长度、密度和难度，造成了它的庄严气象。它排斥投机取巧，它笨拙，大度，泥沙俱下，没有肉麻和精明，不需献媚和撒娇。”[15] 此外，莫言还特别提及长篇小说的语言之难——具有鲜明个性、陌生化的语言。而从叙事语言的角度看，莫言的语言观念十分契合小说的本质。这也是莫言小说具有鲜明个性的缘由。汪曾祺说过，“写小说就是写语言”。可见，杰出的作家无不对语言满怀敬意甚至对其有“膜拜”之心。莫言的叙事语言，既有朴素、厚实亦灵动的特性，也有其“粗粝”“奇崛”和幽默品质，这种语言上的“兼容”或“杂糅”。因此，莫言的文学语言，就显示出自身的不可替代性和难以模仿。

1995 年，莫言在一篇名为《灿烂的星空》的文章里曾经提到科学家霍金及其《时间简史》，也提及霍金的学生佩奇对霍金的一次奇特经历的描述：轮椅上的霍金，在乡间别墅的一段斜坡路上，他的轮椅如何慢慢地向后倾倒，并向后翻滚到灌木丛中。佩奇描述的这一幕，令莫言无限感慨和震惊这位研究引力的大师，被地球微弱引力所征服，霍金的往后倾倒[16]，在此文中，莫言强调，霍金的倾倒，说明无论多么伟大的头脑也摆脱不掉客观规律的制约，所有的人，都应该向科学和真理投降，因为科学和真理是忠实于客观规律的，不可抗拒的。而莫言在这件事上所获得的最大感悟是，发现规律或真理，是科学家的使命也是“宿命”。言外之意，作家的写作及其使命，应该遵循什么、敬畏什么，已经不言自明。

因此，在创作中，尽管莫言的文字汪洋恣肆，貌似天马行空，但是莫言的精神理性，却常常会握紧形象思维这匹“野马”的缰绳，不会任其放任、放浪和放纵。对于莫言而言，无论在精神、心理、灵魂层面，还是语言、修辞、叙事层面，莫言的文本，整体上发散出来的是那种既有感性气息又有理性静穆的智慧之光。记得已故的天才评论家胡河清，在比较苏童和格非的微妙区别时说：“格非的小说不仅意境诡奇，且透出一种成了精也似的灵慧心计；苏童对权术与计谋的熟谙程度远逊于格非，但他却常流露别一种‘神以知来，智以藏往’的神光，而这一种先知的异禀，又是格非所无的。”[17] 这里所谓“神以知来，智以藏往”的神光，对于莫言这样一位喜欢从自我出发，以个人经验和生活经历为源泉的作家，一定有神佑般的天分，助力他释放出巨大的艺术创造的能量。无疑，莫言仍在不懈地体验、求证、适应属于自己的文学叙事的“万有引力”。一方面，时间固然是检验文学文本价值意义体系的炼金术或试金石，我们的时代仍然是一个“准备经典”的时代；另一方面，莫言写作及其文本早已经走在时代整体性的文化、话语和理论模型的前面，尽管尚需要一代代读者的审美接受，需要理性、思想对其作品的深入开垦，但是，莫言与贾平凹、王安忆、苏童、余华、格非、阿来、迟子建等，一起构成的中国当代文学的“高山大河”，近几十年来始终为当代人所瞩目。这些，才是我们时代的写作和阅读的诗意存在的前提和依据。

前不久，莫言选择“百度”，先后开始使用“抖音”“公众号”等自媒体，亲自“上线”，一时竟成为文学、文化的“热点”。可以说，莫言再次将自己的“身段”放低。他直言开公众号的目的，主要是想与年轻的朋友聊聊天，“向年轻人学习”，展开密切的互动，莫言强调自己“不惧怕变化，学习新事物，接受新思想，改变旧观念”。这个“举动”，有人称莫言的“次元壁破了”，是一次“跨界”。其实，仔细想想，若干年前，莫言提出“作为老百姓写作”的时候，不就已经将自己的内心安妥于我们的内心，并以一位作家的赤子之心不断地撞击着我们的灵魂吗？就是说，面对历史、现实和未来，莫言从未“失语”过。

注释：

[1] 张学昕、陈宝文：《反抗绝望：无法直面的存在本相——读余华的〈黄昏里的男孩〉和莫言〈拇指拷〉》，《作家》2003年第11期。

[2] 孙郁：《莫言：与鲁迅相逢的歌者》，《当代作家评论》2006年第6期。

[3] 张新颖：《从短篇看莫言——“自由”叙述的精神、传统和生活世界》，《当代作家评论》2013年第1期。

[4] 吴义勤、刘进军：《“自由”的小说》，《山花》2006年第5期。

[5] 陈思和：《人畜混杂，阴阳并存的叙事结构及其意义》，《当代作家评论》2008年第6期。

[6] 李洱：《从〈晚熟的人〉看莫言小说的变化》，《文艺报》2020年11月6日6版。

[7] 王安忆：《喧哗与静默》，《当代作家评论》2011年第4期。

[8] 莫言：《清醒的说梦者——关于余华及其小说的杂感》，载莫言散文集《感

谢那条秋田狗》，浙江文艺出版社 2021 年版，第 17 页。
［9］莫言:《清醒的说梦者——关于余华及其小说的杂感》，载莫言散文集《感谢那条秋田狗》，浙江文艺出版社 2021 年版，第 17 页。
［10］王德威:《当代小说二十家》，生活·读书·新知三联书店 2006 年版，第 219 页。
［11］福柯:《疯癫与文明》，刘北成、杨远婴译，生活·读书·新知三联书店，1999 年版，第 17 页—18 页。
［12］孙郁:《莫言：一个时代的文学突围》，《当代作家评论》2013 年第 1 期。
［13］胡河清:《灵地的缅想》，学林出版社 1994 年版，第 148 页。
［14］莫言:《我们都是被偷换的孩子》，浙江文艺出版社 2020 年版，第 80 页。
［15］莫言:《捍卫长篇小说的尊严》，《当代作家评论》2006 年第 1 期。
［16］莫言:《会唱歌的墙》，浙江文艺出版社 2021 年版，第 73 页。
［17］胡河清:《灵地的缅想》，学林出版社 1994 年版，第 178 页。

贾平凹论

作为历史的后人，我承认我的身上有着历史的荣光也有着历史的龌龊，这如同我的孩子的毛病都是我做父亲的毛病，我对于他人他事的认可或失望，也都是对自己的认可和失望。《山本》里没有包装，也没有面具，一只手表的背面故意暴露着那些转动的齿轮，我写的不管是非功过，只是我知道了我骨子里的胆怯、慌张、恐惧、无奈和一颗脆弱的心。我需要书中那个铜镜，需要那个瞎眼的郎中陈先生，需要那个庙里的地藏菩萨。

——贾平凹《山本·后记》

一

如果从贾平凹发表处女作算起，他的写作已经有四十六七年的历史，也就是说，贾平凹写了将近半个世纪。关键是，他写了这么久，依然笔力遒劲，竟然没有丝毫衰竭、滞涩和差强人意的迹象，他始终保持着一种叙事的耐力和耐心，佳作迭出，不断给我们带来惊喜。他无疑已成当代文坛的“常青树”，成为中国当代文学独特的存在。这些年来，我们不能不愈发地敬畏他惊人的创作力，惊异其才力、精力、体力、想象力和虚构力。精神的尺度、艺术的尺度，独立谨严，我行我素，可谓自带光芒。特别是，他的长篇小说、中短篇小说文本的自足性、寓言性，大量散文、随笔叙述的“自传性”“文体性”，使得他对历史、对现实的审美把握，既充满创作主体的自觉与自在，也具有灵魂的超越性。贾平凹的叙述缘何会引人入胜、魅力无穷？他不竭的写作激情和沉实的自信从何而来？他在千万言的文字里，建立了怎样的属于自己的文学语意系统？

他是怎样凭借自身的文学“感觉结构”重构出历史结构和现实结构这个庞大的美学镜像？这些，都值得我们深思。多年以来，贾平凹的叙述，能够以有限呈现无限，以生命主体呼应自然，以历史“博弈”映照现实，以精神冲击固化物态，以宽柔力克坚硬。其中，不乏奇诡的故事，也有大量鲜见的人文情境、意象和隐喻的玄机妙处。他让文字后的历史与现实，既活色生香，波澜万状，又沉实厚重，立意悠远，气正道大，颇耐咀嚼和品味，经得起时间的磨损，遂成为秦岭边地的“博物志”或民族精神“记忆链”的存档。我们在贾平凹的文本里，深切地感受到写实主义的强大力量，这也是贾平凹对“写实主义”和“现实主义”新的理解和拓展。自“出道”以来，贾平凹就显示出“大拙”的天性，他深味文章三昧，面对不同文体的作品形态，他从不端着“架子”，而是“精耕细作”，敬畏文字，洗尽铅华，因此，叙述中总是浸润了真性情在里面。他韧性地恪守自己认定的人生理念和价值底线，甘于寂寞，踽踽独行。也许，这就是贾平凹的写作近年来成为中国当代文学主干话题的重要缘由。无论从哪一个视角看，贾平凹已经通过自己的文本，创设出中国现当代历史和现实生活的文化密码。这些文化的“密码”，是贾平凹近半个世纪以来对中国当代乡土和社会人生、人性的潜心发掘、“考古”和真实写照。

21 世纪以降，贾平凹的写作发生了重大的结构性变化。他的文学叙述方式和文本结构策略，都体现出新的叙事理念的更新和较大调整。在 2017 年写作长篇小说《山本》时，贾平凹的一番话道出他近年写作变化的“天机”：“作为历史的后人，我承认我的身上有着历史的荣光也有着历史的龌龊，这如同我的孩子的毛病都是我做父亲的毛病，我对于他人他事的认可或失望，也都是对自己的认可和失望。《山本》里没有包装，也没有面具，一只手表的背面故意暴露着那些转动的齿轮，我写的不管是非功过，只是我知道了我骨子里的胆怯、慌张、恐惧、无奈和一颗脆弱的心。”[1] 我们看到，贾平凹写到六十六岁的时候，仍旧竭力地使自己更加本色，更加褪去矫饰，删繁就简，充分展示内里，其本色之心、拳拳之意，不仅有对事物本然万象虚幻的剥离，而且，他还试图揭示艺术表现的“铜镜”所折射出的精神、灵魂的“山海经”，或人性的隐秘“矩阵”。在这里，他将写作的形态，比附为一只手表背面的通透和“暴露”，完全在于他要透析时间的本性和写作的动力。究竟是什么样的意志力，才能找到作为引导写作主体的驱动力，才能不伪饰，不造作，不虚妄，不疯癫，清明舒朗，直抒胸臆？“我需要书中那个铜镜，需要那个瞎眼的郎中陈先生，需要那个庙里的地藏菩萨。”无论是“铜镜”“郎中”，还是“地藏菩萨”，都表明贾平凹多年来对写作中神性以及“文运”的敬畏和重视，而这恰恰是他的独到之处。这些理念或念想，冥冥之中就已经决定了贾平凹写作的“不变肉身”，而那裸露的“转动的齿轮”驱动着叙述时间的渐进，延续着一个漫长的写作惯性，凸显出作家在磨损中觉悟的生命意识和存在感，这也正是他最接地气的地方。这些“物象”，不仅在一定程度上传达出关于自然和人生的不乏神秘主义的写作经验，而且，由这些经验链接和渗透出来的事物之间，都是以无限复杂的方式相互作用、衔接，并且成为对世界进行描绘和诗学把握的重要层面。更主要的是，它极大地拓展了文学表现的诗性审美维度。正是因为贾平凹对自然的无限敬畏和体悟，对“众生”的悲悯情怀，也使他在处理人与自然及其普遍的交织关系时，包括人的主体意识在内的一切终极性思考和体悟，都环绕着大量超越理性的直觉、感悟和精神幻象，并由此升华为精神哲学层面的审美缅想。如果我们从这个视角看贾平凹的写作，前面提及的那面铜镜，在这里，就像是一只叙事中的“佛眼”，博大精深，或许正是每一位作家创造杰作不可或缺的制胜法宝。

近半个世纪以来，在从贾平凹的第一部长篇小说《商州》到《山本》的若干部作品中，面对贾平凹所身体力行、兢兢业业的写作实绩，我们可以清晰地梳理出他文学写作整体性的脉络，特别是小说的美学发展轨迹，文人叙事的流风余韵，以及借此建立起来的文化感极强的审美维度。从审美维度来考量今天的文学大师贾平凹，我们可能会感觉到他写作的自我“狂欢”，也会深谙他的旷世情怀和怀古幽情。他所说的那“一颗脆弱的心”，我觉得正是贾平凹在进行叙事艺术探索和实践的过程中的不拘泥、不规避、不狷狂亦不节制，他的写作永远伴随着写作主体不羁的、自由的灵魂之舞。在这里，有敬畏，有豪迈，有沉郁，有温婉，也有衰颓，有悲情，有气度，气韵流动，千丝万缕，山重水复，寓意深远。毋宁说，这颗“脆弱的心”，还隐含着他对历史、文化、自然和人性的深度“迷踪”探寻，体现出他对存在世界灵魂结构的重新“虚拟”。四十六七年来，贾平凹及其所抒写的小说长卷，几乎覆盖了中国现、当代社会历史时期的精神生态，他的写作，构成当代中国近一个世纪的心理、精神变迁与变革史。回望贾平凹迄今的整个写作历程，还会清晰地看到，他真正是一位从未离开过书写中国近百年历史和现实的当代作家。也许，正是因为他自己深嵌其中的乡土太过殷实，他对中国现代、当代历史和文化，中国乡村生活和文化的体验和呈现，都富有沉郁、荒寒、细腻、寥廓之感和赤子之心。对于一个作家来说，如何持续而有力地呈现出一个时代生活鲜活、积极、生动的一面，怎样表现一个民族行进及其人性的实际的状况，这是考验作家精神、心理和叙事技术的综合性能力的问题，这的确需要作家精确地把握和呈现它绵长的纹理和细部。通过几十年的写作，用文字来描绘大量具体的形象以及形象性场景和情境，做到不重复，不雷同，有超越，有变化，已经很不容易，而要依靠它来表现抽象的情绪和情感，表现人性精神的、内在的复杂形态，就会更加困难。一般地说，好的、真正的形象性文字，就是要不断地打破、超越文字既有的逻辑组织关系，打破日常性、约定俗成的某些限定，运用理智、智慧，将最初的感受、朦胧的意念具体化为细节、细部的场景和人物。当然，这也是最需要一个作家内功的时候。这里，最需要作家能有一份强烈的、勇敢的、博大的情感担当和责任。秦岭商洛，丹凤棣花，贾平凹生于斯，长于斯，出发之后又不断地“回返”，魂牵梦绕，不破“金身”。概括地说，贾平凹千万余言的文字，如此巨大的体量，体现出作家自身一次次叙事革命的发生。贾平凹文学叙事话语和文学结构美学，在不断变化、复杂的文化情势之下应运而生。

任何时代，真正的文学革命与发展，首先在于叙事美学的调整和变化。具体地说，就是作家创作及其文本，必须要具有自己独特个性的话语系统，这是由叙事方式、叙事结构、审美建构的变化产生叙述活力的前提。1980年代中后期，大量西方和拉美文学，确切地说是“翻译文学”潮涌般的引入，使当代文学迅疾地呈现“由原有的封闭系统向充满活力的开放系统转型的趋势”[2]。在颇显驳杂的“实验文学”“现代派文学”“先锋文学”裹挟中，包括意识流、意象派诗歌、荒诞主义、魔幻现实主义、新感觉派等现代主义、后现代主义开始逐渐渗透中国文学的庞大母体。尤其在1985年，曾出现文学的“方法论年”，这标志一种新的叙事话语系统、新的叙事元素及理论，开始大幅度地冲击、影响、改变中国文学、中国作家的写作形态。中国当代文学原有的现实主义传统，整体上受到强有力的“冲击”。而此前，体现在贾平凹早期的写作上，他业已表现出的是无师自通般的“本色”或话语自觉。叙事语言形态和美学面貌，素朴、淳厚，泥土的趣味犹存，少有斑驳的杂色。白描、写实、故事都精微、绵密，而氛围和情境的营构，纯然本色，独具意蕴。那时的贾平凹，应该是还没有清晰地意识到“乡土文学”的理念和精神在自己写作中的潜滋暗长。他对于沈从文的创作有自觉的体悟，沈氏文体风格和精神气质的潜在影响，开始逐渐在文本的字里行间被悄然激活。贾平凹早期的小说《满月儿》《南庄回忆》《好了歌》《晚唱》《商州》《小月前本》《鸡窝洼人家》《腊月·正月》等，自觉地触及古老乡村现实的兴衰和矛盾，切身地体验并发现乡村的心理、精神、伦理和人性的律动，“怀着真挚的、热烈的情感”[3] 去书写出乡村社会的本色“生态”。

从中国传统文化的角度考察中国现代、当代作家的写作，再具体到“雅”和“俗”的文化层面审视作家及其文本艺术形态、艺术境界，这是描述和讨论小说现代精神的重要前提。按着阿城的思考，观察中国小说及其文化性质上的“雅”与“俗”，最终还要回归“世俗”：“以平常心论，所谓中国文化，我想基本是世俗文化吧。这是一种很早就成熟了的实用文化，并且实用出了性格，其性格之强顽，强顽到几大文明古国，只剩下了个中国。”[4] 实质上，阿城最后将雅俗引向了哲学。可见，俗雅之间，正可以呼唤出有“烟火气”的禅风禅骨，产生更多的文化气蕴上的惬意。所以，贾平凹的文字里，既能感受到素朴、浩瀚的浑然之气，也有清幽、散淡的空灵气息。人间草木，山林野地，人事纷扰，旷世变局，叙述从来都是于地理、人事出发，向邈远伸展。或许忧戚之心，悲凉之意，空幻变形，奇音诗意，会冲淡雅俗的执意和要害，自由地捭阖独特的美学玄机。贾平凹的写作，可以说是写俗而不流俗，更是以素朴的话语形态和精神气度让叙述“逆俗”而行。这种“逆俗”的劲道，当然是源于贾平凹扎实的生活磨砺，早年家世的悲苦、山川的贫瘠、乡土世界的深茂虚涵引发的奇思妙想，还有“凡是找到的书，都要读读”，“取经唯诚，伏怪以力”的勤勉。[5] 唯有“知俗”，才能“超俗”，也才可能体现文字柔软中的犀利和清明。贾平凹选择从“俗世”生活出发，未见得就是我们以往概念“俗”的内涵，而是生活的“本色”状态的俗，所谓“俗到极处就是雅到极处”，“俗世”——“世俗”，人间烟火，礼尚往来，在貌似旧趣味中寻找到逆俗的因子，自然会形成不凡的旨趣、语境、意境。贾平凹正是那种将生活之俗写活了的作家，他的文字，无论小说、散文，还是序跋、随笔、书信，有“士大夫”的情致、情怀，有“但开风气不为师”的谦卑，也有铸就文字“般若”的诉求和不竭的努力。这恰恰是造就贾平凹文事幸运的根本原因。贾平凹选择让自己的写作始终盘桓在文化和灵魂的路径上，正所谓“从俗世中来，到灵魂里去”[6]。这也是许多当代作家的艺术追求和写作动力。

上世纪 90 年代以来，许多当代中国作家的创作，都在“逼近经典”的文学“经典化”道路上执着地迈进。而对于作家贾平凹的思考、研究和阐释性“破译”，早已成为文学批评和当代文学史建构的重要内容和工作之一。1999 年，我提出“准备经典”的概念，坚信经典生成必须经过时间的历练，经典是一个时代文学大师的精神积淀。我们先不必苛求我们时代和作家能否产生经典，我们只要去做我们该做的就行了。维吉尼亚·伍尔夫对她同时代的文学曾这样描述过：看起来，当代作家们干脆放弃写作经典的希望倒是明智的。对于他们的写作，时间老人像一位老练的教师，指出其中的墨渍、涂抹和删改之处，未来的杰作就是在这些练习簿的基础上创造出来的。因此，我觉得“经典”可以被理解为一种果实或状态，也可以理解为一种播种的过程。

无疑，贾平凹以及中国当代作家们始终坚实地行走在“准备经典”的道路上。

二

几年前，我撰文阐释贾平凹的写作时，提出关于贾平凹的“世纪写作”概念。我之所以这样界定，不仅是因为其写作的题材范畴涉及现当代中国的百年历史，也是考察贾平凹作为书写历史、时代与乡土的当代最重要的作家之一，是如何通过近百年的中国历史和现实保持着对生命和人性的尊重、思考和不断深入探寻的姿态。可以说，他对当代现实的冷静，以及对历史与自然的敬畏、宽柔和清醒，都体现出一个杰出作家的精神品质，叙事格局的宽阔。从《废都》到《秦腔》，再到《古炉》《带灯》和《老生》《山本》，贾平凹的个人写作史，他大量的重要文本，同中国近百年来的沧桑彼此交融渗透，成为探索这一古老民族历史和现实的重要解码。近年来，他以愈发坚执、包容、宽厚的笔触，以旷达、自由的眼光，凭借其出色的想象力，在《老生》中悉心梳理了中国

20世纪的风雨更迭，这部作品俨然已经成为他“世纪写作”中厚积薄发的“触发点”。贾平凹以“世纪写作”为叙述重心，以商洛丹凤棣花镇为写作原点，以《老生》为切入点，描述、透视民族百年历史的兴衰浮沉，探寻乡土中国的繁盛、沧桑，勘察人性。而《山本》如前所述，它也在重回历史的途中，去竭力地发现潜隐在时间深处的微小生灵。

追溯地看，写于2011年的《定西笔记》，是否可以真正视为贾平凹开始“世纪写作”的心理、精神起点？无疑，这部长篇散文随笔，不仅具有写作发生学的意义，也是作家身体力行的一次体验和操练，这对于他此后的写作和叙事方向具有重要的意义。

> 但是，我并不知道这次到定西地区大面积地行走要干什么。以前去了天水和定西的某个县，任务很明确，也曾经豪情满怀，给人夸耀：一座秦岭，西起定西岷县，东至陕西商州，我是沿山走的，走过了横分中国南北的最大的龙脊；一条渭河，源头在定西渭源，入黄河处是陕西潼关，我是溯河走的，走的是最能代表中国文明的血脉啊！可这次，却和以前不一样了，它是偶然就决定的，决定得连我也有些惊讶：先秦是从这里东进到陕建立了大秦帝国，我是要来寻根，领略先人的那一份荣耀吗？好像不是。是收集素材，为下一部长篇做准备吗？好像也不是。我在一本古书上读过这样的一句话，“纯粹而不杂，静一而不变，淡然无为，动而以天行，谓之养神”，那么，我是该养养神了，以行走来养神，换句话说，或者是来换换脑子，或者是来接接地气啊。[7]

贾平凹想去看什么呢？他想去寻找什么？我们能够隐约感到，这正是贾平凹萌发写作《老生》和《山本》的初衷。他要大踏步地走出棣花，走出丹凤，走出商洛，欲将整个秦岭置于一百年历史烟云中，世间百态丛生，终究要总览英雄。在这里，我们完全可以将《定西笔记》视为贾平凹“世纪写作”的发生和起始。所谓“纯粹而不杂，静一而不变，淡然无为，动而以天行，谓之养神”，也正可以看作是作家内心诉求萌发过程中的凝神或平静。仔细想，在《秦腔》的写作以及此前，贾平凹的写作姿态始终是“回去”，尽管他对乡土、对故乡的感觉很复杂，但是，叙述的心理上，他只要是写作，就是一次次地“回家”。在《秦腔》里，贾平凹写出了故乡如此繁复的人情和人事纠葛，他的乡土经验获得前所未有的整饬和总结。从《定西笔记》这部长篇随笔开始，贾平凹的写作路径则是不断向外部渗透和凸出，小说空间诗学的维度，开始向商洛和棣花之外蔓延和生长。

可以说贾平凹就是要写出一部秦岭的“百年孤独”，要写出世纪秦岭的“世说新语”。这是贾平凹的叙事“野心”，也是叙事雄心。归结起来说，贾平凹的“世纪写作”是文学叙述层面上美学的延展，是仰望历史和民族、仰望中华龙脉的写作。早在二十余年前，胡河清就曾对贾平凹的写作有过热切的展望：“他的文运还远远没有枯萎惨落之象，而且正渐由平远秀丽之境而转入深邃。其实这并不令人奇怪，刘伯温曾在《灵城精义》中说：‘龙之性喜乎水，故山夹水为界，得水为住。’贾平凹的故乡奇山异水，乌骓出乎深潭，其文运安得不伟哉！”[8] 当然，贾平凹数十载创作的活力，与他植根于故乡、沉浸于乡土密切相关，他的“文运”之所以如此昌盛，都取决于他对人民、土地、民族和生活的深情眷恋。

2016年初，在西安“贾平凹大讲坛”的演讲中，梳理贾平凹四十余年的创作时，我提出对贾平凹创作的重新分期问题。我将他的写作划分成三个阶段：以《废都》为界，可以称之为“前《废都》时期”的写作，《废都》到《秦腔》之前，可以称之为“后《废都》时期”的写作，而自《秦腔》《古炉》到《带灯》《高兴》和《老生》，完全可以视为贾平凹创作新的“爆发期”和转型期。若执意要为这个阶段“命名”的话，我觉得不妨称作贾平凹写作的“后《秦腔》时期”。我强调，贾平凹在这几个不同阶段之间的变化和腾挪，既构成贾平凹自身写作的发展史，也构成了中国当代小说创作的“风向标”和转捩点。

2014年出版的长篇小说《老生》，是他的第十五部长篇，我们能够在这部作品的文字里，明显感受到贾平凹叙述上新的变化。文本里沉淀着古老中国近百年社会生活、时代所发生的重大变化，尤其是，我们更能体味到贾平凹在文字中丝丝缕缕渗透出的有关不同时代的波澜万状。从《带灯》开始，到《老生》，我觉得贾平凹的写作，或者说叙述，已经达到非常高、非常自由、纵横捭阖的文本境界，我觉得这是他创作的一个最为重要的时期。虽然，我非常喜欢扎实朴素而富于变化、灵动的《带灯》的叙述，但更喜欢这部简洁、干净、平易而厚重的《老生》。面对一百年的历史，贾平凹这一次好像是真正地松了一口气，释然而洒脱，无论是表现历史还是切入当代现实，他叙述、结构文本的心态，更加从容、纯熟、老道，更加严实、旷达和空灵，也更加忠厚；他将苦涩、忧愤和沉重淡化，弥散在机敏、幽默和寓言里。可以说，在这个充分自足的文本里，他创造了一个新的语境，历尽沧桑的“老生”的叙事情境，表现那位在几个时代游走唱“阴歌”的老生，以沉郁而悠远的语气和从容、宽厚的气度，呈现世间的苍生。“不问鬼神问苍生”，苍生，以及“问苍生”，这是一个何其旷达的视界，其中，需要怎样的胸怀、情怀才能包容藏污纳垢的世间之万物？看得出，贾平凹就是要用心来讲一个有关生命、命运和死亡的故事。贾平凹的创作，真正地跃出了既往略有“野狐禅”式的绵密而空灵的叙事，呈现性情内敛之后创作主体的文化自觉，他开始与历史和现实中的灵魂对话。贾平凹的写作，正逐渐达到那种炉火纯青、自由而悠远的叙事境界。这个时候，我仍然有些疑虑：他源源不断的创作力，他想象力的神奇、写实的功力，是否已成为中国当代文学的一个神话？我猜想，也许，写到《老生》，贾平凹的内心，是否正涌动着一种旷世的“世纪情怀”？

我之所以要梳理贾平凹创作的这几个阶段，而且，特别地切入《老生》这部长篇，是因为我觉得在这条轨迹里面，我看到了贾平凹创作清晰的文学地形图。其实，从《废都》开始，他前瞻般地将1990年代初中国当代知识分子和中国文化的“颓败感”，表现得淋漓尽致，这是他对上世纪90年代初社会转型和变化非常有力的一次深度透视。此后的《高老庄》《土门》和《怀念狼》则处在一个相对平稳、摸索、滑行的状态，这对于一个不断行走着的作家，倦怠和乏力可能是难免的，而作家对经验、思想的反思和气力的调整，又都可能直接影响文本的形态。但是到了《秦腔》的写作，似乎一切都不同了。记得我最初拿起这部长篇小说读到四五十页的时候，已经令我无法放手。我猛然意识到贾平凹想要做什么了——他真切地发现了中国传统乡土世界在当代的衰败和破碎。在写作《废都》的时代，在上世纪90年代的社会转型期，他一下子抓住了文化在历史节点上的动荡，知识分子在转型过程中，在各种社会情势下，各种文化力量相互挤压和冲突，他们灵魂的骚动不宁和无法安妥。贾平凹写出作家庄之蝶等文人、画家在时代变动中精神的颓靡及其向下的生命状态。实质上，这是贾平凹对一个时代提出的沉重警示。贾平凹在《废都》的后记里，曾用《如何安妥我破碎的灵魂》来表达他写作这部长篇时复杂的心态。我们现在从文化的层面看回去，1990年代初，可以说是一个“废都时代”，也许文学最能准确地概述和描述一个时代的特征。那么，21世纪初始的几年，我们姑且称之为“秦腔时代”，贾平凹那种散文似的笔法，叙事的神韵埋藏在字里行间，中国当代的乡土世界的生活，就像是很难切断的生活流，在其间汩汩流淌。这时，贾平凹又发现了这个时代所发生的重大变化，这种变化令人非常惊悸——中国传统乡土社会的瓦解和破碎，以及纠缠在其间的文化、人性的被消解，被掩抑。当所有的现代性扑面而来时，人在这个时代里感到巨大的眩晕。贾平凹回到他熟悉的生活，回到乡土，写下那些他所熟悉的生活，把它们很细腻地呈现出来，这种细腻，可能就是接近大音希声、大道至简、大象无形的表达。

长篇《古炉》基本上是《秦腔》叙述的延续，整部作品的叙事极其自由，开阖有度。六年前那部《秦腔》写出了当代、当下中国乡村的裂变，敏感、敏锐地洞悉了中国社会整体性、实质性的转变，《古炉》则选择追溯上世纪60年代的中国乡村，回到当代史最激烈、最残酷、最令人惊悚的历史。这一次，从叙述方式上讲，与《秦腔》没有更大的不同，但这一次，我感觉作家更像是从自己内心出发来写历史，写记忆，写自己，写命运。作家写作最重要的动力和初衷，就是源于对自己所经历和面对的世界的不满意，他要以自己的文字建立起自己的世界和图像。《古炉》就是通过回到历史、回到另一个时间的原点，书写贾平凹个人记忆、集体记忆的经验，表现一种大到民族国家，小到渺小的个人命运。我感到，《古炉》所要表达的，是中国人的命运。这是一部表达命运的最杰出的作品，贾平凹想找回“世道人心”。他的文字依然细致、精细，是如水般流淌出来的。半个世纪前的中国形象、民族形象，在一个古老村落的形态变迁中，淋漓尽致地被呈现出来。贾平凹刻意地写“众生相”，写出“世心”的变化，写人的存在生态的变化。这部小说写出了乡村最基本的、亘古不变的东西，无论历史怎样动荡，人心深处，都应该有这种不变的伦常。这可能是整个人类的积淀，或者是人类文明的支撑点。但是，时代文化、政治的外力，改变了一切，社会政治、无事生非的角力，改变了人生活和生存基本的格局。准确地说，十年社会生活的动荡，剧烈地改变了天地的灵魂——世心。于是，一代人，一个民族，在这个时段里，改变了命运，改变了一切。人心的正气、惯性、常态，都突然坍塌，能够维持世道的纯正人心变形了，脱轨了，人心肆意地扭曲，良心不在，人竟然蜕化成为一种符号或傀儡。

贾平凹在《古炉》封面上使用英文 CHINA 的寓意，像古炉村的瓷器一样，一个民族、一个国家最重要的、最美好的东西，恰恰也是最容易破碎的东西。所以，《古炉》的叙事目的或叙事动机，根本就不是所谓"十年"记忆，而是一部关于中国人命运、人心的变迁史。他写的不只是历史，也是今天中国的现在进行时态。无疑，《古炉》是中国当下生活的一面镜子。它也是关于中国的巨大隐喻。

我们看到，贾平凹已将叙述推向 20 世纪 60 年代。这时，他已经衍生出"清理""整饬""盘点"世纪中国百年沧桑的叙事雄心和耐心。"《废都》是斜着翅膀飞翔的。"[9] 这里的"斜着翅膀"另有深意，近年来我们许多的论述，对《废都》的文本价值进行过"重估"，使得我们对于这部小说的意义和文学史价值产生新的判断。而《秦腔》《古炉》，却依然是贴地飞行，逆风飞翔，它们在寻觅更玄妙的所在。在《秦腔》和《古炉》里，有许许多多的细部令人难忘。特别是《秦腔》的细部，写到一条街、一个村庄的生活状貌，细腻地、不厌其烦地叙述一年中日复一日琐碎的日子，有许许多多对引生、丁霸槽、武林、陈亮等弱小人物的描绘，有对清风街生老病死、婚嫁的"还原式"记叙。生活细节的洪流和溪水都尽收眼底。没有高潮，没有结局，没有主要人物，无须情节推动叙事，只有若干大大小小的情节、细节呈现，繁杂而黏稠，张弛自然，有条不紊，还原、"延宕"，越来越少人工雕饰。我认为，贾平凹在这个时候，已经彻底地建立起自己新的话语修辞学或叙述美学。有人认为《秦腔》已经是贾平凹的巅峰之作："树立起《秦腔》这罕见、厚重、充满质感的碑石。"[10] 当然，这是对《秦腔》的充分认可。此前，我对贾平凹的创作做出的分期，主要是依据和倚重《废都》《秦腔》和《老生》这三部长篇小说的价值和意义。而《山本》的出现，立即打破了我们以往评论贾平凹创作格局的思路。现在看，《山本》的意义的确已经超越了文学史的范畴，我更愿意将其置于文化、历史和美学的新维度来考量。这一点，我将在后面的文字里展开论述。由此可见，对一位思想力、创作力异常强盛的作家，过早进行所谓"分期"，到后来可能会显得捉襟见肘。

三

也许，对任何作家的整体性或“全方位”思考和探讨，在历经时间的洗练之后，都难免显出以偏概全，尤其对于一位创作力经年不衰、始终保持极佳状态、稳定而成熟的作家而言，更是如此。以至他的每一部新作，都可能成为既突破自己又改变读者辨识度的优秀文本。那么，面对贾平凹，我们势必也面临同样一个问题：我们在谈论贾平凹的时候，我们在谈论什么？

作家贾平凹，为什么会长久地置身于历史或现实生活，关注、聚焦整个社会历史的演变，并且对生活、现实和人性进行细部修辞，做出“海风山骨”式的再现或重现？我们首先需要考量的是，近四十六七年来，贾平凹的文学创作是如何介入中国当代、现代历史的生活现实。他对历史和现实所进行的审美判断，体现出怎样的历史观、价值观和世界观，这些，都是我们对其创作做出阐释的基础。这些年来，我们透过贾平凹的写作，能够感受到他对现实、历史呈现时强烈的精神冲动和极大的热情，对人性持久的关注和探索，以及自己稳定的价值取向和选择。

那么，我们面对贾平凹的文学创作史和如此巨大的文本体量，要做出“经典化”的审美判断，不仅需要时间和阅读的双重考量，更需要研究、批评方法对以往审美策略和审美惯性的超越。数年来，我们都是采取“历史梳理法”或“类型学”进行“筛选”或“界定”，一方面将作家的写作“纳入”整个中国当代文学的大框架之内，在一个漫长的文学史的时间轨迹里开展描述、比较和评价；另一方面，我们会根据文本表现的题材和写法将作家的写作归类，诸如“历史小说”“乡土小说”“官场小说”“言情小说”“玄幻小说”“侦探小说”等等，不一而足。这似乎是十分“文学化”“学术化”的处理，但事实上我们很难将一位作家的写作与此“严丝合缝”地对位，而是往往根本无法确切地把握和穷尽其特征。

有一个关于历史学研究的角度令我们深思，或可成为进行文学审美的“视角政治”——“大写历史”和“小写历史”。“大写历史”指的是对历史进程的思考和总结，“小写历史”与历史叙述有重合的地方，但不完全一样。“这个‘大写历史’的特征是什么呢？第一，历史是一个有头有尾的过程，这是一个很重要的、根本的概念，或是一种基本的假设；

第二，历史总的方向是进步的，是向上、向前发展的；第三，历史是有意义的，或者说，历史事件或历史人物的行为都是有意义的——每个历史行为都是有意义的，每一件历史事件的发生都有意义。这个第三点跟前面两点是有关系的。为什么历史事件，这个单个的、看起来偶然发生的会有意义呢？就是说，如果用第一个观点看待历史，把它看成是一个过程，一个有头有尾的过程的话，那么自然而然地就形成历史不是无止无终的想法。”即“历史有一个起点也有一个归宿，是一条直线似的往前演进。当然这个过程可以呈现出波浪式，有时也有退步的情形。但总体方向是往上发展的，会变得越来越好，即使有波折，每一个波折都是有意义的”[11]。

对历史的书写，最能彰显作家的叙事立场和伦理，也最见作家审美判断的功力。其实，从《商州》《废都》到《秦腔》《古炉》等文本，再到《老生》和《山本》，贾平凹对“世纪往事”的书写，让我们感受到“大”“小”历史的镜像。“大写历史”波折的轮廓和循序渐进的“造影”，“小写历史”的横亘而绵密，栩栩如生，都使“浮生”如《山海经》般原生态呈现。这种呈现存在世界的审美维度和感受方式，在贾平凹这里，就是“海风山骨”的审美姿态。

“海风山骨”是什么？贾平凹在谈及写作时，经常提到这一“关键词”，他总是愿意将其与自己的写作紧密联系在一起。贾平凹这样细致地描述它：“我理解的是，像海一样的风吹过来以后那种感觉，那种你说它柔也柔，你说大也大，就是过来了。这个山，就是山骨，山那种骨架，像骨头一样。既有很温柔、很柔和的东西，还有很坚硬的东西。我觉得这个词有意思，我具体给你说不清它的理由，就觉得好，所以我爱用这个词，我觉得特别有力量的一种东西。所以，我把我的画册起名，也写成海风山骨。它这个词字面上有两种解释，刚才一直说，它这个风，风吹过来像海一样，山长得像骨头一样，也是这一种。一个阔大，一个坚硬的东西。总的来讲，风在我的理解里边，这个风应该是温柔性的东西，而且无处不在的，流动性的一种东西，山是一种固定的，是一种坚硬的东西，像骨头一样的一种东西。现实就像那冰冷的山一样，白花花的骨头一样的山一样，就是那种风。”[12] 在这里，海风，将海和山两种事物的关系在自由的碰撞中激发起来，形成有力量的存在，最后聚焦在“骨”上面，柔软与坚硬，山海之间获得了默契与和谐。显然，它是一种大自然的生态，也是一种富有震撼力的精神征候，是一种心态，也是一种命运。而“山骨”，“山那种骨架”，更容易让我们联系到贾平凹文本叙事的外在形态和精神内里。说到底，这种“海风山骨”的感觉、气息或体验，在贾平凹的写作中，体现出特别的艺术气质和风度。它是基于作家本人内外兼修而获得的文学写作基因，是构成“写作发生学”的重要内容，也是形成贾平凹艺术风貌和独特美学风格及其巨大张力之源。

弗罗斯特说：“人的个性的一半是地域性。”[13]“地域性”的因素，对于人尤其作家的个性形成，以及心理、精神塑造至关重要。而对于文学写作而言，地域性，几乎更是一种源头般的力量，仿佛作家在这里得到过最初的“养气”，在后来的写作中，又逐渐对非精华的成分进行“扬弃”。实际上，任何一个人从他出生直到生命的终结，无不带有他的出生地、成长地或“出发地”的深厚印记，所谓“一方水土养一方人”，这水土“养”的人，肯定与他的山水具有一样的“精、气、神”，对于一个作家尤其如此。它实在是一股强大的、不可逆转的灵魂力量。因此，对作家而言，地域性早已不仅是一个空间概念，童年、少年乃至青年时代所处的独特的地理风貌、世情习俗、历史和文化积淀，既造就其精神气质，也统统成为他的文化资源。无论是直观的、隐蔽的，还是缄默的、细微的，都随时会激发他们想象和虚构的冲动。对空间的觉醒，就是一种对世界、存在的深度觉醒，就会生发成内在的、深层的温度和气息。需要警惕的是，地域性也可能会给写作带来的尴尬和陷阱。就是说，空间作为地域性的显现方式，在宿命般地馈赠给作家写作资源的同时，也会无情地剥夺作家的个性优势以及个人的独特性。因为地域的内容还有更多是社会性的，它对于文学的影响可能是全方位的。

贾平凹说：“这是必然的，一方水土养一方人，养的人肯定和它的山水是一样的。我在年轻的时候专门为了寻找怎样写作好的语言，我曾经做过把陕北民歌和陕南民歌用五线谱画图表，工业图表一样标出来。我不懂得音乐，但我做这个标志你能看来，标出旋律的高低、缓慢，抛物线的时候，陕北的抛物线和陕北的山水是一回事情，缓慢的山旮旯，陕南也是这样，艺术和山水是一样的。”[14]“商州”和秦岭，在作家与故乡的“水土”之间产生了精神和心理的巨大“磁场”，他与它之间是相互吸引，相互作用，根本无法摆脱的关系。这里的“水土”就是一种文化氛围，是长时期在作家身上逐渐聚敛的“积淀”，它会影响艺术思维的走向。在贾平凹和属于他的“水土”之间，永远有着难以割舍的、“犬牙交错”般深厚的“情结”。如卢卡奇所言：“有一种根本性的心灵努力，只关心本质的事物，不管它来自何处，其目标是什么，反正都一样；有一种心灵渴望，即对家乡在何处的渴望如此之强烈，以致心灵不得不在盲目的狂热中踏上似乎回家的第一条小路；而这种热情是如此之大，以致它能够一路走到尽头；对这种心灵来说，每一条路都通向本质，回到家园，因为对于这种心灵来说，它的自我性（Selbstheit）就是家园。”[15]

除了“地域性”因素之外，作家自身的艺术修养，特别是作家与文化传统、与现代意识的关联，也是形成作家基本创作风格的重要方面。这是对作家精神素养和人格形成的“上游”因素的溯源。实质上，这就涉及作家“文化身份”的问题，这一点，直接关系到创作主体的文化和精神价值取向，决定文本的整体气质、层次和境界。关于贾平凹在传统和现代意识之间的写作，一直是评论、研究其创作的重要话题之一。贾平凹虽然不断声称自己是“农民”——“我是农民”，但其实骨子里的艺术基因早已生成为现代性因子，融会进叙述的结构。早在三十年前，胡河清在《贾平凹、李锐、刘恒：土包子旋风》一文中提出：“贾平凹、李锐、刘恒的作品故意追求‘土’，这是对的。现在有的人动不动就亮出‘中国文化传统’的大黄牌。其实中国文化传统不仅仅是士大夫文化之乎者也那一套，这里面还有一个农民文化的东西。开始在中国文学中展示农民心灵秘史的深层景观的，还是要数赵树理、马烽、孙犁等人。”[16]胡河清认为，贾平凹等人上世纪80年代的创作，在一定程度上改变了前辈作家的农民本位主义价值结构，但是，在深度沉潜状态中书写农民心灵秘史这一视角上，仍然属于赵树理、马烽、孙犁等的忠实传人，他们之间并没有精髓上的改变。胡河清从“全息现实主义”的视域，以大画家齐白石为例，论述贾平凹这一代作家的写作，在逼近现代意识方面的明显差距。1990年代初，胡河清从神秘学的视角，解析和阐释了作家贾平凹写作的叙事价值和意义，以及文本所隐含的文化底蕴。并且，将贾平凹的写作美学，归结为“表现了一种把西方现代主义文学的精神深度模式和东方神秘主义传统参炼成一体的尝试”[17]。二十几年之后，我们看胡河清对贾平凹写作的判断和把握，其中许多解读和认识更令我们信服。三十年前，他做出的评价和判断，其审美的预见性和贾平凹对于创作醉心的坚守和实绩，使我产生从贾平凹整体创作的维度去把握其写作品质和价值的强烈冲动。胡河清特别强调从1985年以来，中国文化的深层价值取向发生了一次具有史诗性意义的伟大迁移。在此之前，中国的文学艺术始终处于一种高度统一的文化规范之中，不能形成独特个性的话语系统。[18] 1980年代活跃在中国文坛的作家，都不期然地滋生并表现出为中国文学建立新的话语范式，拓展或改变传统现实主义单一的创作方法，形成新的审美定势的强烈愿望。贾平凹直接参与、实践着对当代小说创作的新探索，而这种探索、实践和走向成熟，不仅是渐次完成其个人文学个性风格和面貌的变化与生成，更是审美层次、审美价值及意义的不断发展和递进。对于贾平凹来说，这其中的艺术追求及其变化，在四十余年以来，已在很大程度上，成为不同时期中国当代小说创作的重要成就和论题。贾平凹的写作，始终植根于沉实、醇厚、坚韧、空灵、传统的俗世文化系统和底蕴之中，叙写秦岭商洛这块古老而神秘的土地上百年来的世道人心、生活，极其深厚地浸淫着世俗文化系统的实际样态。他寻求自身的变化以顺应、契合时代之变，以中国传统文化心理和积淀，融合外来文化和现代文明的强劲气息，通过自己的创作命意和叙事美学，使“中国经验”在小说文本中生机勃发，使得民族的精神、心理的流变在铺陈中获得伸张。贾平凹的小说在渗入大量非民族性元素的同时，既葆有富于现代意识的美学追求，保持创作主体精神自信和对艺术坚韧的追求，保持永不衰竭的文学增量，又在富于历史感和文化基因的生成、繁衍过程中，在传统和现代之间，呈现人性、自然、存在世界的原生态。

在这里，我们必须深入论及更多源自于文化影响的贾平凹创作之“变”。自小说集《山地笔记》和《商州》起，直至长篇小说《山本》，贾平凹从形成自己最初的文学理念和写作形态，到日臻成熟，炉火纯青，返璞归真，这期间的起伏，也可谓峰回路转，气象万千，整体的精神特征和体貌愈发复杂多变，丰厚沉实，拙态中埋藏着空灵，细碎中聚集着浩瀚。在当代，贾平凹可以说是距离中国传统文化最近的作家，他对于古典文化典籍的迷恋，对绘画、书法的钟情，一如既往的虔诚、审慎。他也格外注重向西方作家学习，充分地汲取现代小说理念和写作手法。这些都决定着贾平凹创作的基本的美学方向。多年来，贾平凹坚守中国小说“雅与俗”之间的内在关联和矛盾统一关系，在文本中悉心地按着自己对文体的理解践行其志。他的写作深受《红楼梦》和《聊斋志异》

等话本小说的影响，两者在不同的向度上都深深影响着他的文字，语境气息缭绕，丰饶旖旎。现在若回顾“五四”文学革命，尽管胡适和陈独秀等人，极力倡导白话写作和俗白的文风，但当时绝大多数作家的写作气质和美学追求，仍然是朝向诗意和诗化的情境氛围。小说诗化，在“五四”时期，鲁迅就是最杰出的代表。从他的《狂人日记》《伤逝》到《在酒楼上》《孤独者》，都是在《摩罗诗力说》的理念惯性中衍生出的诗性文本。阿城认为，中国历来的俗世小说，都是非诗化的，而《红楼梦》是在俗世小说中引入诗的意识的第一部小说。《金瓶梅词话》里的“词”，以及“话本”小说的“开场诗”，并不是将诗意入小说的例子。中国小说与西方小说的区别，是走入诗化的早晚问题，但它们的接近，则是走出诗化的趋同。俗和雅之间的优长，却是见仁见智，不一而足。所以对于贾平凹，他眷恋俗世的气息袅袅，渴求气象的阔达深邃，那种整体的、浑然的、元气淋漓的鲜活之状，但他也不愿舍弃天资里粗狂的成分，“性灵源里的东西”。他说：“粗犷苍茫里的灵动那是天然的。我也自信我初读《红楼梦》和《聊斋志异》时，我立即有对应感，我不缺乏他们的写作情致和趣味，但他们胸中的垒块却是我在世纪之末的中年里才得到理解。”[19] 俗世生活与情致之间，完全可以重新架构一条新的叙事的道路。《红楼梦》与《楚辞》，《老人与海》和《尤利西斯》，也都是贾平凹所爱，他的文学修炼，兼顾东西方文化的神韵。因此，他在处理俗世经验的时候，也就能在俗世中发掘出超越“世俗”的凌空蹈虚的“艺境”。古老的中国味道如何表达，所谓“中国经验”、中国人的真实感受如何表达，其中必定取决于主导性的艺术思维以及这种艺术思维下的表现形式和策略。我觉得，陈晓明曾提及的关于贾平凹小说的“在地性”，主要是考虑其处理现实和“经验”的“中国化”或“民间性”。但是，从长篇《秦腔》来看，贾平凹在浑厚、扎实的写实主义方法之外，注入了大量的现代主义叙事策略和元素。或者可以说，贾平凹的叙述是“贴地而飞”。从许多层面讲，《秦腔》成为贾平凹写作的又一个重大的节点。他开始对生活、存在保持超然的审美距离，单纯地去谛听世界所发出的声音。在贾平凹看来，文学的可靠性与价值不仅仅在于它所给予我们审美的、感性的愉悦，而在于其揭示了既有的存在秩序及其可能性。可以说，这是贾平凹智慧的文学观的体现，也是他的写作回到生活原点的开始。

早在1998年写作长篇小说《高老庄》时，贾平凹就曾坦言自己无论写什么题材的作品，都是他致力营构文学世界的一种载体，载体之上的精神世界才是他的本真。但“《高老庄》里依旧是一群社会最基层的卑微的人，依旧是蝇营狗苟的琐碎小事。我熟悉这样的人和这样的生活，写起来能得于心又能应于手。为什么如此落笔，没有扎眼的结构又没有华丽的技巧，丧失了往昔的秀丽和清晰，无序而来，苍茫而去，汤汤水水又黏黏糊糊，这缘于我对小说的观念改变”[20]。而在《高老庄》里，贾平凹虽然尽力要求自己原生态地写出生活的流动，实实在在地行文，但小说还是凸显出“高老庄”作为某种精神指向和艺术判断的意象性载体。写作《高老庄》时的贾平凹就已经坚定了写实的信念，他试图从此时的存在中梳理出打通个人与世界之间的精神通道，凭借对生活、人物、存在更为内敛的体验，建立自己文学写作新的维度。写到《秦腔》时，贾平凹的写作姿态和叙述方式再次发生重要变化。他的写作更加表现出对叙事的虔诚敬畏和耐心。在这部贾平凹“决心以这本书为故乡树起一块碑子”的作品中，在他对“一堆鸡零狗碎的泼烦日子”的叙述中，那密实的流年似的叙写表象背后，起伏着作家厚重坚实的情感担当。从写作、经验与生活的关系讲，这是一部真正回到生活原点的小说，它是作家内在化的激情对破碎生活的艺术整合，是睿智地对看似有完整结构的生活表象的颠覆和瓦解，我们在这幅文学图像里强烈地感觉到了生活、存在的“破碎之美”，这也构成了贾平凹文本审美形态的演进和重大变化。

那么，真正决定作家写作及其文本形态的，是他逐渐形成并日臻成熟、稳定的创作观。贾平凹的小说观、文学观，也就是审美观和叙事美学，应该说是始终处于一个整体格局相对稳定、写法不断地进行调整和求变的状态。新世纪初，贾平凹对自己的写作观曾有过梳理和盘整：“我的小说越来越无法用几句话回答到底写的什么，我的初衷里是要求我尽量原生态地写出生活的流动，越实越好，但整体上却极力张扬我的意象。我相信小说不是故事也不是纯形式的文字游戏，我的不足是我的灵魂能量还不大，感知世界的气度还不够，形而上和形而下结合部的工作还没有做好。”“现在要命的是有些小说太像小说，有些不是小说的小说，又正好暴露了还在做小说，小说真是到了实在难为的境界，干脆什么都不是了。”“禅是不能说出的，说出的都已不是了禅。小说让人看出在做，做的就是技巧的，这便坏了。”[21] 贾平凹道出了自己对小说的理解。其中，像“原生态”“灵魂能量”“气度”这几个关键词，诚恳地表明了他对小说艺术的美学追求。"形而上和形而下结合部"是作家进行小说写作时要处理好的一个关键问题，即"文何以载道"的创作方法论。而实现这个目标的重要条件，则需要作家的"灵魂能量"和"感知世界的气度"。这是对作家自我要求的标高，它一直缠绕着写完《废都》之后的贾平凹。而一位作家一旦为"灵魂能量"所驱使，一切技术层面的"有意味的形式"就显得不那么重要了。

一个作家如何在特定的历史时间统摄下写作，在一种非时间性的文学表达式中有选择的自由，摆脱时代或意识形态对写作的隐性要求和支配，改善自身与时代的错位或尴尬至为重要。贾平凹虽然生活在都市，却时时以乡村为依归，甘于寂寞，扎实而深情地表达乡土的"生死场"。只有这样，文学写作的立场及其形式、艺术理想就因之具备了抵抗世俗的力量而得以生存，写作也就可能成为走向经典的写作，作品也才会经得起时间的历练。实际上，从贾平凹最早的一批乡土小说如《商州初录》《鸡窝洼人家》《腊月·正月》《小月前本》等，以及长篇《浮躁》《废都》《高老庄》和《秦腔》，我感到贾平凹的写作与现实之间始终存在着一种强烈的紧张感和摩擦感。当然，这里有着诸多的文学与非文学的因素。作为一个作家，其职业要求的前瞻性、超前性，对现实的洞见性，必然要表达有别于常人的美学立场、审美判断。面对中国当代社会的巨大的、历史性的转型，作家所面临的是如何找准自己的精神方法，如何从心灵价值的维度，去整合自己的价值立场与时代生活的关系，准确地表达独特的个人经验，有时，甚至可能需要表达作家内心与现实的冲突和断裂。贾平凹曾经说过："是不是好作家，是不是好作品，五十年后才能见分晓。如果五十年后书还有人在读，人还被提起，那就基本上是好作家，好作品，否则都不算数。"[22] 我想，贾平凹所强调的是作家视界，并以一种独特的方式置身于这个世界，尽管他的审美视域和他的经验不断发展和变化，但他却无法得到对现实无限制的理解，所以，作家要克服知识、认识的有限性，发掘和表现现实世界的存在经验，而这种经验就是"一种使人类认识到自身有限性的经验"[23]，而人的有限性，包括作家写作的有限性又是美经验和美学表达方式的可靠性、永久性力量。文学的真正魅力，是在有限时间内其所表达内蕴的无限性，其令人震撼的文学体验支撑的文本叙述张力。那么，可靠的审美经验和永久性、有意味的美学形式从何而来呢？这也是制约和困扰作家写作的大问题。作家需要扎根于现实，是因为他的历史性。从这个角度讲，真正的经验是人的历史性经验，即人的存在经验，而文学的使命就是传达、表现或存储人的存在经验。那么，如何获得经验、把握经验、留住经验就成为非常关键的问题。维特根斯坦曾谈到，想真正看清楚眼前的事物是异常艰难的。在这里，他讲的也是人如何将经验真正地传达和保留下来。文学文本能否成为人类保存存在经验、心灵体验、建立高贵尊严的方式或有效途径，就成为当代作家最为关注和焦虑的问题。看见一种事物比想象一种事物要困难得多，这实质上是怀疑虚构与想象的不可靠性和悬浮性。事实上，现代小说家在小说叙事获得相当大的解放和自由后，愈发挖空心思、小心翼翼地探寻文学保存人类存在经验的种种可能性，恐惧自己叙述文字生命的贫弱、短暂或消失。近几十年的中国当代社会生活，其变化的神速和复杂程度，令人目眩，这就给中国作家的写作带来一定的难度。一个有责任感、有创造力的作家，不会再倚仗对西方艺术经验的感悟方式来处理自己的"中国经验"，他必然会让文学重新回到内心，回到文学本身，回到生活，回到叙事，建立起自己的叙述形态和叙事耐心。其实，曾于上世纪 90 年代写出《废都》的贾平凹，在完成了这部"安妥我破碎了的灵魂"的文本之后，"主体性"视角的想象、虚构和叙事力度已明显减弱。就是说，贾平凹正逐渐将"想象性经验"衍化成"存在性经验"进行表达。贾平凹开始"大智若愚"般地回到现实，注重"能看见"的"细部"，他认为唯有现实才是真实的，他相信"日常生活中有奇迹"[24]，他发掘和呈现生活、存在的自然秩序、内在秩序，他相信这种秩序是一种极其理性、自我、自在的存在。而且，这种秩序掌控着种种非理性所判断的存在，"人就是这样按需求来到世上的。世上的事都有秩序在里边"[25]。如果认定"日常生活中有奇迹"，并将"想象性经验"逐步衍化成"存在性经验"，是一部作品产生重要意义和富于生命力价值关键的话，我们就不能忽略作家的写作姿态和叙事策略，以及由此在文本中呈现出的小说"细部的力量"。这种力量可能来自小说人物的表情或动作，来自蕴藉着特别氛围的场景，生活中琐碎之事的回顾，或一段充满浓郁日常性的话语，是一段类似"闲笔"的不经意的叙述。说它是细节也行，说它是细部也罢，它必然是文学叙事的精要所在，是触动心灵的切实要素或原点。好的叙述，它的精华之处，一定在细部。任何一部杰出的作品，无不是精彩细部浑然天成的组合。细部所具有和产生的力量，一定会远远覆盖人物、情节、故事本身。而且，它所提供的生活经验、生命体验和艺术含量，既诉诸一个杰出作家的美学理想和写作抱负，也体现出一个作家的哲学、内在精神向度和生活信仰。作家对细部的迷恋和重视，至少说明作家已经放松了自己的写作姿态，回到了具体的事物，回到了事物的本体和生活的原点。《秦腔》《古炉》和《山本》，堪称文学叙事中细部修辞的典范之作。前面提及的贾平凹"海风山骨"的艺术理念，也是从进入事物细部展开的。《商州》《废都》《定西笔记》，尤其到了《秦腔》《古炉》和《山本》，贾平凹始终将笔触嵌入事物的最深处，《秦腔》的引生和《古炉》里"狗尿苔"眼中的世界，细微玄妙，杂花生树，"看见"了我们能够看到的世界，也"洞见"我们无法看到或不可理喻的世界。"中西的文化深层结构都在发生着各自的裂变，怎样写这个令人振奋又令人痛苦的过程，我觉得这其中极有魅力，尤其作为中国的作家怎样把握自己民族文化的裂变，又如何在形式上不以西方人的那种焦点透视法而运用中国画的散点透视法来进行，那将是多有趣的实验。艺术家最高的目标在于表现他对于人间宇宙的感应，发觉最动人的情趣，在存在之上建构他的意象世界。"[26]

四

除了长篇小说这种"主营"的文类，贾平凹的中短篇小说、散文、序跋、随笔和诗歌等文体写作中，都蕴藉着丰富、醇厚、空灵、宁静或沉实的美学情致和韵味，同样表现出隐含其中的理想人格、境界和精神气象。也许我们会犹疑，贾平凹的中、短篇小说创作处于什么样的状态和水准，他驾驭这种要求精致的文体时，是否如写作长篇小说那样，"四两拨千斤"般地显示其大气磅礴、从容自如的叙事格局呢？因此，我试图从文体的维度，进一步审视其创作的特性和状貌。

重新回顾他的中短篇创作，感悟他的"短叙述"，并体会他布局、结构、语言句式和掌控叙述节奏的变化，我们可以发现他叙事方式和叙事姿态的腾挪，以及体式的变化，尤其是其短篇与长篇文字"间距"的浓密度、紧适度、强度的细微差别。考察能够"引爆"他完整而富于使命感叙述的渊薮是什么。无论体式长短，故事的内核、幽灵般的人物存在，是如何在文本中获得新的隐喻、象征、新的语义框架的？

贾平凹的写作，从一个较高的起点出发，能够始终保持长盛不衰的状态，除天分的因素之外，还在于他在构建一种人伦关系的时候，既不背离生活本身的逻辑，也不随波逐流。他扎根乡村，对乡村社会的理解非常深刻，写出了中国历史和现实中悲凉的真实和热切的企望。同时，他又不忘记在写作中反思人的处境、人性变化。他对于人性、欲望在社会发生变革时，对于其间发生的裂变、错位和龃龉，能够做出超越社会学、政治学的文化和民俗学反思。重读贾平凹中、短篇小说，我们体味到，他凭借朴实的写实功夫，寻找乡野的诗情画意，追求纯粹中的雄浑厚实，深入、细腻地表现时代推动生活所发生的巨大变化。

贾平凹早期最有影响力的中篇小说是《小月前本》《鸡窝洼人家》《腊月·正月》。我认为，这是研究贾平凹创作的必读文本。上世纪 70 年代末到 80 年代初的几年间，贾平凹曾一度沉溺于“山石、明月和美”的审美韵致中，现在看来，那定然是他尽享写作本身的“难忘时光”。贾平凹敏感的艺术神经和感受力，清醒而清晰地看到时代、社会正在发生的巨大变动。他深谙乡村社会的世态世故和文化根基，所以，他迅捷地意识到社会变革转型过程中价值观念引发的人性机变、心理异动。多年以后，重读这三部中篇，我们仍然感受到其中灌注着贾平凹莫大的热情、激情和才情。

《小月前本》《鸡窝洼人家》《腊月·正月》体现出贾平凹浓郁的“拙气”。他于乡村日常生活的变动不羁中，细腻、缜密地在文本叙事结构中，铺排人心、人性和伦理的图谱。若是比较在叙事上注重提炼精神层次、凸显历史方向感的《腊月·正月》和以个人、家庭、婚姻变故作为主轴的《鸡窝洼人家》，我更喜欢《小月前本》。与前两者的浑厚、遒劲和开阖度不同，《小月前本》则是在时代生活大波澜中的“春风春水”。其气韵生动的抒情，灵秀洒脱的气度，更能探测到其叙事美学的厚度。三十余年后，重读这部小说时，我直觉这部中篇小说也是贾氏作品中师承沈从文的佳作之一。小月这个人物具有自带的“光芒”，贾平凹描绘她的时候，将这个生活在封闭乡村的女孩子的纯净无瑕、爱情萌动、善良坚毅，写得像脉脉流水一样隽永、沉郁。贾平凹通过这样一个平静、本真的年轻女性内心，洞悉时代的风云变化。他想在社会的机变中，体察个人内心的压抑、波澜和骚动不宁，凸显出心理的、身体的、精神的欲望与冲动，写出小月、门门和才才的“新情感”“新命运”，淘洗出外部世界的撼动下生发出的“乡村经验”和梦幻感，贾平凹现实的“幽情”，在这篇小说中显现极致。应该说，前面提及的贾平凹的这几部中篇小说，是1980年代以来文学叙事对“乡土世界”较早的梦想建构、情感自觉与梦幻的消解，都是充满诗性的绝唱，堪称当代版的《边城》。文本的“成熟度”和呼应时代的初衷，丝毫没有减弱叙事的美学高度，它们最早奠定了自“新时期”开始，贾平凹书写乡村的文学价值、意义和地位。

《黑氏》和《人极》，是贾平凹写于1980年代中、后期的两篇小说。我们通过这两个短篇所蕴藉的自然之力和结构形态，可以揣度和解析贾平凹小说中最具磁力、最敏感、最活跃的生命气息，在苍凉的生存图像里，捕捉人性最渺小、最无助、最惶惑、最脆弱的神经，对于《黑氏》中的黑氏，能够爬梳出最早的“出处”或“原型”。看得出，往事记忆中的哪怕一点点情愫或者感念，都会在贾平凹的文字中爆发出无尽的灵感焰火。在这个女性人物身上，贾平凹潜意识或无意识中，都流露出苦苦生存境遇中的“救赎”情怀。这个简单又复杂的人物，蕴藏着生存、命运、宿命和幽暗的玄机。可以推断，他在“救赎”黑氏的时候，实质上是在“救赎”自己的生命记忆。作家的某种“私密性”和“个人性”，在一定程度上，往往会构成写作的原动力。

> 忘不了的，是那年冬天，我突然爱上村里的一个姑娘，她长得极黑，但眉眼里面楚楚动人。我也说不清为什么就爱她，但一见到她就心里愉快，不见到她就蔫得霜杀一样。她家门口有一株桑葚树，常常假装看桑葚，偷眼瞧她在家没有。但这爱情，几乎是单相思，我并不知道她爱我不爱，只觉得真能被她爱，那是我的幸福；我能爱别人，那我也是同样幸福。我盼望能有一天，让我来承担为其双亲送终，让我来负担她们全家七八口人的吃喝，总之，能为她出力即使变一只为她家捕鼠的猫看家的狗也无上欢愉！但我不敢将这心思告诉她，因为转弯抹角她还算作是我门里的亲戚，她老老实实该叫我为“叔”；再者，家庭的阴影压迫着我，我岂能说破一句话出来？我偷偷地在心里养育这份情爱，一直到了她出嫁于别人了，我才停止了每晚在她家门前溜达的习惯。但那种钟情于她的心一直伴随着我度过了我在乡间生活的第十九个年头。[27]

我相信，这是贾平凹的一段真实经历。灵感的火焰，会在那一刻开始燃烧。我想，黑氏这个人物之所以写得这么好，原来在贾平凹的记忆中，早就有某种情结和积淀。贾平凹在“成为”小说家之后，逐渐摆脱另一个“自我”，脱胎换骨、如释重负地将自己内心最隐秘的情愫和惆怅，都投射到小说中的人物身上，这在每个作家身上可能都自觉或不自觉地发生。《黑氏》中的木犊和来顺，在小说里完成了他曾经梦想的担当。虽然，木犊和来顺，都不是那个当年的平凹，但是，当年燃烧的激情在后来的发酵，浇筑成一个小说的结构。《黑氏》讲述一个女人与三个男人的故事，她与他们的婚姻、家庭和感情的种种纠葛。贾平凹似乎在表达乡村生活的苦难和艰辛，无论是男人还是女人，都生活在一个很难实现和满足自身基本存在需求的环境里。人在一个什么样的环境和状态里，才可以获得基本的存在价值，才有尊严，才是自由的？人的自由，在当时乡村古老、封闭、陈腐的禁锢中，能否构成一种可能？我们现在可以反思，贾平凹为什么在那个时候会写出这样一篇小说。这个短篇，在彼时的意义和在现在的价值，究竟有多大。贾平凹绝不是为挖掘中国乡村的苦难写这类小说的，而是要发现存在真相，感受中国乡村人的艰难、长期的生存处境和灵魂状貌。贾平凹笔下的黑氏，是封闭、落后乡村间很丑但极素朴的普通女性，她丑陋却不粗鄙，她有乡村女性才可能有的善良和细腻，她的倔强与软弱，她的纯粹和宽容，她的怯弱和困窘，她的智慧和风情，在这个短篇里被呈现得丰沛而充盈。黑氏这个女性形象，应该是上世纪中后期以来，中国当代文学中少有的乡村女性形象。贾平凹是当代文学中最早表现乡村女性情感丰富性、复杂性的作家。当破败的乡村正日益复苏，生活不断地发生变奏的时候，贾平凹敏锐地洞悉到沉睡的古老乡土人们的生存方式，尤其是人的内在精神心理，他们看待世界的方式在急遽发生变化。人的觉醒，或者说人的生命主体自觉、自由，特别是女性生存意识的苏醒，代表了乡村的苏醒，小说的叙述显示出一种新的现代文明，人对自由、自觉与自然的向往。黑氏无奈而压抑地接受传统、接受现实的隐忍，自主地听凭情感的召唤与木犊结合，最后与来顺私奔，对于这样一个乡村女性，贾平凹将其写得一唱三叹，令我们想起沈从文有关湘西生活的许多作品。黑氏的命运，彰显出 20 世纪 80 年代初人的生存状态的贫瘠与荒诞。这部小说，还表现出强烈的文体感和美感色调。叙述的语调始终是向下压的，乐观的性情愈来愈寡淡，而清冷、玄黑的色调，充斥字里行间。整个叙述，悲苦的况味不断加剧，黑氏的命运和际遇，越是明朗妥帖，人物的心理却愈发复杂和躁乱，人性始终处于一种被驱使的忧心忡忡的状态。黑氏的性情，渐渐由卑怯、“中和”，偏移向乖戾和张扬，直至一种只可意会的孤独境地。“先抑后扬”或者“欲擒故纵”，这种叙事的路径，作为一种笔法，使人物和故事都充满了张力，体现出独特的中国叙事美学精神，让我们真切地感受到贾平凹叙述的“法道”。孙郁在谈到贾平凹创作时，引用孙犁对贾平凹的评价，认为贾氏文脉的源头不在我们今天的传统里，在其文字后面有古朴的东西。[28] 也许有人会觉得，这时的贾平凹，与沈从文、废名这些前辈作家相比较，他的叙述语境和情境，除气势上的优势外，体味世界的眼光还在低空盘桓，在审视人性的基本层面上，还没有彻底颠覆泛道德化的思想。只有在进入《废都》的写作时，他才从拘谨的思维中真正走出来。其实不然，贾平凹在写作《鸡窝洼人家》《小月前本》《天狗》和这两个短篇《黑氏》《人极》的时候，他已经具备现代知识分子对旧式文人的自我冲撞之气。不同于前辈作家以及同代作家的是，贾平凹的精神激流和心理走势，比他们更加富于情怀，更加沉郁感伤，更加“向内转”，更能够在内心承受无边的苦涩和黑暗。那么，这一切也就决定了贾平凹小说叙事结构和语感、叙事情景的充分“个性化”趋势。最初，贾平凹是作为一位诗人开始写作的，但历史和现实的厚重，使他培育了自己“站高山兮深谷行”的素朴、谦卑之心。因此，文本呈现出一种灵魂的担当和忘我的情怀。

《人极》写于1985年。写这篇小说时，正是贾平凹对“商州”的故事浸淫最深的时间，“商州”是他认识世界的不二法门。“不能忘怀的，十几年里，商州确是耗去了我的青春和健康的身体，商州也成全了我作为一个作家的存在。我还在不知疲倦地张扬商州，津津乐道，甚至得意忘形。”[29] 对他而言，商州早已不是行政区域的商州，它完全是文学意义的商州，它是一个载体，这里雄秦楚秀的地理环境和文化气息，使贾平凹沉溺于幻想之中难以自拔。《人极》这篇小说，也是写一个男人与两个女人的故事，叙述仍然是上世纪六七十年代的中国乡村背景。贾平凹也是极写西北乡村的饥馑、荒凉和粗鄙的原态，但却写出了世道人心，写出了生活暗流中的浮生，写出了一个善良、朴素、倔强的性格和人生。

在一个“商州大旱，田地龟裂，庄稼歉收，出门讨要的人甚多”的乱世光景中，主人公光子先后与白水和亮亮的遭遇、婚姻故事，既富于传奇性，又具有神秘感。这篇小说曾被“划归”上世纪 80 年代的“乡土小说”，这似乎也没什么不妥，我想，贾平凹写作这篇小说的初衷，似乎还要单纯许多。强大的乡村和乡土原生态的人的生存状况、人伦关系，人性的粗鄙和刁蛮、温暖与敦厚，杂糅在乡村的复杂、浑浊的大漠之中。在《人极》这个单纯、简洁的叙事结构里，困苦、孤独的乡民，羸弱、无奈、哀哭，清寂、灰色的人生和命运，盘根错节般在乡土虬龙状的历史根须中交织着。光子、亮亮和白水，三个人的命运、身世，在大的时代和历史烟云中，像浮萍，像秋叶，随波逐流，或随风而去。亮亮欲逃离“斗争”的漩涡，结果自己却撞进了生活的险滩；白水是想要逃离不幸婚姻的牢狱，而人性的执拗、坚执，在乡村的封闭性、世俗性和愚昧中却被彻底窒息。就是说，在这样一个时代，连“苟活”也成为一种巨大的奢求和幻想。乡土乡村，尘埃中都裹挟着生命的苦涩。在当代，绝少作家像贾平凹这样，能在文字里透视出现实生命存在的无限哀凉。表现生命和个人如何进入庞大的历史陀螺，体现出他“以人为本”的人本主义叙事伦理，这些，构成那时贾氏的现实主义的精神坐标。因此，与《黑氏》的叙事色调相同，《人极》所显示出的黑色、清冷、孤寂的“商州美学”，已在这类中、短篇小说里渐显微芒。

五

我感觉，进入 2001 年以后的贾平凹，仿佛灵光闪现，创作主体似有“众人皆醉我独醒”“众人皆醒我却醉”的意味。他不断地以凡笔写出神韵，叙事的文体感空前自觉，其文字于简朴中拓出更多未有之色，个性表达更具腾挪的空间，冲出“秦岭”的荒凉和凄风苦雨，于俗世尘埃里逆俗而行。文本叙述从充满“神性”的视角，从容进入历史、现实的叙事层面，慢慢行走，内心与上苍交流，与“俗世”对话，更少许多计较、拘谨和隔膜。因此，山河之色、人性之光，都在新的叙述伦理尺度下构成深远的存在。作家挚诚的情怀和伦理选择，叙事方法的诗学哲学维度，已经成为贾平凹在叙事艺术上持续攀援的定海神针。

我认为，写于 2004 年的《秦腔》和 2017 年的《山本》是两部独特的长篇小说，也是“五四”新文学以来，在叙述结构层面最具美学新质的长篇小说。在这里，贾平凹写作这两部作品，绝不仅仅是调整叙事视角和叙事策略的问题，而是呈现在叙事伦理和审美基点上的根本性变化。进一步讲，这里触及到小说叙事和虚构的诗性哲学问题。贾平凹在《秦腔》和《山本》里建立起“超越性”框架结构，有意通过弱化和降低作者、叙述者的主体力度和功能，凸显叙事所隐藏和预设的“隐性叙事者”，开始拥有可以彻底打开“洞天”的“佛心”，具有宽广的洞察力，打量尘世间的一切存在，俯瞰芸芸众生，直面社会变革和人性，叙述中建立起最终的价值判断。实际上，这种“超越性视角”叙事诗学观的形成，已经体现在此前创作的《老生》之中。

我一直猜想，《老生》的构思和写作，有可能是贾平凹在《山本》写作之前个人创作经验的刻意“盘整”，直接关涉叙事姿态的变化和重要调整。《老生》在叙事方式上，最引人注目的就是《山海经》的“硬性”植入。在小说四个章节的“故事”前面，都有很长一段《山海经》原文，并作相应“解读”。仔细探究每一段《山海经》与该章节的关系，感觉它们之间若即若离，如影随形，又悠远自居。“《山海经》里有诸多的神话，那是神的年代，或许那都是真实发生过的事，而现在我们的故事，在后代来看又该称之为人话吗？”“《老生》是四个故事组成的，故事全都是往事，其中加进了《山海经》的许多篇章，《山海经》是写了所经历过的山与水，《老生》的往事也都是我所见所闻所经历的。《山海经》是一个山一个水地写，《老生》是一个村一个时代地写。《山海经》只写山水，《老生》只写人事。”[30] 可以想见，贾平凹深知在文体章节上，做出超过“题记”之类如此大幅度的引文，对“正文”叙事的“干扰”和“制动”作用。在这里，我们可以理解为建立《山海经》和《老生》两者间“互文性”的意义，表明《山海经》“节录”的“副文本”鲜明地体现出贾平凹写作主体叙事伦理变化。这主要仍然是基于叙事视角和审美姿态的重新选择。而另一个“副文本”——关于《山海经》引文的“问答”，则在对话中阐释并推进对于天地、自然和人类关系的讨论。这种写作策略，完全可以视为在《山海经》的启迪下，作家想象、建构秦岭腹地百年沧桑瑰丽异境的新思维，是对中国当代文学空间的拓展。《山海经》充满神奇的神话精髓，曾影响像《神异经》《博物志》《西游记》《红楼梦》《镜花缘》诸多中国文学经典、原典，贾平凹从中所汲取的是对《山海经》流风遗韵中诸多元素的化用和灵感启迪。他受此启发，让叙述回到“历史原点”，“零距离”重现历史上发生的“人事”。恰如《山海经》曾经描述、记载的山水，荒远的自然形态留存于文本之中，以自己的方式继续在时间和空间维度里发酵和重现。而秦岭山脉20世纪的风风雨雨，在贾平凹笔下，被“原生态”地呈现和保存，他尝试着像《山海经》那样，面对驳杂的历史，将所能感知、体悟的事物，尽力作出摆脱一己或大众共有的道德困惑，整饬历史烟尘中的苍茫云雨和细枝末节。明显地，贾平凹已将人类社会，将历史、现实和人性都归于一统，《山海经》所给予他的，既是叙事文学蕴藉的哲学理念和演绎生命存在的描述方式，同时，《山海经》巨大的审美启发性和文化气质，又为贾平凹提供了文学向地理学、神话学、历史学、人类学等多维度致敬的审美逻辑和文化底蕴。贾平凹曾说：“我要写一本新的书，从新解读《山海经》。”[31] 贾平凹怀揣着对《山海经》的敬畏，重新体验自我对历史沧桑的感悟，重新以文学叙述的方式潜入历史的断层、沟壑，并为“内心的历史”画像。《山海经》成为叙事的逻辑起点和灵魂参照系，因此，这个“内心的历史”才得以本然地呈现。在《老生》的后记里，他直言：“我的《老生》在烟雾里说着曾经的革命而从此告别革命。”[32] 这时的贾平凹已经在尝试卸下“包装”和“面具”，让“一只手表的背面故意暴露着那些转动的齿轮”[33]。他努力超越历史意识和种种“史观”思辨的限定，而以“山海经式”的艺术思维视角，进入更为自由的叙事境界。他写出了历史深处的文化印痕，写出了时间深层模糊的人性幻影和欲望喧嚣，破解着百年来秦岭深处人性、人格和生命的密码。仿佛是在比照《山海经》的宇宙“罗盘”，贾平凹将人生、草木视为平等的事物和存在，可以说，这已深得《山海经》的文化真髓，同时，《老生》也在很大程度上改变了叙事逻辑，改变了叙事形态。

“我有使命不敢怠，站高山兮深谷行”，贾平凹实践使命和担当的策略，选择的是一个“潜行”的姿态。其实，从一个峰巅爬向另一个峰巅，根本无法作“逍遥游”式的超越，必须“潜行”深谷、幽谷，方可见奇幻诡异、古灵精怪。这是感知事物的方式，也是探究天地的方法。那么，我们是否可以判断贾平凹早在写作“商州”系列时就已经具备如此叙事的雄心和胆魄？有一点可以证明，从《商州》到《山本》，往前还可以追踪到《山地笔记》，贾平凹钟情、迷恋秦岭，可谓“咬定青山不放松”。

虽然，在世纪百年的时间跨度里，贾平凹的文本叙事地理坐标几乎没有发生太大的空间位移，但是时间和空间却发生了令人难以置信的重叠或者剥离，这是一个斑驳的时间和葱茏的空间充满无限生机的咬合。叙述的表层，较少乱世之音的哀怨、盛世之声的高亢，历史和现实都是几经内心沉淀的、浑然厚重的感觉世界。作家可能站在实处，但是他会内敛出空灵、虚幻、寓言和镜像，他也可以选择虚拟的视角和维度，而他的抒写则可以精确地抵达事物的肌理。贾平凹与棣花，和商州，和秦岭之间，审美思维也较少意识形态纠缠，他与表现对象和事物之间，开阖有度，收放自如，从而在文字里构成相对独特的叙事伦理。

如果我们继续考量《商州》，勘察文本的发生学及其支配小说叙事的“秘笈”，《商州》实际上就是秦岭的“人物志”“风物志”。这些“人物”“风物”就是贾平凹后来许多小说中事物、人物、植物的“雏形”或“原型”。其中的小人物，也有的成为许多长篇小说中的“大人物”。那么，在贾平凹的经验世界和想象空间里，为什么会有这样多的人物和故事？这些人物被分别置于各个叙事单元，相对独立，自成一章，看上去像是一组组中、短篇的聚合，仔细揣摩，感觉它们在文体上迥异于以往长篇小说的结构。这也意味着贾平凹最初文体意识的觉醒。在《商州》中不仅看到贾平凹最初叙事的平实、平和、平易、自然，而且贾平凹早年对生活和人性的理解，将感受和经验转化为文本时那种小心翼翼和低调，让我们窥见到他诚恳的文学叙述的“初心”，这是他叙事伦理最初的生成。其中的故事、人物都“辗转”衍生成此后大量文本的“人脉”和谱系。在《商州》里，贾平凹还极为详尽地梳理、描述了秦岭、商州的山山水水、村镇坪坝，芸芸众生的小人物深潜其间，浑然一体，组成了一幅人和自然的写生画。若干年后，我重读这部长篇，感觉贾平凹写作这部长篇的时候，已经在叙事策略上，潜在地具有《山海经》的“遗风”。他叙写人物，描绘山川草木，不加丝毫粉饰和矫饰，从一个县城、一个村镇到另一个县城和村镇，从一座山、一条江写到另一座山、另一条江，其间奇闻异事的迷离，人物和命运的变幻莫测，在《商州》里都被细致呈现出来。这种近乎还原的工作，“不是自然主义，它看似鸡零狗碎的日子，骨子里却极有分寸”[34]。

全商州所有的县城，若从字义上来说，那是不相符，即，有县无城。唯一县、城俱在的，只有商县，虽然那城池现仅是方圆三几里的面积，残缺不全的几节石条墙，却足以使这个县一跃而为全商州文物重点保护之冠首。清以前这里是州，州府老爷是谁，无人可知，反正他们各个毫无政绩，不像苏东坡在凤翔兴水利而今有苏公祠，亦不像范仲淹在延安造林木而今留有范公祠。但既是州官，堂堂五品，又处山高皇帝远的边地，他自然要享尽人间之富贵。据州志载，原城南有游乐园，城北有射猎场，城内路分四条，形如井字，正中有一钟楼，模式酷似京都长安。这些现已无迹可寻，因为当年李自成兵退这里，一把火烧了城池，废墟上重建，就没了过去的模样了。但以方位来查，州府所在，正是现在商州中学那块高地；这是全城最高点，从校门到街面，一个漫坡，三十度，三百米，说是大凡进府之人，到这坡下，路陡马不能骑，轿不能坐，只能徒步而行。

这是一幅时髦文明和落后原始的对比图，但更似乎是一幅落后的原始的小农经济对现代的文明的城市生活的嘲弄图。总之，这又似乎是反动的，不符合潮流，不真实的一个生活镜头，但它却是真真正正的，不断发生的一个生活实景。[35]

像这样碎片式截取现实生活的叙事形态，在当代背景和现实语境里，以《山海经》式的想象方式，表现奇人异禀、凡俗生态，思接千古，从混沌中滤出清醇，从纷扰、驳杂里再现高远。这完全是对传统文化具体而细腻的承接，蕴藉对原始思维的思考。若干年后，这部《商州》所记载的，岂不成了人文和自然胶着一处的又一部《山海经》？《商州》充满了“土气”，也充满了“水气”，散文化的文本结构，恰好延续了《山海经》般的自由，显示出应有的力度和气度，叙述进入诗学层面，尽显朴拙之气。正如孙郁所说，贾平凹的小说“有散文的味道，旧式文人的气脉在此延伸着”[36]。文本形神兼备，体式不拘一格，文脉、地脉相互缠绕，氤氲之气油然而生。诗化、散文化使得小说的叙事结构产生“跨文体”的特征，也为叙事增添了新元素。亦如伊格尔顿所言：“人必须在更宽阔的背景下来观察自己的生活，而不仅仅是检视自己的感觉。这种更宽阔的背景，正是亚里士多德所称的政治。你必须在时间的背景下来观察自己——把自己的生活理解成叙事（narrative），目的就是要判断生活进行得好还是不好。这并不意味着从长第一颗牙到牙齿掉完这一过程中所有的事情都得形成一个合乎逻辑、条理分明的整体。许多叙事不管它怎样的精巧，都不具备这统一性。叙事可以是多重的，断裂的，反复的，分散的，但依然是叙事。”[37]

需要强调的是，基于“超越性”视角的叙事，并非贾平凹早年在写作中刻意追求的“虚静”状态或境界，而是一种源自现实又超现实的、审视灵魂的叙事姿态。这种“越界”，是作家放下自己的“身段”之后，兀自对历史和现实的重新“搁置”。叙事中“虚无”自我，只做“冷眼旁观”，有意将诸多人事沧桑重置同一价值层面。贾平凹清楚，社会的重大转型，时代的风云际会，已经彻底“颠覆”了昔日自我的“虚静”，以及“虚静”审美状态下进入世界的途径。只有“虚静”之“虚”伴随他渐入高蹈的精神层次。

> 如今，找热闹的地方容易，寻清静的地方难；找繁华的地方容易，寻拙朴的地方难，尤其在大城市的附近，就更其为难的了。
>
> 前年初，租赁了农家民房借以栖身。
>
> 常有友人来家吃茶，一来就要住下，一住下就要发一通讨论，或者说这里是一首古老的民歌，或者说这里是一口出了鲜水的枯井，或者说这里是一件出土的文物，如宋代的青瓷，质朴，浑拙，典雅。先是那树，差不多没了独立形象，枝叶交错，像一层浓重的绿云，被无数的树桩撑着。
>
> 谈笑风生，乐而忘归。直到夜里十二点，家家喊人回去。回去者，扳倒头便睡的，是村人；回来捻灯正坐，记下一段文字的，是我呢。[38]

或许，正是贾平凹早年对“虚静”状态的追求，以及饱含传统文人“悠然见南山”的自我修为，使其文本很早就隐现出特别的超脱和“空灵”。但小说终究是对生活内涵的发现，既要在叙事中写出自己与生活的关系，更要在对存在世界的谛视中，寻找生命、人生、命运的雄浑力量。写作《老生》时的贾平凹，一句“我有使命不敢息”足以看出他对更宽阔叙事姿态的坚执，这种坚执于《山本》中体现得张弛有度，不折不扣。法国作家罗伯－格里耶尝试着“这些人物身上所有的是非善恶和道德优势均被作者以橡皮擦去，一同被擦去的还有人的情感与自主性”[39]，无疑，这是一种相对主义的审美立场，疑似“去道德化”的叙事姿态。它与贾平凹接近“非人格化”的视角极其近似，贾平凹与前者的不同在于，叙事和呈现，依然隐含着包容、开放视野和格局，叙述已将判断、批判及至超越的层面直接交付给了读者和时间。而且，这种“去人格化”视角，人物是“向上”的运动方式，并没有将人物置于“物化”“异化”的境地，除保持人格、生命本然的基本状态之外，整体叙事所呈现的人性困扰、人物个性及其复杂性、历史的还原，都可以纳入“悖论”“二律背反”的思辨层面进行深度考量，尽管，其中仍然潜在地涌动着作家强烈的道德困惑。

六

无疑，从《老生》开始，贾平凹的叙事轴心，已经做出了重大调整。尽管写出《老生》之后，他又写出一部当代敏感现实题材的长篇小说《极花》，在现实的层面再次做出沉重的凝视。但是很快地，贾平凹又迅疾回到“历史”的层面。这部简洁、朴素、平易而厚重的《老生》，成为贾平凹重新梳理、记载一百年历史的叙事纲要。贾平凹这一次好像是真正地松了一口气，叙述的洒脱，足以见出贾平凹写作心境的坦然、释然。作家只有在找到最契合自己内心和灵魂的叙述时，他和他的文本才有可能“人”“文”一体，焕然一新，体现出超越任何功利性理念的开阔视域。《老生》俨然是一篇个人写作史的宣言，一次新的跃进，大胆而审慎的文本实践，是贾平凹叙事美学理念的充分辐射，它的根脉始于《商州》，充分地延展于《山本》。及至《山本》的“山海经”化，将叙述推向“奇正相生”的语境和情境。可以说，在《老生》与《山本》两部长篇小说之间，存在着不容忽视的文本张力，有着“不离不弃”、相互映照的内在关联。

对于《山本》而言，在叙事学上我们可以理解为一种具有“民间性”“佛性”“佛心”“佛眼”的“超越性视角”，它在一定程度上决定着这部作品的形态和生命力。这样，我们就会深刻地感受到《山本》最大的突破就是解决了自己的叙事伦理问题。在写作中，作家尽可能地沿着事物自身发展变化的路径、可能性去呈现，不再去对历史和现实做肆意主观、武断的判断。天、地、人的自然状态，俗世、乱世中的生死歌哭，也获得超越主观预期或先行定位的判断，并自然地呈现出来。表面上看，《山本》是写井宗丞、井宗秀兄弟及诸多个人和不同势力长期的博弈和纷争，个人和历史之间人性的裸露，人世间的功名利禄、争斗、修为、背叛、欲望、痛苦、愚昧，实际上作家在这个“超越性视角”之下，以无限的悲悯和旷世情怀，消除以往历史叙事的局限性，有意“疏松”某种特定的“二元对立”的单纯判断，以包容性的耐心、耐性，“打量”尘世和浮生，貌似所谓“民间写史”的路数。文本呈现许多形形色色、有血有肉的人物，他们都在战乱和灾祸中无法预料地丧失生命。像井宗丞、井宗秀、麻县长、阮天宝、陆菊人、杨钟、陈来祥、杜鲁成等，这些小人物的命运，在爱与恨、善与恶的交融和博弈中，仿佛落不定的尘埃，呈现着人生无常、生命悲凉，唯有爱方可让一切变得更有价值的命意。以往此种历史究竟该如何呈现？文学应该表现怎样的人性？这些问题经常困扰、束缚我们的想象空间和审美判断，而“超越性视角”则可以让叙述走上一条更符合审美规律的道路。文本所写大背景下之众生，“确实已将平凹所要的‘沉而不糜、厚而简约’的叙述修炼到炉火纯青了。从1973年到2018年，能持续在秦岭这块土地上不断深耕细作、脱胎换骨，不虚浮、不逢迎，避着热闹孜孜面对自己的追问、自身的颠覆，平凹这四十五年实属不易。作品是人的投影，贾平凹的成就确实是他牢牢扎根于秦岭这条‘龙脉’的成果”[40]。朱伟对贾平凹简洁的评价，可谓诚恳、精准、到位，概括出贾平凹写作的真实状态，格外中肯。

从贾平凹小说文本叙述的整体形态看，他创作的“商州美学”在形式上愈发较少外来文化、文本技术影响的痕迹，情感呈现也没有渗入西方的宗教意识、忧郁、浪漫、惶惑和紧张感；文字自然平实，结构之朴拙有欲夺“天工”之求，一切都回到“原点”，而非“志怪”，也不“传奇”，而回到人自身，重述人与自然的原生态。因此，我们说贾平凹的创作也体现出很强的“人本主义”精神气质。刘勰在《文心雕龙·定势》中提出“执正驭奇”的观点，作为评判具体作家作品的基本原则。对于作家创作而言，我认为同样存在“执正驭奇”的叙事策略。《山本》在这方面堪称典范。如郜元宝所言：“一味守正，毫无生气，读者自然寥寥。

一味尚奇，装神弄鬼，读者却颇易被蛊惑。救之之术，在奇正相生。”[41]贾平凹的文学叙述，在若干年的磨砺中形成了自己独特的审美方式和审美话语系统，完成了自己漫长的小说思想革命和形式革新过程。这种在坚守之中的“嬗变”，表现出贾平凹让本土文化思维范畴的“精气神”和“戒定慧”，与现代小说叙事技术彼此深层对接，密切圆融，衍生成蕴藉丰厚异质性元素的文本本体，它是充满哲学诗意的攀升。依照这样的艺术思维方法形成的作品，不见策略，不见锋芒，老派、老到，深沉、精微。这是一种文学的修道、修智，生活之心、现实之意，有民俗学的参照，也有哲学的牵引，文气从容舒缓，不乏睿智，不断试探乡土和人性的隐秘，文字里隐隐闪烁智性光芒。贾平凹最喜爱的中国作家是宋代的苏东坡和现代的沈从文、孙犁和汪曾祺，几位文学大师的艺术精神对他有着至深的影响。特别是“没有中士大夫语言的毒，既不是道德主义者，也非西洋文学理念的俘虏。其作品是对人性本然的描述，剔去了种种伦理的话题，从自然状态里找诗意的存在”[42]。这是融化进血脉、骨髓里的丝丝缕缕的自由精神，它是写作的自我解放，也是对表现对象莫大的宽容。

我认为，贾平凹对中国当代长篇小说发展的重要贡献不可忽略。四十几年间，贾平凹共有十六部长篇小说问世，其文本形式、叙述方式、题材和人物画廊，都表现出贾平凹长篇小说创作的独特之处。应该说，这十六部长篇小说，构成了贾平凹写作的整体叙述骨骼。“叙事能力”在贾平凹的文字里已经成为一种力量的化身。仔细爬梳他的写作历程，追溯其间的写作发生，我感觉，仿佛命运的驱使，始终有一种强大的力量和韧性，深深地影响着贾平凹愿以长篇巨制的形式，完成其对历史和现实的沉潜。不夸张地说，贾平凹是当代为数不多的获得叙事“结构感”的作家。若干年前，曾有中国作家大多是“半部长篇”之说，指出许多作品往往是前半部强于后半部的不平衡性现象。而贾平凹在长篇小说写作中，始终能“憋住一口气”，呈现出叙述整体的圆融、厚实，浑然一体。无论是《浮躁》《废都》《秦腔》《古炉》，还是《老生》《山本》，结构上的“全息性”，产生形神兼备的整体性气韵和节律。而且，贾平凹的叙事文本，特别是长篇小说叙事形态，在对叙事传统承接的同时，其潜在的颠覆性，也在结构内部潜滋暗长。这种颠覆性，主要体现着“形神兼备”的话语控制力和叙事张力，充分显示叙事审美表现的逻辑。贾平凹面对世间万象，让文本还原至质朴无华，或寓言化，或诗性意味，飘逸的乡野气息，血浓于水的伦理情感，文人想象和士大夫语境在审美定力掌控下，不断地蜕变和演化，“别样的”现实生活在虚构场域里“肆意”展开。

“贾平凹是当代中国文坛屈指可数的文学大家和文学奇才，是当代中国一位最具叛逆性、最富创造精神和广泛影响的具有世界意义的作家，也是当代中国可以进入中国和世界文学史册的为数不多的著名文学家之一。他以自己独具的文学艺术天赋，创造出融中国传统美学与当代世界普遍性人文精神为一体的、独树一帜的文学世界，具有丰富而深刻的中华民族性格和心理内涵，在为人、为人生、为他的时代塑像。他既是一位不断追求美和创造美的文学艺术家，生活和时代的骄子，也是祖国和人民的儿子，他用自己如椽之笔为自己所生活的时代命名，也将自己的名字烙印在时代的纪念碑上。”[43] 十五年前，贾平凹的“乡党”、评论家、贾平凹研究专家李星和韩鲁华，就已经对贾平凹做出如此之高的评价。应该说，这些年来，贾平凹始终是“负载”着这样的“盛名”写作的。他的每一部作品面世，都在相当大的程度上牵动着文学界、读书界的神经。近半个世纪以来，他的写作广泛涉及中国现代与当代乡村、乡土世界的沧桑变局，涉及现代史、当代史、革命史和民生命运，直面当代若干历史阶段城乡变革极其复杂的精神形态。贾平凹作为一位思想者的写作，他以对人与世界挚诚的情怀，让波澜万状的大历史进入自己的内心，沉潜入人性史、灵魂史、精神史最深切的部分。他写作中的任何较大调整和自我整饬，都会给当代文坛带来新鲜的惊奇和震动。他将个体化的经验、体悟，淬炼、想象并转化成灵魂积淀，让坚硬的历史、现实隐秘从自我生命体验里，从灵异的词语缝隙间流溢而出。贾平凹的写作，始终都是与时代同行，与现实共舞，并不断摆脱自身内在的焦虑，尽管在 1990 年代后期至 2000 年大约十年间，他的写作也曾有过起伏和“平面滑行”的状态，审美观、叙事方法与生活现实之间不时地发生龃龉，偶尔也会呈现写作的焦虑、浮躁和过于沉溺的状态。这对于一位数十年写作如一日的作家，在所难免。但他总是能够很快调整好自己，越过自己思想、写作的晦暗地带，重振自己的艺术精神。贾平凹在四十岁时就曾发感慨：“供我们生存的时空越来越小，古今的、中外的大智慧家的著作和言论，可以使我们寻到落脚的经纬点。要作为一个好作家，要活儿做得漂亮，就是表达出自己对社会人生的一份态度，这态度不仅是自己的，也表达了更多的人乃至人类的东西。作为人类应该是大致相通的。”[44] 可见，贾平凹对文学写作的信心、耐心和信念如此坚持，而且，随着写作的深入，他对整个人类命运的思考和关注，也在向纵深处延展。

我们相信，贾平凹的文学创作，必将会有更大的自我超越和收获，并抵达更高远的艺术境界。

注释：

[1] 贾平凹：《山本·后记》，作家出版社 2018 年版，第 526 页。

[2] 胡河清：《灵地的缅想》，学林出版社 1994 年版，第 197 页。

[3] 贾平凹：《爱和情——〈满月儿〉创作之外》，《关于小说》，生活·读书·新知三联书店 2015 年版，第 2 页。

[4] 阿城：《闲话闲说》，作家出版社 1997 年版，第 25 页。

[5] 贾平凹：《读书示小妹生日书》，《贾平凹散文自选集》，新世界出版社 2012 年版，第 89 页。

[6] 谢有顺：《从俗世中来，到灵魂里去》，郑州大学出版社 2007 年版，第 39 页。

[7] 贾平凹：《定西笔记》，安徽文艺出版社 2013 年版，第 100 页。

[8] 胡河清：《灵地的缅想》，学林出版社 1994 年版，第 39 页。

[9] 贾平凹：《〈秦腔〉台湾版序》，《关于小说》，生活·读书·新知三联书店 2015 年版，第 144 页。

[10] 香港浸会大学编：《红楼梦奖 2006 贾平凹《秦腔》得奖专辑》，天地图书有限公司 2008 年版，第 135 页。

[11] 王晴佳：《新史学讲演录》，中国人民大学出版社 2010 年版，第 15 页。

[12] 贾平凹、韩鲁华对话，《贾平凹研究》2013 年第 1 期。

[13] 沈苇：《尴尬的地域性》，《文学报》2007 年 3 月 15 日。

[14] 贾平凹、韩鲁华：《穿过云层都是阳光——贾平凹文学对话录》，北京联合出版公司 2016 年版，第 139-140 页。

[15] 卢卡奇：《小说理论》，燕宏远、李怀涛译，商务印书馆 2012 年版，第 79 页。

［16］胡河清:《灵地的缅想》，学林出版社 1994 年版，第 195–196 页。
［17］胡河清:《灵地的缅想》，学林出版社 1994 年版，第 51–52 页。
［18］胡河清:《灵地的缅想》，学林出版社 1994 年版，第 197 页。
［19］贾平凹:《我心目中的小说》,《小说评论》2003 年第 6 期。
［20］贾平凹:《高老庄・后记》，太白文艺出版社 1998 年版，第 415 页。
［21］贾平凹:《我心目中的小说》,《小说评论》2003 年第 6 期。
［22］贾平凹:《贾平凹、谢有顺对话录》，苏州大学出版社 2003 年版，第 30 页。
［23］伽达默尔:《真理与方法》（上册），洪权鼎译，上海译文出版社 1992 年版，第 459 页。
［24］贾平凹:《贾平凹、谢有顺对话录》，苏州大学出版社 2003 年版，第 154 页。
［25］贾平凹:《贾平凹、谢有顺对话录》，苏州大学出版社 2003 年版，第 153 页。
［26］贾平凹:《浮躁・序言之二》，作家出版社 2009 年版，第 3 页。
［27］贾平凹:《自传——在乡间的十九年》,《贾平凹五十大话》，人民文学出版社 2008 年版，第 110 页。
［28］孙郁:《贾平凹的道行》,《当代作家评论》2006 年第 3 期。
［29］贾平凹:《〈商州：说不尽的故事〉序》《贾平凹五十大话》，人民文学出版社 2008 年版，第 200 页。
［30］贾平凹:《老生・后记》，人民文学出版社 2014 年版，第 292–293 页。
［31］孔令燕:《〈老生〉：为内心的历史画像》,《光明日报》2014 年 11 月 7 日。
［32］贾平凹:《老生・后记》，人民文学出版社 2014 年版，第 292–293 页。
［33］贾平凹:《山本・后记》，作家出版社 2018 年版，第 526 页。
［34］贾平凹、王彪:《一次寻根，一曲挽歌》,《当代作家评论》2005 年第 2 期。
［35］贾平凹:《商州》，春风文艺出版社 2006 年版，第 98 页。
［36］孙郁:《汪曾祺和贾平凹》,《书城》2011 年第 3 期。
［37］伊格尔顿:《理论之后》，商正译，商务印书馆 2009 年版，第 123 页。
［38］贾平凹:《静虚村记》,《贾平凹散文自选集》，新世界出版社 2012 年版，第 69–70 页。
［39］格非:《雪隐鹭鸶》，译林出版社 2014 年版，第 149 页。

[40] 朱伟:《贾平凹:我在看这里的人间》,《三联生活周刊》2018年第23期。
[41] 郜元宝:《小说说小》,上海文艺出版社2019年版,第232页。
[42] 孙郁:《革命时代的士大夫:汪曾祺闲录》,生活·读书·新知三联书店2014年版,第29页。
[43] 节选自2006年李星和韩鲁华为“贾平凹文学艺术馆”撰写的“前言”。
[44] 贾平凹:《四十岁说》,《贾平凹五十大话》,人民文学出版社2008年版,第145页。

阿来论

王啊，今天我要把你的故事还给你，我要走出你的故事了。这是一个小说家的宿命，从一个故事向另一个故事漂泊。

——阿来《德格：湖山之间，故事流传》

人类操着不同的语言，而全世界的土地都使用同一种语言。一种只要愿意倾听，就能懂得的语言——质朴、诚恳，比所有人类曾经创造的，将来还要创造的都要持久绵远。

——阿来《大地的语言》

一

阿来是一位寻找故事的人。这仿佛是一场宿命的安排。生于 1959 年的阿来，今年六十岁，他写了将近四十年，我相信，他还将继续写下去。我的愿望是，努力去发现阿来是如何找到故事的，又是如何处置或者说如何安放这些故事的，而这些故事，又是如何面对现在和未来的。多年以来，每当我们谈论阿来的文学创作时，都会将“历史”“民族”“地域”“诗性”“空灵”，或者“救赎”诸如此类的“关键词”置入对阿来及其文本的评价、判断和描述。其实，阿来写作及其发生学中还有一个重要的词语：“行旅”。因此，从一定意义上讲，我们可以说阿来是一位诗人，并且是一位“行吟诗人”。这些年来，他的写作总是厚积薄发、张弛有度、沉静持重，读他的文字久了，就会深感他叙述的结实、朴素；在历史、自然和纷繁的现实面前，能够体察到他感性和理性的平衡度，体会到他书写时那种触动心灵的力量。这些年来，他循着地理的面貌，勘察那些承载着川藏人文印迹的历史、自然、文化地形图，在他的文字中，我们也深深地感受到他对行旅的热爱，在大自然里对生命的无限沉醉的情绪和感怀。一个真正的作家，一定是永远“在路上”，因为，在历史、现实和自然的交汇处，才会有沿途的风景和沉潜的秘密。

我曾经猜想，一个作家的写作，以及他的审美视域和叙述维度，究竟与他对社会、人生、人性、自然、生态的现实性体验之间，存在着一种怎样的联系？我渐渐清楚了，阿来在始终略显密集的行旅中寻找着什么。可以肯定，在他灵魂、精神世界的深处，一定存有一个巨大的隐秘，这个隐秘也可能来自一种巨大的隐忧和期待。或许，这就是他期待文字之外，存在一个没有因时代的过度递进和变迁而受到影响的自然，以及人的安详、坦然和平静的状态。无疑，当阿来无数次穿越峡谷、群山、荒野和川流的时候，他所渴望的，一定是生机处处的美丽的植物的冠冕，而不是被现代挖掘机械践踏过的、被无序补缀过的人工丘陵。明显地，我们这个时代的生活与自然的进程相比，早已经呈现出格调和色泽上的极大不一致。整个生态系统并非静态，它们随着时间以一种有序的、可以预测的变化而发展，甚至，很多时候，这个变化序列是由植物和动物自身所更改的环境而导出的。我们在与其他物种，包括植物和动物打交道的时候，总是过于自信和高傲，甚至毫无理由地显示出无厘头的嚣张。即使是那种想象上代表着高于自然力量的某种驯化能力，也被我们自己大大地夸张了。更多的时候，我们应该能够从植物本身所发出的信息中感知到，或者，我们在审视它们在四季中的性格时耐心思考从而可以看出，它们其实根本就不想与人类做什么交易。它对于我们更具有启示性的预警。所以，阿来与自然的贴近，就更让我们掩面沉思。

> 二十多岁的时候，我常常背着聂鲁达的诗集，在我故乡四周数万平方公里的土地上四处漫游。走过那些高山大川、村庄、城镇、人群、果园，包括那些已经被丛林吞噬的人类生存过的遗迹。各种感受绵密而结实，更在草原与群山间的村落中，聆听到很多本土的口传文学。那些村庄史、部落史、民族史，也有很多英雄人物的历史。而拉美爆炸文学中的一些代表性的作家，比如阿斯图里亚斯、马尔克斯、卡彭铁尔等作家的成功，最重要的一个实践，就是把风行世界的超现实主义的东

西与拉丁美洲的印第安土著的口传神话嫁接到了一起。从而创造出一种全新的、只能属于西班牙语美洲的文学语言系统。

我们是否可以这样描述一个杰出作家的写作及其文本形态：一个作家的写作，除了与自身的经历、生命体验和才情息息相关之外，他的文本生成还与他所处的存在环境、地域、地势有着不解之缘。所谓“地气”，就是作家生于斯、长于斯、催生其创作灵感频发的写作发生地。就是这个场域，使得一位作家对历史和生活的感悟，获得了一种独到的文化方位和叙述视点。可以想见，一位作家的写作，一旦拥有了属于自己的心理、精神坐标及灵魂“方位”、叙述视点，才有可能形成与众不同的、富于个性化的气势、气脉、气象。有了这些，他对文字的轻与重，叙述的把握，对存在世界、历史和现实的理解，才可能更加逼近事物本身。文本中的故事、人物、叙述、结构才会逶迤而来，流溢而出，天然浑成。我们会看到，阿来的叙述里总会有一个目光、一种眼神，起起伏伏，不时地透射出神性的色泽。虽然，在其间还看不到那么明显的哲人的影子，但是，作家对生活、存在世界的体味都非常自然地浮现着，不离不弃，妙义横生。阿来文本叙述的单纯性，涵义的适量，就像是有一股天籁之声，他无需用文字刻意地给生活打开一个缺口，使生活的运转在某种刻意设置或操作之下，而是作家擅于从容地发现存在世界本身的品质或隐秘，洞悉那些裸露或者被表象所遮蔽的形态。

的确，我在阿来的文字中，根本看不到丝毫的浮躁。存在世界，在他的笔下也就不显得臃肿，而是形态飘逸、轻逸又扎实牢靠，不折不扣。无论他叙述的是什么题材和人物，都非常清净、细致、自然。这恐怕是缘于他对一切事物的态度——不苛求，不抱怨，不造作，可谓是有甚说甚，从容不迫。他崇尚简洁、清晰、明确，他具有“四两拨千斤”的艺术感觉和功力。生活的结构，在他的文本中从不闪闪烁烁，他对俗世生活，没有调侃，没有戏谑，也没有苛刻的批判；另一方面，其文本还蕴藉浪漫的飞扬、灵动，使作品具备了令人尊敬的品质。有时候，时代、社会的面貌在叙事里经常显得模糊、含蓄，难以辨认，但作为作家正直的人格始终坚实地存在着。历史、现实、生活、生命的存在形态，消长枯荣，或具有超然于政治、社会、意识形态的定律，或嵌入世道人心变迁的个人命运史。其中荡漾着恒久、持续的经典气息，呈现出深沉、厚重的表情。正是这样的文字，才会让我们拿起来放不下，既令人沉浸其中、引人深思，又常让我们对历史、生活世界恍然间有深刻感悟。也许，阿来的文字真正是素朴到了极处，才会境界全出，气定神闲一如他的镇定的表情。可谓大道至简，大雅小雅，从容道来，即便是俗世的云影水光，也会流溢着汉语的神韵。

阿来是一位作家，更是一个自然之子。作为一个并不生活在西藏的、用汉语写作的藏族人，他一直在讲述四川藏区阿坝的嘉绒大地上发生的故事。二十年前，长篇小说《尘埃落定》的出版，使世界开始知道藏族大家庭中这样一个极其特殊的文化群落的坚实存在。阿来作为一位嘉绒子民，一个部族的儿子，也为此感到一种巨大的自信。他以他的文字，表达着他对这片大地由衷的情感和深沉的情怀。数年来，他不断地回到他“生于斯，长于斯”的阿坝，回到那片旷远的群山和辽阔的草原，一次次地出发，又一次次地归来。阿来的写作，是行走在“大地的阶梯”上的写作，阿来的行走，是文学的行旅。他对世界和人的爱及所有的情感，都聚焦在对生活在大地上一切事物的热爱。

那部《大地的阶梯》，曾经令我迷恋和沉醉。表面上看，《大地的阶梯》就像是阿来绘制的、循着地理的坐标寻访川藏人文历史足迹的一幅文化地形图。在这里，川藏高原历史、文化、人类的踪迹，与大自然的雄伟、神奇、浩荡之气，在时空的浩渺中，就像那落不定的尘埃，随风飘散。在这些文字中，我们也会不断地体会到阿来在大自然中无比沉醉的情绪和感怀：“就是这样，我从尘土飞扬的灼热的夏天进入了山上明丽的春天。身前身后，草丛中，树林里，鸟儿们歌唱得多么欢快啊！我就是这样，一次一次，感谢命运如此轻易地就体会到了无边的幸福。”“在我久居都市的日常生活中，很多时候，我会打开一本又一本青藏高原的植物图谱，识得了许多认识却叫不出名来的花朵的名字。今天，我又在这里与它们重逢了。”[1] 鲜红的野草莓、紫色的马先蒿、蓝色的鸢尾，生机处处；白桦、红桦、杉树、松树、柏树，蓊郁如海。阿来在那次漫长悠远的行旅中，似乎在无数植物茂密的植被下，玄想、推断出在这样的环境里曾有多少鲜为人知的秘密和曾经发生的故事，包括那些土司家族的宿命，政治、经济、环境与文明的崛起和衰落的历程。那么，大地上所发生的一切，是否就如同在纯生物繁衍意义上，一种家族的基因和血统，历经几百上千年的风霜雨雪，终于因为穿越得越来越疲惫，而失去最后一点动力？我曾在《阿来的植物学》一文中，描述过阅读这部美文时最初的感想："整个人类社会的里程，就像大地的阶梯，在无数的阶梯上面，零星散散的村落，宛若那些有名字或叫不出名字的小小花朵，映现、记载着大千世界的四季流转，风云变幻的轮回，与存在世界对视的不仅仅是人的面孔，还有摇曳在大自然中植物的生命力。那么，人的力量和美好，就体现在向上攀登的行旅之中，体现在人与自然美轮美奂的呼应之中，正所谓'同声相应，同气相求'，乃至天人合一的境界，才是人与自然相互的赋予、相互的求证。"[2]

2013 年的春夏之交，我因为参加四川省作家协会的一个文学活动，随同阿来一起来到川北藏区，在十余天的时间里，访问了包括阿来的故乡马尔康在内的许多县、乡镇，算是真正身体力行地"重叠了"阿来在《大地的阶梯》中描述的许多山川河流。在马尔康的住处"嘉绒大酒店"，每天晚上，我枕着梭磨河湍流不息的流水声入睡，梦中的马尔康，仿佛是千呼万唤，变得可亲可近，可摸可触。阿来叙述文字中的情境，如同一部空间诗学，纷至沓来。一切都变得那么鲜活，那么亲切，像嘉绒、土司、风马、喇嘛、寨楼、磨坊、酥油等等，都已经不再只是拥有一个简单的释义的词语，它们能够让你猜测、想象、延伸出历史、现实、世道人心和文字叙述之间的隐秘关系。隐隐约约地，阿来的小说似乎变得离我越来越远，而阿来的"现实世界"，开始向我"扑面而来"。

也许，对于一个作家来说，行旅，必定就是文学的行旅。这并不仅仅是因为阿来的许多作品都是在旅途中写就的。行旅之于阿来，更有别样的意味和意义。但是文学，也必然要在历史、时代和生活的行进途中向前延展。对于一个阅读者而言，如果想要真的读懂一位作家的文字，恐怕不仅要揣摩文本，思考作家，还应该用心去丈量作家与作品之间的文化、心理和精神的维度。因为，写作是一件太过神奇的事情，只有体验和感觉到作家饱含思想的最大纵深处，感受其对具体事物的体悟和对世界整体的沉思，才可能会理解一个伟大作家的文本结构及其深邃内涵。我在想，我们如何才能接近阿来的"大地的阶梯"呢？在阿来的不同的阶梯之上，会有怎样不同的风景呢？阿来的阶梯与阶梯之间的距离，又有多远呢？

若干年前，就知道有这样一句话：诗比历史更永久。后来，我又读到美国批评家、史学家海登·怀特那本《后现代历史叙事学》，了解到他对历史文本的形成曾有独到的看法：历史也是一种写作，一种修辞的灵活运用，历史不仅仅是对于史实面貌的再现，它还是一种埋藏在历史学家内心深处的想象性建构，而这种建构总是有意无意地遵循着一个时代特有的精神结构。历史写作，算是一个老生常谈的问题，但仔细想想，历史这个曾经在我们内心无比神圣的字眼，具有多么强大的不可颠覆性，原来竟然也是一种“想象性建构”。说到底，它也不过是依据某种规则和“模型”进行的“创作”。如果按照海登·怀特的理论，历史可能是一部凭借着某种意志力撰写的“花腔”，虚构的元素常常会覆盖事实本身。如此说来，史学和诗学，在建构的某些方面倒是可能存在着某种“共性”和“相似性”，两者之间甚至存在不可忽略的“互文性”。那么，历史的撰写与文学的虚构，究竟有多大的差异性和本质性区别呢？慢慢地，我开始理解这些话的深意，也更有兴趣思考文学文本和历史文本之间错综复杂的关系。

而现在，这个问题，在我们的时代，似乎变得更加复杂、更加微妙起来。这主要是因为我们的时代变得比以往更加微妙和复杂。这是一个什么事情都可能“肆意”发生的时代，是一个会经常令人猝不及防、倍感错愕的时代。即使我们会看见、发现、记录下来关于这个时代的种种事件，通过现在的文学，或将来的历史写作为“此时”留下痕迹，但是，无论是现在还是将来，我们都必须考虑到，我们所面临的现实和时代高度的“不可把握性”。也就是说，在这个时代，我们会真正地“看见”什么？“看见”之后，我们能够或者应该记录下什么？阿来说：“这个一切事物都有多种媒体争先呈现的时代，对个体来讲永远信息过量的时代。个体的人在这样一种境况下，所有的‘看见’，都可能是被动的，匆忙的，看见后又迅速遗忘的。环顾四面八方，看见那么多人用卡片机，用手机不断拍照时，我总是想，人们试图用留下图像的方式抵抗遗忘。我也喜欢玩照相机，喜欢通过不同功能的镜头去‘看见’。但不是为了保存记忆，而是试图看见与肉眼所见不太相同的事物如何呈现。”[3] 我知道，阿来所担心的是，消费时代的“看见”，有一个巨大的缺失，那就是缺乏内省。这个时代提供给我们的实在是太多太多了，它在提供巨量信息的同时，似乎已经在很大程度上规定了我们的某种判断方向，很容易让我们在“阅读”和“经历”这个时代生活的时候，迷失个性的体验及其判断。阿来希望“看见”的，是经过自己主动选择的。而“所有经历过、打量过、思虑过的生活与事物，要很老派地在自己的记忆库中储藏，在自己的情感中不断地发酵。一切经历、打量和思虑的所有意味，要像一头反刍动物一样，在夜深人静的时候，从记忆库中打捞出来细细咀嚼”[4]。可见，阿来的“看见”是文学的看见，他追求的是更加个性化的审美，他努力摆脱的则是，历史写作中不可避免的外来意志的驱动，拒绝另一种极易丧失鲜活生命气息的“虚构”，他喜欢个人在时代和生活中的“意识流”“生活流”。无论是《尘埃落定》《空山》，还是《格萨尔王》《瞻对》《云中记》，以及《大地的阶梯》《草木的理想国》，都是阿来的“生活流”和“思想流”，飘逸、凝练、自由、奔放、厚重。因此，在阿来的诸多文字中，我们感受到在对历史的焦虑和疑问里，他执着地梳理，充分地舒展精神和语言个性及其纵深度。因此，有的时候，我们会感觉到，阿来在写作中似乎有意无意地混淆现实和写作之间的复杂关系，而他灵感的泉源，都是在大地上行走时用心“看见”的、思考过的。

在这里，我用这么多的文字来铺垫、引申出我对阿来小说写作及其发生学的理解，完全是为了能更好地阐释和说明阿来小说的与众不同之处，那就是阿来是如何“看见”和处理我们所面对的、复杂喧嚣的生活，阿来的审美活动是如何完成的。我们会看到，阿来文学的“阶梯”与“阶梯”之间，不仅架构着历史、现实，还延展着自然和人性，阿来所要呈现的，就是一个有良知和神性的作家所“看到”的一切内在的真实和美好，在这里，我们能够深刻地感触到阿来小说的“写作发生学”。

二

可以说，具体地进入阿来的文本世界，阿来的短篇小说是最不容忽视的存在，它也最能体现出阿来最具个性的、叙事上“朴拙”的艺术形态，同时，从这里可能最早探寻到阿来文学叙述的“写作发生”。我感到，阿来的短篇小说，就是试图要“还原”给我们一种形而下的本然世景，这一路向，在他最早的短篇小说《老房子》《奔马似的白色群山》《阿古顿巴》等作品中，就已经初见端倪。及至他后来的“机村”系列中的若干短篇，尽显无遗。在这里，其短篇小说的“拙”态，已经构成阿来短篇小说的叙事美学。我猜想，作家阿来在写作这些短篇小说的时候，或是灵感突来，或是苦心孤诣、蕴蓄已久，他都仿佛在寻找着一种声音，或者是在等待一种声音。而这种声音一定是一种天籁之音。同时他也努力地在制造着一种声音，其中凝聚着一种非常大的力量，那是一种能够扭转命运和宿命的日益丰盈的精神力量。这种声音，也构成阿来小说叙事的节奏和话语情境。

写于1986年的《奔马似的白色群山》，是阿来早期短篇小说代表作。它的篇名，立刻让我们想到海明威那个著名的短篇小说《白象似的群山》。从写作发生学的视角看，我愿意相信并判断阿来这篇小说的灵感，源于海明威这个短篇小说的中文译本。与海明威笔下那两个人的爱情故事不同，阿来的人物——司机雍宗，所经历的是一个人的旅程及其惊心的“遇见”。相近的是，阿来的小说也是试图表现人在生存环境、生态危机的困境中，人的精神生态该如何改善，人的道德、伦理、信仰等重大的精神、灵魂问题需要怎样面对。只不过海明威从生命个体的爱情、情感困惑的视域，选择表现人生的那种无奈、失落和怅然，既聚焦内心又向外部发散；而阿来则是通过一场雪崩和车祸的肇始，表现雍宗潜在的人生困扰、信仰建立的艰涩和茫然以及他试图做一次人生穿越的胆识和勇敢。

> 他感到心中茫然若失。
>
> 前面一列列无尽头的白色群峰，像一群群昂首奋蹄的奔马，扑面而来。又从倒车镜中飞速地向后堆叠，堆叠，又复消失。
>
> 他的内心也如这镜子一样，许多感触交融其中，又落入一个无底的空洞。那些白色群山成为活的奔马，奔涌而来，奔涌而来。他加大油门迎向那些奔马。结果触发了一次小小的雪崩。他的感觉是那些奔马的铁蹄发出金属特有的声响，它们白色的鬃毛遮住了他的眼睑。

在这个短篇小说中，阿来反复地强调和呈现司机雍宗从倒车镜里所看到的一切。沿途的所见，似乎只有经过“倒车镜”的反射角度，才可能得到真实的确定。他也只有在镜中，才能辨析出人们各种复杂的表情和心思。显然，叙述中蕴藉着浓郁的象征和寓意。这篇小说与海明威的《白象似的群山》，都重在表现人在生命旅途上难以避免的落寞、茫然、虚妄甚至不幸，这让我们感受到世界和俗世的种种奥义、繁杂性。从这个短篇还可以看出，阿来从开始写诗到写小说，一上手，就显示出诗人的气质，他叙述的隐喻性和文字体现出的时间空间张力，让我们洞悉了阿来的个性和天分。

《格拉长大》无疑是阿来的短篇中极为精彩的一篇。在这个小说里，除了继续保持朴素的叙述气质之外，阿来开始捕捉人性内在的深度性和广泛的隐喻性。格拉同样是一个"拙"气十足的人物。这个后来在长篇小说《空山》中被舒张、深入演绎的人物，在这个短篇中则体现出阿来赋予他的超常的"稚拙"。据说，这篇小说是阿来在写作《空山》的间隙中完成的，我不知道关于格拉的叙述，阿来在《空山》和《格拉长大》之间有着怎样的设计和考虑，也许这个短篇就是阿来对格拉这个人物格外偏爱的产物。这就像是好的音乐总会有余音绕梁，一些细小的尘埃仍然会在空中飘浮一段时间。阿来写《格拉长大》或许是将《空山》里意犹未尽、未能充分展开的部分进行了丰沛的表现，使其在这个短篇里成为一个新的中心。这样，短篇的格局就会使小说呈现出一种新的可能性。正是这个短篇，将格拉的"朴"和"拙"聚焦到一个新的状态或层面。我们惊异格拉这个"无父"的少年，与母亲桑丹相依为命的从容。他与阿古顿巴一样，也从来没有复杂的计谋和深奥的盘算，"他用聪明人最始料不及的简单破解一切复杂的机关"[5]。在小说中我们好像看到了两个少年格拉，一个是那个憨直、能忍受任何屈辱、能学狗叫的、对母亲百依百顺的格拉，另一个是勇敢、强悍、不屈不挠、坚执的格拉。在"机村"这个相对封闭的、自足的，还有些神秘的世界，道德和伦理似乎都处于一种休眠或暧昧的状态。格拉就像是一个高傲的雄狮，在斗熊的"雪光"和母亲生产的"血光"中，以本色、"朴拙"而勇敢的心，建立起人性的、自我的尊严。从阿来对这个人物在不同文本中的艺术处理，可以看出阿来对这个人物的喜爱。阿来小说中有许多这样"神遇"般的人物，他在写作《尘埃落定》和《空山》时，认为有些人物可能不宜在长篇小说的大结构中铺展开来，但他又有很大的不舍，于是，阿来就以这些人物为中心，另外写成独立的中篇或短篇，像《月光下的银匠》《行刑人尔依》《自愿被拐卖的卓玛》，这一点，似乎也可以视为阿来写作发生学的案例。

在《大地的阶梯》里，阿来隐约透露了短篇小说《野人》《银环蛇》

《群蜂飞舞》等一些作品写作的"触发点"。无疑，阿来的这一批小说，都是在他的"大地的阶梯"上，接上了大地雄浑的"地气"。《大地的阶梯》描述的故乡群山的苍茫，尤其是，那些高山通向高处的阶梯——在海拔的最高处，从拉萨，从青藏高原的腹心，顺着大地的阶梯，沿着历史的脉络，逆向拾级而下，那是阿来的一次极其漫长的文学行旅。这也是他写作的源头，精神追逐的轨迹，是他的出发地，也是他写作的"回返地"。短篇小说《野人》的灵感或者说经历，就来源于阿来"走向大渡河"的途中，是他在丹巴县城驻足前后的一次切身体验。阿来此前的行程、线路是这样的：一次作家笔会结束后，他们先是沿着大渡河，到二郎山，泸定的贡嘎山怀抱里的海螺沟——这里的低海拔冰川和温泉，再到康定。阿来在此与所有的同行者分手，独自踏上旅程。"然后，于一个蕴雨的早上，在康定车站乘上去丹巴县的班车上路了。"[6] 在去往丹巴的途中，班车三次停下来，第三次停车是因为泥石流从毫无植被遮掩的陡峭山坡上流泻而下所致，泥石流淹没了上百米的公路，堵住了去路。阿来决定走向目的地。阿来离开班车，在许多走私、贩弄真假松茸、虫草、金子和文物的商贩挤对下，独自开始了烈日下的行走。就这样，阿来穿越了"仙人掌河谷""一片消失的桦林"，目睹和感受到近百年间人们以"建设"和"进步"的名义造成的巨大的生态灾难。从泸定到丹巴，一百多公里的行程，晓行夜宿，阿来走了整整三天时间，终于抵达丹巴县城。接下来，我们就会看到短篇小说《野人》和那部长篇文化地理散文《大地的阶梯》中所描述的部分经历、感受和场景，在一些细部之处的"重叠"和"交叉"。在丹巴，因道路多处塌方，阿来不得不滞留，却意外在这个小县城的小书店，买到了萧蒂岩的《人·野人·宇宙人》。也许，迄今我们也难以想象，十几年前的这个时候，坐在丹巴大小金川河汇聚的河口，或是坐在丹巴县城广场上读这本书的阿来，是否一直对野人和外星人进行着奇特的想象？就像我一直在强调的，阿来在这里的叙述，似乎在有意地混淆生活和虚构的边界、逻辑关系。我也始终在想，他为什么愿意以这样的方式，整合写实和虚构的关系呢？

阿来自己可能也没有想到，另一个旅行者——"阿来"，在那个小城的遭遇，成为他的一篇小说的灵感和叙事材料的出处，成为自己文本的叙事视角，或者主人公之一。这时，我们看到了两个阿来，正穿梭在现实和虚构的文本之间，叙述没有什么设计，一切都顺其自然地进行。小说里，在丹巴县城住小旅店的时候，阿来与店主的孩子旦科相识。他是一个善良的孩子，一次特别的人生经历，使他幼小的内心遭遇了沉重的撞击，也让他害上神经系统的疾病，经常在夜间发作。这一切，都源于这个村落以及周围的上千人，对森林恶性的屠戮式砍伐。旦科和哥哥，向阿来倾诉了这个叫竹巴村的村落，以及爷爷与野人之间沉痛的往事。野人的生死，仿佛冥冥之中决定着这个村落的命运，决定着许多人的生和死。野人在人们对自然环境的破坏中，与人们产生了裂隙，甚至仇恨。爷爷在村民的怂恿下，用锋利的长刀，刺死原本是来拯救爷爷和人们的女野人。就在那一刻，植被遭到严重毁损的山体，产生滑坡，泥石流吞没了村庄。实质上，生物链，不仅是自然界内部的一种内在的逻辑关系，还牢牢地捆绑着人与自然的道德伦理。野人密切而微妙地连接着人与自然的一种关系，而人在自然面前的自私、轻狂、非理性，毁损的不仅是自然，还有人类自身。阿来在平静的叙述中，直接逼视到人们在人性的、黑暗的深渊地带的狂躁不宁，当代人在这个“野人”面前，显现出扭曲和逼仄的内心。

我想，在这里，阿来绝不仅仅想通过对现实中一个故事的处理，痛心地谴责人类对自然的肆意毁损、践踏，更是要让我们看见人性在一个时代里的整体性扭曲和变异。这其中不乏些许无奈、惆怅和悲怆。在自然的法则里，并不是所有的问题，都能够轻松地解决，其实，这里蕴藏着我们时代一个巨大的政治、文化和哲学的命题，它向我们这个时代发出“天问”。阿来对生活的责任感和担当情怀，内心的不安和焦虑，都由此凸显出来。

《银环蛇》这个短篇小说的产生，也与这次旅行的一次意外遭遇有关。阿来在“走向大渡河”的行旅途中，从贡嘎山附近的海螺沟冰川下来以后，在山上穿越幽暗的森林，竟然三次遭遇银环蛇的袭击，被阿来称为是“被三条银环蛇上过一堂生动的生物课程”。这个短暂的经历刺激了阿来去想象、构思一篇小说的冲动，于是，在这次旅行结束之后，阿来写了这篇“唯一以动物来推动情节发展”的短篇小说。小说情节非常简单，但感受很细腻，它将人在特殊境况下的心理、精神状态表现得毫发毕现。在特殊情境下，人们各自的身份、经历、性格等都自然流露出来。小说描述互不相识的旅行者一行五人，他们来自城市、山里和水边几个不同的地方，在一个偶然的机会凑在一起，共同开始一段旅程。小说叙述他们在危急中如何担当，如何交流，内心的起伏和波澜被演绎得趣味横生。小说聚焦的是银环蛇的三次出现，面对这种异类制造的巨大恐惧，男人在危险出现时行动空前一致，联合起来疯狂地对银环蛇进行攻击，直到消灭它们；原本互不欣赏的两个女人的关系，在这个时候也变得异常紧密。人在动物面前所呈现出的形态，让我们窥视出人内心怎样的阴影？对于银环蛇，阿来的描述令人感到讳莫如深。蛇，真的是通灵的吗？第一条蛇与第二条蛇之间是心有灵犀的一族吗？三条形状、颜色、图案完全相同的银环蛇究竟是怎样的关系？它们先后出现在这群人面前，是否偶然？人与蛇之间一定是相互不可理喻吗？人类一定要与其为敌，必须伤害它、杀死它吗？蛇给了人们什么暗示或者启发呢？小说确实像一则旅途日志，根本没想在其中寄寓什么太大的命意，始终保持叙述的“原生态”，但是，却让我们在阅读后，一直对文本怀揣着“螳螂捕蝉，黄雀在后”的猜测，小说极大地延伸着我们的想象。

近些年的创作界、批评界正在流行一种说法：“非虚构写作”。其实，仔细想想，这实际上是一个无需讨论的问题，文学写作或者叙述的本性就是虚构。在雷蒙德·威廉斯看来，“情感结构埋藏在生活内部，无法依靠几个理论术语提炼或者概括，只能在活跃的、枝蔓丛生同时又浑然一体的日常经验之中显现。”[7] 阿来情感经验的丰富性，早就积淀和埋藏在叙述的情感结构和基调里了。而叙述因为情感元素的充足，在自然的时间时序里，事物的日常性，会显得格外丰盈，富有底气和生气。若是回到作家写作主体的话题，我们还可以从写作主体的人格力量来考量写作姿态，以及对作品的影响。作家只有以自己的目光和体温，才能清晰地映照、闪回出生活和个人的那些真实的细部。一个好的作家，不会总是怀有“解构”历史、现实的欲望和冲动，他只有小心翼翼地、踏实地对生活进行叙述。我一直坚信生活本身的传奇性，在很多时候就已经具有或超越“故事”所营构的传奇性，它甚至无需“虚构”，就会产生叙述动人的、触动心灵的力量。而经历或经验本身便会自行“发酵”，可能产生叙述的强大的“内爆力”，进而，引申出文本无限的可阐释性。无论是虚构，还是“非虚构”，我们都能感受到阿来情感的丰饶和挚诚。坚硬的故事内核，被忠实、朴素的叙述愿望裹挟着，演绎出精彩的“灵魂之舞”。我更能感觉到阿来虚构的力量，这力量在于他的沉静和持重。读他的文字久了，就会深深感知他的人与文都是如此结实，张弛有度，他总会在混杂、纷扰的人间世相中，体察到感性和理性的平衡度，以及表现方式的朴素和特别。

三

不夸张地说，阿来是一位极其睿智的作家，是一位无可争议的极富天赋的作家。我所说的这种“睿智”，是指他对写作本身超强的悟性和天分，以及他面对存在世界和事物时所具有的先天的“佛性”。这些，显然是许多中国作家无可比拟，甚至难以企及的。回望阿来的写作，从上世纪 80 年代的诗歌创作开始，阿来就已经显示出他对事物充满诗性的、精微的感悟力和审美个性，包括他以艺术的方式整体性地把握世界或存在的艺术天赋。可以说，他是 1990 年代最早意识到时代和生活已经开始再次发生剧烈变化的作家，也是最先意识到文学观念需要及时地、尽快调整的作家。因此，当他在 1994 年写作《尘埃落定》的时候，许多作家还依然沉浸在 1980 年代文学潮流的嬗变和以往的文学叙述方式、结构方式的惯性里面。而这个时候，阿来已经在使用另外一种全新的、与生活和存在世界更加契合或者说“默契”的文学理念开始自己的写作了。回顾一下当时的写作，尽管许多作家在自己的写作中寻求突围，但仍然在本质上因循着试图将“中国经验”进行“马尔克斯化”一类的表达。而阿来、莫言、贾平凹等杰出作家所思考、所践行的是更开阔的超越。阿来更是在考量自己该如何沉淀文学写作的民间资源，如何让写作在异质性文化之间跋涉和穿行。因此，阿来在文坛一出现，就呈现出极高的写作起点，就表现出一个“好作家”成熟的叙事品质、深邃的思想和简洁、纯净的个性化语言、文体和结构。或者说，他是以一位能够改变人们阅读惯性、影响文学史惯性的“重要作家”的姿态出现在文坛的。他不排斥而且充分汲取外来文化和文学的养分，却始终保持着自己的行走方式，在自己喜欢的“大地的阶梯”上攀援。

阿来从开始写作到现在，理论界和评论界始终无法为他贴上任何的“命名”“标签”，无法对他肆意地进行某种无厘头的界定。这一方面说明阿来创作的独特性、丰富性和复杂性，他始终不被任何潮流所遮蔽和涵盖；另一方面，可以看出，理论阐释的乏力，早已应该令我们这些读者和评论者汗颜。我猜想，阿来在写作的时候，或是灵感突来，或是苦心孤诣、蕴蓄已久，他都仿佛在寻找着一种声音，或者是在等待一种声音。而这种声音一定是一种天籁之音。同时他也努力地在制造着一种声音，其中凝聚着一种非常大的力量，那是一种能够扭转命运和宿命的日益丰盈的精神力量。他曾借用佛经上的一句话表达他写作的梦想："声音去到天上就成了大声音，大声音是为了让更多的众生听见。要让自己的声音变成一种大声音，除了有效的借鉴，更重要的始终是，自己通过人生体验获得历史感和命运感，让滚烫的血液与真实的情感，潜行在字里行间。"[8] 这种声音，因为聚集着血液与情感，定然会平实而强大。我甚至想，一篇好的小说的诞生，一定是一首获得了某种近乎神示的诗篇。所以，从阿来的小说中，在看似率真简洁、汪洋恣肆的朴拙的叙述中，我们既可以领受到他作为一个作家天性的感性表述能力，还能从这些篇章中体味到旷达的激情，以及饱含"神理""神韵"的宽广与自由。

阿来的藏族身份，自觉或不自觉地提供给阿来一种与众不同的文化意识、思考方式，也给他提供了别一种审美维度。这成为一个很重要的视角，因为，阿来的文化背景和语言的特质，决定了阿来在使用汉语写作时的独特优势。这一点，在他早期的小说写作中就已经有明显的表现。1987 年发表于《西藏文学》上的短篇小说《阿古顿巴》，是阿来早期短篇小说的代表作，也是他小说创作中最重要的作品之一。在这篇小说里，我们可以发现阿来最初的小说观念的形成和成熟。在这里，我们甚至可以说，阿来小说所呈现的佛性、神性、民间性的因子，在阿古顿巴这个人物身上有最早的体现。从一定程度上讲，这篇取材于藏族民间传说故事的小说，也体现了阿来自身对一个民族的重新审视。他对这位民间流传的，具有丰富的、复杂的、智慧的平凡英雄的理解和艺术诠释，令人为之震撼。这是一篇重在写人物的小说，试想二十几年前，阿来就打破了以往民间故事的讲述模式和基本套路，打破了这种"类型"小说的外壳，对其进行了重新改写和重述，这的确是需要相当大的勇气。因此，时至今日，我始终没有感觉到这是阿来的一篇"旧作"。看得出，阿来这篇小说的写作是轻松而愉快的，他笔下的这个人物阿古顿巴，就是一个有着高尚智慧和朴拙外表的"孤独"的英雄。"阿古顿巴是具有更多的佛性的人，一个更加敏感的人，一个经常思考的人，也是一个常常不得不随波逐流的人。在我的想象中，他有点像佛教的创始人，也是自己所出身的贵族阶级的叛徒。他背弃了拥有巨大世俗权力和话语权力的贵族阶级，……用质朴的方式思想，用民间的智慧反抗。”[9]

阿来在这个短篇中努力赋予了这个人物丰厚的精神内质，事实上阿来做到了。他没有在这篇小说中肆意进行类似故事“新编”那种“新历史主义”的虚构，而是在一个短篇小说的框架内，进行自然的讲述。主人公的“拙”与小说形式的“拙”相映生辉。阿来给阿古顿巴的出走找到了一条非常轻逸的道路。阿古顿巴就像是一头笨拙的大象，更是在人和神之间游弋的自由而朴拙的英雄，这个内心不愿听凭命运安排又坚韧、执拗的藏族版“阿甘”，仿佛连通着宇宙间神灵与俗世的一道灵光，“他都选择了叫自己感到忧虑和沉重的道路”，“阿古顿巴知道自己将要失去一些自由了。听着良心的召唤而失去自由”。我想，阿来写这篇小说的时候，他一定还没有读到过辛格的《傻瓜吉姆佩尔》，但他同样在几千字的篇幅里写出了阿古顿巴的一生。阿来的叙述让阿古顿巴人生的几个片断闪闪发亮。就像辛格叙述的吉姆佩尔，“这是一个比白纸还要洁白的灵魂”，阿来通过阿古顿巴表达了憨厚、善良、忠诚和人的软弱的力量，这是一种单纯或者说是纯粹的、智慧的力量，当然，这也是来自内心和来自深远的历史的力量。阿古顿巴正是凭借他的“朴拙”、孤独和异禀而催人泪下。

我感到，在一定意义上，《尘埃落定》是对《阿古顿巴》的一种延续。与《阿古顿巴》一样，《尘埃落定》中朴拙而单纯的人物，都不同程度地潜伏着一定的文化的深度，在单纯、朴拙与和谐之中表达深邃的意蕴。在土司傻瓜少爷的身上隐藏着作家阿来的灵性，特别是还有许多作家少有的那种佛性，那种非逻辑的、难以凭借科学方法阐释的充满玄机的智慧和思想，在文字里荡漾开来。不经意间，阿来就在文本中留下超越现实的传奇飘逸的踪影和一个家族或者一个历史结构的背影。从文化的视角看，《尘埃落定》这部杰出的长篇小说，无疑为汉语写作大大地增加了民族性的厚度和纵深度。阿来在作品中承载了一种精神，这种精神里面，既有能够体现东方文化传统的智慧者的化境，也有饱含朴拙“痴气”的旺盛、强悍生命力的冲动。这些超越了种种意识形态和道德规约的理念，构成了阿来诚实地面对人类生存基本价值的勇气。所以，《尘埃落定》就像神话那样古老而简洁有力。阿来为我们营造的奇特、陌生、神秘而浪漫的康巴土司世界，让我们在他的文字中，深深地感受到了一个藏族作家出色的想象力，象征、寓言的建构，诗意的氛围，细腻的描述能力和弥漫在字里行间的“富贵”的典雅之气。阿来厚积薄发，凭借自身的定力、创造力和才情，以及不屈的掘进精神，将拉美的魔幻现实主义元素，自觉而超越性地融入汉语言的文本之中，将扑朔迷离的历史的烟尘描绘得栩栩如生。同时，《尘埃落定》还很好地处理了小说形式与精神内核的密切关系，不仅是讲故事的方式，而且包括小说叙事空间的开掘，我们能够意识到，阿来在努力地给我们呈现一个真正属于阿来的独特的世界。当然，这需要小说家具备真正的实力，阿来显然具备这样的实力。这部《尘埃落定》，它问世二十余年来，已经有过许多对它深入的研究和理论阐释，但是，对于这部逼近经典的重要的中国当代文学文本，我们的思考显然还会有更大的阐释的空间和研究的“空白”。时间是文学的炼金术，我们有充分的理由相信，这部作品蕴藉着重要的文化价值和文学史意义。

四

如果说《尘埃落定》是阿来选择了一种更契合藏民族历史文化情境和虚构策略的话语方式，创造出了一种既有别于启蒙话语和革命话语，又迥异于后现代话语的叙事情境，试图为我们建立一个真实存在的文化空间和民族心理空间；那么，距离《尘埃落定》写作十年之久的《空山》，则开启了阿来小说创作的另一个起点。这部主要是在行旅中写就的长篇，倾注了阿来对藏地现实生活的极大热情，可谓是关于生命的韧性、存在的奥义的经典之作。正如阿来在《大地的阶梯》中所谈到的：“我想写出的是令我神往的浪漫过去，与今天正在发生的变化。特别是这片土地上的民族从今天正在发生的变化得到了什么和失去了什么？”可以说，《空山》向我们讲述的正是藏民族今天正在发生的变化。它是对一个个生命、一个村庄、一个族群、一种文化的生成和变异，做出心灵化的诗性呈现。从卷一《随风飘散》到卷六《空山》，阿来始终沉浸在他对生命和存在体验的深远境地，竭力地发掘生命与自然原生态的质地，呈示在一种文化行将消失之际，时代的沧桑巨变，给那些无所适从的人们带来的悲剧性命运。阿来十分自由、“任性”地进入或者说营构的这个“机村”，以现在进行时的叙述时态重现这个村落数十年的生活场景，也极写几代人的旷世苍凉。从表面上看，仿佛是为旧时代吟唱的一曲挽歌，推演的一幕悲剧，实质上却是一种虔诚而庄重的反省，而且这种反省是全然面向未来、指向未来的，更是超越了一般性社会意识形态的规约，对存在世界的充满悲悯情怀的坦然、率性审读。实际上，《空山》所讲述的，是一个村庄或是事物存在和即将消失的故事。但在其中，我们既可以感受到人的生存和人性的状况，体味到生命沉重的力量，内心的坚韧和羸弱，以及文化的兴衰，又可以感受到来自村落外部和内部两方面力量的汇集和冲撞。尤其是，在一个荒诞或者说是多元的年代里，人的梦想、欲望、变异和虚无的交织、错位。同时，我感到，阿来试图在表现人类整体的一种存在形态，表达人类在面对世界、面对自然也面对自己的时候，他的茫然、冲动，甚至乖戾、嚣张、孤独和绝望，以此揭示深层次的人类的孤独感。而且，这部长篇，从叙述美学的层面讲，阿来在文本中谋求深厚、典雅和纯净，又不乏沉重，深藏虚构的玄机。情节、细节、人物，缠绕纠结，纵横交织，流溢出不加掩饰的勃勃生气，呼啸而来，绵延而去。文字没有刻意的雕琢，貌似松散、开放、发散性的结构形态，意绪整饬，具有内在的、有机的缜密。阿来的确是想依据恢宏的想象，在性灵的空间建构起另一个世界。

如此说来，机村，既是一个具体的村庄，又是一个巨大的存在的隐喻体。看似他写的是一个村庄，但绝不止是这一个村庄。他写出了这个村庄的贫瘠和荒谬，也写出了这个村庄的智慧和善良、焦虑和孤独，还呈现了这个村庄在遭遇社会政治、近现代文明的浸入时那种惶惑的表情、神态。在这里，阿来将“机村”置于近半个多世纪中国社会政治、文化复杂、动荡的变异之中，细腻地描述这个村落几代人的喜怒哀乐、生死歌哭，敞开他们在天灾和人乱中的蒙昧、破坏、滞重，在苦难、灾难面前的希冀甚至绝望。我认为，阿来是在清醒的理性中对抗着一种又一种事物的所谓“本源”、可能性和宿命，他在努力地去探索和发现一种可能的更加文明的秩序，它可能是全新的，但是，也可能是貌似陈旧却极富于活力的“陈年的血迹”。因此，整部小说的叙述节律和基调，都给人一种既单纯、朴素、删繁就简而又沉郁、延宕、激情四溢的感觉。这个虚构的“机村”，可能与更多的人并不存在某种经历、经验方面的渊源，但它却与我们每个人的真实存在相关。那么，在我们尚且无法更加清晰地看到未来时，正是这种具有深厚文化意味的深沉反思，赋予了历史和存在以无限的文化和精神价值，才使文学叙述具有了深刻的意义，我们也由此才能领略这部《空山》的深刻意义。

阿来所讲述的“机村”故事，基本上还都是在对人物存在形态的表现和描述中完成的。恩波、索波、多吉、老魏、格桑旺堆、格拉、桑丹、达瑟、达戈、拉加泽里、李老板、色嫫、驼子等等，这一系列的人物，或在阶段性的叙事中消遁，或贯穿整部书卷的始终，构成《空山》变幻、叠加的人物谱系。从表面上看，多吉的巫师般的魔力，拉加泽里在新时代的“发迹”，达瑟的读书生活，达戈对爱情的执着，都好似一个个在这个时代极易发生也随处可见的普通故事，但不同的是，阿来则是反复地叙述他们在面对困境和沉重时的选择。他经常将达瑟、达戈、拉加泽里等人物悬置于激烈、压抑和撕裂的情境之中，无论是人与人的爱恨情仇，还是世事的日常烦忧，对这些在政治、文化和时代的变动不居中缺失了存在“主体性”的人们，阿来都尽力地在一种极其自然的状态中展现人性的丰富。因此，这些人物心理层次和“动作”的凸显和叠映，张弛有度，不断地推动小说叙述的机制，成为整部小说的叙述动力之核。这个人物谱系，构成了整部小说的“人脉”和“龙骨”。

无论是人物，还是动物、植物，一个乡村，或一种生灵，缘何存在，缘何消失，缘何发展，这是阿来也是许多人被困扰的、又不得不反复思考的命题。问题在于，支撑人类存在的，究竟是对未来的怎样的一个念想和诉求？现在，这个乡村却在没有抵达未来的时候就已经衰弱不堪了。由此构成了人与自然、人与环境，以及人与自身的一种巨大的窘境。那么，在拉加泽里重现高原之湖的绿色梦想和“机村”即将消逝之间，构成了人们无法回避的活生生的现实，而且，这个现实对于人们是异常的尴尬和残酷。非常明显，一方面，在很大程度上，小说极力在消除现代性给当代中国所带来的种种物质的、精神的幻象，同时，也在逐渐淡化政治意识形态对这个曾被神性光环笼罩的庸常、俗世的“机村”世界及其精神的困扰；另一方面，“机村”人也应该为人自己在大自然面前的破坏性“狂欢”付出的沉痛代价而悔恨。森林、植被、动物一系列生物链的毁损，将人类拖入一个自欺欺人、混乱不堪的境地。因此，如果说，新石器时代晚期村落遗址发现给人们带来的兴奋，那种被点燃的重现湖水的激情，引发了“我们从哪里来又将到哪里去”的思索，那么，机村人对改变地质面貌和格局、建设大型水电站的隐忧，就体现为人对自然的亲和与依存。“命运造成了生活世界的普遍的不可把捉性、偶然性，但人又本能地具有追求稳定性的意愿；自然的力量带来把一切有的存在化为虚无的威胁，但人又内在地具有意志的独立性；死亡规定了时空中一切生命的有限性这一最终本质，而人又有要求超越有限的深层欲求。这种种矛盾纠缠交织，使人生有如一个大谜。”[10]

无疑，人就是在这种焦虑的存在之痛中，抵抗着来自于外在世界，主要是来源于自身的困扰。关键在于，我们终究都无法回避人类自身对存在终极价值的寻找和指证。“认识你自己”这句旷古箴言对人的提示，或许，可以从另一个角度或多或少地消解人类自身的轻狂，我们不能不思考我们的来路和去向究竟在哪里。所以，《空山》，正是在那种花瓣式的发散性结构中，他从故乡再度出发，在这个20世纪一个偏僻的边地，再现历史和时代变迁在这个小镇的浓重投影，其间，延续着阿来对存在世界和人性的深度追问，从空旷的、异域的视角，推测和阐释现代人的命运。其实，在整部作品的叙事中，阿来丝毫没有渲染包括政治、宗教在内的各种力量对生活的界定和规约，而是非常自然地将对存在世界的感知、体验诉诸诗的、美学的呈现，尽管阿来深感这个现实世界是如此沉重。后来，这部《空山》再版时被更名为《机村史诗》。我想，这部小说无疑具有宏阔的史诗气象，叙述“机村”的历史，就是赋予神话般的机村以新的含义和厚重的价值。“空山”之“空”寓意深远，“史诗”之“诗”令人情感沉郁。一个村庄的史诗，就是一个民族的史诗，它更具有边地和博物志的风采。同时，这部“机村史”还让“国家的声音”和“庶民的声音”相互缠绕，生成一种和谐的复调，构成一种大的“家国的人间情怀”，并且让这声音随风播散，构成“历史的细语”存留于世间。

五

显然，《空山》所讲述的故事，是一个村庄或是事物存在和行将消失的故事，而《云中记》讲述的却是一个村庄已经消失和消失之后的故事，或者说，它也是讲述一个人或一些人消失之后，另外一个人或一些人如何面对生死以及亡灵的故事。进一步讲，从《尘埃落定》到《空山》，再到这部《云中记》，阿来完成了又一次文学的行旅。而伴随这次行旅的就是悠长和悲怆的《安魂曲》。这支曲子是莫扎特创作的，也是阿来叙述的。也许，这就像阿来自己所说的：“这是一个小说家的宿命，从一个故事向另一个故事漂泊。”从《空山》到《云中记》，在经历了十余年时间之后的阿来，他对存在世界中历史、现实和自然的理解方式，也就是他审视世界的维度，都发生了相当大的、实质性的改变。这里，既有时代变迁、社会发展、文学表现策略等方面的原因，也因为阿来个人认识存在世界和事物的心理、哲学和信仰等因素，在历史转型、岁月更迭中的悄然改变和调整。因此，我们从这部看上去像是追忆、缅怀、叙述“汶川地震”的虚构性文本中，看到了一个新的阿来，看到他是如何在一种新的叙事层面，表现人与世界、人与自然的关系，表现生与死，叩问灵魂、苍生和悲情。这部作品体现出阿来文学写作的新的制高点，甚至，显示出阿来那种独特的、富于宗教感、人间情怀的对于生命、生死、自然、灵魂的形而上表达。这种表达，令阿来在新的思考、新的文本结构中找到了另一条穿越历史、现实、人与自然的途径。

毫不夸张地说，《云中记》的确是一部内涵极其丰厚的作品，是一部真正的深入灵魂之作，它将阿来的写作推到一个新的高度。在此，我们似乎很难仅仅以题材范畴来界定这部小说的性质和品质，更不能仅仅从自然灾难、生存、苦难等悲剧的层面来审视它的独特价值，它更需要我们从人类文化学、民族志学、伦理学、美学的甚至宗教的层面，去面对、探索并解析阿来叙述的秘笈。在这里，阿来通过几乎消失的一个村庄史及一个人的个人史，呈现人类如何面对一场巨大的灾难，呈现人的恐惧和脆弱，也凸显人的自然观和生死观，表达人在死亡面前的真实状态。

在谈论余华的《活着》和《许三观卖血记》的时候，我们认为这是两部关于平等的小说。余华在《许三观卖血记》韩文版序言中，曾援引12世纪非洲北部的一首民间的诗，“可能吗，我，雅可布——阿尔曼苏尔的一个臣民，会像玫瑰和亚里士多德一样死去”，在余华看来，这就是一首关于平等的诗，一个普通人，一个老实的规矩人，一个羡慕玫瑰和亚里士多德的普通人，他期待着有一天能够和前两者平等，就是在死亡来到的这一天，在他弥留之际，他会幸福地感到玫瑰和亚里士多德曾经和他的此刻一模一样。既然唯有死亡是一件平等的事实，那么，死亡及死亡之后，人与亡灵又是怎样的关系？这里，实际上不仅是一个存在的问题，也是一个精神、灵魂和生之境界的哲学问题，或许，人只有在平等地面对魂灵时才能获得自我解脱和永生，生之意义和价值才可能彰显。无疑，这部《云中记》就是一部探寻人与人、人与自然、人与亡灵或鬼魂平等的书。不同的是，余华的写作和对于平等的表达，是在对于人的生存的日常状态中发生、完成的，后者则是在灾难突然降临、发生时的状态。我们还看到，在阿来的小说里，这种平等，写出了对整个存在世界的一种敬畏和超越。主人公阿巴所演绎的，绝不仅仅是完成某种仪式，实现个人性的悲壮演绎，而是凸显出生命最内在的虔诚和敬畏之心。这种敬畏之心，既是对山神、魂灵的崇敬，也是对一切存在之物的尊重。可以说，这种超越彻底地摆脱了“俗世”的目光和现实的纠缠。阿来从一个“集大成”的文化视角，摆脱掉对世界的“碎片化”的理解方式和惯性呈现路径，它表明了阿来对以往文学叙述策略和格局的重大调整和拓展。

我相信，阿来写这部小说时，一定秉持着他熟读的、在佛教经典《妙法莲华经》里悟到的众生平等的观念：人与人平等，人与花草树木、虫鱼鸟兽平等，人与鬼魂平等。所谓“一云所雨，一雨所孕”，就是平等的情境，一朵云下面下来的雨，是所有云所孕育的。从这个维度思考存在世界的合理的、理想的状态，将这部小说带到了一个不俗的境界。而这部小说中，最能体现平等、善良和朴素情怀的，就是小说的重要人物阿巴，这是当代文学人物画廊里极其罕见的人物形象。阿来着力写出这位原本是“半吊子”的祭师，如何在一场大灾难之后，如何在寻找存在意义的过程中完成一次灵魂的升华。大震过后，生者会怎样面对逝去的一切？“我是云中村的祭师，我要回去敬奉祖先，我要回去照顾鬼魂。我不要任他们在田野里飘来飘去，却找不到一个活人给他们安慰。”“以后我就不跟你们这些活人说话了，我去和死去的人说话。”这里，显示出阿来朴素的自然观，那种“万物有灵且平等”的思想和价值取向。

> 离开移民村的时候，阿巴对云中村的乡亲们说，他也但愿这个世界上没有鬼魂。但是，他想的是，如果，万一有的话，云中村的鬼魂就真是太可怜了。活人可以移民，鬼魂能移去哪里？阿巴真的反反复复地想过，万一真有鬼魂呢？要是有，那云中村所谓鬼魂就真是太可怜了。作为一个祭师，他本来应该相信有鬼魂的。他说，那么我就必须回去了。你们要在这里好好生活。我要去照顾云中村的鬼魂。

就这样，这位连鬼魂有没有都不能确定的“半吊子”祭师阿巴，回到云中村，回到他出生、成长、生活了许多年的云中村，寻找那些在地震中故去的乡亲的灵魂。他就是要永远地陪伴他们，要以自己孤独的寻找，让那些逝者获得安息。他的祭奠，他的独语，他幻想中率领全村的亡灵越过那道将使云中村随滑坡体一起消失的裂缝，一起走进森林，大家跟在他后面，去祭祀神山。他执着地寻找着鬼魂，“这个鬼魂应该是地震中死去的人中的某一个”。阿巴还想过，要是当真遇到一个真正的鬼魂，自己会不会害怕？他一个人行走在村落的废墟之中，行走在荒芜的田野，在乡亲们曾经生活的每一户门前逡巡、流连，他走过了他想得起来的所有的地方，就是为了遇到一个真正的鬼魂。他每一个白天和夜晚都要在村庄中游走，心中所希望的就是遇见一个真正的鬼魂，但是他依然没有遇见。阿来没有使用魔幻和隐喻的手法，让叙述升华、终止于阿巴与神灵的沟通，但是，阿来想竭力地呈现的，则是阿巴最终灵魂的自我涅槃。他不断地让阿巴与逝去的亡灵进行神秘的交流，让他数日里在古老的云中村里孤独地巡行，让他永远地与云中村同在，让他感受亡灵的存在。我感觉，阿来在这里还试图写出阿巴在“活佛”与凡俗之间既模糊又清晰的边界，人物的念想以及在转瞬之间呈现出的细微表情和心机，总会被阿来澄澈、率真的目光所照亮，将我们引向一种深刻的邈远。在现实的、历史的烟尘里，在当代这个物质诱惑繁多、渴望文明不断发展的进程中，只有极少数人能够踏上精神和灵魂的转化之路，没有什么比遵循、寻找智慧、善良之路更加迫切和困难，只有持有天空般澄澈、纯净的心性和信念，才可能抵达精神的圣地。阿巴感受着云中村人的温柔情感，当他沉入大地和泥土，涌入江流时，阿巴伴随整个云中村在山体滑坡中最后消失，而他却“像是在上升，像是要飞起来了，他想要的是下去，和云中村所有的一切……下去啊，下去啊！这个村子的过去、现在和未来，一起下去，沉入深渊”。阿来在那种沉郁、悲壮和抒情诗般的叙述旋流中，谱就了一支令人安详而震撼的安魂曲。阿来在《云中记》的“题记”中写道：“大地震动，只是地理构造，并非与人为敌；大地震动，人民蒙难。因为除了依止于大地，人无处可去。”这的确是无法解决和调和的命意，对于灾难，虽然无可抱怨，无法摆脱，但内心需要解脱，需要抚慰，更需要保持尊严，战胜卑微。对于人类来讲，需要的就是自强不息，需要的就是崇高精神的建立。特别是，阿巴自身的修为和坚韧，也牵扯出人生和存在的许多精神奥义，在生死之间，在阴阳两界，人的灵魂的归属究竟在何方？阿巴让我们体会得更真切、更自如、更诗意也更寥廓。

阿巴是中国当代文学人物形象中少有的殉道者，他是神圣使命和灵魂承载者的化身。阿巴最后满怀执念的殉道，仿佛是一场大彻大悟般的终结，在这场漫长的寻找中，他真正完成了一个形而上的、并不虚妄的灵魂祭奠和招魂。阿来没有将阿巴的身份、理念、信念归之于任何教派，阿巴只是一位来自苯教的祭师，是政府正式授予非物质文化遗产的传承人，正是这样一位有着合法性的传承人，在内心强大的善良、良知、救赎、宽容、大爱的感召下，包容了一切苦难造成的恐惧、焦虑和绝望。我感到，阿来在小说结尾处，写到阿巴与山体、村庄化作一处做最后的殉道时，他深情的闸水，一定是在被阻拦到极高的限度时，才让它倾泻而下。一个优秀的作家懂得控制他的深情，因为流露得越容易，就会使美好、深沉的情愫变得越轻浮。《云中记》在一种单纯、清晰又厚实、忧郁的叙述中，差不多是完美地体现了文学叙述浩瀚的品质，它让我们体验到美好灵魂和生命及内心宽广的无边无际。那些不平凡的细节，构成了这种浩瀚的核心。特别是，阿来将叙述的抒情性，彻底隐逸在小说叙述的语言和细部，更加显示出叙述的节制、从容和高贵气度。

回望阿来几十年写作的足迹，我们能够感受到阿来的文本与故事发生地的神秘联系。记得阿来在写长篇小说《格萨尔王》之前，曾沿着格萨尔生活、征战的足迹寻访格萨尔的故乡。他在金沙江拜访兵器部落后前往河坡乡时，听到过一个关于格萨尔曾经途经此地的传说，精心研读过大量相关史料的阿来，询问遇到的一位长者，质疑格萨尔征服霍尔回来不可能经过这个地方，因为霍尔在北方，岭国的王城也在北方，而这里差不多是南方的边界。老者不说话，看着阿来，直到离开他民间知识视野所覆盖的地盘，与阿来即将分手的时候，这位长者才开口说："为什么非要故事就发生在真正发生的地方？"是的，那些传说、历史和讲述故事的时间与空间，甚至可能都已经发生了实质性的位移，呈现出不确定性，那么，故事发生的时空，也就可以在叙述中发生转换，这似乎没有什么问题，是虚构的常识。关键是，为什么要转换？如何才能转换？作家叙述的激情和文本中蕴藉的力量，究竟源自何处呢？究竟是什么力量可以影响叙述时间和空间的改变？

我觉得，那位长者的这句话，一定是对作家阿来产生了很大的启发，这也可能会对所有擅长虚构的小说家有一定的影响，甚至，它可能对我们的阅读、批评产生深刻的触动，它很容易让我们对虚构和所谓“非虚构”做本质性的思考。这里，我们还必须提及阿来另外两部重要的作品《格萨尔王》和《瞻对》的写作。或许可以说，这是阿来在《空山》之后所做出的两次自我盘整。前者是英国出版机构在全球范围寻找优秀作家来重述自己民族的神话故事，在中国选择了苏童、阿来和叶兆言。这个“命题作文”性质的“重述神话”，虽然不是纯粹的“非虚构”，但是，阿来以现代人的视角，现代艺术创造精神，通过重述《格萨尔王》这个世界上最古老、最浩大的神话史诗，演绎、阐释出自己所理解的格萨尔王英雄的人格和命运；阿来在文本中还描述了格萨尔的说唱艺人，写他们各自内心不同的格萨尔王，阿来着意凸显出他们心中格萨尔王的神性，使之与阿来自己理解的格萨尔王形成呼应及其对话关系。我总觉得阿来这次“重述神话”的写作，是向自己藏民族的先祖、历史和文化之根的致敬和皈依。对于《瞻对》的写作，阿来坦言曾经想将其写成一部虚构的小说文本，但“历史上真实发生过的种种事情已经非常精彩了”，于是，阿来遏制住自己强烈的虚构欲望，将康巴藏区自清初到民国直至新中国成立，几百年间彪悍的康巴人与中央政府和地方政权之间的复杂的、难解的矛盾关系表达得条分缕析、淋漓尽致。阿来坦诚表达了“这本书不是在写历史，而是在写现实”的内在写作动机。从《格萨尔王》到《瞻对》，阿来仿佛完成了一次历史性的“穿越”，与以往的写作相近的是，这次穿越依然在阿来写作行旅的“大地的阶梯”之上，成为历史的余韵和回响。

其实，这涉及到作家处理生活、现实与虚构之间的关系。生活本身是否都需要重构？唯此，才可能实现作家的创作意图吗？许多时候，生活本身的力量和意义，也许就大于虚构，大于写作者的意识、精神范畴。我想，一个作家所选择的叙述背景，一定是宿命般的不得已或者必须，它是一种依托，是那种作家与一块土地血肉相连的情感维系。最典型的是福克纳，他选择“一个邮票大小的地方”作为写作背景，使他名满天下。这种现象在中国作家里似乎更普遍，莫言的“高密东北乡”，苏童的“枫杨树乡村”和“香椿树街”，贾平凹的“商州”，阿来的“机村”，阎连科的“耙耧山脉”。这些，已经成为他们各自创造的文学世界的“地标”式寄寓，是他们每个人赖以进行叙述的“风水宝地”，同时，这些文学的地标，也支撑起一个作家的写作地貌和创作的格局。如此，我想，他们的写作，就必须选择一个类似精神原乡似的所在吗？难道这既是他们写作的出发地，也是他们的“回返地”吗？接下来，就是阿来遇到的那位老者的诘问：为什么非要故事就发生在真正发生的地方？也许，写作就是一个思乡之梦、还乡之梦？难道故乡真的是梦吗？梦可以从这里开始，也可以从这里结束，更可以从这里延伸开去。所以，现在我们应该想清楚了，为什么许多作家的故事偏偏都“发生”在故乡，或者，类似故乡的一个永恒般的精神性所在。故乡作为精神、情感之根，或者，它早已经成为一个作家审美判断的出发点，甚至，成为他诠释现实生活和存在，确立自己文学叙事伦理的关键所在。

我们注意到，从《尘埃落定》到《空山》，到中篇小说“山珍三部曲”，再到这部《云中记》，阿来一次次写到自然中人和事物的消失，而且都分别写出了这种消失的必然性。在阿来看来，写作就是要反映一个个时代的社会、人文、精神、自然、生态和人性状况，而从历史上看，每一个时代都是要不断地消灭一些东西，人之所以为人，就是不断地发现、不断地进步，不断地抛弃陈旧的东西。阿来的可贵就在于，他能够在一种事物行将逝去的时候，不是简单地表现他们的悲怆、悲情和挽歌式的怅惘、伤痛，而是在淡淡的忧伤中渗透着巨大的抒情性和坚韧的、生命本身的力量。在阿来的文字中，看不到任何焦虑和放纵，所以，生活、存在世界在他的笔下也就没有过多的纠结和繁冗。如前所言，文学叙述的形态飘逸、轻盈，结构扎实，字里行间，干净、自然、细致。而且，生活和生命的形态，也就会超越抽象的、概念的规约，没有肆意的轻狂和造作。这样不轻佻、不婉转、不逼仄的文字，更容易产生高度诗意化的语境，令人产生无尽缅想，体现出阿来作为作家的坚实的精神现象学。其实，作为诗人出身的阿来，贯穿于他文本和写作的内在驱动力，始终是强大的历史、现实情怀，是诗学动机和精神力量，这就使得他在历史、现实、时间和空间的维度上，沉郁的、诗性的叙述动静相宜，开阖有度，张力和自由度舒展自如，展示着无羁和奔放；即使是隐喻、寓言、梦幻、情境，也都在阿来朴素、自在的“语世界”“内宇宙”中形成浩瀚的“外宇宙”，生成文字的“理想国”。

我们相信，阿来永远会行走在去往马尔康的路上，那绝不仅仅是一条“归乡之路”，而是他写作的“出发地”和“回返地”。在途中，他还将发现一座又一座“奔马似的白色群山”，发现“空山”和“蘑菇圈”，发现“云中村”的生死记忆，因为，他清楚小说家的宿命，就是从一个故事向另一个故事漂泊。而他的想象和虚构，都是自己用脚步丈量出来的，真真切切，自然从容。他的咏叹，是站在大地之上的咏叹。还有，他对语言热爱、虔诚、敬畏和自律，如同“暖目的雨”，所谓炼字不苟，其美在骨；句法严谨，其美在貌，这一点正合阿来的叙述之意，可见阿来叙事的字词之力，绝非朝夕之功。无疑，这些都是一个真正诗人的本色。阿来是一位真正的诗人，我喜欢阿来作为一位诗人的写作。

注释：

［1］阿来：《大地的阶梯》，南海出版公司 2008 年版，第 32 页。
［2］张学昕：《阿来的植物学》，《文艺评论》2012 年第 1 期。
［3］阿来：《看见》，自序，湖南文艺出版社 2011 年版。
［4］阿来：《看见》，自序，湖南文艺出版社 2011 年版。
［5］阿来：《文学表达的民间资源》，林建法、乔阳主编：《中国当代作家面面观 · 汉语写作与世界文学》，春风文艺出版社 2006 年版，第 249 页。
［6］阿来：《大地的阶梯》，南海出版公司 2008 年版，第 120 页。
［7］刘进：《文学与“文化革命”：雷蒙德 · 威廉斯的文学批评研究》，巴蜀书社 2007 年版，第 385–401 页。
［8］阿来：《就这样日益丰盈》，解放军文艺出版社 2002 年版，第 294 页。
［9］阿来：《文学表达的民间资源》，林建法、乔阳主编：《中国当代作家面面观 · 汉语写作与世界文学》，春风文艺出版社 2006 年版，第 248 页。
［10］刘小枫：《诗化哲学》，山东文艺出版社 1986 年版，第 164 页。

格非论

写作只不过是对个体生命与存在状态之间关系的象征性解释。真正意义上的写作仿佛在一条幽暗的树林中摸索着道路，而伟大的作品总是将读者带向一个似曾相识的陌生境地。

——格非《小说和记忆》

《人面桃花》是作家格非积十年心血完成的一部精致的长篇小说。作者的功力直抵小说细部的每一个末梢，真可谓一丝不苟。它既是格非蜕变和超越的一次个人记录，同时也可视为是当代作家逼近经典的有效标志。从阅读角度说，《人面桃花》是一部让人舍不得一口气读完的小说。看过这样的小说，相信你大概会明白好的小说与差的小说、好的作家与差的作家区别在哪里了。

——格非《人面桃花》春风文艺版封底“推介语”

1980年代中期，二十三岁的小说家格非出场。这应该说是“生逢其时”。岁月流转，文风流变，三十余年来，当代文学的语境不断发生重大转换，格非以其坚实的写作，凭其极富于“可阐释性”的、“耐读”的大量文本，衍生成当代文学叙事无法绕开的重要话题，成为中国当代文学中的独特性存在。长篇小说“《人面桃花》是一部让人舍不得一口气读完的小说。看过这样的小说，相信你大概会明白好的小说与差的小说、好的作家与差的作家区别在哪里了”。至今，我都无法忘记2004年第一次阅读格非《人面桃花》时的感受，那时，就深切地体会到上面这句话表述得准确、踏实、到位。可以说，写作《人面桃花》时的格非，正像是他所描述和评价苏童那样，“苏童的语言简洁，质朴，饶有韵致；他的形式不事雕琢，而又蔚为大气”[1]。是的，在语言风貌上，格非和苏童虽有一定的差异性，而语言的干净、洗练、韵致，在叙述中有效地发挥出现代汉语的精致，都可谓一丝不苟；他们都重视“语言”和“形式”的美感，两者正是“十年一日”，“惺惺相惜”。而且，格非、苏童、余华这一代作家，在20世纪末、21世纪初，都已经初步形成自己独特的叙述风格、语境、气度和审美格局。我想，格非更加笃信的是：“作家的重要职责之一，在于描述那些尚处于暗中，未被理性的光线所照亮的事物，那些活跃的、易变的，甚至是脆弱的事物。”[2] 这些，是我在重读了他几乎所有的叙事性文本之后对作家格非的理解和判断，因此，我相信格非是当代作家逼近经典的代表性人物。

我曾做过粗略的“统计”：1950年代开始写作、1970年代末“重出江湖”的“复出作家”王蒙、徐怀中、汪曾祺、林斤澜、从维熙、邓友梅、李国文、张贤亮等之外，1970年代中后期开始、持续性写作迄今，且仍保持良好写作状态的、较为“活跃”的中国当代作家，不会超过二十位。四十年来，莫言、贾平凹、路遥、王安忆、韩少功、阿来、阎连科等若干出生于1950年代的作家，以及苏童、余华、格非、迟子建、李洱、毕飞宇等1960年代出生的作家，无疑构成中国当代文学写作的中坚力量。纵观这几代作家的写作历程，就可以看到中国当代文学近四十年的风云际会、沧桑变化，我们在这里看到了当代文学在“新时期”“新世纪”的文学地图。按着文学史的表述逻辑和线索——中国当代文学七十年，在1980年代初，曾出现一个重要的时间“节点”，在这个“历史节点”上，文学语境、文学叙事、文学自身，都发生了深刻的革命性变化。这种变化，对于中国当代叙事文学的发展，对于中国叙事文学传统的继承与变革，都产生了重大的影响和推进。

如果选择从中国当代知识分子“乌托邦叙事”和“命运叙事”的层面考量当代小说创作，格非以其近四十年来的写作，完全可以被视为呈现知识分子题材的执着书写者。同时，我也注意到，对于格非创作的研究和思考，包括对格非文本的研究角度，大多聚焦在再现现当代中国历史、表现人文理想、叙事的先锋性姿态、精神“乌托邦”、时间、空间、

叙事、神秘、梦境、诗学的层面。无疑，这些“关键词”确实较为准确地把握了格非小说的基本精神状态和美学风貌。但是，“寻找”和“厘定”作家格非创作最具个人性探索、与众不同的精神性品质，对其文本做出丰富的、充分的审美性界定，似乎还需进一步透视其文本的“弥散性”“模糊性”和寓言性。只有从广义的接受美学层面进行深入探讨，才能发现格非叙事更为广阔的审美维度。

其实，近四十年来，格非一直在叙述和讲授中游弋，在他执教的大学讲坛与文坛之间，可谓难分主次。1980 年代，格非曾被喧嚣的文坛誉为“中国的博尔赫斯”，这个称谓使得格非被认为是一位最有学问的小说家。他对博尔赫斯叙述“迷宫”精致的、超越性的模拟，陡增了格非小说文本的神秘性色彩，也使得他的文本成为“更像小说的小说”，他亦被认为是“作家中的作家”。我们也许会因此感到困惑：学问、知识与虚构，与小说家的个人写作天分之间，究竟存在着怎样的互动关系？有意味的是，他在虚构自己的小说文本时，竟时常在经意或不经意间，有意无意地颠覆他在课堂上向学生讲授、“灌输”的“小说叙事学”理论，演绎出颇具“行为艺术”的现实版“迷舟”。近四十年来，格非始终在叙述的玄机中徘徊和徜徉，他略显疲惫的状态，已掩饰不住岁月的“青黄”带来的沧桑与沉重。但是，在短暂的“先锋”时期之后，在写作了十七年的“江南三部曲”之后，他又拿出了丰厚意蕴的《隐身衣》《望春风》《月落荒寺》等文本，使我们面对格非的写作时，除了不断地期待和认同，更加无法猜到他的未来。

1986 年，格非发表小说处女作《追忆乌攸先生》[3]；1988 年，他又迅速地写出了具有浓郁抒情风格的成名作《迷舟》。令人惊异的是，这篇小说所讲述的故事，在叙述的最关键性“节点”，竟然出现逻辑性的“空缺”，叙述极其“霸道”地“中断”故事，终结叙事，消解掉伴随着阅读渴望即将到来的清晰的“结局”。这使得阅读发生令人难以忍耐的迷茫，让人产生无所适从之感。从叙事学角度看，这无疑是中国小说史上前所未有的“革命”和“起义”。一个原本极其老实地讲述故事的小说，人物及其活动却在叙述的关键环节上突然消失，虽然故事并没有“死亡”，但因为这个“空缺”的出现，叙述所本该抵达的目的便无法实现，小说完成的是自我性的虚无过程，一切都在文字的苍茫云海间变得空空荡荡。

仔细想想，1980 年代末，为什么会出现这样一篇小说呢？就像《迷

舟》这篇小说的名字一样，年轻的格非，为什么执意要将我们引入不可思议的“迷舟”？而且，此后格非的几乎所有小说叙述，继续沿着这个惯性不断地向前推进，他的“先锋”气质，在“先锋群落”里更加别具一格。骨子里的先锋精神，不断地在大量的中、短篇以及长篇文本里悠然重现，精致、优雅的叙述，宿命般地伴随着这位学者型小说家，滋生出舒缓、起伏的汉语的“风韵”。

我曾经在一篇关于格非的文字里思考前面的疑问：“从写作发生学的角度看，回想那时的历史语境，其实，1980年代的中后期，是最宜于文学的叙述的时代。那也是许多写作者和阅读者感慨系之的‘黄金时代’。几十年来的文学‘一体化’格局结束了，在一阵思想界对文学自觉的强力介入之后，在不可避免的浮躁和喧嚣消散后，文学开始渐渐以文学应有的发生、生产方式，用心地打量、思考和呈现这个世界，文学重新找到了出路。作家开始在冷静地思考世界的同时，也开始思考究竟要‘写什么’和应该‘怎么写’的问题。对于任何一位作家而言，作为写作主体，能真正地回到写作本身的审美轨道，都会欣喜若狂。所以，那个阶段的文学，出现了一大批‘有意味的文本’，以极端形式主义的呈现方式，开始了一场叙事学的革命。实际上，这场看似文学本体层面的革命，蕴含着更内在的社会、精神和心理价值成因。包括苏童、余华、格非、孙甘露、吕新、北村在内的一大批年轻的写作者，在1980年代中后期汹涌而来。虽有复杂的外部现实的影响和‘催生’，但是，更为主要的原因，恐怕还在于这些写作者内心的文学诉求和冲动。真正的文学潮流和运动，从根本上都不是被‘组织的’，而是作家独立、自由开拓出的叙述空间和方式，确切地说，应该是写作者内心的需要。可以说，余华、苏童和格非们，创造了在当时文学接受状况下一个几乎‘读不懂的空间’，这无疑是挑战了当时读者的阅读惯性，令人一时无法适应。仔细想想，从‘先锋小说’的内部看，格非是这其中在先锋性方面走得最远的作家。一开始，他就没有丝毫‘迁就’读者的意思，这当然不是一个简单的阅读‘滞后’问题，而是叙述者实在是走得太远。《迷舟》《褐色鸟群》《唿哨》和《青黄》，一路云雾弥漫，山重水复，柳暗花明，从容的叙述中隐匿着悬疑、紧张、冲动、期待，文本所演绎的存在世界，如同充满了感性生命的‘如梦的行板’，其不乏清冷、神秘的‘零度色调’中，生命和时间的理性，在人物模糊的意识形态里，虚无缥缈，绰约可见。作家究

竟要通过这样的叙述，想呈示什么？解决什么？其中‘蛰伏’着怎样的精神寓意？它试图抵达一个什么样的幽深境地？说到底，格非想让自己的叙述，将自己带到何方？格非小说叙述的‘出发地’在哪里？‘回返地’又在何处？‘先锋’的内在涵义，在当时的特殊语境，在奇崛的文本形态中若隐若现，险云山远，机关算尽，文字中不时地透射出叙事的玄妙和乖张。”[4]

现在，回想1980年代的思想、文化氛围，我们就会慢慢地清楚格非、余华等人的写作初衷。他们出于对“启蒙”使命的警觉和反思而回到文学本体，祛除非文学和审美之魅，以纯粹的、富于技术品质的美学立场，专注于对存在世界和历史的重新勘察。实际上，这是一种“我思故我在”的思考维度和观察维度，在文学叙述的价值取向及“原则”上，宣告了线性思维逻辑、叙述“因果链”和存在世界“本质化”的终结，也是对所谓世界“本质性”怀疑的开始。这直接导致文本叙事形态的一次彻底革命，它虽是反抗传统叙事规范的开始，但同时不免导致历史叙述之虚无品性的出现。这些，在几位“先锋作家”的写作追求中都普遍存在，格非较其他各位尤甚。他以自己的文本建立起“先锋”的合理性，重新建立叙事的逻辑，发现存在世界及其历史的非理性状态和盲目性一面，并重新界定文学虚构的哲学、审美边界。从这个角度讲，格非的小说，极大地改变了以往我们理解、判断历史的结构图式，感受到他寻找历史与现实的隐秘关系的渴望。他借助文本发出充满理性的追问：历史理性究竟在哪里？由谁掌控？历史如何书写？究竟应该依靠何种理念或者依据来判断历史与存在的真实？依据个人经验判断事物、叙述历史，显然是可怕而愚蠢的选择，是自以为是的行为。从叙事学角度看，存在世界和历史都具有很大的“审美间性”，它为叙述提供了巨大的弹性和张力，但也建立了难度和障碍。似乎，历史的意义和存在的重现，只能由这些似真似幻的故事来决定，而根本上的问题，却在于故事与历史之间“不确定性”所造成的“错位”，这是先锋文学叙述的内在诉求。在这里，“审美间性”为叙述所提供的弹性和张力，体现为小说作为一种文类，一种想象主体创造的精致文本结构，一种审美理想的价值和认识论体系，还包括叙述进入历史和经验的方法，都内在地延续着叙述的抒情传统和诗学追求。可以认为，格非、苏童、余华、孙甘露等人在1980年代中后期的写作，最早开始自觉或不自觉地涉及中国当代文学“抒情”与中国文学现代性之间的错综关系。这是作家作为叙事主体，通过语言精心建构，美学地呈现、思考内心和存在世界的图景。叙事主体赋予历史或现实的想象方式，体现为一种新的审美伦理和秩序。

说到“先锋写作”构成的文学潮流，让我想起余华关于1987年至1988年间他与《收获》之间的美好回忆。《收获》数十年坚守独特的人文和艺术的品质，使得1980年代的后期，一大批年轻作家的文学探索，能够在当时较为复杂的政治、文化环境下得以呈现。1987年和1988年连续推出的几期“先锋文学”专号，宣告和催生了一种新的美学原则和写作风貌。不夸张地说，没有《收获》如此强力的倡导和力挺，就不会有“先锋写作”的创作实绩和此后经久不息的文学潮涌。因此，令余华、格非、苏童、孙甘露等年轻作家难忘的，不仅是自己写作过程中内心感受的温暖，还有写作的价值和意义能够被真正文学权威认可的机遇。从这个角度说，苏童、格非、余华、孙甘露这一代作家是幸运的。

在这里，我之所以要努力厘清作家格非文学写作的语境，是因为这涉及这种新的叙事原则和形态的出现，以及存在的理由。唯有清楚这一点，我们也才会明白“先锋写作”作为一股潮流在几年后为什么会终结，而“先锋精神”却持续几十年不衰。可以肯定，作家内在的精神诉求及其对于文学叙述的极大热情，决定着文学及其精神走向。那么，我们现在就更加清楚，格非的中短篇《迷舟》《褐色鸟群》《青黄》和长篇《敌人》这些文本在当时出现的意义。这些文本既打破了当代文学叙述的传统时空秩序，更重要的是，它也开启了一场叙事学革命，生发出由叙事多元化所带来的哲学观、历史审美观的重大变化。相比《迷舟》《褐色鸟群》的写作更早些时候，即上世纪70年代末、80年代初，曾有过王蒙等作家模仿西方的乔伊斯和伍尔夫，用“意识流”“黑色幽默”等写法，表现那个年代“忽如一夜春风来”的精神、心理感受，那种“旧瓶装新酒”式的艺术手法，为一个正在精神上复苏的民族心理做出异样呈现，令人耳目一新。而格非的《迷舟》《褐色鸟群》等一系列中短篇小说，则进一步突破了这个格局，将小说彻底带进由叙述及其策略决定、扩张文本意义的文学时代。

现在，审视格非自1980年代中期迄今的写作史，考察他写作中的“变”与“不变”，有效地评价其文本价值和文学史意义，需要检视格非叙事文本所彰显出来的、贯穿始终的内在美学诉求和途径。无疑，这里既隐藏着作家内在的、复杂的审美动因，也存在着作家因时代急遽变化对叙事理念做出的重新调整。个人性的经验与社会、历史、现实交织共生的精神变迁史，不断催生和变化出来的文本运思方式，为小说叙事提供了更广阔的空间诗性张力。我们可以因循格非文本写作的路径，揭示其作为写作主体自身的精进、沉思、困扰和迷惑，体味他参悟历史、现实、时代和人性的漫漫苦旅，求证其如何真正进入诗学状态，如何承载一个民族、国家和个体生命的千秋伟业。这样，我们就可从格非的写作中看到一位杰出作家对存在世界的虔诚和敬畏。同时，我们更能够透过格非的文本，感受到近现代、当代的大历史是如何进入一个作家的内心的。

二

我认为，真正奠定格非的写作精神气度和叙事美学风格，并让我们从文学史层面认识格非文学价值的文本，就是格非的“江南三部曲”。因此，重新考量、研究由《人面桃花》《山河入梦》《春尽江南》组成的“江南三部曲”系列长篇，进入文本叙事的内部，体悟叙事细部修辞的力量，反思格非的叙述如何沉潜到 20 世纪以来泥泞的、迫在眉睫的人类精神困境，在极其复杂的历史、现实语境中探索和言说理想、精神、灵魂的奥义，这些，成为我们深入地把握格非整体文学创作及其文学世界的关键。

20 世纪 90 年代以来，中国当代作家执着于写梦、梦想、梦境、梦幻的主要有两位：格非和阎连科。细致地辨析，阎连科写的是关于现实的梦，格非写的是关于未来的梦。在他们笔下，现实的梦是破碎的，也是残酷的；未来的梦是缥缈的，也是遥无际涯的。格非的“江南三部曲”之《人面桃花》《山河入梦》《春尽江南》，皆以细腻、温婉、优雅的语言，让精神和灵魂诗意地栖居在梦想的彼岸，沉浸在一代代人孜孜以求的“乌托邦”——现实与梦想交错的理想国或桃花源里。我感觉，这部持续写作了十几年的“江南三部曲”，几乎耗尽了格非心理、精神、意志的膂力，也许他已经感到疲惫至极，但从《人面桃花》到《春尽江南》，格非的叙述，从容地呈现出了几代知识分子前赴后继的心中“念想”。可以说，格非在小说文本中，创造了一个特殊的梦想的“语境”，这个“语境”既幽微驳杂、飘逸悠远，又跌宕起伏、血雨腥风；既有如梦如幻、矢志不渝的个人成长史，及其内心潮涌和生命回响，也有潜隐在几代人灵魂深处“理想国”“桃花源”的缕缕妙音。三部长篇，可谓从容不迫，百年梦幻，始终伴随着无数人的孤独漫游。看上去，在格非的小说中，历史、家族、革命、身体、情爱、命运等诸多元素或母题，都聚集在“乌托邦”的旗帜之下，历尽不同时代，百年淘洗，万千变化，绵绵书写出无数个体的精神传记。而时间和记忆，早已成为格非小说叙事和结构中的隐性主题。几代知识分子的“念想”或者“魔念”，在格非的文本中彰显着诗性和抒情的气质。从普济、花家舍、“风雨长廊”，一直到陆侃和秀米两代人的后人——诗人谭端午——在承继曾外祖父、外祖父以及父亲谭功达的桃源梦，他们在现实中无尽的诗性“梦游”，在所谓“现代性”的炫舞中，柔软的内心，撞击着有金属质感的现实，冷峻犀利，而精神、灵魂和肉身的内在冲突、撕扯，决定了“梦的方向”。可见，格非“江南三部曲”悠长的叙述，及至《春尽江南》时，人类“乌托邦”的大梦境在这个百年中的延展和结局，依旧处于恍惚和梦游的状态，生生不息又渐行渐远，几代人难以摆脱的纠结和悖论，仿佛在一个轮回的时间和空间，呈现出一种永远也打不破的“魔咒”和逻辑。燃烧殆尽的激情，没有超越，也没有宗教感的皈依，梦想总是花有旁落，如影随形。从陆侃“最初的疯癫”到秀米的“禁语”，这极具象征性的身心张扬或幽闭的意象，似乎正在挑战种种人性的戒律，演绎着非理性时代的理性，抗拒着现代文明所滋生的思维樊篱和灵魂困境。

可见，“江南三部曲”是切入格非文学创作的关键。

2004 年，格非的《人面桃花》甫一出版，立刻就有“前度刘郎今又来”的敏感辨识。格非—刘勇，这两个名字也随即被联系在一起。“刘郎”归来，喻指“先锋”归来，人们在这部“舍不得一口气读完的”长篇小说中，强烈地感受到昔日格非小说中的“先锋元素”。

一位有才华的成熟作家必定是一个极富艺术创造性同时又有独异、稳定个人风格的探索者，他要不断冲破已有的小说的界定和常规，穿越自己所设置的经验罗网。这也是一个有责任感的作家必备的素质。作家要有才能、有气魄穿越现实的、文学的、自我惯性的复杂背景，拒绝或防范轻车熟路掩盖下的停滞，被心满意足遮蔽的、不易察觉的重复，还有意识形态、话语语境、理论维度、主体在审美空间的自我定位。对作家而言，关键的因素就是如何面对世界，从容不迫地建立起属于自己的独特叙述诗学。这肯定涉及到作家解读世界、表现世界的方式。小说的叙事手段和修辞策略不容忽视，重要的还有作家想象力的永不衰竭，叙事智慧的恒久葆有及写作的超功利性姿态。格非就是这样的作家，他是少有的对文学具有纯粹而严肃态度和写作立场的作家，他多年来一直保持着极富个性感觉化的抒情性风格特征。他小说的语言优美纯净、富于书卷气，小说叙述意识清晰而深刻，眷顾命运和历史，远离繁复的意识形态的喧嚣，这已是有目共睹的事实。所以，格非从来没有应对现实的那种"急就章"式作品。因此，他才能在文学上真正达到如此高的段位。

写作的最初十年，作为"先锋小说家"的格非，凭借个人的天赋和才华，在文学感觉、语言、细节、技术策略的处理上，为当代小说创作提供了大量的不乏个人性的经验。格非与余华、苏童、北村等人一起，初步完成了当代中国小说艺术探索性和创造性完美结合的一章，并具备了与世界文学的交流与对话性。也许，在当代中国文学、文化的现实语境中，格非富于现代小说理念和精神的努力，难免受到"不能提供一种可以涵盖东方文化神韵的、文化与文学相一致的现代主义"的指责和诘问。事实上，格非也确实遭遇到一定的写作困境。当苏童、余华分别相继拿出长篇小说《米》《蛇为什么会飞》和《活着》《许三观卖血记》时，格非仍平静地在大学里写作他的《废名的意义》，讲授"小说叙事研究"。相对的沉寂恰恰是深沉的蕴藉，这必定会带来作家观察、思考上的重大变化。《人面桃花》的写作，可以视为格非既努力保持自己钟爱的写作习惯、方式，又争取超越现实性背景的一次成功探索和跨越，同时，也反衬出当时文坛的喧嚣和浮躁。格非更能耐得住寂寞，他对自己的写作提出了更高的要求：诗性的要求。他深刻领悟到文学是语言的艺术，应该去寻找对现实和历史的诗性的把握。是否可以这样说，格非在写作姿态上更追求精神意味上的纯粹，坚持艺术和精神的纯粹性，远离精神和语言上的粗糙。当然，格非并不是要有意回避什么或刻意改变什么，而是在寻找真正属于自己的话语方式，能够贴近个人感觉记忆和情感体验方式的叙述风格。这种心智上的努力，穿越了任何现实和诸多既定文学规约的写作范式。在《人面桃花》的叙事结构中，我们真正地感受到格非小说叙述的诗学力量。恰如法国作家普鲁斯特所言："作家只有摆脱智力，才能在我们获得的种种印象中将事物真正抓住，也就是说，真正到达事物本身，取得艺术的唯一内容。”

在这部长篇里，“人面桃花”的意象或情境，构成整部小说的叙述经纬、情节主线，或者说是核心结构。在这里，我们可以将“人面不知何处去”中的“人面”理解为人和生命、命运的存在形态，它包括人的欲望、冲动、孤寂、信念、寻找、迷失、死亡和未知等；而将“桃花依旧笑春风”中的“桃花”理解为时间、空间、自然、灾难、宿命等能被感知和不为人感知的种种外部存在。格非似乎要表达、重现或是记载、保存世间万事万物的转瞬即逝，用“人面”“桃花”这两个大的意象来控制千丝万缕的叙事线索，而且“让写作时的感觉与所描述的事物彼此寻找，召唤和通联”[5]。可见，“人面”“桃花”预设、奠定了后来整个“江南三部曲”的叙事基调：沧桑、荒寒、怅然若失；历史、人性、记忆和轮回。这既是情感、精神和灵魂的蕴藉，也深藏着无法预知、荣辱尽失的命运玄机。小说借此表现、复演近现代中国社会乡土与民间、政治与世俗、人性与欲望、理想与梦幻相互交织的历史场景。叙述在看似变动不羁的具体情境中，捕捉、感受生命存在的实在性、鲜活性、缥缈无定。在看似抓不牢的历史中重现人性的嬗变和生命的悸动，并以审美的方式在历史的烟云中寻找理想、公正、进步、文明的价值和人性、存在的维度。小说在挖掘、表现人的乌托邦梦想中推动着叙述的前进，整部小说潜在的叙事动力，就是“乌托邦”诗学的建立。小说以“普济”和“花家舍”为叙事环境和背景，以女性陆秀米为视角展开叙述，故事表层貌似讲述两个村落的兴衰、几个人物的命运沉浮，实则充满巨大张力，能够让我们细腻地感知历史的风云际会，生命、命运的多舛遭际，生命主体选择的茫然、暧昧和游移。表面上看，格非意在演绎一段绰约、隐晦，也十分繁杂、破败的家族生活，实际上是回到历史和时间深处，还原人物的存在意义并对历史情境进行“现时性”修复。与格非以往小说叙事不同的是，格非能在叙述中回到时间深处揭示生命与理想的产生机制和意义架构，呈现可能被遗忘、被忽略的历史“不确定性”、多元性、复杂性，重新赋予存在、理想、人性、时间以新的意义，在驳杂的历史时空中讲述不同层面的乌托邦冲动。格非的叙述，丝毫不回避对生命的“肉体凝视”，小说从秀米的“初潮”到张季元与秀米、秀米母亲的“暗恋”“畸恋”，从孙姑娘的死、翠莲的“逃”，再到花家舍诸兄弟的身心双重欲望，小说充斥着“性”的激动和魔障。其实，这是比较容易理解的历史情结，因为，“‘性’并非身体的全部，却仿佛成为隐藏在身体深处的某种神秘的和本源性的东西，成为‘科学’探测的领域，成为‘革命’所要解放或压抑或牺牲的能量”[6]。在《人面桃花》中，陆侃的“疯”和陆秀米的“疯”，无疑都是“乌托邦”力量导致的悲剧性妄想与现实发生“龃龉”造成的精神、心理错位。花家舍兄弟的“匪”与自身厮杀、毁灭，同样也是缘于“乌托邦”理解的偏执或是褊狭冲动，而张季元的“革命冲动”也可视为另类的非理性“癫狂”。20世纪以来，小说中有关政治、性别、欲望、道德、权力、知识、文化的种种元素形成了文学种种复杂的讲述方式，并都与欲望这一生命本身的潜在动力构成复杂的甚至不可思议的隐喻关系。《人面桃花》中，无论是陆侃、丁树则、陆秀米、张季元、花家舍兄弟，还是小人物翠莲、马弁、老虎，他们的潜在的朴素乌托邦梦想很轻易地形成某种“革命”或“性”的欲望冲动。女性的身体符号，“大同”“英雄”的幻想，在这里都成为揭示人性、时代心理冲突的叙事焦点和叙事动力。小说并没有刻意去渲染、铺张历史感，也没有竭力去搜寻“宏大”“意义”，而是从历史生活中小人物的或微小而壮烈的人生际遇表达出历史情境的惨烈、历史走势的难以辨识。秀米宿命般地被父亲人生失败的阴影所遮蔽，父亲有关“桃花源”式的梦想愿景缠绕着她，而改造现实，实现平等、民生的“大同”思想，构成她质朴的人生动力。她希望“每个人笑容都一样多，甚至连做的梦都是一样的”，“每个人的财产都一样多，照到屋里的阳光一样多”。她的“花家舍”遭遇、东渡日本的精神求索、“普济”的改良，都难以简单厘清或判定其精神诉求的道德价值和意义。格非擅于细腻地把握人物在不同环境中性格的多个侧面和心理层次，使人物始终处在某种临界状态。欲望的乌托邦，隐匿在话语的缝隙中，让人物的存在世界呈现出摇曳多姿、含蓄隐晦的情境，人性、欲望、内心的冲突体现出存在的焦虑和迷惘。

在这里，叙述中新的时间感的建立，也是这部小说进入诗学领域的重要因素，这是作家对文本所做的“细部修辞”。对于格非这样严格地接受过良好现代小说写作训练的技术型作家，我们是无法回避、绕开他叙述中的技术策略及其艺术价值的。实际上，相对于上世纪八九十年代所采取的颇为诡谲、极端的形式，如大量的“空缺”“重复”，《人面桃花》中，除了不断“设谜”，继续造成叙述中的“漏洞”“关键性省略”外，格非开始注意保持叙述中时间之流的“纯”自然状态。格非获得或者说建立一种新的时间感，而这种时间感的获得取决于他开始重视存在并进行诗学提升的姿态。时间就是小说中的人物、事物存在的状态性，在叙述中时间被诗化，人生状态被诗化。格非已打破外在时间，创造出一种内在时间，在一种迷离、恍惚、模糊的诗性感受中把握存在和永恒。在这里，陶渊明《闲情赋》的诗句，颇能形容格非叙述主体对时间中事物、存在的美学体验："淡柔情于俗内，负雅志于高云，悲晨曦之易夕，感人生之长勤，同一尽于百年，何欢寡而愁殷。"从"父亲从楼上下来了"开始，时间像一扇打开的闸门，潮水汹涌而来。情节上的扣人心弦与细节的洞烛发微已给我们的阅读带来巨大的冲击力，而且我们丝毫不会感到这是格非对故事的刻意讲述。尤其这种时间感是源于对事物"情感磁场"的建立，也就是，格非紧紧抓住了人物情感、意绪及其波澜的存在。欲望和冲动推导着时间的飘移，许多不可知的偶然性因素极可能地改变人生的方向。而人作为一种"存在"，常常在叙述的时间和空间中消失、迷失或隐逸，这反而使"实际"的存在显得不可捉摸。这部小说的叙事线索从普济到花家舍，再回到普济，应该说，空间的位移相对不大，但时间的跨度却很大。它之所以能给人叙述上浑然一体的感觉，与格非在叙述中着力于整体性的情境营造，讲究故事的悬疑，追踪人物内心的细微变化和波澜，重视人物的精神状态和存在感有极大关系。陆侃的"不在场"是作家一个充满智慧的"设计"，这个人物的被讲述，以及在人们感觉中渐渐符号化，使人物的命运带动叙述的绵延更具深长的意味。符号化人物是一种稍显平面甚至理念化的人物，但他打乱了叙述历史惯常的线索关系，悬置于整体叙述空间之中，成为一个能指。陆侃仿佛幽灵，在人们的猜想中游移、飘浮，使这个乌托邦老派文人更富于传奇色彩，这无可争议地表明，即使生命死亡，历史还在延续。

从叙述整体上看，对于"普济"，格非有意加大"写实"成分，对"花家舍"则重在写意、点染。前者，人物也以写实为主，他们的活动具体、清晰、贴切；而后者"花家舍"这个近乎非理性的乌托邦世界，人物、场景呈现出模糊混沌、繁复而喧嚣的状态，给人以无序、零乱、掩饰、迷蒙的感觉。我们不仅会被叙述上的连贯所造成的虚实相生而吸引，而且还能发现故事叙述现实中的种种隐喻和象征。重视感官感受，不刻意地强调叙述的因果逻辑，对人物、事物的表现、描述始终处于语言的临界点，这是格非一贯的叙述品性，也是他小说具有较大张力的原因之一。小说呈现“精致清晰的局部与扑朔迷离的整体”，具有厚实、宽阔的美学意味。因此，可以说，这也是一部不会给我们带来任何审美疲劳的小说文本。另外，叙事视点的“交叉”和不断变化也造成了叙事人、作家、人物视角的多层次、多元性。实质上，叙述视角绝不仅仅是纯粹的表达形式问题，或者说是技术问题，更是作家的一种价值判断，一种个人意识形态。而这种视点的位移，还会给阅读带来持续性的错觉，我们既难以轻易地把握住作家自身的审美意识形态特征，也使人物与作家、叙述人之间的隐性对话变得扑朔迷离，也使感觉、体验背后的人文内涵变得更加丰厚。

《人面桃花》叙事的成功还在于，小说通过不断进入秀米、张季元的心理意识深处，细致地表现其心灵变化，客观化的情节性叙事与讲述人的叙述语感、语气形成某种对位结构。秀米和张季元都有“癫狂”之气和锐气，它将叙述引向高潮。随时间的推进，人物的绝望以至最终“平和”，相互推动，那种执着、无望、柔软的心灵呈现在我们面前。特别是，叙述语言的宽柔与弹性，大量描述性语言和意象的纷呈，诗、词、铭、记、志、史在文本中不时若隐若现和回荡，使小说产生了浓郁的诗的修辞特征和古典气韵，构成了叙事的经典与恢宏，也产生小说整体氛围上的苍凉美感。既然阐释历史或某种理念已不构成《人面桃花》的叙述动机，那么，我们对格非小说的阅读理解和艺术判断就会变得轻松起来。我们可能在小说中获得历史感的摇撼，但完全不必将其视为一部“历史小说”，虽然它有着讳莫如深的历史背景。这就是一部虚构的文本，是一部纯粹的小说文本，其中有人的感情和欲望，有人性的诉求，虽没有大叙事，却有足以让生命悸动的灵魂道场。无疑，格非和他的小说显示了一种坚实的存在。还有，他在梳理、整合现代小说艺术理念并付诸实践的同时，常常舍弃他习惯的刻意的情节设置和制造文本产生的裂痕，对写实手法进行打磨，不失优雅、古典的书卷气质，为小说叙述开辟了一条新通道。

格非小说叙事的机智、结构和语言的智慧，使一个作家的文本进入诗学的领域。这部小说的文本力量，强烈的神秘感、存在感和浓郁的现代人文气息，引人注目。在这里，格非并未在叙述中为我们提供任何判断、揭示事物真相，阐释意义和种种迹象的可能，我们却意识到这位作家开始写作一种更为纯粹的小说文本，愈发远离所谓后现代的叙事游戏，远离精巧地摹写现实的层面，而从自己的内在精神出发，去透视事物并将其提升到诗学意味的高度。在这部小说中，格非最突出之处是对“存在”无限的追问和对精神的自觉认定，这显然是在文化视野上的拓展。格非的写作已把认识、理解、表现的事物从人的被限制、自然性转向人生、世界、存在的不定性，不可把握和无限变化性，格非的写作进入了新状态，“我们作为人所生活在其中的世界，是历史传统和自然的生活秩序构成的统一体，这就是说，一如我们经验着历史的传统和我们的生存，以及我们的世界，我们与这世界的统一体相互构成了一个真正解释学的天地，在这世界中，我们并非被封闭在一个不可跨越的疆界里，相反我们与世界相互敞开着”[7]。

在格非的小说里，世界和事物都充分展开，叙述主体作家已从人如何经验自身走向“经验”世界，这里的生命哲学不仅体现为心灵的分量，而且包括存在的偶然性细节。这是对历史与存在的细心抚慰。因此，我们就永远不会在格非的小说中找到心灵之外的叙事动机和宏大能指，因为，人的心灵——内在世界对存在有着比现实性及其目的要求更高的内容，而情感、感性冲动更是人的生存得以建立的基础，“人必须通过活生生的个体的灵性去感受世界，而不是通过理性逻辑去分析认知世界”[8]。所以，作家对于所面对的世界，他只有依靠心灵才能找到存在的内部隐秘。

记得柏格森说过，“反复思考事物”是科学把握世界的方式，这种方式的世界观基础是将世界对象化、客观化、实用化；而“参与到事物中去”则是诗把握世界的方式，它的世界观基础是将世界本质化、神秘化、诗意化，而且与事物内在的生命打成一片。我们知道，文学对生活和世界的把握不仅在人们的经验层次，而且在于“超验”层次，而所谓“超验”这个层面是不可把握和难以预知的、不可利用的精神层面。它的特质及存在形态就是含混、氤氲、不可思议的，是难以依据理性逻辑进行有效判断的，有着极强的随机性、偶然性。《人面桃花》，包括格非其他小说，重视表现事物、生命及其存在的不可解释性、不可言说性。格非清楚，只有对这一部分存在提供想象的可能，小说的表达才是属于艺术真实的，才是情感的，属于诗性范畴的。看来，格非深谙维特根斯坦的“凡是不可说的就只能沉默”的道理。恰恰是格非叙述中的大量“沉默”，造成了小说文本的神秘所在，诗性所在。

有人认为，这部《人面桃花》相对于格非以前的短篇如《迷舟》《大年》《雨季的感觉》等，显然更逼近真实的有案可稽的历史。我觉得，对于这部虽然以辛亥革命作为叙述背景的小说，却完全没有必要过于纠缠故事与人物、历史与实存这种文史之间的比照、印证。正如同莫言的《檀香刑》和尤凤伟的《中国一九五七》。小说就是小说，在格非这里已没有任何讲史的义务和负担，叙述中穿插的张季元日记和“历史注释”，一方面构成文学虚构的手段，有拟真作用；另一方面，也是对长期以来常常是一种意识形态支配历史叙述的“传统”的消解或解构，是一种新的小说叙事诗学。而且，格非的叙述还借鉴了后现代小说的一些经典手段：真就是幻，幻就是真。小说叙述中，人物多次从现实进入梦境或从梦幻状态中醒来。如秀米前夜在梦中所见孙姑娘的出殡场景，竟与第二日现实所见别无二致；秀米梦中与王观澄对话，王观澄训诫“我知道你和我是一样的人，或者说是同一个人，命中注定了会继续我的事业”的预言，以及花家舍未来的遭际，都在后来的故事发展中应验成真。实质上，这是对现实世界存在的一因一果理性逻辑的消弭、消解，是对现实因果的某种颠覆与“干扰”。在叙述中，一因可能多果，多因可能一果，作家可以对多种可能性进行猜测和选择。梦是真，还是我们看到的现实是真？“真”在幻中可能是假，假在幻中却可能逼真。文本中的梦幻也可以成为承载现实可能性的依据，虚实边界的模糊同样会给阅读带来更大的魅力。作家格非在努力表现自己所感知的世界、人生与人性，以及真切的、用情感辨析过的时间之水淘洗的历史。他清楚自己在叙事中作为主体的诸多“不知”之处，因此，叙事中的限制使他有意无意地在叙述中留下许多“空缺”和疑问。格非在文中不惜借秀米之口，表达人在存在中的种种迷惘、悬疑、不可知。同时，也使人物避免仅仅在故事的层面滑行，而是让叙述破冰而进，走向人物和事物的深处，洞开更大的由时间、空间组成的世界，探求其复杂性、不可解释性。

作家在努力发现时间之中历史、存在的微光，它并不仅仅是为了照耀现实的些许幽闭，更让我们感觉到时间深处灵魂的孤独、寂寞与惆怅。人物悲剧命运的不可逆转，以及历史在人心中的艺术猜想，这也造就了格非小说特有的层次感、构造感、诗意的沉醉感，悠远朦胧，萦绕不绝。

三

张柠在论述格非《欲望的旗帜》时，曾将其视为欲望诗学最恰当的代表性文本。的确，欲望具有某种神性，无论是被视为高尚的动机，还是缘自纯粹身体的渴望，肉身有时具有强大的、神秘的力量，生命的直觉冲动，甚至可以依赖于感官而动摇人的意志力。《人面桃花》中，人物的乌托邦理想就纠缠于、潜隐于人物感官欲望的神秘引导，甚至改变人的生活、历史的方向。在《人面桃花》中，欲望虽说也无处不在，但已与《欲望的旗帜》明显不同。这里的欲望，不仅是身体欲望向精神欲望的转化，而且，凸现精神欲望支撑下的政治“乌托邦”，并且由此衍生小说叙事的强大动力，体现非理性因素的不确定性、随机性带来的存在的神秘，这也是对数年来所谓“革命浪漫主义”和“革命”文学叙事“圣洁化”的反拨。性和死亡，始终是格非小说经常涉足的一个地域。格非似乎也在通过对性和死亡的表达，寻找再度认识生命内在能量的渠道。性本身并不能直接解决心灵的问题，但可以洞见人在冲动下所涌动的理想、激情。在《人面桃花》中，格非更多地还是让压抑的欲望冲决而出，转化成“乌托邦”冲动或人性憧憬，引申出深刻的象征意义。秀米、张季元、王观澄们之于性，并非单纯的生命自由体验，而是对一种被置于精神晦暗年代存在性压制的挣扎。我们可以越过男女严肃、经意或不经意间的私情、欲望层面感受到某种生活秩序变化的动因。封闭心灵间的互相撞击，往往产生解释不清的感觉，无论是妥协、认同，还是反抗，都终究会改变生活的惯性。格非这样写，或许也意在指出历史中的非理性力量存在之必然。而且，《人面桃花》的叙事没有简单停留在家族、人与历史关系的层面，而是聚焦在对人投身历史的激情和冲动的追问上。可见，无论从哪个角度讲，《人面桃花》都是格非最重要的作品。

因为格非喜欢以小说的方式探索存在的未知世界，他所醉心描摹的“乌托邦”世界本身具有极大的虚幻性。幻想意识本身也是诗学的地基和温床，它虽然不构成叙事的全部，但却使叙述充满了诗意。格非在“先锋后”沉寂、困扰多年，但仍坚持理论、文字、艺术气质的多重历练，他摄取了先锋的精华之气和现代小说的坚实内功，并执着于中国小说叙事的史传、笔记小说与诗论传统的结合，以此去发掘小说语词的潜能和力量。格非的叙述语言自由、干净、流畅，而且能细微地表达出意识到的存在的复杂性，他不断地变换着主体、语言和世界的关系，不仅使讲述生活的语言贴近生活，也使所讲述的生活有更合适的语言来表达，这既是一种修辞学上的完善，也是试图让词与物、语言和存在在一个新的维度上体现一种叙述的优美。可以说，中国当代作家中至今还较少像格非这样，努力远离语言匮乏的困境，并保持自己说话、叙述方式的“诗性”的美学维度。所以，小说韵致迭出，呈现独特、鲜明，饱含神秘、敬畏，叙述风云舒卷、博约书简的唯美气派，令人难以释卷。同时，我们还会感到格非对小说本身和对事物的彻悟和宽容，对历史、对人性理解的气度和达观。

写于2007年的《山河入梦》，仍是一曲继续吟唱的“乌托邦”的挽歌。这部长篇小说依然是格非为我们谱就的一首关于人的“乌托邦”夭折的挽歌。这部小说所表达的动机，好像有意想与那句“一代人有一代人的梦想”相悖。我们在主人公谭功达的孤独的个人历史中，清晰地发现了他与母亲陆秀米竟然有着相同的“乌托邦”精神结构。谭功达重复着他的前辈们对理想的偏执和“疯狂”的浪漫。无论是陆侃、丁树则、陆秀米、张季元、花家舍兄弟，还是谭功达、郭从年和姚佩佩，他们生命中潜在的“乌托邦”梦想，成为变动不羁的岁月里被一代代人所接续、修复的存在依据和精神幻象。有所不同的是，谭功达遭遇到了几倍于他前辈的困难。他所面临的社会结构和体制，在给予他相对活动空间的同时，一个扭曲的“一体化”的意识形态规约的坚硬的文化环境，使他的理想主义精神象牙塔难免摇摇欲坠。不停地虚构“乌托邦”蓝图，也就是不停地自掘陷阱，这种超越了历史理性的“理想”，最终逃脱不掉被颠覆的结果。作者借郭从年之口最后讲出了“乌托邦”自身的裂隙和脆弱：一种绝对自由的不存在，一种在历史和自然面前人的卑微和渺小，人心的扑朔迷离、不可把握和人性的坚硬质地。无疑，格非是想通过一个人的命运、一个村庄的命运索源或暗示出一个国家、民族的兴衰。

与前一部《人面桃花》相比较，这部《山河入梦》更“像”是一部小说，它进一步摆脱掉了诠释当代史的负担，直逼人类精神出路和现实困境。实际上，作家在这里给我们描述了两个“乌托邦”：社会乌托邦和爱情乌托邦。当社会的“乌托邦”理想破碎时，现实逼迫谭功达意外地“逃入”花家舍，得以逃离残酷的现实情境。但谭功达又开始了对爱情乌托邦的憧憬，当然，这也是这个理想主义者最后的“乌托邦”。而他的双重陷落，与我们所处的世界形成了微妙有趣的反讽。

所以，小说就选择一条情感线索开始作为拉动叙事的引线，这是一个十分个人性的叙述视角。这样，在错综复杂的社会生活中，谭功达个人作为感性、热血、理想的“诗人政治家”的浪漫诗意，才能得到淋漓尽致的体现。当然，这也同样给人物的存在提供了深刻的悲观的基础。谭功达的彻底失败，以及他在情感、婚姻上的波折和失意，是一种必然性的尴尬结局，这也是作者着意要表现的人物所陷入的终极困境。他为什么会失败，在这里似乎是不言而喻的。我们或许都不是一个悲观主义者，但谭功达苦苦追寻的人类社会的“桃花源”和理想国，对任何人来讲，如何能成为现实都不是一个假以时日的单纯期待。那么，谭功达的精神动力何在呢？格非再次发掘历史的幽微，回到时间深处去揭示生命与理想的产生机制和意义架构，去察觉可能被时间遮蔽、忽略的历史多元性、复杂性。他如他母亲一样，宿命般地被前辈失败的阴影所笼罩，理性和非理性的欲望在对情爱的生死歌哭中构成他存在的紧张和焦虑。对于他的“花痴”状态，我们完全可以视为他对存在会经常产生的超常幻觉和痴迷，是近乎病态的焦虑。而接二连三的爱情旋流，已成为他慰藉生命、救赎自己的唯一梦境。在一定意义上讲，谭功达是权力场上彻底的失意者，在乌托邦的“疯癫”被终结之后，潜在的恐惧使他几近绝境，他将残留的希望全部转移到情感上来。在他所经历的四位女性姚佩佩、白小娴、张金芳和小韶中，如果说白小娴和张金芳的出现使他的生活显得荒诞不经，游离出自我，艰难地挣脱出欲望的樊篱，那么，小韶则使他在生命的困厄贫瘠的日子里获得暂时能够存在下去的勇气。姚佩佩是小说中唯一理解谭功达的人。正是她的爱，给了谭功达能够重新回到自我的信念。但是，“每个人的心都是一个被围困的岛屿，孤立无援”，在谭功达和姚佩佩同时陷入一种无援的境地时，我们看到格非笔下的世界，实际上是一个异常冰冷、荒芜的世界。人就像一个个湖心弹丸之地的“花家舍”，在对世界的茫然四顾之中，难以吸纳山河的浩气，难以走出历史，走出现实，走出自己的阴影。伴随着叙述的淡淡的感伤，小说凸显出对人的历史性的反讽，“乌托邦”的陷落也就成为必然。

在这部长篇小说中，我们会经常看到阳光下“紫云英花地”的奇妙意象，它仿佛“乌托邦”神圣的象征符码，在主人公们的内心若隐若现，若即若离，它构成一个巨大的隐喻，闪闪烁烁，出神入化。而那美妙、清俊、纯美的理想图景，却又常常为“一片浮云的阴影”所覆盖和隐没。显然，它喻示着梦想的虚幻性、不确定性、易破碎性。梦想的事物倘若永远在梦境中徘徊，我们就必须去寻找铸就如此残酷现实的种子都曾在哪里飘散过。而且，时间，在这里充当着重要的角色，谭功达与母亲陆秀米既然有着相同的“乌托邦”精神结构，那么，他也就无法越过时间的樊篱，走向“异质性”的“歧路”，因此，他与现实的悖论，也就将永远被搁置在岁月的泥淖里。时间，再度成为“叙述”之外的，阻断、改变或终结人物个人命运的“砂器”。

现在看，作为“江南三部曲”系列的第二部，《山河入梦》可以看作是一部承前启后之作。这段历史和生活，已经开始日益逼近当代现实。这也就意味着作家写作的难度在增大，干扰作家进行审美判断的纷乱的现实扑面而至。那么，如何洞穿“现实”这个沉重的、叙事的堡垒，需要作家的精神哲学的思茫去照耀。这是作家格非所面临的困境。格非必须在人物个人性的自我穿越中，实现精神的哲学思辨或灵魂救赎，然而，这在谭功达这里是异常困难的，这是“乌托邦”梦想走向逼仄的现实的开始。

从细节上看，这部《山河入梦》所设置的“悬念”明显少于第一部《人面桃花》。格非小说叙事中的“悬疑”“悬念”“延宕”，绝对不是作者有意的调侃和施展的“小摆设”，它实质上是对存在世界的一种认知和表现方式，是孜孜以求地寻找通向未可知事物的神秘通道。由此可见，愈接近现代、当代的社会现实，作家的智性愈要大于情绪，叙述也就愈发要从事物的本身出发，克服或节制自身的轻浮。格非注意到了这一点，因此，比起他前一部小说，这部《山河入梦》的写作也就显得愈发朴素、稳健、从容不迫。尽管，这部长篇小说仍然给我们留下了许多遗憾。

及至《春尽江南》的发表，我们愈发清楚，格非早已经真正地预感、意识到在谭端午这一代人的体内，“革命性”理想、浪漫的基因所发生的“机变”或“变异”，以及呈现的两面性、多重性的复杂状态。因此，格非将具有诗人、作家、哲学家气质和底蕴的谭端午，彻底推进俗世生活的漩涡之中，让欲望的旗帜始终在谭端午的内心随心所欲地鼓荡和张扬。显然，“乌托邦”的游丝在谭端午的体内已经荡然无存，一代所谓“精英”知识分子在时代浪潮的裹挟下，展开了“人的分类”的道德飘移，践行着自我放逐的生存游戏。最可怕的事情无疑是，生活，在一位诗人的内心如何被肢解、消弭成散乱的碎片，几代人醉心的理想主义，在残酷的当代现实中经历着炼狱般的考验。令人欣慰的是，谭端午能够冷静、清楚地面对当代中国社会冷峻的精神现实，他试图从欧阳修的《新五代史》中获得判断现实的启迪和方法，终于发现“欧阳修几乎是用一本书的力量，使时代的风尚重返淳正”，完全“都是史家之言”。日益复杂的当代现实和物质世界对人性的侵蚀和诱惑，令谭端午无所适从，所以，他在现实中所能坚守的“知识分子精神”更显得羸弱。巨大的精神焦虑和心理的失衡，让几代人的“乌托邦”梦想在蜷缩于内心之后弥散在迷乱的时空。一声叹息之后，使人略感欣慰的是，谭端午尚在寻求的路上踽踽独行，终究没有彻底堕落至灵魂碎片化的深渊。在这里，格非既写出了谭端午残留于体内的理想主义因子，其“本我”“原我”的“疯癫性”一面，也描述了他在急遽变化时代潮涌里冷静谛视生活、承载现实的奋斗、隐忍及其悲剧感、失败感。这使我们清楚地看到“乌托邦”冲动的两面性——感性和理性，诗性和现实性，精神性和物质性——之间的纠结和无法包容性。

谭端午的妻子庞家玉，经历过从“李秀蓉”到“庞家玉”名字的更换过程，可谓对这个人物心理的、精神的、个人身份的多重裂变和“异化”的潜在隐喻。而她对自身矛盾性的认识，也让她清醒地洞悉到谭端午的精神、心理结构在强大现实中的空虚、空洞状态。虽然，格非在处理这个人物自身矛盾性生命状态时，让处于绝症中直面生死的“庞家玉”在谭端午和海子诗歌、索甲仁波切的箴言那里，回到“李秀蓉”的浪漫的“初心”，回到她与谭端午的初恋，回到诗性“乌托邦”梦幻，但是，这个人物的分裂性人格足以让我们警惕个人“乌托邦”的脆弱、无法更改的感性化。

四

格非在完成“江南三部曲”之后，在最近七八年的时间段里，完成了两部长篇小说《望春风》和《月落荒寺》，两部重要的中篇《蒙娜丽莎的微笑》和《隐身衣》。这些文本，一方面，我们可以视为格非对自己写作的一次轻松的调理和盘整，另一方面，这些与“江南三部曲”相比较而言看似有些“单薄”的文本，正是格非写作的一个重大“拐点”。因为，这部精致的小长篇《月落荒寺》让我们再一次看到或感受到格非“清醒”的迷惘。

敬文东在阐释格非《月落荒寺》的时候，捕捉和强调“命运叙事”之“命中注定”这个关键词。我想，他正是沿着格非小说创作叙事走向的预设性，判断格非在这部小长篇里试图承载的人性、命运、宿命的复杂性、不确定性和模糊性。“命运叙事是中国传统小说的固有传统之一。命运叙事不仅因为人皆有命而命运前定，也因此预先规定了叙事的走向。命运必将溶解于日常生活。在所有日常生活的可能性中，只有一种可能性最终化为了作为日常生活的现实性，因此，日常生活具有神秘性，神秘性等同于命运。在一个新闻—信息的黄金时代，小说被逼到了死角；但小说有理由只表达唯有小说才能表达的东西，这个唯有小说能表达的东西，就是日常生活的神秘性。《月落荒寺》和《隐身衣》正是这方面的自觉之作，而且还因为专注于日常生活的神秘性而将叙事本身变作了传奇。”[9] 也许，“命运叙事”这种命名，更符合格非文学叙事中哲学、审美意念和隐约的宿命观，这与格非较早时期所秉持的“神秘主义诗学”一脉相承。格非在谈到失明后的博尔赫斯时，提及晚年的博尔赫斯在一个咖啡馆接受记者访谈，记者请他谈一谈在漫长而短暂的一生中所感受到的生活的意义。博尔赫斯的回答是：“只要音乐还在继续，生活还是有意义的。”格非借此做了如下的描述和评价：“在那个时刻，在布宜诺斯艾利斯的那家咖啡馆中，音乐所肯定的并不是他的生活，它没有改变什么，它只是提供了个可能——用它来重新解释庸常的生活中所隐藏的事物，用它重新为我们的习惯命名。它给出了一个假定性的情境，一只容器，所有的经验都在黑暗中闪闪发亮。因为虚幻，所以真实。”“重现。在另一个地方，另一个时刻，我再次与她不期而遇。”[10] 毫无疑问，格非清楚地意识到包括音乐、绘画、文学在内的诸多艺术形式存在的理由和意义，而“重新解释庸常的生活中所隐藏的事物”，成为艺术的终极目标。写作中所聚集的破译存在世界“谜底”的冲动，让哲学、神秘主义、“迷宫”形成浑然一体的“呼应”。其实，写于三十几年前的《迷舟》，就是世界迷宫般存在的镜像或缩影，业已成为格非写作的“原型”，可以说，格非写作的“初心”延续至今，无法更改。

那么，《月落荒寺》究竟要表达什么？它是否还要铺排由《春尽江南》始发而来的、变动不羁的当代现实，继续演绎那些令人猝不及防的俗世纷扰和精神纠结给一代人带来的灵魂困扰，或者，另有更为令人惊异的、可以洞悉的、精神的“创伤性”存在，以及可以“放逐”的“洞天”？显然，尚有一个存在性的“斯芬克司之谜”或难题隐逸在格非看似优雅、从容的叙事之中。也许，它既是现实的，也是虚幻的，“因为虚幻，所以真实”。这样的艺术理念，就将格非的叙述引向另一条路径。格非的叙述，重新开始在追寻那些“隐藏的事物”中“延宕”。仿佛是一种“轮回”，格非在《月落荒寺》这部“小长篇”里，重拾谭功达的“历史记忆”，但是，主人公所面临的却是比谭端午更凌乱、更难以想象、更传奇的现实。

《月落荒寺》的主要人物是林宜生。这不禁让我们想起《欲望的旗帜》里的曾山。现在，我们愈发感到，格非为什么喜欢或“习惯”将主人公的身份设定为一位学习、讲授或者研究哲学的大学教授、学者、诗人。曾山、谭端午和林宜生，都被刻意地拟定为或诗人或哲学家这样的角色。他们具有的诗人气质，与其所直面的俗世生活形成巨大的反差和错位，他们皆与自己的导师发生龃龉、争吵、反目，不辞而别，依个人意志选择自己的道路；他们身上与生俱来地具有深厚的“乌托邦”情结，加之他们自信想象未来的合理性，并将这种充满个人性欲望的冲动，加入、参与到中国20世纪以来复杂的社会现实之中。最终，在现实面前陡生出徒唤奈何的无力感、失败感，诗人的冲动、哲学家的“理念”驱使，都不得不在现实的铜墙铁壁面前“反转”地向内转，回到内心的落寞，在边缘独语。林宜生、楚云的爱情结局及所面临的多舛命运，让我们更深刻地体会到当代社会现实的复杂性、残酷性和不可理喻。学哲学出身的林宜生所置身的现实，使其变得更加“现实”。他彻底遁入现实和“实际”，“每年将近一百万的讲课费收入，也让他付出了相应的代价。一年之中，林宜生有三分之一的时间奔波于全国各地。精神和体力的双重透支，使他早年已经治愈的失眠症死灰复燃”。他与李绍基、周德坤、查海立、陈渺儿、曾静、赵蓉蓉“混”在一处；妻子白薇出轨，远赴加拿大；儿子处于“青春期”的叛逆状态。这些极端“日常性”的俗世生活和存在之虞，构成一个知识分子的中年危机。而“命中注定”，他遇到了楚云。林宜生与楚云之间的“故事”，或许才真正显露出格非叙事隐秘的关键所在。因此，我感觉敬文东对格非叙事内在诉求的追踪恰到好处。

在《月落荒寺》中，楚云果然如瞎眼奶奶断言的那样，成长为一个绝色美女，而美貌意味着被侵犯；在被侵犯和美貌之间，自古以来就存在着一种可怕的正相关关系，甚至会引发战争（想想海伦）与背叛（想想陈圆圆）。那个把楚云拎回家中的少年，果然如失去子宫的母亲一口咬定的那样，命中注定成为楚云的哥哥。哥哥为保护美貌的妹妹多次被打（“不到二十岁，门牙几乎全都被人打光了”），这等残酷的境况，反倒让哥哥逐渐变作了一位令人闻风丧胆、心狠手辣的黑社会头子。这个黑老大，这个被其手下唤作“辉哥”的人，甚至专为妹妹楚云开了一家名叫“彗星”（comet）的酒吧（哥哥在她耳边小声说：“也可以这么理解，这个酒吧就是为你一个人开的。”）而酒吧的“真正‘业务’，是替那些‘追求公平正义的人’摆平各种难局，从中收取佣金”。辉哥的诸多仇家找不到隐藏在山中别墅里的哥哥，却像是命中注定那般找到了妹妹楚云。他们对楚云极尽蹂躏、侮辱之能事，却仍然无法让楚云说出哥哥的藏身之地，最后只好将楚云深度毁容。[11]

在这里，敬文东将格非的小说置放在存在世界的“预设性”“传奇性”“日常性”“可能性”之间错综复杂的“结构”中，进行深层次的解析，旨在论述格非叙事所凸显的人物、世界及其相互关系的“不确定性”之中的“定数”。实际上，这正是格非对其世界观、审美逻辑、表现方式一以贯之的坚守。自《迷舟》和《褐色鸟群》开始，神秘主义的诗性世界观始终潜隐在格非的内心，诗性地把握世界，成为格非的叙事哲学、叙事美学。

《月落荒寺》也是格非小说叙事最具“诗性悲剧”的代表性文本。林宜生在现实的存在世界，是一个“清醒的说梦者”，只不过“乌托邦”情愫，在现实的“锚地”仍在潜滋暗长地挥发着自身的能量，让林宜生尚有一定的思考力和行动力。与谭端午相比，前者似乎更自觉或不自觉地接近《金刚经》的要义：“还至本处，敷座而坐”，而避免“妄念纷飞”。贯穿整部小说的林宜生和楚云的“爱情故事”，充满浓重的悲剧意味。“对林宜生来说，他与楚云之间的关系，远不能用‘好’或者‘不好’一类的标准来衡量。宜生对楚云的迷恋，除了她的美貌和年轻，更多的是笼罩在她身上那层神秘的氤氲之气。林宜生有时觉得他们并不生活在同一个时空之中。”就是说，双方都倾心已久的爱情，并不能用“好”或者“不好”这样的伦理来判断其价值，而楚云的失踪，则进一步给林宜生造成心理和身体双重的磨蚀和毁损。这部貌似“日常生活”的“人生悲剧”，难免涂抹着一层宿命的色彩。“乌托邦”欲望，可能会失败，或者被打碎，但它难以彻底消弭或被剥夺。个人的欲望在强大的现实中遭遇某种抑制时的挣扎，是摆脱灵魂和身体相互对立的虚伪状况的开始。格非相信宇宙中存在着神性，存在着“不可知性”，他尊重宇宙、自然和存在世界的内在秩序，他相信每一项个体的性质就是整体的性质，每一个人都应该拥有人类所有的价值。也许，“神秘主义赋予世界以高度的神圣性、诗意性和人文性，它滋养人向美向善的灵魂。诗与神秘主义的结合创造出一种诗意神秘主义的世界观。它赋予人想象、解释、描绘自己在无限宇宙中的位置的最本源的能力”。而且，“神秘主义是把握世界的诗意方式。他体现出一种领悟宇宙和全部生命存在价值和意义的独特的诗性智慧”。也就是说，宇宙、人生都是一样的存在，固然有其应有的本相。[12]

《月落荒寺》选择“曲终人散”的情境作为叙述的终结，林宜生与楚云在未得一见之后再次神秘地“离散”。这仍旧是无法“还至本处，敷座而坐”的人生失意，正是爱情的神圣性与不圆满结局，增加了这部长篇小说的“悲剧诗意”。

> 这是一个平常的四月的午后。但不知为什么，今天所遇见的所有事情，似乎都在给他某种不祥的暗示。惨烈的车祸、自称是来自华阳观的猥琐道士（他主动给楚云算命）、赵蓉蓉的爽约、“曼珠沙华”生死永隔的花语、扇面上的诗句，以及这棵奄奄待死的百年垂柳，均有浮荡空寂之意，让他（亦即楚云的教授情人）不免悲从中来，在浓浓春日的百无聊赖中，隐隐有了一种曲终人散之感。

这是一种意料之中的“失之交臂”。由之，我们也会注意到格非大量小说文本结局的“未完成性”。叙述中肆意终结叙事因果程序的“霸气”，无视故事的“因果律”，这种现象在作品里愈发突出。仔细想，这似乎不像是格非这样重视古典性和叙事结构的小说家所为。早期的短篇小说《迷舟》《褐色鸟群》《雨季的感觉》等，以及长篇《敌人》和《欲望的旗帜》，莫不如此。到了《望春风》和《月落荒寺》依然如故，没有丝毫改变。尤其面对人物命运、家庭、情感变故，格非俨然是“坦然”接受小说本身赋予叙事的可能性。实际上，从作家“写作发生学”的视角理解，格非的写作、叙事本身依然可以看作是一种“命运叙事”，是其极富于神秘主义色彩的诗性叙事影响所致。

不能忽略的是，《望春风》在格非的写作史上所具有的特别的意义和价值。这部长篇小说是格非仍然恪守“保持记忆，反抗遗忘”的信念，重返时间河流的生命“追忆”。《望春风》貌似借“返乡叙事”描述中国社会几十年的风云变幻、历史沉浮，实际上，就是要表达社会、时代、历史风云际会中小人物的命运，而非“大时代叙事”的波谲云诡。“我不会追溯一个村庄的历史，写一个地方志式的乡村生活画卷。我要写的故事是我亲历的，和我一起生活过的那些人，有形有貌，多年后他们说的话还能穿透时间，回到我的耳边。他们的过往和今天的状态构成极大的反讽和巨大的变异。他们代表一个正在衰歇的声音，这声音包含着非常重要的信息。”[13] 应该说，格非的叙述，既是一次实现个人性的精神还乡，也是忠实地在这次“返乡”记忆中，为生命和未来“立此存照”和“封存档案”。这次写作，让我们再次感受到格非写作的个性自觉、文化自觉，他试图让个人记忆成为历史记忆重要的组成部分。小说的叙述人“我”——赵伯瑜在“还乡”中实现了生活、生命和内心的沉静。整个叙述，丝毫不规避那个时代里的苦难和丑陋，而是让人物的灵魂沉淀下来。无疑，这是个人记忆对真实的个人命运的一次精神救赎。

我在阐释迟子建的小说创作时，曾经参照王德威分析现代、当代作家的文本时所特别强调的“感觉结构”理论，来考察迟子建《伪满洲国》和《额尔古纳河右岸》等历史叙事的独有风貌。其实，格非的文学感受方式、呈现方式是更加感觉化的。他写作《欲望的旗帜》和“江南三部曲”时，面对现实、历史、人性时的审美判断，从心理、精神、灵魂几个层面，其“感觉结构”几乎都会涨溢出“现实结构”“历史结构”和“时空结构”，而抵达生命或人性的“本然结构”，借助人物命运的炫舞、飘零万端、神态迥异，凸现出人与事物的百年沧桑。这种自我艺术“感觉结构”的建立，及其对那些业已形成的、富于理性支配的固有框架的超越，或许就是作为小说家格非无法摆脱的写作宿命！

那么，格非小说叙事的“感觉结构”又是怎样形成的？从一定的层面上讲，真正的文学写作就是一种凝聚宿命般情感的精神诉求。我想，格非小说的叙事形态和精神意蕴，也一定来自于自身的灵魂诉求，更来自于文化的宿命和写作的愿景，同时，也来自对历史、现实和事物出神的眺望和玄想。已故评论家胡河清，对格非及其写作曾有过精到的分析和评价。我认为，这是迄今最为切近格非写作发生学意义的研究。胡河清借用《鬼谷子》和《鬼谷子命书》中关于“腾蛇”的比喻，来影射、揣摩和阐释格非的小说及其意象的生成。“腾蛇”为神蛇，“能兴云雨而游于其中，并能指示祸福。腾蛇所指，祸福立应，诚信不欺。……蛇之明祸福者，鬼谋也；蛇之委曲屈伸者，人谋也”。[14] 在胡河清看来，喜欢蛇的格非，恰恰就是这样一条观察、写作和叙述的“神蛇”。因为格非的小说里有大量关于蛇的隐喻，其中，“蛇在我的背上咬了一口”，构成了格非小说的基本意念。“格非的蛇会咬人，而且极其狡诈，这说明他感兴趣的是术数文化中的诡秘学成分。也许正因为深藏着这一种关于蛇的意念，格非眼中的世界是诡秘的。”[15] 这当然不失为一种独到的解读。“诡秘”“诡谲”“水蛇般缠绕在一起”“因为生病每天都要吃一副蛇胆”，这些神秘的字眼，以及蛇的意象，密布于格非的小说之中，而且，我们在他的诡秘里感受到一种文化的神韵，至少，我们能够强烈地感知到格非努力洞悉世界和存在真相时，那双如同蛇一般的目光，包括这双眼睛对世界的探究欲望和解读策略。于是，胡河清将格非描述为“蛇精格非”。这虽是一种极具隐喻色彩的想象性概括和调侃，但我以为，这非常切近一个作家的本相，作家最渴望的，就是有一双与众不同的眼睛，不为已有的种种“框架”所束缚，就像所有人观察世界的时候，完全不受自己视网膜的影响，是一种直观，而不是反射。我们也由此体会到，像格非这样的小说家，宿命般地走上虚构的道路，而他却会为我们必然性地提供了关于这个世界真实的基本图像。这就是我们后面将会谈及的审美叙事中的“感觉结构”。

但是，即使有这样一双“鬼斧神工”般的眼睛，格非也依然无法清晰地看见一切事物的机枢，这不是一个作家自身的能力问题，而是人类认知所面临的局限和关隘。也许，只有小说这样的虚构文本，才可能大胆地肩负起猜想世界的使命。因此，就有了大量所谓“空缺”的存在。仔细想想，之所以有“隐秘”世界的存在，是由于我们对事物整体性的不可知——不可判断和预知，这是一个本源性的问题，因此，可以说，格非的小说《迷舟》，带领我们从另一个路径进入了历史，进入存在世界。这不仅是小说叙事的革命，而且涉及到美学、哲学和历史学与文学关系的深刻变革。它强调和重视的是文学叙事终将无法“篡改”的历史命运。

前文曾提及，若想深入地阐释《迷舟》《褐色鸟群》《雨季的感觉》和《敌人》《人面桃花》这一类小说，需要进一步打开我们的思考理路。以往的研究和评论，大多喜欢从文本的几个重要元素入手：时间、历史、记忆、人物、欲望、叙述、“空缺”和隐喻。当然，时间，是使这类文本充满个性化、深化蕴含意义的基本元素。空间是一个容器，而时间也是一个容器。所以，时间不是线性的，往往是多维的空间吞没了时间，令时间被假象所遮蔽，所忽视。叙述现实，叙述历史，讲述人在现实和历史世界中的存在形态，却是在对时间和空间的想象和回忆中完成的。记忆，同样是一个复杂的容器，其中杂陈、积淀了无数事物的因子和元素，但时间本身无法唤醒和发酵它的存在价值和能量，只有“回忆”，才有可能揭示“时间的伪形”和历史假象的虚伪，发现既有“事实”的根本性缺陷，这样，在精致、超凡脱俗的回忆过程中，发现现实、历史以至存在间隐秘的时间、空间联系。时间在叙述的关键处发生了“断裂”，这是叙述的“症结”所在。无法接续的时间链条，被抛掷进时间的深渊。于是，小说的结构，成为对历史的解构和消解，成为对历史和真实进行重构、“还原”的基本过程。这也是《迷舟》《褐色鸟群》《敌人》《雨季的感觉》等文本能成为“先锋小说”杰出的代表性文本的重要原因。也可以说，这一类叙事是格非以自己的叙事策略和哲学、理念，直奔历史而去的，实际上，这是间接反思存在世界的一种途径，也是由作家的“感觉结构”决定的。它近似于“雨季的感觉”，显示出作家对于存在和事物的审美判断既具有方向性，也是朦胧的、暧昧的、独特的。

如何拆解时间这个容器，打开历史和现实的精神隐秘，关乎作家的存在观、价值观、历史观、审美观。因为文本的容器里面装的是历史和现实。文本这个容器对于小说而言，就是对一种新的叙述方法的期待。甚至，对于“江南三部曲”这类小说，尤其在《人面桃花》中，格非的叙事为什么要如此布局？为何如此这般地结撰“三部曲”的叙事文本？我想，最大的原因，还在于思想、精神或者心理容量的“涨溢”，已经令原有的形式，即叙事本体无法容纳和承载存在可能性的呈现，叙述是存在世界的精神摇篮，唯有破茧而出，才能重建畅达的文本隧道。也许，这就是艺术的辩证思维。当然，“三部曲”可以让“时间”成为历史、回忆、人物、欲望、叙述、“空缺”和隐喻的悠长的隧道，但漫长的叙述长度依靠什么来支撑呢？

作家只有找到了新的想象的可能性和叙述的定力，才有可能逼近事物以及人与事物之间的神秘联系，摆脱沉重感，实现感受力、想象方式的重塑，体现写作者的主体自觉。特别是写作主体对纯粹叙述结构形式的创造，最终凭内心和心智使文本抵达了难以想象的广度和高度，以真实呈现出作家在这个时代对“现实”的认识深度。这里面，也同样孕育着难以想象的叙述的冲动和激情。恰如博尔赫斯所言：“不管怎样，我认为每个人总是写他所能写的，而不是他想写的东西。”实际上，格非1994年开始计划创作“江南三部曲”，2004年完成《人面桃花》，2007年《山河入梦》出版。此后，格非表示：“我已经对三部曲的构架和写作的旷日持久感到了厌烦，甚至对要不要再写第三部，也颇费踌躇。所以，《春尽江南》的写作动力之一，恰恰是来自终于可以卸下一件沉重负担的期盼。”[16] 由此看来，格非“如此漫长有长度”的写作造成的疲惫，已经在一定程度上消解着叙述的冲动。从根本上讲，这折射出作家的写作发生学、写作心理学层面上难以言说的种种纠结。纵观格非近四十年的写作，我们在他的文字中永远能够感受到他对历史、现实的坚韧思索和叙述的信仰、执着。恰恰是这一点，能够使得他摆脱叙述的倦怠。当然，博尔赫斯的“能写的”和“想写的”，也从另一个侧面说明作家和自己所处时代的关系及其判断力，并且，体现出作家所深信的写作信仰：“世间万物转瞬即逝，不再重现，只有通过艺术，通过写作才能被真正领悟而得以保存，因此，他从不人为地安排结构的严整性，或者通过某个主题控制千丝万缕的叙事线索，而是让写作时的感觉与所描绘的事物彼此寻找，召唤和通联。”[17] 曼德尔施塔姆在谈论小说的终结时说：“小说的命运与一个特定时间里处于历史之中的个人命运问题的状况存在着某种联系。在这里讨论个人在历史中角色的实际变动，还不如讨论这一问题在一个特定时刻的通俗解决来得重要，因为后者毕竟教育与形成了当代人的心理。”[18] 小说家的命运决定小说的命运，这是不争的事实。倘若作家没有了“想写的”东西，这个世界的图像必将会变得模糊不清。

维特根斯坦说：“想象一种语言意味着想象一种生命形式。”而想象和生命记忆又息息相关。“如果试图清晰地说明记忆本身与我们的情感，欲望，生命状态之间的关系是十分困难的。事实上，正是这种未明的、晦暗的联系为小说的写作开辟了可能的空间。写作只不过是对个体生命与存在状态之间关系的象征性解释。真正意义上的写作仿佛在一条幽暗的树林中摸索着道路，而伟大的作品总是将读者带向一个似曾相识的陌生境地。”[19] 在此，我能体会到格非文学叙述中对于词语、语气、语境所下的修辞功夫。他追求尽一切可能去捕捉能够激活想象力的词汇和语言，使每一句话都闪耀着自然的光泽，散发出生命自身的气息。因此，对于作家格非来说，保持记忆，反抗遗忘，也就成为支撑他文学叙述不竭的信念。这样，从《迷舟》《褐色鸟群》开始，到《敌人》《欲望的旗帜》，到“江南三部曲”以及《月落荒寺》，几十年来，格非的叙述，总是不断地将我们带向一个又一个似曾相识的、话语的“陌生境地”。如果我们从文学史的层面或从文学“经典化”的角度来描述、概括格非写作的话，格非无疑是一位当代“逼近经典”的作家。

注释：

[1] 格非：《塞壬的歌声》，上海文艺出版社 2001 年版，第 73 页。

[2] 格非：《塞壬的歌声》，上海文艺出版社 2001 年版，第 67–68 页。

[3]《追忆乌攸先生》原载于《中国》1986 年第 2 期，署名刘勇，从《迷舟》开始使用笔名“格非”。

[4] 张学昕：《格非〈人面桃花〉的诗学》，《当代作家评论》2005 年第 2 期。

[5] 格非：《塞壬的歌声》，上海文艺出版社 2001 年版，第 81 页。

[6] 黄子平：《“灰阑”中的叙述》，上海文艺出版社 2001 年版，第 66 页。

[7] 伽达默尔：《真理与方法》，转引自刘小枫《诗化哲学》，山东文艺出版社 1996 年版，第 118 页。

[8] 刘小枫：《诗化哲学》，山东文艺出版社 1996 年版，第 53 页。

[9] 敬文东：《命运叙事——对格非〈隐身衣〉〈月落荒寺〉的一种理解》，《当代文坛》2019 年第 6 期。

[10] 格非:《塞壬的歌声》,上海文艺出版社 2001 年版,第 207–208 页。

[11] 敬文东:《命运叙事——对格非〈隐身衣〉〈月落荒寺〉的一种理解》,《当代文坛》2019 年第 6 期。

[12] 毛峰:《神秘主义诗学》,生活·读书·新知三联书店 1998 年版,第 53 页。

[13] 舒晋瑜:《格非:〈望春风〉的写作,是对乡村作一次告别》,《中华读书报》2016 年 6 月 29 日。

[14] 胡河清:《灵地的缅想》,学林出版社 1995 年版,第 174 页。

[15] 胡河清:《灵地的缅想》,学林出版社 1995 年版,第 175 页。

[16] 格非:《春尽江南·弁言》,上海文艺出版社 2012 年版,第 1 页。

[17] 格非:《塞壬的歌声》,上海文艺出版社 2001 年版,第 81 页。

[18] 曼德尔施塔姆:《曼德尔施塔姆随笔选》,黄灿然等译,花城出版社 2010 年版,第 151 页。

[19] 格非:《塞壬的歌声》,上海文艺出版社 2001 年版,第 14 页。

迟子建论

从一定意义上讲，迟子建的小说，就是一部百年东北史。这部文学的百年“东北史”，充满了个性、灵性、智性以及多重可能性。三十余年来，她写作出绵绵六七百万言的小说、散文等叙事性作品，字里行间，深入历史与现实，重绘时间与空间地图，再现世俗人生，柔肠百结。

——题记

一

“当我们吃着腌制的酱菜望着窗外的雪花，听着时光流逝的声音时，浓云会在深冬的空中翻卷，海水会在遥远的天际涌流。而当我们为着北方的冻土上所发生的那些故事无限感怀时，泪水便会悄然浮出眼眶。泪水一定来自大海，不然它为什么总是咸的？！”[1] 2003年，迟子建在她的散文《北方的盐》中写下这段话。早些年，我读这段文字的时候，大概是因为年龄关系和心绪的粗粝、浮躁，并没有感受到其中深邃的韵味和哲思。而写这篇文章时的迟子建，也未到四十岁。我们面对生活“冻土”的时候，有时并不是因为涉世不够，没有经历过太多的磨难，而是满怀激情地执意将它们视为生活道路上顽皮的石子；其中，也不是不曾遭遇惊世骇俗的人生动荡和命运的背叛，只是把它看作是理解世事的镜像。现在，我们重新考量这段充满“伤怀之美”的话语，其开阔、宽柔、沉郁的情怀令人感动，我以为，它是迟子建后来写作的一个精神坐标和美学罗盘。

迟子建写出她的处女作或成名作《北极村童话》的时候，刚刚二十岁。在一定程度上，命名这个短篇小说为“童话”，其实内里所蕴藉的却是对“成人经验”的向往。辽阔的东北边域，一个北中国的小女孩对生老病死、离情别意的感知和细腻体悟，过早地越过了“懵懂的萌”的边界，仿佛直抵冰雪封满的银白色旷野，精神已自觉地走向一种智性的存在。此后，我想，这个北中国小女孩的身影，像一只精灵，似乎一刻也不曾离开过迟子建的文字和叙述，那目光在文字里起起伏伏，若隐若现，流连东北，贯穿始终。对于东北与迟子建文学创作的关系，我曾在《迟子建的“文学东北”》一文中这样描述过：

> 从一定意义上讲，迟子建的小说，就是一部百年东北史。
>
> 只是这部文学的百年“东北史”，充满了个性、灵性、智性以及多重的可能性。三十余年以来，她写作出绵绵六七百万言的小说、散文等叙事性作品，字里行间，深入历史与现实，重绘时间与空间地图，再现世俗人生，柔肠百结。她描摹群山之巅、白雪乌鸦，钩沉沧桑巨变，测试冷硬荒寒。那沉实的叙述，细部的修辞，可谓抽丝剥茧，探幽入微，白山黑水，波澜万状。其中，有旷世变局，有乾坤扭转；有道义，有情怀，有格局，有“江湖”；有生命之经纬，有命运之沉浮。我感到，从迟子建的笔端流淌出来的，其实更像是一部刻满万丈豪情、洒脱无羁的情感史、精神史、文化史。这些“东北故事”“东北经验”以独特的结构和存在方式，无限地延展着文本自身持久的美学张力，成为中国当代文学中不可忽视的独特存在。面对迟子建的文学写作及其充满个性化的“乡愁”、情愫，我更愿谓之“文学东北”。[2]

可以说，在迟子建的文本里，百年东北的历史仿佛一部流淌的文化变迁史。在这里，文化精神的蕴藉，承载着这幅文学版图之内的政治、经济、军事、宗教、伦理和民俗，呈现出东北的天地万物、人间秩序、道德场域还有人性的褶皱、生命的肌理，让我们看到近现代、当代中国的“大历史”，如何进入到一个作家的内心，又是怎样地构造宏阔的历史深度。历史、现实、时代，以及人性、人与自然，在迟子建的文学想象和叙事中，怎样呈现出东北叙事的雄浑和开阔。对此，我更愿意将其置于一个精神价值系统，从感性的体悟到理性的沉思，考量、揣度迟子建小说渗透和辐射给我们的灵魂气息。

王德威教授在《文学东北与中国现代性——“东北学”研究刍议》一文中，从一个新的思考和研究视域，对东北地域文化、东北文学及其相关问题做出了拓展性分析和阐释，他对迟子建的评价可谓高屋建瓴、举重若轻，其思考已经越出文学本身的边界，体现出更为开阔的思考、研究理路和格局。

> 当代中国作家对东北跨族群文化的描摹也不乏有心人。迟子建第一本作品《北极村童话》(1986)描写一位白俄老妇与当地汉人居民的互动；于是在萧红式“家族以外的人”有了“民族以外的人”。同样的关怀显现在《晚安玫瑰》(2013)，处理犹太难民在当代哈尔滨凋零殆尽的话题。是在《额尔古纳河右岸》(2005)里，迟子建真正展开她跨界叙事的眼光。小说描写中俄边界额尔古纳河右岸一支鄂温克人的命运。他们数百年前自贝加尔湖畔逐驯鹿迁徙而来，信奉萨满，乐天知命。但在酷寒、瘟疫、日寇、“文革”乃至种种现代文明的挤压下，他们倍遭考验，注定式微。迟子建从一位年届九旬的女酋长眼光，见证鄂温克人最后挣扎。额尔古纳河自1689年《尼布楚条约》后一直是中俄边界，但迟子建所思考的不仅是大历史所划定的边界，也不仅是一个少数族裔或文化的终末，而更是从东北视角对内与外、华与夷、我者与他者不断变迁的反省。[3]

看得出，王德威的文章将迟子建的创作置于“家族”“国族”“民族”的场域之中，考量迟子建写作“跨界叙事的眼光”，“从东北视角对内与外、华与夷、我者与他者不断变迁的反省”评判迟子建的“文学东北”所承载的历史力量、地域经验和现代性诉求，打开了充分而饱满、深邃而旷达的文化及审美思辨空间。这里，我们不免会想到迟子建“东北故事”文字背后，蕴藉着广阔、复杂、变动不羁的大历史积淀和沧桑。迟子建三十余年六七百万字作品的体量，其中的“地域性”“关东气息”和认知世界的图式，是如何凝聚、融解在东北人的性情、气质、精神和心理空间的？一部东北的俗世史、文明史是如何通过文学叙事的方式，呈现出东北心灵史的艺术形态？这种形态，会不会就是作家洞悉大历史时灵魂的安妥？文字后的历史，迟子建都做出了怎样沉重的精神穿越？我们所关怀的“历史的宽度、厚度”和文化哲学，在迟子建这里是否开创了没有传统的叙事传统？我能感觉到，历史和现实本身已无法制约迟子建文本美学力量的弥散，而是一味地推进着小说叙事活力的迸射。孙郁认为：“许多年过去了，民族的大迁徙与文化的融合，却未能在根本上改变东北人的性格。从现代以来的萧军、萧红，以至今日的马原、阿成、洪峰、迟子建等，你会觉得那些异样的文字，是除了东北人之外的其他任何一个地方的作家，很少写出的。艺术的优劣可以暂且不论，但那种野性的、原生态的生命意象，我以为是对中国文化不可忽略的贡献。东北文化乃至东北文学，在这样一种粗放的线条中，呈现着东北人的历史与性格。倘若没有东北、西北、大西南等少数民族文化的存在，中华文明的画轴，将显得何等单调！”[4] 这是作为学者和评论家的孙郁对东北的“凝视”，他深刻地意识到近代、现当代的东北人和东北作家，一直以不衰竭的力量显示着自己的存在。他注意到东北作家对自己故土“那份热诚而洒脱的审美态度，注意到了他们表现出的特有的东北人的品位”，“东北文学的魅力是外化在生命的冲动形态的”[5]。可见，从穆木天、杨晦、萧军、萧红、端木蕻良，到马原、迟子建、阿成等，他们在并没有多么雄厚的地域文化史的语境中，直面现实，感悟自然，通过叙事文本呈现出人生命自身的力量，表现人间苦难、存在的无奈和世间百态。无疑，他们讲述的“黑土地”的故事，散发着迷人的生命气息，张扬着这片土地的内在气韵和律动。

从《北极村童话》到长篇小说《伪满洲国》，此后，迟子建又陆续写出《额尔古纳河右岸》《白雪乌鸦》《群山之巅》，还有大量的中短篇小说和散文随笔。迟子建文学叙述的视域和范畴，从未离开过“东北”这块土地，她以自己的文字演绎这块土地近百年的历史和当代现实，呈现复杂的存在真相。她十分清楚东北历史和文化的这种复杂性，面对多元文化的复杂因素，她不回避复杂，而且在漫长的文学叙述中有条不紊地呈现复杂，在扑朔迷离的历史现场，思考人的动机、冲动、局限和人性困境。记得初读《伪满洲国》时，我曾忧虑甚至质疑，那时三十几岁的迟子建是否真能驾驭东北如此“宏大”的历史状貌及其复杂的叙事结构。将“东北”作为考量近现代、当代中国经验和历史、现实的聚焦点，这已经不仅是一次漫漫的文学之旅，更像是一位作家面对残酷历史和困顿现实时，屡次出发，又一次次从容坦然而自信的历险。大小兴安岭蜿蜒的龙脉，长白山天池的奇诡，乌苏里江的孤傲，北方的旷野上多民族生活的喧嚣与骚动，环境的寒冷和粗粝，本土与异邦领地习俗诸多方面的“犬牙交错”，在迟子建笔下，构成一部自然、社会和生命的文明变迁史。迟子建克服了东北自身文化积淀上的单薄和执拗，以审美的目光检视这块土地之上的人情、人性、情感的浩瀚。应该说，正是因为有迟子建这样的作家，以其大量的虚构、“非虚构”文本，持续性地写下东北百年沧桑的历史和现实，才使得东北的人文面貌终成一种文化、文学的备忘。这种文学备忘，既呈现了“东北”历史、地域及其文化的特异性、完整性，也完成了一种不同凡响的“东北”精神和灵魂的修辞。

“九一八事变”之后，傅斯年曾经心焦如焚地赶写出《东北史纲初稿》。傅斯年的这部“古代之东北卷”，主要是根据历史事实，有力地证明东北属于中国，驳斥日本人的“满蒙在历史上非支那领土”的谬论，提出“持东北事以问国人，每多不知其蕴，岂仅斯文之寡陋，亦大有系于国事者焉”[6]。傅斯年还在“卷首”的引语中，特别指出“本书用‘东北’一词不用满洲一名词之义”，并细致、谨严地考辨自清代以来“满洲”一词出现的原委，凭借民族的、地理的、政治的、经济的历史依据，彻底否定外寇为侵略、瓜分中国而专门制造和“硬译”的名词。数年来，“满洲”或“满洲国”这样的概念、词语，已然隐隐约约地在光阴中随风弥散，渐渐销声，淡然退出，东北作为中华民族本土的重要版图，在共和国历史上百折不挠地存在，不断地被唤醒其应有的活力。迟子建长篇小说《伪满洲国》，在文学叙事的场域和语境下，彰显着被历史烟云所席卷的沧桑，一个“伪”字，坚定地剥离、抖落百年尘埃，涤荡可憎的虚伪和矫饰，唯“东北”成为一个真实的存在，所谓“满洲”无非是一种军事法西斯侵略历史的话语暴力。的确，真实的历史在文字里常常被歪曲，被抹杀，但《伪满洲国》《额尔古纳河右岸》《白雪乌鸦》和《群山之巅》，这些文学叙述并非向壁虚构，它给我们巨大的历史感及现实精神，它尊重历史，想象、还原生活细部的肌理，刻画人性的褶皱，更贴近历史和平实的生活语境。就像王德威所言：“‘东北’既是一种历史的经验，也是一种‘感情结构’。”[7] 比起当年“满洲国”时期的端木蕻良、萧军、萧红、山丁、古丁、爵青、梅娘、袁犀、吴瑛等作家的写作，迟子建对远逝历史的眺望，进入历史的超然、激情、想象力更具有精神和心理上的充分准备。而且，前者是压抑的、收束的、无奈的，他们的叙述深陷东北沉沦的泥淖，几近“噤声”的话语管控，文本多有滞涩，难以剥离凄苦和通俗的哀情；后者则拉开时间的长度，玄览生灵，沉淀沧桑，奔放舒展的情思，开阖有度，深沉地揭示命运不可知的悲剧本质和自然、生命的神奇力量，必然使文本拥有更大的张力。尽管这种写作的重心可能是内敛的、沉郁的，但气韵却是自由的、张扬的，最接近事物和存在本真。从《北极村童话》开始，迟子建已逐步建立起叙事的雄心，形成自己独特的“文学东北”的叙事格局，并且日益潜在地在调整中形成自觉。直到她写出《雾月牛栏》《清水洗尘》《世界上所有的夜晚》《白银那》《黄鸡白酒》《候鸟的勇敢》等中短篇小说及长篇小说《晨钟响彻黄昏》《树下》《伪满洲国》《额尔古纳河右岸》《白雪乌鸦》和《群山之巅》，终于形成迟子建个人化风格的丰富叙事形态，而超脱、超越性的文学语境以及经由迟子建个人主体性陶冶的叙事根源、精神、价值向度、美学气度、包容性等等，更贴近“东北”文学叙事的特性。在这里，不仅蕴含东北地域性、丰富的空间诗学品质，而且，迟子建植根于辽阔东北大地的写作也呈现出精神的多样性，完成了一部部东北人心灵史、灵魂史的谱写。其间，叙事不乏智慧和学识、厚度和兼容性，在审美的视域下，建立起“东北形象”。我感到，迟子建不仅能把握当代现实生活“宁静的辉煌”、北方旷野的“逝川”和“格里格海”，同样，也可以驾驭历史异态时空中精神世界的“伤怀之美”。这是一种创作主体的情感的深深嵌入，也是一位作家直面这片土地的文化自觉。当然，文学永远会保持我们内心、灵魂与历史之间的密切联系，保持着历史和现实在我们内心的真实状貌。因此，可以说，迟子建的小说，就是一个巨大的关于东北的文学意象和隐喻，那些最具吸引力的历史细节、灵魂喧哗、世道人心，让岁月和时代的精髓悄然积淀下来，将这块土地的魅力和情怀，延展成人性的雄浑和美学的力量。

迟子建的文学东北叙事，就是沉浸于历史、现实经验里所建立的不断丰盈的“感情结构”，这是她写作修辞学的精神逻辑起点。正是这种“感情结构”，拓展了她艺术表现的时间和空间。我相信，迟子建文学叙述的直接震撼力量，一定来自她对生命及命运的敬畏和尊重，在于她试图在变幻不定、纷至沓来的历史与存在时空中，写出一个时代或者生命个体的生存史、命运史，写出个人历史的疼痛感和迷失、焦灼，写出每一个生命个体不可遏制的苦难、祈愿、抗争、隐忍和期冀。在《额尔古纳河右岸》里，从鄂温克老人的生命体验中，迟子建就建立起一个女性视角和充满感受力、情感度的“感情结构”；在《伪满洲国》里，迟子建几乎倾其精神所有，将青春时代所积攒的全部心力诉之于“伪满”十四年历史的描述，其中深深嵌入了一个在东北暴雪和寒冷中“逆行精灵”的遐思与感伤。在这里，“全景式”叙事，构成了视角的政治，构成了存在世界真实镜像及其折光。这些人物的喜怒哀乐、细枝末节都映射着那个时代的风云变幻，斗转星移。无论是吉来、王亭业、郑家晴，还是溥仪、杨靖宇、北野南次郎，在乱象丛生、生灵罹患的岁月里，仿佛一切都在混沌的状态中苏醒、麻木、辗转、挣扎、平庸、乖张和毁损。溥仪的“生之挣扎”可以说是一个王朝彻底消逝后的最后妄想和苦相；杨靖宇的倔强、壮烈和最后一缕期待与忧伤，仍然可能重燃一个民族的豪迈；而吉来、王亭业和郑家晴的存在状态，他们那种没有气节和价值、道德底线的混沌人生，只能呻吟出俗世的苍凉。在一个开放的叙事视角下，政治、军事、经济、文化、商贸、教育，各种元素杂糅兼容，生态的“清明上河图”，人物、事物彼此交织呼应，流转蹉跎，阴森鬼魅，既有浓墨重彩，也有轻描淡写，可谓淋漓尽致、不一而足。而这些对于文学叙事来讲，无疑是智慧的、目光的、叙事的“政治”，在这样的目光下，才可能有写作主体的自由书写和精神沉淀，否则，《伪满洲国》洋洋洒洒七十万字的篇幅就难以负载十四年历史的“体量”和“容量”。这也正是迟子建文学叙述的“气力”所在，她将东北这个特定时空乱世的浮生故事，演绎、再现得深入浅出，从历史的根部刨出正义、邪恶、高尚、卑鄙的理性和非理性层面。当然，这也是迟子建对这个年代和历史的道德省察和伦理思辨，体现出她作为一个作家对故乡东北的责任和担当。

我感觉，迟子建与自己所有的小说都有着极具亲和力的、原生的、“暧昧的”精神联系，就像她的成名作《北极村童话》及其《雾月牛栏》《清水洗尘》，童年经验作为生活原型和重要叙事题材，直接进入迟子建的创作，自然有着不可替代的“原生性”价值和自传体意味，这几篇小说对于迟子建和“东北文学”来说，都极具个人性价值和文学史意义。《北极村童话》等文本之于东北文学的“在地性”和“核心性”几乎无可争辩。此后，《格里格海的细雨黄昏》《世界上所有的夜晚》《白银那》

《逝川》《鱼骨》等的出现，尽显“北国一片苍茫”的美学意蕴，成为跨越地域性边界的当代“东北叙事”。在这些文本里，生活、存在世界进入作家的内心时，历史、现实和人性，经由作家的坦诚、良知、宽柔的情愫过滤之后，其中，人的复杂关系、情感、生命本真的状态和意绪都充满精神的辩证。既有对困厄和绝望的超越，也有坚韧的情怀充斥于字里行间，作品显示出厚实练达、精气充盈的美学形态，“童话”“民族史志”“风俗史”“传奇”的许多特征，在叙事中衍生成迟子建叙事的文体风格。而不可泯灭的民族、文化、世俗根性和独特的北极村“边地性”，使迟子建的“感情结构”更具灵气、朴素的气度和感悟生命时的苍凉。“伤怀之美”已成为我们形容和描述迟子建小说人文情怀和美学气质的关键词之一。“伤怀之美像寒冷耀目的雪橇一样无声地向你滑来，它仿佛来自银河，因为它带来了一股天堂的气息，更确切地说，为人们带来了自己扼住喉咙的勇气。”[8]

我们在《额尔古纳河右岸》里所看到的萨满文化信仰和民俗，鄂温克部族的生之快乐，具有原始气息和民族之间相互渗透的生活史、民俗史，现代城市文明对古老生活方式的毁损，安静、安定、安宁的生活遭遇现代性涤荡、吞噬之后，和谐被彻底打碎，命运失去根由而被同化的撕裂和疼痛：这些悲剧性的命运构成一个部族的衰落史，令人不胜唏嘘，可歌可泣。戴锦华曾这样评价迟子建：“迟子建是一位极地之女。她带给文坛的，不仅是一脉边地风情，而是极地人生与黑土地上的生与死：是或重彩，或平淡的底景上的女人故事。尽管不再被战争、异族的虐杀所笼罩，那仍是一片‘生死场’，人们在生命的链条上出生并死去；人们在灾难与劫掠中蒲草般的生存或同‘消融的积雪一起消融’。”[9]

那时，迟子建刚刚写出《伪满洲国》，这部长篇小说与后来的《额尔古纳河右岸》《白雪乌鸦》一道，构成了一个更浩瀚广袤的、东北大地上的“生死场”，它承载着这个特殊场域的“苍生”。《额尔古纳河右岸》里，尼都萨满、鲁尼、哈谢、坤德、伊万、依芙琳、瓦罗加、拉吉达、拉吉米、伊莲娜、西班等，还有迟子建始终没有给出名字的“我”。如此众多的人物，他们几代人在额尔古纳河右岸狩猎、驯鹿、迁徙，衣食住行、生老病死，神秘的萨满拯救苍生，在人神之间往来。这个弱小的、游牧的“丛林民族”鄂温克民族，在命运的起伏兴衰和迁徙中，走出希楞柱，只能忧伤地独自面对一个部族的忧伤。可以说，这依然是迟子建式的“感情结构”，在这里，她勇于面对生死、悲欢、灾难，但始终蕴藉着对美好生活、生命的渴求，坦然地背负无奈、残缺和冷酷。应该说，迟子建对生命和命运的感悟和思考，是旷达的，她敬畏自然及所有生命存在的理由和方式，那种几近宗教般的情怀和童年经验，“作为一种先在的意向结构对创作产生多方面的影响”[10]。迟子建曾回忆并描述童年时对鄂伦春人的认识：“他们游荡在山林中，就像一股活水，总是让人感受到那股蓬勃的生命激情。他们下山定居后，在开始的岁月中还沿袭着古老的生活方式，上山打野兽，下河捕鱼。我没有见过会跳神的‘萨满’，但童年的我那时对‘萨满’有一种深深的崇拜，认定能用一种舞蹈把人的病医治好的人，他肯定不是肉身，他一定是由天上的云彩幻化而成的。”[11] 东北的民俗、风俗、宗教，后来很自然地进入迟子建的文本。实质上，《额尔古纳河右岸》就是关于神灵和“最后的萨满”的史诗，神性已成为她乐于书写的对象。“通神”在迟子建的小说文本里，成为一种不可或缺的、有意味的文化存在。

无疑，迟子建在这里所讲述的都是有关生与死、苦难与贫瘠的东北往事。尽管其中不乏暖色和宽柔、力量与激情、奇特与迷人，叙事始终布满沉郁、艰涩的底色，充溢着奇诡、宿命感、灵魂无所依傍的陷落感，但生生不息的芸芸众生中隐藏的则是生之困惑与坚忍。前文孙郁所说的东北文学中那种野性的、原生态的生命意象，是对中国文化不可忽略的贡献。东北文化乃至东北文学，是在一种粗放的线条中呈现着东北人的历史与性格。孙郁从文化史、文学史和文体风格的角度，道出了他对东北文学的整体性判断，这还触及中国小说写作中“奇正相生”思想及叙事转换等美学立场。但是，我觉得迟子建的文本，并不完全是沿着“粗放的线条”的美学形态表述东北的“野性和原生态”，尤其是她的几部长篇小说。迟子建的笔触，都几乎深深地嵌进了生活的细部和肌理，她写出了东北之“野气”“浩气”，也写出了东北的“霸气”和“豪气”。从叙事的层面看，迟子建小说的叙事伦理，不能说是刻意“尚奇”，但可谓“执正驭奇”，从容不迫。几部长篇小说中，“神人”“畸人”“病人”“狂人”“野人”无所不有，迟子建常常贴着人物书写，野性和欲望的冲动、扭曲的人伦、暴力的冲撞、极端的巧合和意外，最终并不趋向“志怪”“演义”，而是从俗世的常理中理解和破译人物和事件，勘察和逼视历史、社会、人性、人心和良知，竭力地开掘出故事的深意。

二

可以说，迟子建文学写作的“出场”方式和“我行我素”的写作个性风格特征，与阿来有极其相似之处。1990年代，阿来在文坛一出现，就显示出他对事物充满诗性的精微的感悟力、审美个性，以及以艺术的方式整体性地把握世界或存在的艺术天赋。可以说，他是1990年代最早意识到时代和生活已经开始再次发生剧烈变化的作家，也是最先意识到文学观念需要及时、尽快调整的作家。因此，当他在1994年写作《尘埃落定》的时候，许多作家其实还沉浸在1980年代文学潮流的嬗变和以往的文学叙述方式、结构方式的惯性里。而这个时候，阿来已经在使用另外一种新的、与生活和存在世界更加契合或者说“默契”的文学理念开始写作。回顾一下当时的写作，尽管许多作家在自己的写作中寻求突围，但仍然在本质上因循着试图将“中国经验”进行“马尔克斯式”或“福克纳化”一类的表达。而阿来思考的是，如何让文学写作的民间资源，在异质性文化的穿行中自觉地获得“中国经验”。阿来从开始写作到现在，理论界和评论界，始终无法为他贴上任何的“命名”“标签”，无法对他“肆意”进行某种无厘头的界定。这既说明阿来创作的独特性、丰富性和复杂性，他始终不被任何潮流所遮蔽和涵盖，也见出理论阐释的乏力。我们现在审视迟子建的写作，同样面临这样的情景：迟子建也是无法为她贴上任何的“命名”“标签”的，难以轻率地“抽象”“概括”或框定她创作的美学风格和艺术趋向。也许，只有细致地联系她三十余年来六百余万字的作品体量，我们才能够找到迟子建写作的一条坚定而鲜明的轨迹，也才可能爬梳出她从中外文化中汲取的精神资源和艺术资源。她为什么能够持续性写作几十年，创作力丝毫没有衰竭，我相信这是信仰的力量，使她在处理不同题材、经验时，凭借的哪怕是“光明于低头的一瞬”。所以，像阿来、迟子建这样的作家，都是可以超越任何艺术形式或模板的限制，将叙事带入一种新的文化层面和艺术境界。

由此可见，迟子建“心之所系不是艺术，而是人间。她所关注的人间烟火总是纷扰纠缠，她笔下的凡夫俗女总是懵懵懂懂。有的把人生过好了，有的把人生过坏了，但终归是在善与恶的边缘打转。作为说故事者，迟子建观察他们的行为气性，以种种方式暴露、嘲讽、同情、感叹，终而理解人之为人的局限。她的叙述透露强烈的伦理动机"[12]。也许，这正是迟子建区别于许多作家的关键所在。她的写作，最终要呈现的是人的现实困境，想要解决的是人的精神、信仰危机。这一点，注定她的写作不会为任何所谓"潮流"或时尚而裹挟。如果结合其具体文本，我们就会有更为真切的感受和审美体验。

像许多同时代的作家一样，迟子建在努力去发现这个时代人们的心理弯曲、精神变化、信仰迷失，并描绘出其灵魂的画像。《候鸟的勇敢》可以看作是一部关于生命、命运或呈现灵魂的小说。迟子建将叙事置于中篇小说的框架内，一口气写到八万字，这是她五十多部中篇中最长的一部，看得出作者心力和用情之投入与执着。我想，迟子建之所以如此，一定是文体的容量已经难以承载思想、精神和形象的意蕴及其叙事格局，使后者无法不凭借作家激情的叙述，冲破窠臼而从旧式文体中涨溢出来，生成质朴、醇厚的语境，呈现巨大的活力，形成文本内部形神间新的消长、平衡。其实，在很多时候，作家智慧的结构力，不仅体现在叙述中情感的推动力，也来自于理智、理性对写作主体自身不断挑战的勇气。如此说来，真正好的小说文本，并不是简单的世俗的技艺，而是心理、精神和灵魂的多重整合，是叙述中"情"和"志"、"意"和"理"的多重契合。所以，任由精神和灵感的奔放，冲决、销蚀或改变文体的常态机制，同样是有创造力的作家不可或缺的艺术追求。

迟子建的《候鸟的勇敢》选取最朴素的、平实率性的叙述视角，进入当代社会最普通的生活情境之中。在这个情境里，迟子建自觉或不自觉地向其注入了某种向心的力量，洞幽烛微，悉心擦拭着人的世俗欲望、生存方式、功名、信仰，以及道德相貌，尽管强大的凡俗性生活，在叙事中不停地涌动着，单纯的神性沉静着，但写作主体悲悯的情怀，则蕴藉着洞察生活的穿透力和批判的锋芒。可以说，这是一个令人触目惊心的故事：人与鸟、人与人、人与自然、人与社会，仅仅在一个季节的转换中，共同在一个颇具戏剧性的舞台上，演绎出既跌宕起伏，时而又平静如水的生命悲喜剧，令人惊悸，催人思考，也让人清醒。我们看到，在瓦城的上空，候鸟，作为人的一个参照系，仿佛早已经即时性地为人做出了善恶美丑的甄别和分野。人与鸟，在春天里相遇之后，各自的生气与生机，立即横亘于广阔的天空。近代，人类从鸟类的飞翔得到启发，制造了飞行器，现在，又循着鸟类的生活、生存方式和活动轨迹，借助物质性的外力，开始冬去春来，享受生命的快乐。人与鸟，代表各自作为生命主体的力量，可是，在这里，候鸟人更像是一群“逃离者”或“躲避者”，已经无法与自己的根脉相连，而是“反认他乡是故乡”，在“候鸟”的节奏里，为了争先过上“候鸟人”的生活，狼奔豕突般虚空，不惜丢失自己的人格，过着缺失尊严的生活，表象奢靡风光，实则难以超拔现实窘境，精神更是怅然若失。

小说的主要叙事地标，是金瓮河候鸟自然管护站和尼姑庵——松雪庵，两者构成一个有趣又吊诡的存在和某种“对峙”，仿佛戏剧上的异象异闻。它们之间，虽隔丘而邻，无法相望，却是藕断丝连，佛俗两界，却也峰回路转，无奈两处的袅袅炊烟，皆为人间烟火，也就难免气息相通。而它们之间所发生的故事，恰好就构成宗教文化和俗世哲学相互间的直接碰撞、信念龃龉和种种反向的破戒。叙述中其实埋藏着几种关联或叙事的暗线，始终若隐若现，搅动着故事和情节，风生水起。现实存在之网，就此铺展开来。而擅写人物的迟子建，在描绘瓦城的人物图谱时，也绘制了一幅世俗生活的峭拔和阴柔。周铁牙借候鸟自然管护站的工作职务之便，徇私枉法，猎杀候鸟，供奉权贵餐桌上尽情享用，由此，也牵扯出瓦城上上下下不正常的人际关系；候鸟人，伴随着候鸟一起出场，也伴随着候鸟相继离去，他们的身份，肆意奢侈地消费生活的来源，时而也令人垂涎；张黑脸和女儿张阔的父女关系，貌离神离，女儿觊觎父亲的钱财，一切似乎早已大于伦理亲情；检查站的老葛，掌握周铁牙盗猎野鸭的证据，据此要挟后者，让周铁牙利用关系帮助他解决生存的困难，彻底陷入无可奈何的纠结；即使松雪庵手持《金刚经》的云果师父，佩戴着菩提、红玛瑙、绿松石三串名贵玉石佛珠，明媚柔性而珠光宝气，到底是翩然脱俗，还是迷恋红尘？石秉德和曹浪，属年轻一代的后生，本属激情、进取、奋斗的一辈。可是，他们的人生取向，却极其现实功利，精于算计，过早地陷入信仰、意义、价值危机。职业、事业之于他们，就是寻找或等待未来命运的转机，他们两人，或许就是这个时代的“零余者”？这些，都构成了瓦城的自然、人文、政治、精神、文化的生态。人与自然之间也存在着一条密切的生物链，相互牵制，相互制约。整个社会生活，既是一个庞大的人气场，也是一个“势力场”，控制“势”的人，似乎就有“力”，就有“场”。迟子建细腻地勾勒，描摹出这个巨大的场域及其制衡、自然和人文的当代现实生态、灵魂的声色与虚无。一个作家的责任和担当，就是要对一个时代的人性裂隙和心理乖张进行揭示、纠正、补救，而且要呈现悲悯的情怀。

在美学层面，有学者曾将中国天道悲剧意识、日常悲剧意识的艺术呈现，归结成若干基本模式。当然，这些都可以看作文化在对现实悲剧性的把握中形成的带有恒常性的东西，它的外形可以变化但核心结构不变，这个核心结构在历史或现实中不断地重复，而其中真正主导各种文化悲剧形态及其表现的则是情感。那么，对于作家的写作及其文本形态的发生，情感必然涉及对人与人、人与社会和自然关系的审美判断方式。这些，则是因人而异，形态各异，不同的作家具有不同的美学追求、伦理判断，这就决定了作品所具有的独特的美学形态。迟子建的许多作品，充满浓郁的悲剧色调或强烈的悲剧意识，这是与迟子建同时代作家少有的。迟子建的悲剧意识，令她不断地在文本中叙写“哀愁”。

> 现代人一提“哀愁”二字，多带有鄙夷之色。好像物质文明高度发达了，“哀愁”就得像旧时代的长工一样，卷起铺盖走人。于是，我们看到的是张扬各种世俗欲望的生活图景，人们好像是卸下了禁锢自己千百年的镣铐，忘我地跳着、叫着，有如踏上了人性自由的乐土，显得那么亢奋。哀愁如潮水一样渐渐回落了。没了哀愁，人们连梦想也没有了。缺乏了梦想的夜晚是那么混沌，缺乏了梦想的黎明是那么苍白。也许因为我特殊的生活经历吧，我是那么地喜欢哀愁。我从来没有把哀愁看作颓废、腐朽的代名词。相反，真正的哀愁是种悲天悯人的情怀，是可以让人生长智慧、增长力量的。
>
> 在这样的时代，我们似乎已经不会哀愁了。……我们因为盲从而陷入精神的困境，丧失了自我，把自己囚禁在牢笼中，捆绑在尸床上。那种散发着哀愁之气的艺术的生活已经别我们而去了。[13]

实际上，迟子建在《是谁扼杀了哀愁》中写下这段话时，久居她内心的、长久涌动的“哀愁模式”，早已经在她的大量叙事性文本中发酵并生发成深沉、浑厚的质地。她坚信，真正的哀愁是一种悲天悯人的情怀。悲剧感或悲剧意识，一直以来盘踞在迟子建叙事结构、叙事基调之中，没有人像迟子建这样重视并倾注真实的情感之于她所要表现的生活、生命和自然，令她的作品呈现“如此悲伤，如此博大”的文化精神向度。

在《候鸟的勇敢》里，那对东方白鹳没有逃脱“命运的暴风雪”，失去呼吸，翅膀贴着翅膀，“好像在雪中相拥而睡”。张黑脸和德秀在风雪中安葬它们之后，在风雪里找不到归途，看不到人间灯火。迟子建不由得借张黑脸和德秀的命运慨叹人生和命运。其实，张黑脸和德秀的这种感受，早在长篇小说《群山之巅》的结尾处，迟子建在描述安雪儿命运时，曾发出了“一世界的鹅毛大雪，谁又能听见谁的呼唤！”这种泣血的哀伤、幽怨和强烈的愁绪，不仅表达一种悲天悯人的情怀，而且抒发着渴望走出人性及其命运困境的诉求。

在这里，我们还会想到童年经验和故乡情结，是否成为影响迟子建叙事的主要因素。因为作家的早年经验里埋藏着许多“静悄悄的哀愁”。像《雾月牛栏》《亲亲土豆》《清水洗尘》《一匹马两个人》这些短篇，都是迟子建沉潜社会生活最底层，叙写当代东北“乡土”世界里“沉默的大多数”最具代表性的作品。这部分文本的气韵和格调，虽然尽显沧桑、沉重和忧伤，却能让我们在最坚实的生命旷野低吟或呼喊。这样的乡土世界，让我们感到真实，它是风俗画，也是人格图，没有田园牧歌式的萦怀和咏叹，却有岁月磨砺生命的齿痕。那种没有被污染过的人性的美，或者，淡淡的忧伤，沉郁的苍凉，掠过喑哑的、静谧的环境赫然映现。我想，迟子建就是想记录下嘈杂、斑驳的“北中国”乡村里的静默和隐忍的灵魂。这些作品，让我们想起上世纪二三十年代的萧红。虽然，我们无意也无法将萧红和迟子建做任何不恰当的比附，因为“那是无知、浅薄和急功近利的表现，要知道，无论在哪个时代，萧红都是不可替代的”[14]，但是，“北中国”边地的山川草木、大江大河、风土人情，相同的文化气息、生存方式和人文色泽，都直接影响到她们的审美视域及其看待生命、人性和命运的姿态。我们在萧红的《生死场》《呼兰河传》和迟子建《北极村童话》《东窗》《秧歌》《雾月牛栏》《亲亲土豆》《白雪的墓园》等文本中，都能感受到两位作家美学气息和色调的相互映衬。

《雾月牛栏》这个短篇小说有着复杂、多维的视野，因此，它应该是距离真实的“乡土”人生最近的生活写照，它描绘的是一个典型的“北中国”苦涩的故事。而且，其中隐含着较为深厚的含义和人道力度。少年宝坠，因为夜里醒来时无意中窥见继父和母亲的交欢，令继父惊悚尴尬。第二天两人对话时，宝坠对继父无意的质疑，再次令继父恼怒，于是，情急之下继父重拳将宝坠击倒在牛栏上昏厥。宝坠大脑因此受到重创，醒来后记忆部分丧失，智力发生严重蜕变。从此，宝坠主动离开父母，住进“牛屋”，开始整日与牛为伴；继父也生发严重的心理和生理疾病，身体日益败落：这个原本重组的家庭状况产生畸变。这是一个十分凄凉、苦涩的故事，文本叙述的重心主要在于描述继父的无限内疚和悔恨交集，也就是，从宝坠失忆开始，直到继父病故，继父始终处于极度的“忏悔”的生命状态。但是，这里已经没有任何哪怕是轻轻的宽容，细腻的谅解，甚至清晰的交流，继父所有的愧疚和良苦用心，都只能深陷于宝坠失忆后的“弱智”和自身的病痛之间。就是说，迟子建以另一种绝望将人物都逼进令人窒息的死角。宝坠进入的是一种“半梦半醒”的生命状态，他找寻自己何以至此的那条通道已经被失忆堵死，生活、命运，永远变成无声的悲剧。小说故事发生的时间设置在“雾月”，有意使整篇小说的叙述，弥漫着一种“雾蒙蒙”的状态，这也许更容易引发更多的联想和隐喻。少年宝坠的生命因为一次懵懂的表现，无法“开窍”，不加掩饰地挑战世俗所避讳的“禁忌”，导致生命的“原生态”跌入人生谷底。继父因在一个孩子面前羞于丧失“自尊”，采取鲁莽、粗暴的方式，消解浮动在心灵晦暝处的暗影，而宝坠的人生悲剧则长久撕扯他的灵魂，造成自身无法拯救的疮痍和伤痕。迟子建写这个短篇小说的时候，其内心一定是充满悲凉、悲戚的，她试图在雾月的乡村寻觅能够振奋人心的情感基调，能够燃烧起宝坠那颗茫然、隐痛的心，可是终究，人物无法摆脱阴鸷的命运。

礼镇，作为叙事背景或故事的发生地，几次出现在迟子建的小说里。看得出，这是迟子建自己的“乡愁”的“出发地”和“回返地”。这种情愫，是否源于迟子建耳濡目染、刻骨铭心的童年经验的唤醒，还是成人后几十年风风雨雨的深刻感悟，不得而知。选择一个叙述的背景或载体，终究还是从记忆和“过去”开始的。从生命美学的角度看，迟子建的小说文本，有许多都是“伤逝”之书。敬悼亡魂，哀叹生灵，抚慰苦难和伤痛，恪守信仰的苦衷。文笔凄美但不荒寒，残酷而不坚硬，忍耐而不绝望，这是因为作家的内心始终有辽阔、宽柔的胸襟。像她的大量散文，如《伤怀之美》《我的世界下雪了》《是谁扼杀了哀愁》《我对黑暗的柔情》，以及《逝川》《白雪墓园》《一匹马两个人》等小说，几乎都是对生命中下行力量的挽留。其阔达沉郁的意象，不仅是对压抑的挣脱，也是对绝望的戏说和轻视。所有的故事，所有的情感，都努力在将凄楚的情境拉向诗意的世界。

《亲亲土豆》和《一匹马两个人》，也是我最喜爱的两部迟子建早期的作品。《亲亲土豆》写尽了一个乡村女子的悲伤，正是那种有着“水分和甜香气”的哀愁。乡村质朴的普通人的哀愁是怎样的？他们真实的、“原生态”的生活是什么状态？怎样呈现他们对生死的理解、态度和选择？这种哀愁，产生在相对贫穷、平凡、守农家本分但幸福的日常生活中，游弋在夫妻唇齿相依、相濡以沫的恩爱里，更凝结在共同面对苦难的坚韧中。我觉得，这篇小说叙述的重心主要有两个：一个是秦山和李爱杰共同面对突如其来的病魔，体现出乡村世界里小人物自觉的生死观和生命哲学；另一个是秦山离世之后，礼镇人看到的那个不同寻常的葬礼。小说前面用了几乎全部的篇幅，详叙秦山夫妻俩恩爱的生活和求医过程中的苦涩，迟子建想写出来的是艰涩生活中的幸福和温暖，是“活着”的快乐——人如何在艰难的生活中快乐、幸福、有尊严，如何活得合于伦理和正义。当然，也有因为秦山的“绝症”令生活迅速从希望走向绝望的冰裂。唯有最后的葬礼，也就是秦山“死后”，让我们再次深刻地体味到土豆的滋味。那颗从秦山的坟顶坠落下来，一直滚落到李爱杰脚下的又圆又胖的土豆，像一个精灵，或者说就是一个忧伤的、充满哀愁的幽灵，继续向亲人表达着爱意。无法挖掘冻土覆盖墓穴，取代惯用的煤渣而用土豆覆盖坟顶，这是何等普通又奇特的思想，秦山自知大限已到，不衰颓，不暴躁，而是回到收获的季节里收获土豆，收获果实。这个时候，夫妻俩在葬礼上完成了最后和睦的“共鸣”。这个葬礼，生发出无尽的温情和挚爱情怀，并非像一些研究者所认为的：在“北国一片苍茫”的黑土地上，葬礼、上坟，对于东北边地的乡民来说，好像并不感到真正的悲戚，更谈不上悲痛，人死了，他们心中的悲哀，就是随着当地的风俗的大流，逢年过节到坟上观望一回。当然，普遍的、民众的生活有麻木的、浑浑噩噩的生态，但是，在作家悲悯的情怀中，被文字珍藏起来的“叙述性强，有着像诗样美的辞章，以及扣人心弦的情节”[15] 仍然大量留存着、张扬着。我们看到，妻子李爱杰守灵时一直穿着的那件宝石蓝色软缎旗袍，分明凸显出在严寒的、生命的冬天里最神圣、最温暖、最执着的情怀。迟子建擅于捕捉或描摹最能够触动生活、生命和人性的细节、细部，她常常选择在叙述临近尾声时，让人性的美好和充满神性的事物“飞翔”起来。

《一匹马两个人》，写一对恩爱的老夫妻的故事。这是一个令人酸楚的呈现人间情爱、情怀和一场死生契阔的故事。迟子建把这样一个惨淡、悲凉的故事讲得温暖且充满寓意。整个叙述，沉溺于一种朴素的、真实而充满悲情的色泽，叙述，就像在舒缓的节奏中演奏的一曲萨克斯《回家》。小说叙述了老头、老太婆为谋生计去开荒种地，老太婆从马车上跌落不幸身亡。这个意外的事件，聚焦起人性和情感世界里最令人心碎的场景。这个小说看上去是写这对夫妻俩，实际上是三个角色，作者想极力刻画的还有这匹老马。“一匹马两个人”，构成三位一体的命运共同体，马已然也成为可以通达人性的动物神话元素。这一点，老马与前文提到的《候鸟的勇敢》中的“东方白鹳”有很大不同。在《候鸟的勇敢》里，东方白鹳俨然是一个重要的隐喻，或者说它是人与动物、人与自然之间用来试探人性善恶的参照物，而老马映衬着老夫妇晚年的不幸和孤寂，它也是迟子建“派来”倾听这对弱者内心之声的知音。我们可以感觉到老马就像大自然中的精灵，懂得人的失落、幻灭、隐忍和倔强，仿佛唯有它才能在与老夫妇的相处中，破译他们相爱、厚道以及哀伤的密码。在这里，老头的那种极为平凡和普通的“恩爱”充溢在若干生活的细部，能够些许消解儿子两次入狱给他们带来的愤懑和忧伤。其实这个故事有一个最隐逸的“穴点”，就是夫妇俩的儿子，他像一个影子、一个直接导致老夫妇命运的“局外人”。他偏执地、神经质地将强奸作为解决矛盾冲突、报复“仇家”的唯一宣泄方式。他报复蛮横的邻居薛敏，还报复嫌弃、侮辱他的胡裁缝，最后，薛敏和女儿印花在秋天盗割老夫妇麦子时，他又强奸了印花。这篇小说呈现出一种具有强烈宿命意味的忧伤，老夫妇和那匹老马葬在一处，三座坟茔，这样“无处话凄凉”的场景生发出的忧伤，打破了叙述的平衡，让我们感到迟子建讲述的是一个“空空荡荡”的沉默和宁静，世界朴素、自然、真切，这对没有名字的主人公，像那匹老马一样，呈示出人类的劳作、善良和隐忍的力量，以及留下的痕迹，相互辉映。这个小说虽结构简洁，但精神容量却很大，许多人物的心理图像，在若隐若现中渐渐地生成内在的力量，并深入到人的灵魂层面。可以肯定，迟子建讲述这样一个故事，绝不仅是呈现一家人的处境，三个人和一匹马的遭遇，小说写的是整个底层社会人的生存状况，以及他们的生和死。迟子建更想探寻人最为根本意义上的爱、真和美的渊薮。所以，这其中有善良和爱，有快意仇恨，有生死荒凉，还有少年对性的蒙昧和生性鲁莽、愚妄。这些，竟然在平静的叙述中绵密地交织在一起，使小说具备了丰沛的生命力。于是，就连这匹老马也具备了神性，具备了温暖性，甚至与人一起进入到一个同悲同喜的状态之中。唯有马的加入，才使叙述裹挟着神性，写出了造物主设置的大千世界的神奇。这实质上是迟子建以温和的心境，尽可能地看取人性的真与善，努力去消解、控制恶之膨胀的美好愿望。是的，面对无奈、难解的现实困境，迟子建找到了一个无限的生路与自然的、神性的建立。即使是对于老夫妇儿子的恶，迟子建也没有将其逼入大奸大恶的死角，而是展示他最后的哪怕一点点柔软，让他内心仍有泪水，仍有忏悔。那么，小说中人物性格或欲望的张力，也就由此而生发出来，凸现出真实的、顽强的生命气息。“文学写作本身也是一种具有宗教情怀的精神活动，而宗教的最终目的也就是达到真正的悲天悯人之境。”[16] 可以说，对于每一位作家都可能是这样：写作本身就是最大的“宗教”。也许，其中，闪烁着善良和慈悲所蕴蓄的智慧。

迟子建的小说里，故事和人物的主宰力量异常强大，创作主体赋予人物的是更加无所畏惧的、“倔强”的存在感。或许，这也使她所描述的情节更具有强烈“仪式感”，它从整体上张扬着有关生命和存在世界的隐喻性。

三

也许，许多人都会认为，迟子建主要是依靠才情和激情写作。的确，这一点对于持续三十几年写作的迟子建而言，无疑占据了重要的成分。若从文体的视域考量迟子建的小说创作，毋庸置疑，她的长篇、中篇和短篇小说都好，在这几种文体的作品中，她的七八部长篇，在当代长篇小说的写作水准中，自然占据着高位，但相比较而言，我还是最喜欢她的中、短篇。她的中、短篇小说，不仅在相当大的程度上表现出最有魅力的激情，而且，恰到好处的叙述控制力，也使故事和人物获得了最大的精神能量。“短篇小说最重要的一点就是对激情的演练。故事里凝聚着激情，这故事便生气勃勃、耐看；而激情涣散，无论其形式多么新颖，也给人一种纸人的单薄感。”[17] 也许，中、短篇小说这种文体，更符合迟子建舒展而沉郁的才情、性情以及灵魂冲击力。她自己对短篇小说的确是情有独钟：“我觉得要想做一个好作家，千万不要漠视短篇小说的写作，生活并不是洪钟大吕的，它的构成是环绕着我们的涓涓细流。我们在持续演练短篇的时候，其实也是对期待中的丰沛的长篇写作的一种铺垫。”[18] 尽管迟子建像许多有远大艺术抱负的作家一样，都渴望在自己的写作生涯中留下纪念碑式的长篇杰作。但是她对于中、短篇小说的理解是尤为深邃的，她显然十分清楚中、短篇小说的价值和意义，她创作中、短篇小说，一定是源于激情的推动，是源于一个作家的“沧桑感”，“激情是一匹野马，而沧桑感是驭手的马鞭，能很好地控制它的驰骋”。[19]

我始终在想，迟子建为什么会在2012年写出《晚安玫瑰》这样一部中篇小说？这是一个关于生命、宿命和个人命运的故事。作家试图通过主人公曲折、复杂的命运，写出人性的方向感、爱情抉择的理性和非理性、自我救赎的可能。尤其是，叙述中呈现出迟子建作为一个作家的质朴生命情怀和强烈的忏悔意识。七年之后，重读这部中篇小说，深感作家写作这样一部作品的处心积虑、承担和超越，隐约可见蕴蓄在字里行间的智慧和洞察力，再一次体现出迟子建对俗世人生不同凡俗的灵魂解码。也让我们关注到迟子建新世纪之后的写作所发生的新的变化。吉莲娜、赵小娥两位女性，都是悲剧性人物。这两个人物的悲剧性之所以具有强大的撼动人心的力量，就在于作者写出了她们身上几个层次的内在质地。对于这两位具有不同经历、背景、情感和精神状态的女性，迟子建展现了她们在相遇、相处的日子里互相间生发出心灵的撞击，凸显出人物精神、灵魂内核的原生态。无论在形象塑造、精神和心理、信仰、气息等诸多元素方面，还是在作品内容所涉及的道德、文化、日常生活、命运方面，她们在道德、道义和个性性格的冲突和和解，都在文本叙事上形成了一种无法替代的“对话关系”。两位女性的这种特殊的“对话”，牵扯出她们各自令人难以释怀的人生阅历。两个人的命运，各自内心压抑的情感隐秘，渐次打开。我感到，作家在寻找一种力量，寻找能够支撑人在不同的、复杂艰难生活状态下，人性中所需要的反省、觉悟甚至忏悔意识。赵小娥这个人物，迟子建主要写出了她命运的多舛，生活的内心动力和灰暗的结局。在现实生活中，她似乎是一个没有方向感的人，她飘着或者说是漂着，虽说不是随遇而安，也有自己的生存哲学，但还是属于那种随波逐流、并没有生命主体意识和较强的存在感的人。她有爱，也不乏激情，而这些似乎都在世俗层面上摇摆和波动着，她与先后相处的三位男友之间发生的经历和故事，使得她从人生的一个阶段走向另一个阶段。她不是单调或单纯地由一个男人转向另一个男人，每一次作家都让赵小娥做出一个人生的重要决定或选择，完成对人生、对生活、对自身的一次新的认识和震荡。陈二蛋、宋相奎和齐德铭，皆以不同的价值观和道德伦理观面对世俗生活，选择人生道路，他们先后以不同的方式与赵小娥相恋后分手告别。在这里，我们感受到社会转型期不同价值观及其遭遇的存在窘境，也体会到赵小娥的人生不幸和凄苦。很难想象，一个"苦出身"家庭背景的女性，在童年、少年因家庭变故遭受欺辱和不幸，直至彻底走出乡村、读上大学之后，竟然还会面临这样的命运。赵小娥始终处于一种"被选择"的、不稳定的无根状态，她像一叶漂浮的扁舟，从她降生起就没有从容地选择过自己的道路，她安身立命的道路上，总是充满了荆棘和坎坷。唯有"复仇"，使得她抵达了悲剧性结局的、能够真实呈现出自我的节点。特别是，当赵小娥和吉莲娜彼此知道双方同病相怜的命运之后，赵小娥才真正地清楚，吉莲娜实际上一直沉浸在"忏悔"和寻求救赎的生命情境里。对于两个女人分别"逼死"生父和"继父"，我们可能会有些疑虑。除了情节设置上的精心谋略、离奇和自信，迟子建似乎怀揣着一股刺探人物内在隐秘的冲动。"弑父"是一个古老的"情结"性母题，发生在两位女性身上，这两桩由人性之恶导致的悲剧，钩沉出弑父之后的精神虚妄和灵魂游弋。年迈的犹太后裔吉莲娜，在宗教力量的规约下，让生命深居于灵魂深处，极度沉迷忏悔意识之中。赵小娥没有这些文化的、宗教方面的准备，在齐德铭和吉莲娜先后突发离世之后，她便狂风骤雨般一度陷入疯癫难以自拔。这时，赵小娥所面临的问题显然已经超出现实性的生存或命运纠葛，尽管她继承了曾难以奢求的吉莲娜的房产，但是她无法安然栖居，而是需要一幢灵魂的居所。迟子建想象善恶之间的那一道鸿沟，试图诠释在人性深处两者的龃龉、碰撞和纠结，去发掘人性幽暗处无法挣脱的合理性或存在逻辑。人应该怎样或可能会怎样，这也是无法争辩和规约的，这不存在任何唯一性的真知灼见。小说家的工作及其意义，不是做出自我的有限性判断，而是忠实地呈现。"人生就是这样吧，你努力洗掉的尘垢，在某个时刻，又会劈头盖脸朝你袭来。”[20] 也许，在迟子建看来，人生实难，恶的阴霾如影随形，它常常会在你犹疑不决的瞬间，刹那改变你貌似牢不可破的惯性，践行某种欲望的牵动。或许，这就是人们在无法阻止并解释某一件事情发生时，都将其归结为宿命安排的缘由。

人物的命运呈现，都依赖小说的每一个细节、细部实现和完成，故事、情节和人物内心世界的波澜万状，又都有其自身潜在的叙事逻辑。但是，这个逻辑，可能只是我们日常生活的逻辑，却未必是小说自身的逻辑，从这个角度讲，作家的选择也决定人物的命运。迟子建很善于在处理小说人物关系的过程中，体现出充分尊重笔下人物的写作伦理。迟子建的叙述，始终表现出格外的从容，抉隐发微地描摹出赵小娥外在和内心的生命轨迹；她特别重视这个人物在一系列涉及伦理、道德、人生观因素的选择，并在此基础上，竭力地摆脱模棱两可的相对化判断，直逼认识层面或灵魂范畴，进而使文本叙述能够在认识上达到一定的深度、广度和真实程度。事实上，我们在对文本或人物作美学分析时，虽然已经显示出人物的一些道德、心理层面的因素，但是，只有进一步深入到小说审美分析的层面，才能够将人物的个性、道德抽象出来，或者，直接进入人物的个性的灵魂和肉体判断。在这里，作家对人物的现实评价——理解生命、命运及其存在价值，明显地需要依靠更高层次上的叙事伦理——历史的、美学的和信仰的，“审美创造克服认识与伦理的无限性和假定性，把存在和意义假定性的一切因素都归为人的具体现实性，即他的生活事件，他的命运。现实的人是审美客体结构的价值中心；围绕这一中心，每一对象的唯一性，它们的整体上的具体多样性得以实现。”[21] 进一步说，审美创造的最高境界，就应该将人或事物带入自我修复和完善的状态。《晚安玫瑰》的容量很大，一般地说，有些作家可能会将这样的题材、容量“物尽其用”地写成一个长篇，但迟子建还是将其控制在一个中篇的格局里，保持叙述规模上的节制，以及事物判断及其伦理上的理智。这个中篇小说与后来的《候鸟的勇敢》，在故事、结构、人物关系、细节等方面的处理有相近之处。这两部小说写得特别有能量，特别具有心理和灵魂上的穿透力。我们可以将这两部中篇视为姊妹篇，在小说美学维度上，它们体现出共同的精神气质。

20 世纪八九十年代以来，许多作家愈发不重视文学人物形象的塑造，以为叙事本身的结构性功能和意象、隐喻、寓意层面的符号化能指，就可以替代有声有色、鲜活的立体性形象自身所呈现出的美学力量。如何发掘出复杂时代生活中人物的内在精神、心理、信仰、品质及其性格、欲望等诸多层面的真实状态，而非仅仅依赖技术维度和层次上的“表现”，对于一位有情怀和更大写作抱负的作家来说，写好人物依然是一种有难度的工作和选择。事实上，在中外文学史上，有大量经典文本都是因塑造独特的人物形象而令人难以忘怀，许多经典作品也正是因为其人物形象而世代流传。而写好人物形象是迟子建构建自己小说结构，推动故事情节和细节，呈现叙事终极目标的重要方法、策略和手段。所以，近些年来，迟子建的小说人物形象在叙述中的位置、功能和作用非常突出。

王彬彬评价迟子建的长篇小说《伪满洲国》时强调：“作为一部以现实主义手法完成的七十万字的长篇小说，人物形象的塑造是至关重要的。没有一系列焕发着艺术光彩的人物形象，小说就是疲沓的、瘫痪的。迟子建在《伪满洲国》里塑造了数十个人物形象，而那些出场较多的人物，都塑造得很成功。正是这众多塑造得很成功的人物形象，支撑着这部七十万字的长篇。”[22] 对于迟子建的中、短篇小说而言，人物形象仍然是支撑着小说结构和叙述的基石。

所以，我们前面说迟子建自上世纪 80 年代“出道”以来，就没有被任何各种所谓“潮流”所裹挟，没有被置于“类型化”的写作空间或维度之内而“就范”。她始终按着自己的文学信念和叙事美学理念，坚持自己的写法，保持文本独特而澄澈的光芒。在这里我想强调，塑造人物形象绝非现实主义文学的专利。以往，我们因为有意或无意地“排斥”现实主义的理论而开始鄙视人物形象的塑造。从人物形象入手，或以人物形象为驱动叙述前行的内核，表现出一个作家把握现实生活的自信心和勇气。一位作家面对现实生活或历史的时候，选择什么样的审美价值取向，直接决定着文学文本的思想、精神价值高下，作品能否耐得住时间的磨损。一部作品乃至一个作家的生命力，都取决于作家的判断力、思考力和艺术表现力的突进。这就涉及作家的价值观和审美取向等问题。丁帆在谈及近年当代文学创作的病症，以及价值立场的“多元”与模糊等问题时强调：

有些主流作家对事件和事物的判断力下降，这不仅是思想能力的下降，同时也是审美能力的衰退。旧的书写经验和审美经验已然在这个乱象迭出的时代失效了，作家面对千变万化的生活万花筒，无论是以农耕文明向现代文明过渡时期的心态来度量新世纪中国各个生存层面的人，都显现出一种乏力和疲惫感，似乎永远也抵达不了人的灵魂彼岸；也无论是用怎样的舶来眼光和外在的形式去审视本土的文化现象和事件，都无法触及表达和表现的内核之中。从另一种角度来看，这种20世纪常态的审美经验的失效不失为一件好事，它必然会催生出一个适合于新世纪中国文学创作审美经验的宁馨儿来。[23]

这段文字真切地道出当代作家写作中存在的问题，清醒地告诫当代作家在今天该如何处理经验、判断生活和复杂的现实。

一位好作家、杰出作家写到最后，或者说写到一定的份儿上，在很大程度上已经有些“身不由己”，他似乎应该进入一个特别的精神、心理和审美状态。这种状态可能取决于作家个人写作的天分、想象力和创造力，也可能取决于社会生活的状态和语境。大时代、大历史，如何进入一个作家的内心，对于作家是一个极大的考量。以我们这样的时代状况，确实需要较高的精神、灵魂和心理的段位的比拼。从迟子建《晚安玫瑰》《候鸟的勇敢》和《炖马靴》等作品，能够深切地感觉到迟子建在不断地试探人性的底线，进行道德、灵魂考古。长久以来，作家似乎早已注意到将人作为主体，呈现人性，人与人、人与世界之间真实关系，以及人在这个时代中的命运、精神征候。迟子建在这几部小说中，展开了对一种逼近人性的，在时代、社会生活中精神、灵魂状况的追踪。而且，她主要呈现、探讨的是人在社会生活中的“生存能力”，包括欲望和怯懦，勇敢和无奈、空虚和放纵。

2019年，迟子建发表短篇小说《炖马靴》。这篇小说讲述的是一个发生在八十多年前抗日联军战斗中的老故事。这时，我们可能会想起那句“旧瓶装新酒”的老话，也会想起美国作家艾萨克·辛格的哥哥，这位很早就开始写作，后来几乎被人们遗忘的作家教导他的弟弟那句著名的话：“看法总是要陈旧过时，而事实永远不会陈旧过时。”第二句话出自一位古希腊人之口：“命运的看法比我们更准确。”[24] 那么，迟子建究竟想要在《炖马靴》这篇“抗联”老故事里，“植入”什么样的“看法”？一个抗联的“老故事”，竟然被迟子建写出如此深邃的生命哲理和人生感悟，它聚集那么大的容量，文本把历史、战争、自然、生命和人性都埋藏在这个短篇里。生命之间是可以交流的，善良和感恩应该是灵魂的伴侣，只有一个杰出的短篇，才会有如此坚硬的精神内核。我们无法忘记那位抗联战士与那只瞎狼之间的故事。有时高等动物会丧失人性，低等动物却柔情备至，实在是令人惊诧和不可思议。人与狼、人与自然的这种“对话”就是要让人类反省自己，重新审视自己、审视人性的变异。我开始思考这个短篇小说的写作初衷是什么？为什么作家会突然想起写作这样一篇小说？迟子建曾谈及她这篇小说的写作初衷和“写作发生学”：

> 《炖马靴》，就是炖战靴。现实中有两个让我忘不掉的真实细节，与《炖马靴》有关，我们这儿有位著名的画家——于志学先生，他是冰雪画派的代表性人物，今年八十多岁了，但创作力仍然旺盛。六七年前吧，读到他送我的一本个人传记，其中就写到他少年时遇见过一条瞎眼狼，聪明的瞎眼狼就是叼着小狼的尾巴求生存的，这个细节非常感人，我对于志学先生说，有朝一日我要把它写进小说。还有就是我做《伪满洲国》的资料时，读到过抗联战士在陷入被动时，食物短缺，会煮食皮带、皮靴等。但仅有这两个细节，小说是无法营造的，《炖马靴》是我在五十多岁，有了人生历练和写作历练后，才能客观驾驭的作品。哪怕陷入绝境——无论是饥饿的狼还是人，都不能碰敌手的尸首，这是写作之初就明确了的，所以我只让人和狼，在陷入饥饿的绝境时，分享了战利品“马靴”。而他们依赖马靴和当年自己丢下的骨头的“馈赠”，走出迷途。人生的巨大后路，很多时候是埋藏在善念中的。但小说表达的又不单单是这个，所以我也不想自己过多阐释这个文本。我只能说，我对它总体满意。[25]

可见，那个瞎眼狼并非虚构的，确有一幅真实的场景和画面唤醒或引发作家写作的冲动和激情。那么，迟子建为什么要选择在这样一个老故事里极写一只瞎眼狼？抒写出它的“通人性”和“感恩之情”？由此，它引发我们许多无尽的思考。历史、战争、自然、生命、人性，几乎都深藏在这个生动、震撼的小说里了。那只瞎眼狼感恩这位抗联战士“火头军”——“伙夫”，在它饥饿觅食困难的时候，总是给它剩余的食物。而在这位抗联战士遭受日军士兵追击，在寒冷的森林中迷失方向，甚至已经深陷死亡深渊的危急时刻，瞎眼狼引导着它的孩子小狼，与他一道接连几天风餐露宿，抗击严寒风雪和饥饿，将其引导出深山密林。在这个短篇小说里，人与动物之间的底线被撕裂开来。生命都是可以交流的，善良和感恩是灵魂最好的伴侣。我们都相信，好作品的内核都是极其坚硬的，这里的人与狼的对话成为人类反省自身的一个参照系。在一些时候，高等动物动辄丧失人性、尊严和美好情感，低等动物却柔情备至，真的是“没有喂不熟的狼”吗？虽然，这不是一只人类的宠物，而是野生的、奔突在山林的禽兽，但是，它真的具有了足以令人类惭愧和自省的“镜像”吗？小说叙述了很多感人的细节、细部，令人感动的同时也引人深思。我们惊叹迟子建在这样一个短篇里，试图写出这个生命的精灵存在的依据和理由，她的叙述在一种感性的、从容的节奏里，将一股温暖缓缓地注入小说的文字之中。现在，那只始终被饥饿困扰的瞎眼狼，不仅帮助抗联战士解决生理的饥饿、生存的困境，而且也帮助我们解决了精神和灵魂的饥饿。也许我们都读过杰克·伦敦的长篇小说《雪虎》和《荒野的呼唤》，它们都是描述人类与动物之间发生的故事。杰克·伦敦在《雪虎》这部小说里，通过人与一只狼向我们倡导人类应该如何对自然、生命给予关爱和尊重，并描述这只名曰“雪虎”的狼的生命潜能和品性，是怎样被人类的爱所唤醒、所改造。《炖马靴》与《雪虎》的叙事走向不同，但终极目的却极为接近，都是旨在呼唤高尚的道德、人道和灵魂。这部短篇可以称得上是一部救赎之书，直指人心。小说不仅将一种特殊的“关系”，置于“人心”向背的平台进行考量，而且，让思考成为“人心”之“动”辩证中角逐的聚焦点，来检点人性自身的杂质。当然，我不否定这篇小说可能具有程度不同的“神话”“传奇”品质，但它的寓言性彰显出摄人魂魄的力量。另外，从所谓“生态写作”题材角度看迟子建的这部小说，叙述的重心和审美价值定位，都在于对人性的反思。在表现人与人、人与动物之间关系上，迟子建并没有以“动物中心主义”来否定“人类中心主义”，而是秉持人文、人本主义立场，谨慎考虑“生态伦理”的底线。迟子建在这篇小说结尾，借人物之口说出的那句："人呐，得想着给自己的后路，留点骨头！"这根"骨头"是什么？我们可以将其看作是一种"善良的储存"，它是一种需要发掘的、强大的人性的力量。人如何能够激励自己从自身狭窄的经验和气度中解放出来，去接近"他者"的心灵，去感知、领悟"他者"对世界的想象和感受，实现对存在世界精微、神奇、真实、和谐的认识。这里的"他者"，就是人以外的无限广阔的世界。因此，文学的归宿，就应该是善良和美好的事物抵达的地方。所以，《炖马靴》完全是对于人性、世道人心的修复的期盼。这是迟子建置身当代社会生活复杂的畸变中，既不迷失于物质，不迷失于个人心绪和玄想，也不轻狂地游弋于智巧，而是沉浸在对俗世微小人生的关注之中，不被悲观和黑暗的气息所笼罩，保持透彻的目光，保持叙述的纯粹，充满诗意和真情。

我感觉，迟子建在 2010 年写完《白雪乌鸦》之后，写作伦理发生了重要变化，这其间蕴藉着更阔达的情怀和审美诉求。她不断拓展着叙事表现力，通过逼视人性和灵魂，逼近任何事物本身的真实，令文本表现出丰沛的情感力量和情怀。

四

前文提及，我们已经意识到迟子建小说的体貌，在稳健中发生着"渐变"，同时，也感觉到她内在精神质地和艺术探索的种种不变。从《额尔古纳河右岸》到《白雪乌鸦》和《群山之巅》，迟子建完成了一次更切近自己写作本身、更切近灵魂的有效整理。她从《额尔古纳河右岸》的内心通道，走到一个更开阔的丰饶空间，呈现出一种从容和深透，此后的写作，更多是她对于人性、人心、生死发出询问，发出质疑，对现实和人心的道德困窘进行伦理审视。迟子建呈现沧桑和苦涩，凸现北方特有的"生之呐喊"，让我们深切体味到迟子建文学叙事中更深沉的精神所在。《白雪乌鸦》和《群山之巅》，以及大量的中短篇小说，从百年前的悠悠岁月和往事，到当代现实的精神碎片，可谓尽是"沉淀沧桑"之作。迟子建以其感性、世界观、价值观和叙事美学为经纬，检视生活本身的结构状态，不可转译的本然、浑然的整体意境和个人情境，重新思考、探寻和呈示人的尊严和灵魂创伤及自我整饬，并且，释放出温暖的力量和信念。

可以说，“沧桑”这个词的内涵和分量，在长篇小说《白雪乌鸦》中已呈示、传达出它独特的本意。作家如同打捞一艘锈迹斑斑的沉船，对业已沉淀的历史进行戏剧性的重新编码，找寻已在彼岸世界的那一群人的踪迹，捡拾、聚集起灾难笼罩中的灵魂碎片。这既需要对那段生活史进行十分精细周详的考量，以达到一种厚实的客观性，更需要叙述者自身介入历史并具有重新回到现实的激情。并不是所有能进入历史的作家，都能为一段历史生活承受起富于现实意义和价值的情感担当。但是，这些年，迟子建一直在努力建立自由的内在精神秩序、文化诗性，追求和谐的宗教情怀。这种内在性和富有渗透力的自我整饬，使得她在解决了诸多的自身束缚的同时，给自己的叙述找到了方向。显然，这是没有任何意识形态规约的、自由进入历史和生活的诗学选择。这样，迟子建开始在写作中更加尊重所有人的存在形态，平等地对待她选择的每一个人物，写他们几代人的生生不息，展开一个个世俗的故事，写出他们的喜怒哀乐、愁肠百结，对那些生灵的生死爱恨做一次次灵魂慰藉和精神安妥。

哈尔滨的傅家甸，这个在极其短暂的时间里遭遇鼠疫的城镇，成为迟子建书写生命挽歌的凄楚之地。那么多生命在这场灾难中变得像熔化了的金属，瞬间消逝，回天乏术。更有一些人，凭借着难以想象的方式和力量在逆境中惊人地存活下来。巴音暴毙街头，吴芬旋即尾随而去，继宝、金兰、纪永和、迈尼斯、周济一家祖孙三代、谢尼科娃等个性迥异、鲜活的生命，无论身前何等品质、何种风貌，在灾难中都无法扼住自己生命的喉咙；而像伍连德、王春申、于晴秀、傅百川、于驷兴、翟役生、翟芳桂，这些或被称为“好人”或被认定是“坏人”的角色，竟能宿命般脱离劫难。我感觉，迟子建最在意的是，呈现灾难降临之际人们日常琐细的生活形态，以及这种形态的逐渐变形、扭结，由此在人的内心刮起的灵魂风暴。我们感受得到迟子建的心是“热”的，尽管她所支持或努力建立的是一种超越的而非反抗的力量，她并不想按某种意志力复现自己所理解的那个时代，也没有刻意渲染那些自然的因素，灾难使原本的种种纠结、冲突、平静、常态的生活流，每个人的个体气质、性格、历史环境等客观实在的东西失去了单纯的实在性，使丰富的变得复杂，使单纯的更混沌。但是，迟子建在处理这些生活流的时候，使用的却是最简洁、最自然干练的方法，看不见复杂的叙述策略，在从容的叙述节奏中谋求气息、感觉的变化。小说没有像许多其他作品那样，为叙述先设定一个坚硬的整体结构的框架，让此后的叙述在这其中蜗居或爬行，而是依照故事或叙述的自然时序，让灾难前的“轻”、灾难中的“重”、灾难过后的“缓”，在惊心动魄的事件与人物的命运、宿命的纠结中，在章节之间渐次拉动中展开，紧紧地咬合，不落虚空。这其中，没有出奇制胜或反转腾挪的叙事机智和圆滑，只在对无数个体性生命的呈现中，铺展一个城市、一个时期人的整体性遭际和磨难。一方面，她重视故事的生动性和人物的鲜活，保持小说那些基本元素在叙事中的活力；另一方面，她又会将自己内心对世界的剧烈动荡感，融化在有限的时空中，进行有节制的演进。当作家放弃了某种意识形态或极度的道德承载之后，似乎一切就变得简单了。但她仍然显示了她“逆行精灵”的扭转生活的能力，对历史和生灵的亲近，使她能够更切实地感受、破译沧桑的隐秘灵性。所以，她从容地进行小说的布局，安排人物，讲述一个个家庭或个人的故事。迟子建说：“小说的血液的获得，靠的是形形色色人物的塑造。只要人物一出场，老哈尔滨就活了。我闻到了炊烟中草木灰的气味，看到了雪地上飞舞的月光，听见了马蹄声中车夫的叹息。”[26]基于这种认识，在小说中，她赋予“英雄”和普通人一样的“机会”，在对于人物的处理方面，没有叙述的中心，只有斑驳的整体风貌，体现出对每一个人物的充分尊重。王春申耿直倔强、善良和内敛，翟芳桂的红尘岁月和“从良”后的坚执，翟役生的宫廷经历和骨子里发散出的人性阴暗气息，还有他所选择的反人性的存在方式，以及秦八碗的“大孝”，陈雪卿的刚烈，于晴秀的爽朗、率直和秀慧于中，喜岁精灵一样的顽皮和快乐的存在，都在小说中流动着质朴的光泽，反射出人的存在形态和已然的命运。本真的存在潜隐在故事的背后，让人们在咀嚼形形色色、充满原始力量的景观的同时，在小说叙述的奇异的悲怆的力量感中，思索有关天灾、人祸、死灭这些困扰人类的精神实质。

迟子建对在极端压力下的人类行为做了一次颇具魅力的、深刻而生动的审视。她的小说文本无法对历史和人性做出自以为是的理性判断，但却能以她对存在世界的敏感和敏锐，逼近人的生存内蕴。不同于他人的写法，迟子建没有在这部长篇小说中着力塑造英雄史诗般的经典形象。循着早已没有多少残余的历史旧迹，她智慧而朴实地处理历史与虚构的关系，既没有刻意去解构历史，将历史虚无化，也没有肆意越过史料的边界，让某种意识形态的规约束缚自己的手脚，而是选择了最人性化的审美视角，在一个阔大的想象空间里，呈现一百年前哈尔滨鼠疫背景下的密集的存在。《白雪乌鸦》以自然流畅的笔法，轻松地写出了灾难时期的日常生活，呈现出“死亡中的活力”。如果说，这部小说的整体意绪和感觉，就是由黑白色彩交替、转换、糅合而发散出来的明亮、独立、自由而又神秘、混沌、沉实的气息的话，那隐隐重现出的“死亡中的活力”就显得珍贵而特立独行。小说不仅写出灾难给人性造成的异化，写人的生存价值和尊严被毁损，而且深入到生活和人性的肌理，让鲜活的生命跃然纸上，演绎出人存在的孤寂、卑微、冲动、坚忍的气息和情境。小说扎实的情节、细部与气势上开阖放达，朴实、率真、富于激情和感染力。同时，叙述者站在一百年之后的时间视野里，不作冷眼旁观，而是平静地回望，表现出对生命的敬畏、对人性的热忱期待。那么，这里所需要的就绝不单单是一个小说家的使命了，而是人文理想的注入和升华。整部小说的结构并不复杂，无论是日常生活的风云突变，还是人性纠葛的困窘，都依照“起承转合”的自然时序充分展开。可以说，像《白雪乌鸦》这样的文本，以其自然、纯熟、流畅的笔法，从容地写出了俗世人间灾难时期的日常生活，或者说，它的的确确地是要呈现出平民日常生活中那股“死亡中的活力”——北方的“生之呐喊”。如果把灾难看作是一种暴力，存在的动机一定会变得格外单纯，那就是或向死而生，或坐以待毙。这既是对生命本身的考量，也是对俗世的无限感慨和惆怅。《白雪乌鸦》这部小说的整体意绪、文体色彩和美学感觉，就是由黑白色彩交替、转换、糅合而发散出来的明亮、独立、自由而又神秘，这也是迟子建叙事东北故事经常采取的美学基调。吴义勤在评论迟子建的另一部长篇小说《穿过云层的晴朗》时曾说：“小说的魅力还来自于作家在生活的日常性、世俗性与诗性和神性之间所建构的奇妙张力。小说有广阔的时间和空间跨度，涉及到了众多的人物、场景与故事，虽然整体的世界图景是一种日常化和世俗化的景观，但这并不妨碍作家在日常性的描写中灌注进文化诗情。”[27] 可以说，这段话既是对迟子建小说审美叙事策略的描述，也强调和充分肯定了迟子建写作对历史和现实的超越。

而长篇小说《群山之巅》所呈现的，同样是一种北方的“生之呐喊”。这部长篇小说可算是一部“安妥故乡和自我灵魂”之作，凝聚了迟子建巨大的“乡愁”，它像一部当代的“清明上河图”。这部写毕于2014

年的小说，写出了21世纪第一个十年前后当代社会和人生的诸多景观，写出了那个飞速变化的时代所发生的“现实故事”与历史、时代和人性的千丝万缕的复杂纠葛。这些“原型”大多是来自作家故乡的文学人物，辛开溜、辛七杂、辛欣来三代人复杂的血缘伦理关系，安平、安雪儿、陈金谷夫妇、李素珍、绣娘、安大营等众多人物的生生死死、爱恨情仇。芸芸众生，在社会变革中灵魂的震荡，迟子建写出了这些卑微人物的喜怒哀乐、虚空和令人彻骨的悲凉。

迟子建说，她写作几十年，让她生出越来越多的白发，和越来越深的皱纹。但我们也会深切地感到，从第一部长篇小说《树下》开始，直到《白雪乌鸦》和《群山之巅》，她越发深刻地写出了生活和人性的皱纹与深度，这些人性和生命的“皱纹”嵌入世道人心和灵魂，勾勒出种种命运的羁绊。天地间究竟是什么在主宰人生的选择、生命的形态？迟子建既向我们展示“向死而生”的激愤，更是通过故事掀动起我们的心潮，让我们在无法平静中咀嚼生命和人生。

如果说，《白雪乌鸦》和《群山之巅》是迟子建对若干群体记忆的聚敛、伤悼和重新检视，那么，《世界上所有的夜晚》就是对个体忧伤的内心独语之后的灵魂洗礼。无疑，在迟子建的写作史上，《世界上所有的夜晚》是她最重要的中篇之一。从写作发生学视角看，这篇具有浓郁自传性质的小说，无疑包含或承载了作者最具个人情感的灵魂伤悼，是一曲爱情的挽歌。表面上，它似乎想写出一个人如何走出忧伤和情感的困境，实际上，这个小说可以视为作家迟子建作为创作主体，对情感世界、冷峻现实、个人与命运的历史、人性链条的审视和书写，构建出的诠释人生的交叉点、爆破口。它深情地将一次痛苦的人生经历，转化、释怀于文字之中，使其在叙述时演绎为可以经得起道德考量和逻辑追寻的复杂深度。无疑，这篇小说对于迟子建有着极为特别的意义。

“我”与魔术师之间的开始和结束，一起构成了不可复制的人生“沧桑”和忧伤的抛物线。丈夫魔术师因车祸意外身亡，无限的哀伤、哀愁，迫使妻子“我”寻找并调整自己看待世界、感受现实和内心的方法。主人公选择火山喷发后形成的三山湖温泉，作为旅行的目的地，因为山体滑坡，却意外地滞留乌塘，使“我”获得格外深刻的生命体悟，感受到底层的现实、人生的艰辛和苦涩。这些既让“我”内心生发出对美好人性和现实世界的同情、尊重和悲悯，也呈示出俗世间难以摆脱的烦忧，以及对于幸福、美好生命状态的向往。原本“我”无法打开的、压抑的内心，挥之不去的对魔术师的思念，都在乌塘这个小镇中找到了释放的出口。乌塘镇女性的命运，聚集了中国当代乡土世界经历巨变之后的道德、伦理和情操困境，而如此呈现她们的真实状态，是存在令人疑虑的认识难度和表现难度。迟子建没有将其“升华”或演绎为伪浪漫主义的庸常景观，没有将蒋百嫂、周二嫂、史三婆、肖开媚以及那些来“嫁死”的女性，还有陈绍纯、周二、“断腿人”等男性，描绘成温柔或敦厚的形象，而是写出他们和她们是有血有肉、有深情、有欲望、有缺陷的人，写出他们在生活中自尊受到社会的冷酷排斥的命运。“我”在乌塘所看到的这些女性的遭遇，尤其是她们因为丧失爱情、幸福而深深陷入一个不完整的生活世界，构成她们一生的至暗。这些女性失去的何止是一个生活的希望，而是最基本的存在意义。还有，“我”在三山湖景区遇到的“独臂人”，妻子意外离世，他和儿子云领艰辛地谋生，但内心始终保持着善良美好。他们父子对逝者亡灵的尊重、敬畏，令人感伤。

我们从乌塘小镇白日的喧嚣和夜晚的宁静里，感受到阴翳的、可怖的空洞，那里隐匿着难以忽略的生命诉求、冲动和隐忍。迟子建写出了这个宁静小镇的孤独的味道，它既不像马尔克斯的“马孔多”，也不像麦卡勒斯的那个有“伤心咖啡馆”的灰色小镇，乌塘就像是一个弥漫着萧瑟和荒寒之气的、诡秘而愁苦的所在，或许，走出黑夜是每一个乌塘人的渴望。关键是，迟子建在描述芸芸众生的喜怒哀乐时，她的目光和心灵，始终在追寻沉积在生活底层的那种无从抗拒、无从理解的巨大的生命力量，而不是以漠然、刻薄的笔触，打碎这些淳厚生命最本分、最基本的生活梦境。世界是什么？世界就是源于愿望、情感、道德和伦理所发生的一切，尽管它对于每个人都是有限的整体，但在人的精神里，幸福的可能性或许永远发生在白天，不幸却可能发生在神秘的夜晚。这时，我们就会更加清楚迟子建《世界上所有的夜晚》的内在意蕴，它并不是作家的孤哀自鸣，而是对人生悲凉的悲壮超脱。

我感觉，这篇写于 2004 年的中篇小说，与后来的两部中篇《晚安玫瑰》和《候鸟的勇敢》，构成了一条情感奔腾的河流，连续不断地汩汩流淌出变化万端的人生浪花和命运旋律，淘洗、过滤着人世间的愁肠百结，一次次撞击着现实与梦幻、美好与残缺之间的边界。可以说，这几个中篇就足以奠定我们对迟子建的崇敬。

与《白雪乌鸦》和《群山之巅》不同，迟子建新近的短篇小说《最短的白日》，写的是一个男人的“哀愁”和沧桑，它深刻地表达出一个生命个体在当代社会转型期的纠结、困扰和苦涩；小说让我们看到了一个中年人真实的生存状态，我们由此感慨“人生”的状态之于现实的纠结关系。我认为，《最短的白日》和《炖马靴》是迟子建近期最好的两个短篇小说，可以称之为内涵丰厚，简洁而浩瀚。

这篇小说叙述的时间和空间，似乎有意设计成匆忙和局促的状态，叙写一个“走穴”赚“外快”的医生，做完几台手术后乘坐高铁从大连北站到哈尔滨西站途中所遇所思，时间选择在“冬至”这一天的北方正午至傍晚。在这里，叙述为我们提供了容量极大的想象和思考的空间。这篇小说写出了一个中年人的人生困境，也写出了这个普通医生对人生、生命的无限感慨和那颗敏感的心，他的心思算计，他内在的苦楚、烦恼和自我解脱方式。写他如何悉心地摆布、平衡生活中的各种伦理关系，机智地平衡、消解自己的焦虑。小说既写出他对生活的满意和肯定，也展示他的自我错谬、自我解嘲，这个人物形象，让我们感到“熟悉又陌生”，似乎提示我们，一个人的生活世界就是这样——我们不能指望它更坏也不能指望它更好。确切地说，这篇小说不仅写了这一个人或一代人，而是折射出两代人在这个时代的存在镜像。小说还写到两个年轻人：一个是医生自己的儿子，因为涉毒被关进戒毒所；另一个是高铁上的乘务员，一位有理想的青年。一个因为选择及时行乐、没有理想而堕落，一个有理想有方向感却无法抵达。这或许是迟子建向我们呈现的另一种可怕的现实危机，对未来的忧虑。

不难想象，一个人在白昼最短的日子“冬至”里，经历两天的劳碌，“在万家灯火时分”刚刚抵达目的地，却被患者所在医院要求再重返异乡，这实在是一件令人无比沮丧的事情，是人生遭遇到的无法回避的逼仄。小说有意地让我们意识到这个人物在夜色中奔波的疲惫和无奈。小说最后一句：“我则在抵达故乡的一瞬，又开始了夜色中的旅程——我们奔向的都是异乡。”人物在“冬至”这个时间概念里，再次铺展开自己奔波的“沧桑”。读这篇小说时，我一直在揣摩作为一位女性作家，迟子建何以如此真切地以第一人称进入角色，反思这个医生的生存，复原丰富的现实，并且引发我们怎样去思考一个人存在的理由和意义，既让我们面对残酷的现实叙述，感到些许的柔情和暖意，也令我们清醒地反省认识自身。这篇小说，是迟子建根据一次短途旅行的经历写成，应该说叙事的“内核”是牢固、坚硬的。作家逼真地重述了现实的繁复结构和当代人的生存状况，以及人的不同精神层次，写出了“生活在别处”的冷峻和隐隐的人生酸楚。这篇小说，充分地凸显出迟子建写作的现实“纵深度”和单纯的抽象力量。

我们也不妨将以上几部作品称之为“生存小说”或“人生小说”。也许，这样命意迟子建这几篇小说有些随意。其实，仔细回顾迟子建的文学创作，不仅是小说，还有大量的散文、随笔，无不关注和聚焦人本身的问题，人性与现实之间的复杂关系。一个成熟的作家，除了基本都是以入世的态度写出对生活和生命的体会，贴近生活，还体现在对自己表现生活的角度和方向的选择。迟子建从写作《北极村童话》开始，就选择了写不同社会、自然和文化环境下人的生存状态，揭示人性中的变与不变，呈现人的困境、痛苦和“变形”过程。

那么，我们在迟子建的小说中，究竟看到的是一个怎样的东北形象？我们也许还会不断地诘问，这是一个具有文化特异性的、不同族群交融的、兼容的东北？一个充满血性、血光、血气的情绪的东北？一个肃杀、萧瑟、驳杂、粗犷、粗俗、寂寥、苍白的东北？一个广阔的、阳刚的、朗然的、现代的东北？一个平庸的、有“历史惰性”的东北，抑或一个性情的、豪放的、进取的、具有强健生命力的东北？一个骨骼和体魄结实的、心绪强大而又单一的东北？

不可否认，数十年来，迟子建创作的小说文本，是东北文学、东北文化整体建构中重要的组成部分。“‘乡土文学’不足以形容迟子建笔下的世界。东北是传统‘关外’应许之地，却也是中国现代性的黑暗之心，迟子建笔下的世界是地域文明的创造，也是创伤。19 世纪末，成千上万的移民来此垦殖，同时引来日本与俄国势力竞相角逐。东北文化根底不深，却经历了无比剧烈的动荡。现代中国文学的东北书写，最为人熟知的莫过于萧红。新中国成立后，东北每每成为大叙事的场景，但以文坛表现而言，似乎总少了‘关内’的风采。1980 年代以来，马原、洪峰、郑万隆等的寻根、先锋小说都曾引起注意。但在质与量可长可久的，唯有迟子建。她擅长不同规模和题材的叙事，下笔清明健朗，不乏低回绵密的弦外之音。在描写山川和历史之余，她最关心的还是东北的人世风景，点点滴滴，无不有情。”[28] “有情”，是迟子建叙事的灵感之源，“有情的写作”，决定了一位作家的文本品质和境界的高下。尽管，她在小说叙事上还没有抵达最浩瀚和最恢宏的彼岸，但是，她六七百万字所充盈的简约、质朴、浑厚和洗练，不断地涨溢出她的发现、感悟、丰富、凝重和沉郁的品质，铸就迟子建叙述的悠远和绵长。我没有刻意地爬梳、求证她小说的诸如萧红、张爱玲乃至鲁迅的传统，显然，迟子建小说的精神架构和叙事美学，其对历史、现实、人性和时代生活的描摹、呈现和发掘，都会让我们感到中外文学优秀传统的积淀和光耀。

2005 年，苏童曾写过一篇文章评价迟子建：“大约没有一个作家会像迟子建一样历经二十多年的创作而容颜不改，始终保持着一种均匀的创作节奏，一种稳定的美学追求，一种晶莹明亮的文字品格。每年春天，我们听不见遥远的黑龙江上冰雪融化的声音，但我们总是能准时听见迟子建的脚步。迟子建来了，奇妙的是，迟子建的小说恰好总是带着一种春天的气息。”[29] 王安忆对迟子建有过最贴切的评价：“她好像天生就知道什么东西应该写进小说。”[30] 又是十几年过去了，我们看到迟子建的写作，依然保持着稳定的美学风格，不断地寻求灵魂升华，在叙事中构建着精神寓言。迟子建以一种宽柔的视角，怀着朴素的深情让人心在阅读中得到救赎，让生命重获新绿或以爱的力量固守最基本的道德生命基石，发掘善良及其渊薮并唤醒内心深处超越性的改变。这种隐藏在文本之后近于“禅者”的思索状态，正在抵达它能够真正摆脱俗世的边界。

注释：

[1] 迟子建：《北方的盐》，《也是冬天，也是春天》，中信出版社 2019 年版，第 27 页。

[2] 张学昕：《迟子建的“文学东北”》，《当代文坛》2019 年第 3 期。

[3] 王德威：《文学东北与中国现代性——“东北学”研究刍议》，发表于 2019 年 11 月在大连召开的“东北学”国际研讨会。

[4] 孙郁：《文字后的历史》，春风文艺出版社 2001 年版，第 95 页。

[5] 孙郁：《文字后的历史》，春风文艺出版社 2001 年版，第 99 页。

[6] 傅斯年：《东北史纲初稿》，岳麓书社 2011 年版，第 1 页。

[7] 王德威：《文学东北与中国现代性——“东北学”研究刍议》，发表于 2019 年 11 月在大连召开的“东北学”国际研讨会。
[8] 迟子建：《伤怀之美》，云南人民出版社 1995 年版，第 1 页。
[9] 戴锦华：《迟子建：极地之女》，迟子建：《格里格海的细雨黄昏》，江苏文艺出版社，2003 年版，第 304 页。
[10] 刘艳：《童年经验与边地人生的女性书写——萧红、迟子建创作比照探讨》，《文学评论》2015 年第 4 期。
[11] 迟子建：《迟子建散文》，人民文学出版社 2008 年版，第 127 页。
[12] 王德威：《我们与鹤的距离——评迟子建〈候鸟的勇敢〉》，《当代文坛》2020 年第 1 期。
[13] 迟子建：《也是冬天，也是春天》，中信出版集团 2019 年版，第 162–163 页。
[14]《北京文学·中篇小说月报》编辑、迟子建：《与迟子建对谈》，《北京文学·中篇小说月报》2005 年第 3 期。
[15] 葛浩文：《萧红传》，复旦大学出版社 2011 年版，第 106 页。
[16] 迟子建、周景雷：《文学的第三地》，《当代作家评论》2006 年第 4 期。
[17] 迟子建：《与水同行·序》，中国青年出版社 2002 年版。
[18] 迟子建：《我能捉到多少条“泪鱼”》，《当代作家评论》2005 年第 1 期。
[19] 迟子建：《我能捉到多少条“泪鱼”》，《当代作家评论》2005 年第 1 期。
[20] 迟子建：《静止航行的船》，《空色林澡屋》，长江文艺出版社 2017 年版，第 3 页。
[21] 巴赫金：《巴赫金集》，张杰编选，上海远东出版社 1998 年版，第 55 页。
[22] 王彬彬：《论迟子建长篇小说〈伪满洲国〉》，《当代文坛》2019 年第 2 期
[23] 丁帆：《文学史与知识分子价值观》，人民文学出版社 2014 年版，第 85–86 页。
[24] 余华：《我能否相信自己》，人民日报出版社 1998 年版，第 3 页。
[25] 迟子建、张学昕：《是星辰，还是萤火？》，《当代文坛》2019 年第 3 期。
[26] 迟子建：《珍珠》，《白雪乌鸦·后记》，人民文学出版社 2010 年版，第 260 页。
[27] 吴义勤：《狗道与人道——评迟子建长篇小说〈穿过云层的晴朗〉》，《当代作家评论》2004 年第 3 期。

[28] 王德威:《我们与鹤的距离——评迟子建〈候鸟的勇敢〉》,《当代文坛》2020年第1期。
[29] 苏童:《关于迟子建》,《当代作家评论》2005年第1期。
[30] 王安忆:《逆行精灵》封底推介语,上海人民出版社2008年版。

苏童论

小说是一座巨大的迷宫，我和所有同时代的作家一样小心翼翼地摸索，所有的努力似乎就是在黑暗中寻找一根灯绳，企望有灿烂的光明刹那间照亮你的小说以及整个生命。

——苏童《寻找灯绳》

一

从发表第一首诗和第一篇小说算起，苏童迄今已经写作三十五六年，他的故事、人物、文本结构和叙述语言，也一起陪伴了他几十年，而且，这些还将继续伴随他漫长的“持续性”写作。现在，我们再来考量曾经作为“先锋作家”出场的苏童创作，关于他独特的艺术风貌，反省我们对其文本的阐释、文学史判断，我感到，苏童小说的存在价值和意义，早已远远超出个人叙述风格的范畴。苏童的写作，既契合了小说艺术发展的内在要求，以“先锋性”出人意料的艺术力量，聚合着深厚、浓重的“古典”纹理和意味，又超越了形式的雕琢，仰仗着天才的感受力和语言表现力，而进入到小说艺术体系浑圆自足的审美纵深处。王德威数年前称苏童“天生是个说故事的好手”，他从“说故事”的层面，进入苏童笔下的“南方”。他还深入地讲，苏童的世界令人感到“不能承受之轻：那样工整精妙，却是从骨子里就掏空了的”[1]。我感觉，这是基于苏童对南方生活的传奇性和文化的神秘性，建立起对苏童小说文化浸淫的深刻性而言的认识和描述。我在阅读评论家程德培阐释苏童《黄雀记》的文章时，看到程德培的质疑：“他的言说总有点来自另外一个世界的味道。”他认为王德威教授审视苏童文本的视线和出发点，是其将苏童写作纳入自己所理解和想象中的文学版图所致。[2] 不管怎样讲，任何对于苏童的阐释，都应该是不拘一格的、开阔的、多元化层面上的接受美学，都是“杂花生树”般对于一位作家“解读史”丰饶的哺育和滋养。我们对作家的写作及其文本的理解和认识，仍然需要对作品做出符合审美特性的、切中肯綮的判断。也许，我们更需要将作家的写作置于文学史、世界文学发展状态的层面或格局下，考察作家对于人性、民族、国家、地域、文化诸多方面的深度发掘程度，不脱离现实语境和时代的因缘际会，因为，所有文本必定都会牵扯到中国文学的敏感点和转捩点。

几十年来，苏童的小说叙述文本，已经让我们体会到不断地“重读”的必要和意义。我相信，作家苏童，是变化中的苏童，他的原本已摇曳多姿的小说文体风格始终保持璀璨生辉，尤其是他的文本在故事和语境里拓展丰富的人性，那是概念化写作者永远也不会有的东西，同时，他还能在既有的叙述基调和氛围中不断发生变异。其实，苏童看似“平静如水”的文字的背后，既有独特的精神、情感体验，也具有很大程度上的文化历险性。苏童 1980 年代出场后，始终为接二连三地被“命名”的潮流所裹挟，或“先锋小说”，或“新写实主义”，或“红粉杀手”，但他自觉或不自觉地在个性化的写作中，悄然地磨砺、调整和改变创作的风貌。在一个艺术发生剧变的时代，作家随着潮流行进时，却又能与潮流保持距离。他以一己独到的艺术思维和虚构力，自觉地冲洗掉历史的吊诡，克服“先验”理念的纠缠和左右，摆脱江南文人的柔软、细小情调，不沉溺，不矫饰，文字中没有剧烈的震荡和冲撞，也不缺乏抒情的感伤和悲壮的膂力。在当代作家中，苏童的文字，可谓是飘逸和醇厚的气息兼具，优雅和平实的叙述共存。我感觉，苏童还是一位有“洁癖”的作家，无论是他的文字，还是小说的结构、故事、情节、人物、意象，他都会处理得工整、简洁和清俊。我们在苏童的小说里，可以看到这些考究的、有“结构感”的浑然规整的叙述，无疑，苏童小说的文体形式，已经构成苏童小说形神兼备、超逸悠游美学特征的重要因素。

现在，如果我们从文学阅读和借鉴的角度，来谈论苏童的写作及其写作发生，我们无法绕过两个人：一位是博尔赫斯，另一位是雷蒙德·卡佛。熟悉博尔赫斯的人都知道，博尔赫斯的“叙事的迷宫”将小说艺术推至超越一般性价值判断的智性和伦理维度，叙述中的时间和空间彰显出哲性诗学的功能，形成充满精神寓意和文本张力的结构。博尔赫斯在与威利斯·巴恩斯通的一次谈话中，谈起他夜里做噩梦的经历，其中最基本的内容主要有三种：迷宫、写作（读书）和镜子。我们知道，博尔赫斯的小说，常常将镜子和梦作为叙述的主题，特别是梦，他常常写它，也常常梦到它，而且大多是关于噩梦的迷宫。1984 年，在北师大读书的苏童，就读到了博尔赫斯。他曾细致地表述自己阅读博尔赫斯的感受："深陷在博尔赫斯的迷宫和陷阱里，一种特殊的立体几何般的小说思维，一种简单而优雅的叙述语言，一种黑洞式的深邃无际的艺术魅力。坦率地说，我不能理解博尔赫斯，但我感觉到了博尔赫斯。"[3] 我感到，博尔赫斯此后一直若即若离地伴随着苏童的写作，他的一个个短篇小说，都或多或少地充满了博氏梦幻般的玄机因子，支撑起他那些凌空蹈虚般的想象。也许，苏童的一些重要作品的构思，就是博尔赫斯的梦和迷宫的另一种延伸。像"枫杨树乡村"系列小说，以及后来的《蝴蝶与棋》《水鬼》《巨婴》等，都弥漫着梦的气息和迷宫的意味。苏童在读卡佛的时候，曾有过这样的感慨："读卡佛读的不是大朵大朵的云，是云后面一动不动的山峰。读的是一代美国人的心情，可能也是我们自己这一代中国人的心情。"[4] 苏童将在卡佛的作品里品味出的感受，用一个他自己都认为不恰当的比喻，情绪化地贴给了卡佛，那么，他自己呢？他几十年来都深陷在"香椿树街"的故事"大淖"之中，不能"自拔"，他在自己所盘踞的"福地"，虚构出无数迷魅的故事。问题在于，我们对苏童的判断及其所依赖的标准，根本没法按着以往老套的文学思维方式进行，那样，我们也许就会变得无所适从甚至自欺欺人。这不仅是因为苏童身上没有令人焦虑、迷惘、游戏的气息，而且，最主要的是，苏童并不是那种精于算计、很复杂的作家，他有自己判断事物的、简洁的审美轨道，但是他的叙述却可能出乎我们的意料。那么，面对他通过叙述布置下的迷宫，将我们引向我们从未涉足的世界，我们应该怎样破解它或绕出来，可能更是一件需要费尽心思的事情。所以说，对于苏童写作确切的审美定位、概括和描述，其实也是一件极其困难的事情。也许，杰出的小说家都是无法被轻易"定义"或划分至任何"群落"的。这也是文学批评和文学史的尴尬。

在这里，我们似乎还不能将博尔赫斯和卡佛视为苏童写作的两面"镜子"，在日后漫长的写作生涯里，苏童也没有将两位的叙事"玄机"直接化用，而是流露出"神以知来，智以藏往"的神性迷踪。"我喜欢那些精致、纯粹甚至貌似简单的短篇小说。比如雷蒙德·卡佛、托比阿斯·沃尔夫的作品。我喜欢作品中的那种幽静、淡漠的语言走廊。”[5]苏童描述卡佛作品时，使用“语言走廊”这样的比喻，表明他对外国短篇大师的一种敬畏，也袒露出他对于语言构筑的语境的偏爱和青睐。

作家库切说过：“所有的自传都是讲故事，所有的写作都是自传。”[6]无疑，苏童将近四十年的写作，与一代人的生活和岁月如影随形，真正写出了1960、1970年代出生的一代中国人的心情，也逼真地写出了一个时代诚实的内心。并且，苏童一写就是几十年，他的叙事仿佛永远挖掘不尽的矿藏，让这位天才小说家也无法阅尽世间沧桑。不可否认，苏童早期小说的“成长意味”是极其浓厚的，1960年代人的青涩、迷茫、稚气和单纯，在苏童笔下尽显无遗。从最早的短篇小说成名作《桑园留念》开始，或再向前推延到他的短篇小说处女作《第八个是铜像》，苏童的文字也像河流一样，流过了三十余年的历程。文本中的故事、人物和情境，已经记录下一代人的生命影像，也凝固成“苍老的浮云”，渐渐地幻化成那个时代的“青芒”镜像，或者，业已成为时间和历史的“铜像”。显然，苏童的叙事，并不是陀思妥耶夫斯基所说的那种“用彻底的现实主义，在人身上发现人”的作家，但是他很早就已经充分意识到存在世界、人性和事物的“迷宫”性质，他找到了意象、隐喻、意绪、氛围、语境与记忆、想象之间的隐秘“关系”。而且，几十年来，他尤其注重小说叙事理念的调整和反省，在艺术和精神两个层面，竭力跳出童年、记忆、历史、南方、少年、女性、意象和唯美叙述的惯性和“套路”。固然“唯美”是苏童小说整体艺术形态的重要特性之一，但绝非苏童写作和后来苏童研究的“独门武器”。就是说，“唯美”在苏童的写作里并不是什么“主义”，而是沉淀于文字内里的美学特性。因此，面对苏童迄今仍处于进行时的写作史，我始终在寻找苏童长期写作中内在的精神延续或“衔接点”，故事内部不易察觉的推进动力，文本在时间之流里连绵延续的魅力之源，爬梳主宰他能够持续写作的真正“圭臬”。那么，如此说来，这样的“主宰”力量究竟是什么呢？在一定程度上，真正能决定苏童写作的小说的“上帝之手”到底在哪里呢？

从文体的角度看，苏童的一系列长篇小说《米》《城北地带》《我的帝王生涯》《蛇为什么会飞》《碧奴》《河岸》《黄雀记》，让我们深切地体悟到苏童驾驭这种文体的圆融和自觉，以及他呈现暧昧的历史和现实的能力。而且，他低调、从容又逼真地重现人性、命运、历史沧桑并复原多重繁复结构，那种源自历史、时代生活的欲望、激情和生命冲动，在文本里衍生成特别自由、灵动、唯美的情致，既具苍茫、飘逸之美，也蕴藉沉实、浓郁之色。而苏童大量短篇小说的凝练、细致和谨严的特征，又使得他能够从不同的视角和侧面，耐心地、逐一地打开生活和人性的皱褶。以“城北地带”和“枫杨树乡村”为视景的南方想象的疆域，在苏童的短篇小说中，构成独具特色的苏童的“纸上的南方”。他的大量短篇小说文本，更加显现出个性化的、深邃的意味。这些文本，在很大程度上已经构成记录南方文化的细节和数据。无论是对历史的模拟和描绘，对家族、个人的记叙，还是对乡间、市井的营构，都隐藏着诗性的意象和浪漫、抒情的气息。可以说，这是其他文体无法替代的。像《桑园留念》《两个厨子》《白雪猪头》《神女峰》《西瓜船》《拾婴记》《桥上的疯妈妈》《小偷》《她的名字》《万用表》等等，都堪称绝好的短篇佳作。在苏童两百余篇短篇小说的体量里，短篇小说的幽韵，丝丝缕缕地从字里行间发散出来，成为新鲜而成熟的小说叙事的美学经验。因此，从一定的意义上讲，正是短篇小说这种文体，宿命般地、静悄悄地在使苏童的写作发生着根本性的变化，而这些短篇佳构，成就了中国当代的“现代文人抒情小说”的经典篇章。我们可以充分地肯定，苏童对于中国现当代短篇小说发展所做出的重要贡献。从这个角度讲，我想，将苏童称之为“短篇小说大师”，丝毫也不为过。

苏童的小说，不仅具有浓郁的抒情特征，精致的、淬炼的语言和诗学的结构，掩饰不住的浓厚的文体意味，聚敛着叙事语言的细微、浑然、畅达的品质，同时，他的写作还始终充满历史意识和地域文化的气韵。可以猜想，苏童之所以要写作，一定是深切地感受到，其置身其间的南方所隐匿的神奇和迷魅，他要追寻深藏于俗世生活里的原初的生命情结——那一丝丝感伤和颓败。唯有那些无数的扣人心弦的故事，才能够使其实现自己在文字中安身立命的梦想。我想，这些，都不是那些所谓的“关键词”可以界定和定义的范畴。因为，我们相信，任何理论都是灰色的，作家的文本之树常青。“许多事情恐怕是没有渊源的，或者说旅程太长，来路已经被尘土和落叶所覆盖，最终无从发现了。”[7] 可以说，作家苏童在这里道出了写作的自主性、自由度和写作的宿命感。在苏童身上，我们看到了不可遏制的虚构力、表现力和创造力。二十余年来，我对于苏童写作的追踪和爬梳，尽力地在他的“变”与“不变”之间考量其优长、得失，将其文本视为一个个在行走路上不断地邂逅的朋友，或作一次畅谈，或彼此相视而笑，让自己乐在其中，或者，沉湎于绵密的文字梦境里。而且，这一切都是似真似幻，又可摸可触。就是在这样的途中，我一次次地感受着苏童写作的玄思，探寻他每一个小说文本的来路和命运。

二

是午后铁路相对沉寂的时分，初夏的阳光在铁轨和枕木上像碎银一样弥漫开来，世界显得明亮而坦荡。路坡上的向日葵以相似的姿态安静地伫立着，金黄色的硕大的花盘微微低垂。有成群的小黄蜂从向日葵花盘上飞出来，飞到坡下那些白色的野蔷薇花丛中。火车正从很远的南部驶来，现在是午后铁路相对沉寂的时分。剑突然在一堆新制的枕木旁站住了，四处瞭望一番，他惊异于这种铁路上罕见的沉寂。脚下的枕木散发着新鲜沥青强烈的气味，俯视远处的曲尺状的五钱弄，那些低矮简陋的房屋显得很小很零乱，它们使剑想到了一些打翻在地上的儿童积木。（苏童《沿铁路行走一公里》）

直到五十年代初，我的老家枫杨树一带还铺满了南方少见的罂粟花地。春天的时候，河两岸的原野被猩红色大肆入侵，层层叠叠，气韵非凡，如一片莽莽苍苍的红波浪鼓荡着偏僻的乡村，鼓荡着我的乡亲们生生死死呼出的血腥气息。我的幺叔还在乡下，都说他像一条野狗神出鬼没于老家的柴草垛、罂粟地、干粪堆和肥胖女人中间，不思归家。我常在一千里地之外想起他，想起他坐在枫杨树老家的大红花朵丛里，一个矮小结实黝黑的乡下汉子，面朝西南城市的方向，小脸膛上是又想睡又想笑又想骂的怪异神气，唱着好多乱七八糟的歌谣，其中有一支是呼唤他心爱的狗的。（苏童《飞越我的枫杨树故乡》）

这两段文字，明显都是以一种“少年视角”眺望和逼视少年自身和老家、家族的历史。它分别叙述的正是苏童两个写作背景或“原型”——“香椿树街”和“枫杨树乡”，也是苏童最初的写作发生的聚焦地。的确，此后几十年，苏童的写作几乎从未离开过这两个场域。尽管苏童极力想运用多种笔调或叙述语气，呈现多样不同的语境和氛围，但是，我们仍然能够强烈地感受到，沉潜于苏童文本的内心绵软的意蕴、涵咏的书卷气息，以及深情眷顾、沉迷故乡的情怀，永远也挥之不去。

无疑，少年生活、少年命运是苏童早期创作的主要题材选择，也应该说是其写作发生的起点。从自己的童年记忆出发，进入虚构和叙事。王德威认为苏童小说中，最引人注目和独特的形象不仅是女性，还有那些从未真正成熟的男孩。从这一点看来，无论是女性还是少年，这两组群像都属于他叙述中虚实相生的“南方”。生于苏州的苏童，应该是文学空间重新让他获得叙述的时空，“纸上的南方”，既是苏童写作灵感的“出发地”，也是他精神和灵魂的“回返地”。南方之于苏童，是如影随形的记忆的归属所在。我感觉，苏童与同代作家余华、格非有着较为相似的阅历，他们的写作“出发地”都是经由童年、少年的足迹，从南方小城或小镇的一隅，逐渐地走向外部世界。这就决定了苏童这一代作家的写作宿命，无不沉浸在南方的氤氲里。我们从格非的短篇小说《褐色鸟群》《迷舟》《青黄》，长篇小说《敌人》《人面桃花》，从余华的《在细雨中呼喊》《兄弟》，都能感受到与苏童的大量中、短篇和《城北地带》《米》等文本酷似的“记忆中的画面”或文学“镜像”。可以说，这几位作家赖以虚构的大背景和隐喻性动机，都无法摆脱江南灵秀和沉重的想象时空。他们有关成长、死亡、欲望、爱恨情仇、暴力、荒诞，在呈现不同时代的存在世相时，都彰显出人性的极度困惑和灵魂危机。尤其苏童、余华、格非所表现的人物命运和人生境遇的复杂性，常常给人一种缥缈不定、离奇曲折的感受。也许，在他们看来，小说所应该承载的责任，就是将能够凸现现实或记忆中那些隐藏的故事和人的命运，将其置于新的结构和秩序之中，让人物和故事剥离掉任何被硬性赋予的意识和行为，在另一个作家建立的结构里获得“重生”。这些故事和人物，也在叙事文本的记忆重构中实现自己的“轮回”。而且，他们的文本，也构成一代写作者精神、灵魂、心理上的“互文性”价值。

在这里，我特别赞同敬文东在评价格非创作时提出的“命运叙事”的观念。表面上看，敬文东主要是阐释格非的长篇小说《月落荒寺》人物命运及其事物之间的相互关系，实际上，他还揭示出作家作为写作主体如何勘察人性、人生选择与事物、存在世界的途径、可能性和隐秘关系。而且，从作家“选择的必要”的层面看，我们也在文本中看到了作家文学叙事的某种命运或宿命。

特别值得关注的语词：“命中注定。”作为说汉语的中国人心目中至关重要的理念，“命中注定”自有其来历；它非关迷信，乃是知命之言。对此，钱穆有很得体并且善解人意的申说：“人生也可分两部分来看，一部分是性，人性则是向前的，动进的，有所要求，有所创辟的。一部分是命，命则是前定的，即就人性之何以要向前动进，及其何所要求，何所创辟言，这都是前定的。唯其人性有其前定的部分，所以人性共通相似，不分人与我。但在共通相似中，仍可有个别之不同。那些不同，无论在内在外，都属命。”钱氏紧接着有更加精辟的言说：“所以人生虽有许多可能，而可能终有限。人生虽可无限动进，而动进终必有轨辙。”作为观念，“命中注定”既意味着人生有限，更意味着人生之动进必有其特定的轨辙；有限的人生必定被包裹在具体的轨辙当中，轨辙则规定了有限人生行进的方向、迈步的范式，也规定了有限人生的要义与大意。“性”通常与“命”连言合称为“性命”，“命”通常与“运”连言合称为“命运”，“运”通常与“气”连言合称为“运气”，“气”则通常与“数”连言合称为“气数”。性命不保、命运堪忧、运气不错、气数已尽等等，是有关命数的常用语词，甚至固定组合。因此，性、命、运、气、数在古老的汉语思想中，向来都自成一体，相互牵扯，就像“声音的纹理是一种音色与语言的色情混合物”那般神秘、那般费解，却令古往今来几乎所有的中国人无不用心关注。因此，钱穆才更愿意接着说：“当知气由积而运，气虽极微，但积至某程度、某数量，则可以发生一种大运动。而此种运动之力量，其大无比，无可遏逆。故气虽易动，却必待于数之积。命虽有定，却可待于运之转。”但无论“易动”之“气”在怎样寄希望于“数”之“积”，也无论“有定”之“命”在如何“有待于”“运”之“转”，每个特定之“命”都必将处于某个具体的轨辙之内，不得存有超越特定轨辙的任何念想与妄想。不是造化弄人，是“人”必得存乎于特定的“造化”之中而必定被“弄”；“造化”原本就意味着“有定”之“命”，也意味着特定而具体的轨辙。轨辙是“有定”之“命”的行进线路。

我认为，在这里，敬文东并没有陷入“宿命论”的圈套里，他阐发了人生存在的多种可能性中，起着决定性作用的“性命攸关”之“命”和“运”之间，具有神秘交割的气理和“运道”。也许，我们会发问：难道说苏童及其一代作家的写作发生也是“命中注定”的吗？很早，我就曾探讨过支撑苏童小说叙述的动力究竟是什么。想来想去，恐怕还在于他叙事的意图和诗学精神的确立。这就是为什么当“枫杨树乡”和“香椿树街”日益构成苏童最初叙述的两极或罗盘时，苏童几十年的写作几乎都“陷在”“香椿树街”，以此作为叙述的背景和互为镜像，不能不说这在一定程度上具有宿命般的情愫、心理、灵魂积淀。我觉得，苏童对小说中“少年”形象极力渲染的并不是看似令人不可思议的“暴力”，深埋叙事之中的实则是骨子里的“浪漫性”“青春的迷惘”。无疑，这些文本的写作都是苏童执着于记忆中的南方，用自审、犹疑、忧伤的眼光，寻寻觅觅的探测南方少年的神秘和向往的见证。从苏童大量的“香椿树街”小说所叙述的年代来看，相对应的时间基本上都是上世纪六十年代中期至七十年代末期，只是其在小说中的历史背景相对被大大地淡化，更多的是竭力表现少年成长世界与社会的对视。在他早期的小说里，正处于“青春写作期”的二十几岁的苏童，因为对具有永恒意义的形式感追求的狂热，他总是喜欢将人物置放于相对空灵、诡谲的环境里。我们常常会将他的小说人物与乡村、市镇、少年、红马、水神、回力牌球鞋、铁路、U形铁、稻草人等都视为“同类”，编织成一类能够映射特定时代特征的象征符码。实际上，由于苏童对现代小说叙述技巧的出色运用，小说的人物已在很大的程度上被拉到了“半真空”状态，少年的纯净、透明、精确、强悍也同样被牵制到意象和幻象的层面上。短篇小说《伤心的舞蹈》和《乘滑轮车远去》，堪称苏童早期的两篇代表作。前者写的是一个少年最年轻的尊严及其心灵遭遇。这篇小说很短，却融会了许多在当时鲜见的小说成分：像“东风吹，战鼓擂”“或重如泰山，或轻于鸿毛”这种当年的政治话语在文中的穿插，与小说的叙述语境形成饶有兴味的调侃；小说结尾处“我”与妻子的对话，从一定意义上构成了对“故事”的“补充”，而且使小说具有了“元叙事”的意味。关键是，如果按着传统的小说阅读习惯，读罢这篇小说后，很可能会做出这样的判断：这篇小说好像没写任何东西。但我认为，这篇小说值得称道的是对一个少年心理的摹写，我们可以通过这个人物读出那一代人的心情。孩子之间的天性、嫉妒，自我的觉醒，与舞蹈之间自然而神奇的联系跃然纸上，小说没有刻意地去刻画人物、堆砌性格，故事几乎是在“流水账式”的叙述中完成，我们虽然没有在叙述中发现一群十二三岁孩子的性格或相互之间的内心冲突，但我们分明感受到了那个时代人与人之间简单、粗糙的紧张关系，这和舞蹈的柔软、细腻恰好形成一种有趣的悖谬。显然，这既是一个与舞蹈有关的故事，又是与舞蹈无关的一个有关命运的传说。《乘滑轮车远去》中的“我”“猫头”“张矮”，可以说就是后来《城北地带》《刺青时代》《舒家兄弟》中“小拐”“达生”“红旗”等的“前少年时代”。这无疑是他们少年经历中的一次艰难的心理历险，作家写“我”在一天里所目睹的生活现场造成的疑惑和迷惘，“本能欲望”的萌动，意外的“人祸”，对成人世界的警觉，都成为加速少年成熟的催化剂，在这篇情节上同样“散淡”的小说中，苏童再一次将现实生活、记忆和小说混淆在一起，对人物虽只是勾勒其轮廓和线条，但不经意间塑造了他小说中最早的南方少年形象。这里提到的两篇小说，在许多方面可能无法与苏童后来的短篇小说相比，但叙述文字、描绘人物的颓靡、耽美已初见端倪。另外，不依靠人物、不以人物性格或经历结构故事，这在 80 年代的叙事文本中也极不多见。

我感觉，从短篇小说《沿铁路行走一公里》起，苏童似乎突然找到了新的叙述的方向。除了赋予人物基本而必要的动作，还逐渐加大了作品整体的容量，死亡、病态、孤独和惆怅开始进入对南方少年的表现视域，小说也开始更多地考虑人物的主观感觉，“主人公”的味道开始弥漫出来。或许苏童当时还没有意识到，他笔下的主人公少年剑内心的孤寂、惆怅，对世界的渴望以及无法和现实达成默契的苦恼或难以名状，这已不仅是成长的烦恼，更多是他所处生活世界的幽闭造成的压抑感。作家让剑在一公里有限的长度里与世界对话，但在那种年代，他的内心、他的命运也只能和扳道工的那只笼中鸟一样，无法摆脱其被精神囚禁的悲凉处境。剑和铁路之间似有一种说不清的关系，但妹妹的死和扳道工老严的致命错误，并没有成为剑拒绝现代文明的心理障碍。剑对那列上海至哈尔滨列车的向往和猜想，倒是会很容易让我们把这篇小说与苏童那篇叫《三棵树》的散文联系起来：“午后一点钟左右，从上海开往三棵树的列车来了，我看着车窗下方的那块白色的旅程标志牌：上海——三棵树，我看见车窗里那些陌生的处于高速运行中的乘客，心中充满嫉妒和忧伤。”在我的记忆中，直到80年代初，上海至哈尔滨的旅客列车的终点始终是“三棵树”而并非哈尔滨。我在这里无意考证苏童记忆与写作的某种奇异关系或错位，但我们在剑身上所感受到的不仅是作家自身遭遇的某种心理、精神压迫，而且使我们强烈体味到现实给人的内心带来的巨大的空虚或虚无感。“行走”“鸟笼”、铁路作为“一部简单而干脆的死亡机器”，它们之间也构成了一种关于存在的巨大隐喻。一个人少年时代最初的“恍惚感”“缥缈感”，在苏童最初略显青涩的文字里，无法“平衡”地盛放在对“三棵树”的遐想中，少年的心思鼓荡着骚动的振幅。

无疑，在这里苏童沿着铁路行走的这“一公里”，俨然成为他叙述的开始，正像一种“成人礼”般的仪式，让写作从“萌发”的状态从此向渺远的纵深，渐渐打开无数隐秘的通道。

在涉及“乱世”少年乖戾心理和动机的“城北地带”短篇小说中，我们应该注意到稍晚时候写作的《犯罪现场》和《古巴刀》。这两篇小说深刻地触及到“南方少年”病态的心灵。短篇小说《犯罪现场》中的启东，是一个患有严重心理疾病的少年。最为吊诡的是，他对于注射针管的迷恋竟然到了无以复加的地步。这个特殊的医疗器械在一个无知少年的手中，无疑已经成为一种可怖的杀人机器，这也从侧面暗示出社会生活和那个时代的荒诞不经和不可理喻。我感到，苏童并不是想极写、凸显启东这个人物的什么性格，因为任何疯子的性格就是疯子，在一个非理性的时代，解决疯狂的方法也许只有疯狂。问题在于，那个莫医生将启东的疯狂衍变成了自己的理性迷失的缘由，他向启东汴射了一针筒的链霉素，导致了启东后天的失聪。一般地说，苏童的故事可能经常回避叙事的深度，在这里，依靠人物的行动直接判断心理和精神，既是短篇小说的要求或限制，也是作家放弃居高临下这一普泛审美视域的明智选择。《古巴刀》中，“古巴刀”成为展开叙事、挖掘人物内心活动的功能性道具，它既是特定历史时期的“历史化石”，蕴含着那个时代的尖锐、锋利与沧桑，也是人物所处青春期“暴力情结”的见证物。“古巴刀”已经完全逸出了“刀具”本身的含义，进入到人的政治和文化心理范畴。它与前期小说中的回力鞋、滑轮车、工装裤等一样，都是凭吊、追忆往昔岁月的物件，不同的是，用一把古巴刀将古巴革命者格瓦拉与六七十年代中国街头少年三霸、陈辉们联系在一起，并衍生出奇特的人生体验和历史沧桑，显得别有新意。陈辉冒险为“刺青少年”——地痞三霸从工厂偷盗古巴刀而事发，无助的陈辉非但没有得到“江湖”上仗义的支持和帮助，反被三霸们拒之门外，就此引发陈辉愚昧疯狂的本能冲动。陈辉在这场突发的事件中充分地暴露了其内心的极度脆弱，表现出一种古怪的、难以抑制的疯狂，性格老实木讷的陈辉瞬间变得比三霸更为嚣张和不可一世，粗野、愚昧和肆无忌惮。从他身上，让我们开始对那个时代和生活产生巨大的隐忧：我们古老礼仪之邦的“集体无意识”中，潜隐着顽固的、非理性冲动。这已经不是陈辉一个人偶尔为之的举动，它极可能摧毁一个民族正常心智以及心灵空间和精神的存在秩序。古巴丛林中那个传奇人物切·格瓦拉的英雄气和草莽气，在那个年代也被非理性地引申为另一种暴力的可能和象征。在这里，苏童没有控制陈辉这个人物内在变化的种种可能性，因为苏童意识到一个卑微的灵魂，为了内心的尊严同样会摆脱性格惯性的束缚，苏童在短篇小说有限的空间中试图凸现人物精神的变异轨迹，苏童这时已注意到叙述和结构对小说人物本身的“惩罚或救赎”的作用。从短篇小说的写作角度而言，苏童也在寻求变化，他在通过对记忆的整理发现悠远岁月中世间所蕴含的“真实”，陈辉、三霸和古巴刀，切·格瓦拉的母亲和中国街头少年的母亲，还有那些早已沉睡于黑暗之中的事物，与善良的内心之间是否存在着神秘联系或相互的“唤醒”？苏童后来写作的短篇小说《骑兵》中的左林、傻子光春和《刺青时代》中的小拐一样，都是通过表现他们身体上的残疾、“缺损”，来进一步逼视和映现那个时代整体上心理、精神性的缺失、病态和宿命。这些小说描述出那个时代的少年，他们貌似坚硬的苍白、柔弱、虚妄的梦幻。时代、历史环境对少年人格、心理的塑形和“畸形”，至关重要。命运的机杼，自己无从掌控和主宰自己现实命运的惘然和困顿，跃然纸上。

另外，像短篇《神女峰》则显示出苏童“扭转”现实、擅于牵制“现实”的能力。人物的关系和命运的变迁，在一次极其短暂的旅行之中发生令人瞠目结舌、不可思议的变故。在1980年代，我们很难想象“自己的女朋友很快就被别人领跑了”的悲剧，竟然如此容易地就发生了。这几乎消解了我们的历史意识和“年代感”：“我们当时真的糊涂了，那个名叫描月的女孩到底是谁的女朋友？”人生和命运的不可捉摸，人与人之间关系骤然的突兀变化，心理、灵魂深处的嵯峨嶙峋、幽冥晦暗的场景，毫发毕现。

总体上讲，《灰呢绒鸭舌帽》《一个礼拜天的早晨》《木壳收音机》，包括早期的中篇《妻妾成群》《红粉》《园艺》、长篇《米》《城北地带》等篇章，皆可视为宿命或“命运叙事”的经典文本。苏童的第一部长篇《米》，五龙的命运仿佛冥冥之中的一种早已经“预设”的安排，从头至尾，叙事直奔命运的囚笼。这部“纯虚构”的小说，直面人与人的命运遭际中最黑暗的一面。这个关于逃离、欲望、痛苦、仇恨、生存和毁灭的故事，写出了五龙这个逃离饥荒的农民——“外乡人”具有轮回意味的一生的遭际。苏童自己认为这部小说“先验地”倾注了有关历史、命运、归宿和人生的理念。五龙对抗贫穷、自卑、奴役和暴力的人生姿态及其选择，似乎已经注定历经五十年异乡漂泊之后，死于归乡途中的怆然结局。像短篇小说《灰呢绒鸭舌帽》中的老柯，《一个礼拜天的早晨》中的李先生，《木壳收音机》里的莫医生；中篇小说《妻妾成群》中的颂莲，《红粉》里的秋仪和小萼，《黄雀记》中的保润和柳生，这些人物仿佛都远离或放弃了时间的正常逻辑，在小说叙事被“预设”的时空秩序里进行着无奈的对抗，人物似乎都是宿命的对抗者，也是某种力量的受害者。他们用自己的想象与选择创造一种现实，同时体现着他们的勇气、冲动、悲情、枉然、纠结和脆弱。那篇《灰呢绒鸭舌帽》写出了一个男人巨大的存在性悲怆，老柯与那顶灰呢绒鸭舌帽之间的宿命，仿佛是一曲遗传学演奏的家族史哀歌，注定了几代人存在的悲催命运，终将在时间之流中成为无奈延续的惯性。显然“命中注定”的悲剧就是“有限的人生必定被包裹在具体的轨辙当中，轨辙则规定了有限人生行进的方向、迈步的范式”[8]。这篇小说，写出一个人的人生极可能由于某种“必然”而导致“偶然”的发生。很难想象，写作这篇小说时还特别年轻的苏童，如何将想象性体验“浇铸”于复杂的内心，并且在有限的篇幅里呈现人生瞬间的悲剧。

三

在这里，我们必须区分“存在”与“现实”这样两个完全不同的理念或概念。存在，作为一种尚未被完全实现了的现实，它指的是事物的某种“可能性”的现实。那么，从某种情形上来看，现实（作为被高度抽象的事实总和）在世界的多维结构中一直处于中心地位，而“存在”则处于某种边缘的状态。“现实是完整的，可以被阐释和说明的，流畅的，而存在则是断裂状的，不能被完全把握的，易变的‘现实’可以为作家所复制和再现，而存在则必须去发现、勘探、捕捉和表现；现实是理性的，可以言说的，存在则带有更多的非理性色彩；现实来自于群体经验的抽象，为群体经验所最终认可，而存在则是个人体验的产物，它似乎一直游离于群体经验之外。”[9]

在这里，我们要探究的是，数年来，苏童的南方“存在”是如何演变成苏童的文学“现实”的？其间，苏童是怎样将自己的个人性经验、审美判断转化成一个个独具个性的文本结构？我想，这依然是考量一位作家写作和审美定力的重要方面。其实，我很早就隐约意识到，苏童写作最大的“野心”，就是试图为我们“重构”一个独具精神、文化意蕴的真正的“南方”。所谓“南方”，在这里可能会渐渐衍生成一种历史、文化和现实处境的符号化表达，也可能是用文字“敷衍”的南方种种人文、精神渊薮，体现着南方所特有的活力、趣味和冲动，包括人性的纠葛及其命运的渊薮。与此同时，他更想要赋予南方以新的精神结构和生命形态，这些文本结构里，蕴藉着一种氛围、一种氤氲、一种精神和诉求、一种人性的想象镜像。“我的南方在哪里呢？我对南方知道多少呢？我的南方到底是什么？”[10] 苏童经常叩问自己，是否真的有过一个南方的故乡存在，他如此魂牵梦绕的、不断地描述以至无法自拔的南方街道，他了解得究竟有多深？对它固执的、经久不息的回忆，是否真会在文本的张力中触及到南方最真实甚或最隐痛的部分？那么，苏童的“南方”究竟是什么？只是他笔下“枫杨树乡村”“城北地带”和“香椿树街”的一系列故事吗？我们不由得想起美国作家福克纳，他所虚构的位于美国密西西比州北部的约克纳帕塔法——“家乡的那块邮票般大小的地方”，他寄寓在那个地方的情怀悠远、沉郁，仿佛是以个人记忆和个人历史呼应着时代的“轻与重”。或许，对苏童来说，那条横亘在苏童记忆中 20 世纪 60 年代的南方街道，正在逐渐销蚀掉一群孩子对世界的模糊记忆和认识，或者，不断地召唤出那些与旧年代相关联的事物。所以，苏童在面对那些已经不确定的细节时，仍然能够以自己感悟生活的方式，对生活和历史进行有选择的接受和容纳，表达对生活的一种诚实看法。那个时代究竟失去了什么，留下了什么？显然，他在曾经熟悉的事物里看见了“经验”所不熟悉的事物，这会产生什么样的结果呢？像苏童的中篇小说《南方的堕落》里的“桥边茶馆”，在生活中确有一个他熟悉的原型，茶馆因无法补救，失火坍塌。在苏童小说里，有诸多此类案例，表面看上去，这似乎是一个写作蓝本的“突然死亡”，但是这并不会阻碍苏童写作的有关南方生活的种种想象，一次次写作的发生，必定会超出一个作家对某种具体事物的凭吊，或是对一个象征或意象的哀悼，而在记忆废墟之上或沉重、或轻松地重建一种新事物，重构一个新世界。它也许是风情，是人物多舛的命运，可能是历史落不定的尘埃，也可能是对所看见的破旧而并不牢固的世界的精心求证。那么，苏童构造的文学南方意义何在呢？“我同样地表示怀疑。我所寻求的南方也许是一个空洞而幽暗的所在，也许它只是一个文学的主题，多年来屹立在南方，南方的居民安居在南方，唯有南方的主题在时间之中漂浮不定，书写南方的努力有时酷似求证虚无，因此一个神秘的传奇的南方更多的是存在于文字之中，它也许不在南方。”[11] 那么，苏童所描摹的南方是什么？它究竟在哪里？“南方”的灵魂是什么？于是，这个“南方”开始以属于苏童的方式出现在苏童的文本里。我们猜测，是南方“遇到”了苏童，抑或是苏童真正发现了南方？或者，最终连苏童自己也“自叙传”般地成为这些故事中主人公的影子。

苏童的“南方”，由三百余万字的小说文本组成。从最初的成名作中篇小说《妻妾成群》《红粉》，以及《1934 年的逃亡》《罂粟之家》《刺青时代》《飞越我的枫杨树故乡》，到长篇小说《米》《城北地带》《我的帝王生涯》《蛇为什么会飞》《河岸》《黄雀记》，还包括大量杰出的短篇小说，除极少数几部作品外，基本上都以“城北地带”和“香椿树街”为背景。这些长篇、中篇和短篇小说，本身是各自独立的，但彼此又有衔接、交叉、相互的内在通联，许多人物在各部作品中也时有穿插出现。叙述的线索林林总总，并非一条。家族、暴力、逃亡、死亡、欲望、人性，社会历史变迁和南方地域文化特性，给人物带来的命运浮沉，精神心理的变迁，伴随着南方的浓重印痕和“胎记”，丝丝缕缕，在苏童的笔下浸淫，弥漫四溢，若隐若现，层出不穷。这个南方，在“旧”上做足了文章，“怨而不怒”之旧，流风遗韵、慷慨悲凉之旧，在一个写不尽的“旧”里检视着时代之秋，灵地的苍凉之气。如果从上世纪80年代“先锋时期”的写作算起，苏童有关“城北地带”和“香椿树街”的叙述，实际上已绵延或“延宕”了三十年，苏童非但没有丝毫的疲惫，反而“愈演愈烈”。可以看出，苏童小说的重要因素，基本都有实际生活的“原型”，他是从印象深刻的地点和人物出发，旁生出各种枝节，并衍生出无数南方的故事和情境。苏童对南方的理解和文学建构，都是在他所有关于南方的感悟、理解和叙述中完成的，他的小说组成一个耐人寻味的美学意义上的南方，构成“文学苏童”的独特魅力和意义。

对此，我们还会进一步思考前面提出的问题：支撑苏童小说叙述的动力是什么？南方，对于他而言难道存在着某种理念、信念上的暗示和指引吗？也有人曾怀疑、批评苏童：“一个作家怎么可能一辈子陷在‘香椿树街’里头呢？你走不出一条街，算怎么回事？”其实，对苏童来说，他所担心的问题，并非是不是要深陷在这里的问题，而是“陷”得好不好的问题，是能否守住“一条街”的问题，是“陷”在这里时究竟能够写出多少有价值的东西的问题。要写好这条街对苏童已经是一个非常大的命意，几乎是他的哲学问题。一条街可以通往世界，也可能穿越时空，超越既往的和实实在在的现实，在呈现人与现实以及在“掘进”人物的内心生活上达到新的深度，而如何克服经验的狭隘和局限，让“抒情主体”在对具体感性世界的推断中，智慧地修正和延伸隐匿于事物表象背后的意义，这是一个成熟小说家在艺术实践中应该努力尝试的。当然，这其中，他的写作在呈现其诱人魅力一面的同时，难免会存在某些精神、理性层面的缺失、相对薄弱之处，这既可能是探索中的问题，也或许就是某种写作的宿命。

有关写作的发生，苏童曾经讲过：“最初的写作实践是为了满足我追逐文字的兴趣，满足我的表达的欲望，写作面对的是一个虚拟的空间，这种表达不需要靠交流完成，首先具有私隐性，安全，不被打扰，自己的思维，自己的想法一泻千里，可以创造一个可供自己徘徊的世界；其次写作这个姿态本身也改变着我的生命状态，我能感到打量世界的时候自己的目光，也看见了自己的力量，写作就像是一面镜子，借助它可以看到自我和他人的两个世界。因此对自己的生命质量也会更满意一些；还有，写作也可以借助纸上的时间，文学的虚拟世界，拥有一个物质生活之外的另一个精神空间。”[12] 我们在苏童大量具体作品里，看到苏童沿着这样的美学习惯，将叙述的道路引向了所谓经验已知世界之外的存在世界，在能够感知到的空间里寻找叙述所能抵达的真实，在那里，让事物呈现可能或应有的形态，这是小说家的使命和责任。“我从来不相信我看世界的目光是深刻的、深厚的，但它绝对是个人的。这个个人的就是价值所在。我觉得他是天生有残缺的。如果一个作家对世界的认识始终是很坚定的，我觉得这恰恰是可疑的。我觉得一个比较好的作家要与真实相处，必须要先与疑虑相处。”[13] 这些，也就注定了苏童的“南方”是一个充分个性化的南方。一个作家的选择和写作，或者一部成熟的作品，不免与对现实世界思考的困惑和犹豫有关，苏童从自己的童年记忆出发，从熟悉的南方的一条街出发，寻找最切近生命体验的渊源，踏实地叙述存在世界的可能性，大胆不羁、不揣任何意识形态价值修复欲望的初衷。对南方世界人性的幽暗、挣扎和生生不息力量的感知，既有怀疑也有猜想。只是无论他在想象的世界如何驰骋，却都难以超越宿命般的故乡、原乡情结。在他几百万字的叙述文本中，始终有一条与想象世界中故事发生的空间位移线索，时而重叠，时而又交叉往复的“实线”，这条线几乎贯穿着苏童小说的所有时空，其间布满了人物活动的踪迹，激荡着有关人性、命运的生死歌哭、爱恨情仇，这条路线所贯穿的时空维度，就是苏童写作的“小说人文地理”，它构成一个作家想象的发源地和支撑点。这也是所有中外优秀作家无法逾越和摆脱的小说地理坐标，它既是“精神地理学”“情感地理学”和“文化地理学”，也是饱含着写作所必需的基本愿望、冲动和生命力的精神起征点。因此，从一定意义上讲，这条街从一个作家的“原乡”通向世界。

四

一般地说，小说的形象体系，在很大程度上往往支撑或决定着小说文本世界的品质和价值。人物形象及其符号学意义，是作家审美情感和诉求承载的关键性标志。20 世纪以来，现代小说似乎不再重视、追捧“性格即命运”这样的小说理念。其实，决定人物命运、主导或决定作家叙事路径和艺术价值的，主要还在于文本中的人物形象及其谱系。倘若一位作家能为文学史留下一二个令人难忘的艺术形象，应该说是作家写作生涯的一件莫大的幸事。

那么，如果仅仅从人物形象的角度讲，苏童对当代文学人物画廊的丰富是有着重要贡献的。他以荡气回肠的柔美文字，描绘了诸多独特的女性形象。他通过对女性世界的描摹、观照，表现她们的哀苦悲凉、缱绻细腻的风骚与艳情，凸显她们命运的遭际和毁损。我们注意到，苏童女性人物形象最令人耳目一新和不同凡响之处就在于，他极力地抒写许多女性凄艳的命运及其无法避免的毁损，同时还从另一角度，映衬男性世界的颓败的生存。随着时代、社会的变迁，“颓废”这个外来语词，在现代汉语语汇的不同语境、不同范畴中产生了不同的含义。一般地说，它常常与“情色”“放荡”“颓唐”“败落”“欲望的宣泄”有密切的关联。在苏童的小说中呈现为较为复杂的意蕴，“颓废”体现为一种颓唐的意绪和美感，并以女性美艳的衰颓、个人生存境遇的沦落和凄楚，对外在世界的反抗构成叙事的情境。对生命的力量或美而言，因为“时间的进展过程所带来的却是身不由己的衰废，不论是身体、家族、朝代都是因盛而衰”[14]。可见，衰，指示的是一种形态，也是一种气脉走向。如何把握它，对作家而言确实是一件颇见功力的事情。作为当代为数寥寥的具有鲜明唯美气质的小说家，苏童的写作无论其文本所表现的或阴森瑰丽、或颓靡感伤、或人事风物、或历史传奇，还是精致诡谲的文字意象、结构形式，无不呈现叙述的精妙与工整，发散出韵味无穷、寓言深重的美学风气。小说透过叙述的故事、人物，触及的是那个时代的伦理、欲望、物质和精神失落与惆怅的存在境况，并以此建立起苏童与众不同的唯美想象方式。当然，这类题材的文本主要都是苏童“纯然”想象的产物。若干年前，我曾以《孤独“红粉”的剩余想象》为题，发掘和描述被命意为“红粉小说”的苏童以女性为主人公的文本。

> 也许，我们会在苏童这类女性小说叙事视角或叙事意识的特别运用中，体验到苏童对女性独特的想象方式、描述方式及其呈现出来的人性内涵、文化意味，而在美学范畴方面，则可以获得“悲凉之美”的感受。苏童笔下的女性人物几乎都是城市女性。如果按这些人物所处的年代划分，大致可以分为两类：一类是上世纪三四十年代的飘零女性；一类是七十年代以来的各类女性人物。即使这些上世纪七十年代出生的女性，也是苏童近二十年之后，在自己的文字里的“深情回眸”。倘若

按小说的地缘背景划分，她们活动的场景主要有两处：一处是南方市镇底层的市井群落；另一处是三十年代南方城市的青楼或富豪人家的深宅大院。我认为，苏童小说最具魅力的女性是其笔下的上世纪三四十年代的人物。对于苏童为什么如此迷恋对这些女性人物的刻画，曾引起人们的极大兴趣。显然，这位上世纪六十年代出生的小说家，彻底摆脱了传统小说写作的教义和套路，完全沉浸在富于个性审美创造的空间，他以完全虚构的方式，凭其“描绘旧时代的古怪的激情”，写出了二十世纪以来中国文学极为鲜见的女性人物形象。[15]

苏童最具代表性的“红粉小说”仍然是中篇小说《妻妾成群》和《红粉》。这无疑是当代小说中两个极其出色的文本。在这两部小说里，苏童不仅实现了叙述从故事到小说、从现代到古典的现代小说理念的整饬，而且为我们贡献了两个有意味的女性人物：颂莲和秋仪。“苏童在小说中表现出对女性命运、生存境遇的精神关切，这里道德是非的判断已经退居其次，而凭借人情世情的冷暖、新欢与交恶的变奏，极其冷峻犀利，得意与失意的轮回中彰显出人物复杂、无奈的卑微人生，人物在幻觉、诱惑、神秘、死亡的缠绕中接近一种鬼魂附体般的状态。”[16] 学生出身的颂莲憧憬爱情和性爱，她有着良好的女性意识和浪漫心性，但却在陈家的深宅大院中遭到毁灭性打击。陈佐千、陈飞浦父子的性无能、衰颓使重视心理感觉的颂莲处于尴尬的境地。但颂莲在对自己的“玩物”地位早有清醒意识的情况下，仍强烈地渴望在陈佐千家族中追逐到丧失生存自我的世间享乐。我们能够感觉到，一个生命在孤寂、晦暗的世界里无望的挣扎，尽管她年轻生命本能的跃动和残余不尽的激情还在激烈地涌动，但她却无法实现与这父子俩在精神和身体的双重交合。在她醉酒的疯狂里，在她目睹梅珊被弃入井中的狂叫声中，颂莲对男性世界的幻想终于坍塌。这既可以看到人的心智及其逾越和发狂的潜力，也让她意识到人心无法抹除的罪恶。周遭世界的嘈杂与变异，被书写得丝丝入扣、气韵横生。能深深触动我们的还有颂莲对男性力量和支撑的最大绝望。关键是，苏童写出了她被无形而巨大的环境压抑乃至吞噬时，颂莲骨髓里渗透出的瘆人的冷气，生发出一种凄楚之美。苏童明显想以她作为叙述的轴心，小心翼翼地表现她内心世界的资质，并依赖强大的想象功能，沉醉于文字所能够呈现出的情境，以达到浪漫的、临界的、诗意的话语形态的实现，体现出苏童的欲望美学。

与颂莲这样一个让人黯然神伤的女性形象相比，秋仪的身上则弥散着狂傲不狷、颇具男性阳刚之气的质感。这位在两个时代交替之间的风雨中飘零无着的风尘女子，虽有着刚柔相济的品质，但也无法摆脱心理深层的焦灼和悬浮感。看得出，《红粉》是《妻妾成群》写作的惯性产物，因此，在对秋仪这个人物的感觉和处理方面，苏童还保持着与前者大致相同的审美向度。这同样是一个女人努力要依附男人的故事，表面上看，秋仪的欲望与激情更为外化，性格也更为尖锐。在老浦身上寄托着她的女性想象生活的原型，执着刚毅的秋仪，在风尘中个人命运的起伏与沦落中，真正感悟到世界的坚硬和生命的柔弱、不堪一击。她深知自己处境的卑贱，识透了人情的冷暖和人心的难测，她也不断地竭力自我拯救，试图冲出命运的樊篱。不幸的是，秋仪所遭遇的依然是一个陈佐千一样的“不中用”的男人，世间终无可以平静栖身的“避难所”，因此，走出“翠云坊”的秋仪，已经没有任何理由可以同环境对抗。在她走投无路的时候，老浦和小萼没有伸出温暖之手，给她一个困厄中的支撑，她只有独自暗思年华，吞食自己人生的苦果，而且仍关切他们的境遇。秋仪内在的温情、善良、大气与外在的风骚、刚烈同时汇合在一个“妓女”身份的人身上虽不足怪，但秋仪身上体现出的“义气”和“不羁”是惊世骇俗的。这里再一次映照出男性力量的贫弱。秋仪内心的悲凉和孤独毫发毕现，在人生的一次次逃离中，她只能无奈地选择对生活的趋同和世俗的皈依，逃脱不掉的却是落寞与孤寂。总的来说，在苏童的叙述中，秋仪给人丝毫也不粗俗的感觉，包括她最终对命运的无奈和认同，这是否可以说是另一种颓废的演绎？显然，在上世纪八九十年代之交，苏童打破了以一种特殊的叙事姿态写妓女的禁忌，他意味深长地描摹了这个旧时代的人在新社会的迷惘与绝望，一个人的命运与一个时代的不可兼容性。

中篇小说《妇女生活》发表时，并未引起评论界太大的注意。像前面论及的两部小说一样，这个作品的取材仍然是一个并不新鲜奇异的故事，但却为我们提供了又一种审察女性哀艳命运的视角和文本。在这篇小说中，苏童对女性命运的哀婉已从“宿命”的认同，游弋到“轮回”的层面上。三代女性娴、芝和萧的命运的更迭与无常，几乎都是在主人公一念之间铸成的。仔细分析，无论是娴在手术室不听孟老板劝阻，执意拒绝流产手术而走向人生的落寞和落魄，还是芝在婚姻上不听从母亲的阻拦而与平民后代邹杰结合，还有萧这个被抱养女孩在后来岁月的经历，她们无力抗拒男性的嘲弄，都具有强烈的宿命味道。颇有意味的是，三代女性对自己的母亲都有莫名其妙的憎恨，代代承传。这里自然潜隐着她们对自己韶光不再的喟叹和悼念，更多的则是自我没有归属感，她们对生活和男性的猜想、期待惊人得一致。尤其是，这种女性间的无故恩怨、相互攻击竟然发生在母女的伦理之间，很是让人不可思议。这里也存在着某种不可理喻的心理辩证法。

苏童呈示女性在与自身命运挣扎的过程时，特别注意从男性视角表现男女两性的微妙关联。或许，再没有哪种角度比男性如何想象女性，如何虚构、描述女性之间的关系更能表现性别关系的文化内涵了。性别的“物品化”[17]和女性欲望的张扬及其被遏制，使我们能比较清楚地洞悉叠合与男性心理结构中的女性的意识和无意识层面。有一点不能回避，与许多男性作家一样，苏童对女性的文学描述方式即想象策略未能免俗，这就是对女性形象的“物品化”处理，借物象喻指女性外貌。在《南方的堕落》中写姚碧珍的美貌与风情时，用“雪白如凝脂”来形容她的肌肤；《像天使一样美丽》中描绘珠珠时，说她“具有美丽的黑葡萄般的眼睛”；《城北地带》中，苏童甚至将美琪写成狐媚的幽灵等等。这些，无不体现出苏童作为男性作家对女性在自我意识方面的某种潜在的排斥，女性的存在与焦点都集结在男性的思维结构和漩涡之中。从这样的角度思考苏童的女性小说，我们会看到所谓“男权意识”视域中的女性状况，尽管苏童自己对此并无任何明确意识。像《桑园留念》中的少女丹玉，无奈地陷于少年肖弟和毛头的追逐而不能自拔，最终两人相拥而死。在他许多小说中，我们看到了更多的女性在男性或男权世界中的种种不测乃至毁灭。丹玉脸颊上遗留的毛头的深深的牙痕，仿佛女性命运中不可抗拒的男性影响和统治的象征。在《城北地带》中，人物间的两性关系的冲动、冲突也被置于道德的风口浪尖，红旗和美琪的“性暴力对话”，除了可以视为少年红旗在当时混沌、无序社会状态下的粗陋低劣的蒙昧之外，其背后无形的男性中心意识则秘密地蛰伏在人物的心理结构之中。因此，美琪在那个时代遭致毁灭、红旗灵魂的难以苏醒、觉悟也就成为必然的结果。在这部小说中，有一个女性人物能够体现一种反叛的力量，这就是被人们称为“骚货”的金兰。对这个人物的描写，作者一改以往“红颜薄命”的情感叙事模式，让金兰在男性世界中成为在一定程度上主宰他们生活的重要力量。金兰同时与沈庭方、叙德父子两人私通，这在那个“禁欲年代”断然会被视为冒天下之大不韪，但她对众人的鄙视和谴责不以为意。叙德的恼怒，在金兰镇定和从容的状态下显得苍白无力，最终在金兰的诱导下踏上私奔之途。男性在这里成为女性意识中的情感链条，女性主体成为欲望现实。具体地说，苏童在对两性关系的书写中基本保持相对中性的立场和姿态。而且，我们发现，在叙事中心的把握方面，他关心、重视、抓住的是人物的种种欲望而非性格。因为欲望才是能够深入人的复杂层面的关键因素，欲望比性格更能代表一个人的存在价值和意义，性格只是人物的表层特征，欲望与人物的精神更为接近。在某种意义上，“欲望是生命的忠诚卫士，没有了欲望，生命就不存在。欲望的强烈程度，显示生命的活跃程度。欲望的力量就是生命本身；力量就是生命的有机体对压力的综合反映”，“在欲望的刺激下，生命的内核才得以发芽、茁壮”。[18] 那么，生活就是欲望不断产生、高涨、满足、期待的强化、消长的过程，在欲望的鼓动下，生活才可能充分地张开迷人的风景。

在苏童三部以历史、传说为题材的长篇小说《我的帝王生涯》《武则天》和《碧奴》中，武则天的形象仍然是苏童式的、呈现“欲望叙事”的载体，她体现出苏童对生命、对历史文化的纠结及其复杂心态。我们能感觉到他在这部小说中所投入的巨大的写作激情。通过武则天的形象塑造，苏童将女性可能有的喜怒哀乐、梦想、情感与权力欲望的冲动，智慧或狡黠，人性可能遭遇到的屈辱、仇恨、凄苦、孤独、逼仄，甚至歇斯底里，将人性和欲望的角斗场上的一切情境，都演绎到极致。在小说叙述中，我们再次看到苏童描摹女性的能力和精灵之气。武则天的形象，既是躲在角隅处难忍悲凉寂寞、顾影自怜的脆弱婢女，也是站在权力巅峰不可一世的混世魔王，但是，终究敌不住时间对一切事物的消殒。在这里，女性的欲望，作为被压抑在本文之下的“沉重的肉身”，充满了自行解体的内在瓦解力，充满了潜意识的痛楚。

我认为，长篇小说《碧奴》在文体上的唯美品质堪称典范，它写出了区别于苏童自身以往文本的许多“异质性”元素。孟姜女这位历朝历代家喻户晓的传说中的女性，更是一个挣脱不掉历史意识纠结和宿命控制的人物形象。正如苏童自己所说："一个家喻户晓的故事，永远是横在写作者面前的一道难题。"如何写出从传说中的"孟姜女"到"重述神话"中的"碧奴"，这是一个最敏感和关键的问题。苏童没有计较是否会改变传说和神话故事已有的旨意和方向，他选择以抒情性的诗意和唯美形态呈现人物，利用传说中的话语模糊性，让人物在传奇性的"讲述"中，渗透出强烈的浪漫、唯美品质。苏童极为智慧地将小说主人公的名字改为"碧奴"，这样，叙述也就彻底放下了历史或是寓言沉重的拖累和文化负重感。于是，"孟姜女"这个大众符号，在脱离了世情的根基后，使得苏童的叙述能够完全沿着想象的方向前行。因此，这个"孟姜女"的寓言，并未改变千里寻夫的初心，只是在减弱了传说固有的悲怆、冷峻和茫然的成分之后的碧奴，更像是一个具有生命主体性、气宇轩昂、勇于改变现实的英雄。

值得注意的是，"苏童在这一类小说中审视人物的叙事人的'眼光'和立场。我们会看到，苏童在叙事上与前期写作已有不同，渐渐发生了一些重要的变化和调整。在早期的《桑园留念》《像天使一样美丽》《城北地带》等文本中，叙述者是采取'强调主语'的口吻，人物、故事的情致、氛围明显带有作家本人的个性经验痕迹，叙述人的视点与人物处在大致相同的水平线上，故事就是经验，往事就是回忆。而《南方的堕落》《园艺》等作品中，叙述人'我'渐渐开始与作家经历脱离，出现双重视角的巧妙收束，并于独白中透露出冷静的沉思或批判，亦不乏对'南方'的另类打量。这时的'叙述人'大胆地浮出水面，以高于人物的姿态，以既熟悉又陌生的面孔，越过人物生长的平面，成为一个'孤独'的讲故事者。相形之下，在《武则天》中，叙述人亦腾挪到故事的背后，虽未达到罗兰·巴特所说的那种'零度写作'，但明显已无'亲历性'经验的复现。多个视点交叉，不断地复现一个人物的种种侧影，将人物心理过程简单化，制造人物内在的新的神秘感或疑团，故事或传奇游弋在现实与虚幻之间，获得与'全知全能'视角迥异的陌生化效果"[19]。曾有论者指出苏童叙述视角和叙事话语的所谓"男权中心"姿态，其实，对于苏童这样的唯美作家，他在小说写作中的创作主体意识并非"算计"得很清楚的，他更多的是依靠感受力、想象力结构作品，很少受先验意识形态的某种规约。苏童直言不讳地讲："我喜欢以女性形象结构小说，女性身上凝聚着更多的小说因素。"[20] 在《妻妾成群》中，家族的秩序，实质上就是严格的男权秩序，那里的一切都笼罩在男性的统治权力之下。其实，对于颂莲来说，并不存在真正意义上的“家”的感觉，她只是庞大家族结构中的一个附属物。苏童并不是想通过颂莲传达某种道德价值的取向，而是竭力表现其充满幻想、浪漫的憧憬中失望以致绝望的精神、心理曲线，或者，苏童就是想写一个“痛苦和恐惧”的故事。所以，颂莲在这篇小说里，就成为一种突兀的存在。苏童的“作者感”“叙述感”在对一个女性的虚构和推断中，获得具体体现。也许，我们可能会考虑、猜测苏童为何总是喜欢徜徉在上世纪二三十年代或古代，为何对历史、对已逝岁月的凭吊，实际地构成一种新的“审美间离”。或许，这种描述更使文学的本性在新的时间逻辑中获得显现。所以，苏童小说的人物形象及其命运的延展，构成并决定了文学叙事的主体心境和文本形态。正是“命运”的“助跑”和驱使，苏童在刻画女性形象时的求新、求变、求异，方才成为这些人物塑造的叙事动力。因此，苏童在写作《妻妾成群》《红粉》《妇女生活》之后，曾经被戏称“红粉杀手”。我在想，真不知道到底是苏童“谋杀”了笔下的人物，还是人物反制于他。如此说来，作家的“命运叙事”并非能够涵盖一个小说家全部文本趋向和叙述美学形态，但它是一种深植于作家原初情结和经验的、充满情感张力的隐含动力，正是它的存在才注定了叙事文本指向的不确定性、可能性、多重可阐释性。

五

“横看成岭侧成峰，远近高低各不同。不识庐山真面目，只缘身在此山中。”苏东坡《题西林壁》这首禅偈意味颇浓的诗，因为讲出人的眼界、视野和人的认识之间互动关系的哲理，历代都广为传诵，为人称道。尤其后面两句“不识庐山真面目，只缘身在此山中”，意味着唯有走出山林，才能窥见整座大山的全貌，实质上，这也就道出了“当局者迷，旁观者清”的道理。那么，如此理解这首诗的深意，就是特别地强调和肯定局外人的视点和观点的重要性。为此，我曾尝试从写作者和评论者两种角度，进入苏童的小说，感同身受地审视苏童的小说都在写什么、怎样写的形态和格局。并且，将苏童的小说看成一个整体，如同一组起伏的山峦叠嶂，这样，既要深入文本的肌理和细部，也要避免对研究对象的过于沉溺，既要作“当局者”也要作“旁观者”，从而发现苏童具体文本叙事结构之外的“感觉结构”，以及两者之间的相互关系。

所以，我们谈论或描述苏童小说的“形态”，就是要“出乎其外，入乎其内”。那么，我们考量和体味苏童文本细部修辞的力量，从色彩、气息、韵致以及叙事与古典性的角度，深入到情境的层面探测文字生成的意蕴，也就是“既在庐山之内，也置身庐山之外”，以“理”和“情”的双重维度纵览存在世界的“镜与灯”。

可以说，文本叙事的空间，最重要的就是地域和地理，但这里需要写作者的精神对其进行有效的超越。文学所呈现的物理空间，实际上是一种自然的空间，这是我们能够切近和感知的具体的、物质的、具有地理和地缘意义的客观存在。作家对它们的选择，不仅体现为地理性，而且体现为创造艺术、美学空间、文化内涵的需要，也是揭示人性心理空间、呈现无尽意韵的需要。这样，文学才能在其间生发出无限的想象，建立一个多层面的、可阐释、新的、自由的空间，“香椿树街”和“枫杨树乡”就是承载了“灵龟般苏童”试图隐喻的南方，那个飘逸的南方。苏童的小说，看上去处处弥漫着一股特殊的“空气”，仿佛是“烟化”的境界，叙述仿佛就放在江南古巷的缕缕似隐似现的“烟”里，其中的人物、故事、场景真实可感，体现出一个小说家细节刻画的才能。而他最特别之处则在于，能在细节中制造出一片迷离的“烟带”。那是一种迷离的“烟化”般的场景或意蕴，如韦庄的“江雨霏霏江草齐，六朝如梦鸟空啼。无情最是台城柳，依旧烟笼十里堤”的“烟”的世界。水乡的江南，“烟笼十里堤”的特殊意境，是只有依赖“线”与“墨”的“中国画”的“皴法”才能表现出来；而在文学作品里，也只有中国“南方”的诗人、小说家长于表现这种特殊的“东方”之“南方”神韵。能接续这种中国古典的东方神韵的，新文学史上自然要数“京派”一脉作家最为明显，但在“废名、沈从文、汪曾祺”之后，当代作家中有这种气质的十分罕见，苏童无疑是难得的继承者。而同是出生于江南的小说家余华，因为受西方文学浸染太深，他的东方神韵在很大程度上被大大压抑，只是在最近的新作《第七天》中才稍有隐现。与余华相比，苏童自成名始就以《1934 年的逃亡》《妻妾成群》等文本将中国古典的东方神韵播散出来，此后一直没有断绝过。苏童在叙述技法上，神奇地将“中国画”的“线”“墨”笔法转化成了一种语言上的意味，无论怎样写故事，怎样写人物，叙述情节，营构场景，仿佛都是在“烟”的里面进行。这种“烟”一样的中国画中才有的“西山有时渺然隔云汉外，有时苍然堕几席前”的“迷离”感，弥漫在他小说的所有叙述元素之中，“对话”“描写”“叙事”，甚至“节奏”“情绪”，承受着江南之“轻”，使人感到“烟”里才有的那种“远而近”“真切而恍惚”，呈现充满复杂矛盾的经验。也许，这也是苏童小说给人印象最深的颇为“古典”的地方。[21]

当然，除了地理方位、文化传承和作家的“故乡”，甚至一条河都可以成为作家写作发生的、宿命般的渊薮。而且，回到意象的层面来看苏童的小说，我们就会意识到，苏童对事物以及人与事物之间关系的理解，对于心理、精神和灵魂层面的隐秘关系，都有自己的感应、判断和呈现方式。这也是苏童写作如何生发灵感的“玄机”。无疑，意象是支撑苏童小说文本从写实到抒情的一座桥梁。很难想象，苏童小说若是缺失意象会产生怎样的叙述的“窘迫”。

记得六七年以前，我与苏童、贾梦玮、张清华等一起参加《钟山》杂志社在无锡组织的文学活动。在无锡的惠山脚下，大运河从我们眼前滚滚流过。我没有想到，现在的交通、运输都已经极其发达，航空、铁路、公路如织网一样密布，速度之快和便捷已令人咋舌。但运河上的船只仍不见少，穿梭往来，好不繁忙，“突突突”的像古老驳船的声音不绝于耳。也许，这条古老的通道，在今天依然是最经济、最灵便的一条贯穿南北的大动脉。我们在运河边悠然散步。苏童指着滔滔的河水，对我说：“这条河，就在我家的后窗前流过。小的时候，我们就是喝着运河的水长大的。”我说：“不用说，你的所有文学想象，也都是从窗外的运河开始的吧。窗前是运河，门前就是香椿树街吧。”苏童笑了笑。我看见，他的脸上荡漾着憨厚的笑意。

离开无锡之后，惠山和古镇，都没有激起我任何写点对文化无锡感受的愿望。回来后，总是要向主办方提交一份采风的体会，但是，当我的手指落到键盘的时候，还是想到苏童关于河流的话语，以及他关于河流的叙述，实际上，也就是关于他的“南方”想象方式。至今，我还在思考，那条古老的运河究竟是一股什么样的力量，赋予了苏童三十余年的想象。苏童的文学意象是怎样生成的？为何他的叙述如河水一样绵绵不绝？我曾无数次到过南方，更是不断地猜想过苏童小说的写作发生，他的写作的情感起点，莫非正是与这条河流有着深邃的隐秘关系？或许，冥冥之中，这条河几乎已经成为苏童所有故事内部不易察觉的推进动力，它帮助苏童低调、逼真、隐逸地复原生活本身隐秘的结构状态。

当然，这一切一定都与这条河和水有关，与童年的记忆有关。仔细想，在苏童的写作意识中，语言与现实并不是直接同一的，语言包括意象本身也可能越过物质世界的存在或实在状态，建构一个自足的世界，而这个自足的世界在一定意义上就是他的“南方想象”。在他那些表现南方生活的作品中，意象与南方的自然、生态，人的存在方式、存在体验之间构成了某种神秘的文化联系，甚至可以说，南方就是一个庞大的文化象征或隐喻，是一个无限丰富的意象。它是苏童摹写、想象生活的另一种方式，或者说是另一种寓言诗性结构。苏童想借此表达“南方”作为一种物质、精神、幻想存在的复杂与诡谲，即那种“腐败而充满魅力的存在”，或者说，表现“南方”生活的可能性。因此，苏童异常喜欢以回忆视角对他的南方进行艺术想象和虚构，很多时候，他给自己设定的情感却是一种敌意的、冷峻的、偏执的，甚至是复仇者的姿态。这种意绪决定了苏童叙事的走向和追求，决定了他作品的基调和气质，也决定了小说的叙事形态。毫无疑问，也直接影响了小说意象的营构。

在苏童的“香椿树街”“城北地带”系列以及《河岸》等小说中，河和水，作为重要的意象几乎贯穿、绵延在所有的叙述之中。这些文本中的河是永远“泛着锈红色水面浮着垃圾和油渍”，“河上漂来的是污水和化肥船上的腥臭味”，“间或还漂流而下男人或女人肿胀的尸体”。这似乎已经成为人物活动的背景框，其中的人物、风物几乎没有任何鲜亮、温和的诗意，而其中充满破烂、罪恶、肮脏、丑陋甚至残暴的故事，正是这个独异的生存环境的产物，凸显出人性的粗俗和灵魂的弯曲。在《南方的堕落》中，乡村姑娘红菱坠河而死，“尸体从河里浮起来，河水缓慢地浮起她浮肿沉重的身体，从上游向下游流去”；在《城北地带》中，少女美琪在遭少年红旗强暴后无法忍受世俗的屈辱，落水自溺而死；《舒家兄弟》中，舒农试图纵火烧死兄长舒工，爬上屋顶凌空飞下，而河的水面上同时漂浮着一具被烧焦的猫的尸首残骸，在暮色中沉浮，时隐时现……还有那篇激荡着神秘幽暗气息的短篇小说《水鬼》，更令人猜想生命与存在的隐秘及其可能性。

河流，在这里既构成人们生存的环境和背景，也成为种种南方生活的见证。一条条浊流中漂浮的，则是难以洗涤的世间沧桑，它们贯注着作家对世态人生戏剧般的惊悸、恐惧和战栗，也深深表现出其对封闭、乏味、淫乱、无序生活的存在性焦虑。数年来，苏童始终在勘察“河流的秘密”，一切与河流相关的人和事物，都迷失于河流的神秘里，让我们在虚无的晨雾和无法解释的神秘中，看到历史和现实之境的虚像。而苏童想要的一定不是事象的结构，而是重现那些事象所隐藏的张力。在长篇小说《河岸》中，金雀河这一意象同样延续了氤氲的南方想象。其中，女烈士邓少香的亡魂，依旧幽闭在金雀河的河底，每当秋季来临，她的亡魂就要在库文轩父子的驳船上显形。她用她长满青苔的手，呼唤她的子孙。难道这是一种死亡的召唤吗？它带着万物沉降的颓靡气息，仿佛诉说着荣格理论中有关母亲原型的某种幽秘的晦暗。“在消极面上，母亲原型可以意指任何秘密的、隐藏的、阴暗的东西，意指深渊，意指死亡世间，意指任何贪吃、诱惑、放毒的东西。任何像命运一样恐怖和不可逃避的东西。”“母亲情结在儿子身上的典型影响是引发同性恋及唐根症候群……他无意识地在他所遇到的每一个女人身上寻找母亲。最终导致自我阉割、疯狂及早逝。”[22] 显然，库文轩旺盛的性欲，恰恰是恋母情结的某种移情。“力比多”能量的扩张或贬损，南方的阴翳与纵欲、乱伦的气息混合成奇特的景观。性在这里构成一种病象的、扭曲的存在，它可以拖曳出其中每个人一生最重要最不可理喻的细节，构成他们南方生活的宿命的道路。而没有灵魂之岸的历史和记忆之流，根本不会给人带来可靠的依傍。而库文轩的“自我阉割”，则隐喻着人性作为巨大的矛盾体，由于它与现实的不平衡性而呈现出非理性的暴力。我们考量库文轩性象的颓势，让我们联想起《妻妾成群》中的陈佐千，他们都隐隐地暗示着强大的、撼动灵魂的历史文化之虞。在这方面，苏童并不像其他作家那样，把“性”的人文和社会意义割裂或消解，而是表现欲望之性和精神之性的迥然不同，当然，我们从他们身上只能感受到出人意料的超然于情感之外的某种宿命论，以及其中不可洞见的神秘性。人在历史或现实的极端状态下，性意识直抵逼仄的人性深处，构成苦难、残酷的根源。性与苦难的相连，已经失去道德的品性和本质意义，使存在变得凌乱不堪、暧昧不清。这又让我们联系到长篇《米》中的五龙，他在一场洪水中逃离枫杨树家乡，最后又在归乡途中，看见“那片浩瀚的苍茫大水，他看见他漂浮在水波之上，渐渐远去，就像一株稻穗，或者就像一朵棉花”。在此，“大水”和“河”一样，裹挟着“性”，翻卷出暧昧、隐晦、阴暗、潮湿的南方气韵，再次给堕落的男性、女性提供了凌乱芜杂的“次生态”背景，它们充斥着一种末世学的情境和意味。在这里，我们可以用福柯的“疯癫”来指涉、比拟人性的幽暗和异化，认识到灵魂突变、自我无法实现造成的人的行为的荒诞。我们惊叹苏童的大胆、神奇的想象，这既是记忆中的南方故事，也是对存在秘密和存在本相，以及人性的局限性的探究。苏童是机警而敏锐的，我们在他的叙述里，能够读出人的绝望感，人性尊严的自我丧失，以及历史尘埃中飘舞着的破碎的、弯曲的灵魂。

可见，文学叙事既应该是呈现个人生活史、个人生活状况的异常有力的书写，也应该是对个人欲望、人性隐秘甚至历史文化的揭示和理性勘察、前瞻性洞悉。苏童小说中，河流意象所蕴藉的罪恶、逃亡、死亡、性、苦难和堕落的母题，在文本中相互缠绕，为我们提供了沉郁、含蓄的历史表象。同时，也表现出对人性和存在的本质性质疑，我们在其中也看到了人所无法逾越的根本性困境。这些人类的文化、文学的母题，在“氤氲”“飘逸”的南方文化情境里，呈现出的文化意味异常浓郁。它蕴含于南方民间文化中的神秘、狂放、奇丽、忧愤的文学创作的诗学元素，通过深入人性的内部，捕捉生命、存在的极端形式，也显示着玄妙的哲理，彰显出存在的种种可能性、偶然性、必然性和神秘性。虽然，我们不断地张扬所谓的现代性，以为它已经赋予人类的生活以现代感和忧患意识，赋予生存以更充分的精神积淀，但是，我们仍需要通过对人的内在的反思性力量，去寻求并超越表象的“现实”，去理解人的本质性痛苦，理解历史和事物的存在龃龉。这些，对于文学叙述而言，无疑是一条美学的途径。苏童小说文本中这些令人荡气回肠、触目惊心的河流意象，呈现的生命景观和人性视域更使人难以忘怀。这既是文学对历史、人性断层的剥离，也是沉沦与幻想、欲望与死亡、文明与愚昧的辩证和对照。

现在，我们越来越清楚了，哪怕是一条河流，在苏童这里，它都可能永远是不灭的记忆，更是永远的灵感。在这里，我们似乎已经追逐到苏童的写作发生，以及写作与小说和非小说因素之间的微妙关系。上世纪 80 年代末，王干、费振钟认为阅读苏童的小说“乃是情感的一次还乡，在枫杨树、桂花树、青石、河流、青粽叶、竹林、罂粟花、白鸽、金鱼等汇成的精神家园里失落了归宿的灵魂得到一次短暂的栖息和永恒的回归"[23]。我们看到，在苏童迄今的小说创作中，苏童所表现的一切不仅是一个过程，不是一般性地呈现社会冲突及其矛盾，不是描述人物性格的发展史，也不是道德或伦理层面的简单的辨析、批判，而是在意象、隐喻和"感觉结构"的建构中呈现、揭示生命和存在的秘密。苏童诗性的美学修辞，让我感受到历史、现实和人性的演变，感性和理性、直觉与视觉的复杂特性，换言之，苏童的意象、故事、叙述语境带我们抵达我们未曾抵达的地方。我相信，苏童会让他的小说继续带着我们走进更遥远、更深邃的文本世界，感知和发现存在世界更多的玄妙和奇异。这些年对苏童的阅读感觉告诉我，在苏童未来的写作史上，这位被誉为"天生讲故事的好手"，依然会有无数的精彩、迷人的故事和形象，宿命般地在等待着苏童，等待着我们。

注释：

[1] 王德威:《南方的堕落与诱惑》，见汪政、何平编《苏童研究资料》，天津人民出版社 2007 年版，第 409 页。

[2] 程德培:《黎明时分的拾荒者》，作家出版社 2019 年版，第 77 页。

[3] 苏童:《河流的秘密》，作家出版社 2009 年版，第 164 页。

[4] 苏童:《河流的秘密》，作家出版社 2009 年版，第 203 页。

[5] 苏童:《寻找灯绳》，江苏文艺出版社 1995 年版，第 131 页。

[6] 转引自王敬慧《库切评传》，北京大学出版社 2010 年版，第 101 页。

[7] 苏童:《桑园留念·短篇小说编年·自序》，人民文学出版社 2008 年版，第 1 页。

[8] 敬文东:《命运叙事——对格非〈隐身衣〉、〈月落荒寺〉的一种理解》，《当代文坛》2019 年第 5 期。

[9] 格非:《小说叙事研究》，清华大学出版社 2002 年版，第 15 页。

[10] 苏童:《河流的秘密》，作家出版社 2009 年版，第 138 页。

[11] 苏童:《河流的秘密》，作家出版社 2009 年版，第 138 页。

[12] 苏童、张学昕:《回忆·想象·叙述·写作的发生》，《当代作家评论》2005 年第 6 期。

[13] 苏童、张学昕:《回忆·想象·叙述·写作的发生》，《当代作家评论》

2005 年第 6 期。
[14] 李欧梵：《中国现代文学与现代性十讲》，复旦大学出版社 2002 年版，第 51 页。
[15] 张学昕：《孤独“红粉”的剩余想象》，《南方文坛》2007 年第 2 期。
[16] 张学昕：《孤独“红粉”的剩余想象》，《南方文坛》2007 年第 2 期。
[17] 孟悦、戴锦华：《浮出历史地表》，河南人民出版社 1998 年版，第 15 页。
[18] 谢选骏：《荒漠 · 甘泉》，山东文艺出版社 1987 年版，第 323–324 页。
[19] 张学昕：《孤独“红粉”的剩余想象》，《南方文坛》2007 年第 2 期。
[20] 苏童：《寻找灯绳》，江苏文艺出版社 1995 年版，第 129 页。
[21] 张学昕：《苏童：重构“南方”的意义》，《文学评论》2014 年第 3 期。
[22] 荣格：《原型与集体无意识》，徐德林译，国际文化出版公司 2011 年版，第 70 页。
[23] 王干、费振钟：《苏童：在意象的河流里沉浮》，《上海文学》1988 年第 1 期。

麦家论

一

两年前，我在一篇文章中讨论麦家的短篇小说创作时，就曾特别强调我对于麦家小说创作的重新体认。当然，这首先是基于我对麦家大量短篇小说的阅读，以及对其长篇小说代表作《解密》《暗算》的“重读”。特别是，去年对麦家长篇小说新作《人生海海》的阅读，真正令我产生进一步悉心地“接受”并“阐释”麦家写作的愿望；其次，这次重新考量麦家小说创作，还基于我对于小说理念尤其文学接受美学、接受心理等相关问题的认真反思。许多年来，我曾一度与许多人一样，对麦家的小说及其写作有一种很大的误解，武断地认为麦家是一位优秀的“畅销书作家”，是一位经典的“类型作家”。而这样的作家，似乎难以进入所谓“纯文学”之列，很难进入“当代文学史”的书写范畴。最多，可能会像金庸、梁羽生、古龙等“武侠大师”那样，成为中国当代“谍战小说”的传人，或者，成为张恨水似的某种“类型”的“鼻祖”。现在看来，这种由来已久的误解，完全是来自于对某种文学理念的趋同性，也是由于自身长期的文学思维惯性和固执使然。因此，对麦家文本的接受心理始终微妙地占据着我的内心。当然，还有一个十分重要的原因，就是上世纪末麦家在文坛出现后，他的一系列作品如《暗算》《解密》《风声》等，很快被成功地改编成影视剧，迅即成为收视率之王，形成一股麦家影视剧的狂潮。继而麦家成为“中国当代谍战剧之父”，小说文本也开始成为畅销书，吸引大量读者，交口荐誉。这几本小说的印数和销量，更是长期位列图书排行榜之首，渐渐由热卖、“畅销”变为“长销”不衰。但最可怕的是，其文本也就随即被归入畅销的“类型小说”之列，于是，评论界、读书界开始对他“另眼相看”。另一方面，书一旦畅销，就意味着赚了钱。所以，有些人的心理就会变得复杂、吊诡，甚至“嗤之以鼻”，似乎麦家占了“纯文学”好大的便宜。由此而来，许多评论或“说法”，就基本不太考虑他到底写的是什么，究竟是怎么写的。但凡是出自他之手的作品，或论及麦家的创作时，一律按照“谍战小说”的模式来判断，即使他变换了其他题材写出的文本，也被轻易断言其写得不会成功。现在冷静地想想，重新阅读和考量麦家的那几部畅销的长篇小说，到底是否应该划入“谍战小说”这一所谓“类型”，也确实需要我们用心去重新斟酌。我觉得，很大程度上，我们现在仍然不自觉地在受“题材决定论”陈腐理论的影响和限制。当然，麦家的《解密》《暗算》《风声》等文本，题材独特，属于传奇、悬疑、智力博弈，尤其描述隐蔽战线的生死和命悬一线，题材类型被归于民间对“谍战”类型的界定。但是，我们也大可不必过分纠缠其小说题材的基本层面，纠结或诟病麦家洞开的一种叙事风气，而应该从文本的内在精神和品质入手，审视麦家的写作策略和审美表现力的丰富与否。问题关键在于，我们若不仅仅从题材以及相关文学元素考虑，重新审视麦家的文本，即从文学写作的审美层面看，其叙述语言的精致，叙述的克制，文体结构、格局的大气洒脱，以及情节、故事逻辑的严谨，还有人物形象不仅个性鲜明，也实属当代文学人物画廊之鲜见，文体格调优雅，没有“类型小说”的固化、模式化的样态。而且，麦家的文本，还不仅仅具有以上这些元素，他在文本中的主要叙事重心，如美学家桑塔耶纳所说的审美“第二项”，实际上是直指政治、人性、命运、宿命、自我等纯文学母题，呈现、探测人脑、智力、人自身和存在世界之间关系的深层隐秘。另外，麦家的写作，可谓我行我素，并没有考虑从迎合读者口味去悉心地“取悦”大众，当然，他似乎也根本没有考虑过评论家们的感受。无论长篇小说，还是中短篇文本蕴含的丰富的叙述意境和语境充满复杂的氤氲，如果不从“谍战”视角思考麦家的小说创作，我们的审美视域和审美感受，是不是将会更加开阔、丰腴和充分呢？所以，我在阅读过麦家这些长篇小说，特别是细读他的许多短篇小说之后，我更加惊异麦家的想象力和写实功力，他不仅能够大胆地处理人物的生死歌哭、俗世生活和伦理现实，并对当代历史中的细节进行细腻的“还原”式重构，而且，他还擅于以极其简洁的方式，讲述荒诞、吊诡的故事，探触生命最朴素实在、有“落地感”的细部，他既擅写情感、悲情、人生悲剧，更有返璞归真的气魄和雄心。

由此看来，我倒是觉得现在真正是已经到了所谓为麦家“正名”的时候，对他的写作，终究应该有一个恰切的审美判断，以辨析麦家写作中的真实质地和品性，他文学叙述的变与不变。他对于诸多文学元素的发挥余地，或者，在文学史层面，梳理和审视麦家的叙事美学及其精神谱系。尽管这些年来麦家专注写作，对这些并不太以为然。因为在他看来，文本写作意义、价值和评判，从来都不是由自己的叙事动机开始和决定的。对此，麦家本人有着很洒脱的理解：“是不是误读没关系，误读也是一种读法，一部作品被误读的概率，我认为往往大于被正确解读。”[1] 几年前，麦家作品入选“企鹅经典”，也获得来自世界文学出版和阅读接受较高的认可度，证明其“纯文学”地位的“合法性”或“国际认证”。不管怎么讲，麦家的名气，在一定程度上似乎多半得之于所谓“谍战小说”及其影视改编的风生水起，这也不可否认，或者姑且说，倒也不必为此纠结。因为他的才华绝不会为“谍战小说”所局限。包括前面提及的那些长篇小说在内，他的许多作品都早已突破“谍战”、悬疑、传奇、智力等元素的局限，写出真正所谓“纯文学”的艺术水平。[2] 我们若是细读他的所谓“谍战系列”和大量中、短篇小说，就足可以见出他的小说给予我们个人带来的强烈的阅读感受。应该说，麦家小说的叙事可谓张力十足，《解密》《暗算》《风声》几部，在叙述层面精雕细琢、刻意求工，绝无粗枝大叶、纵情而肆意的滥情。驾驭这种题材时，麦家能够表现出一种特殊的写作情境和生命状态，竭力自由地书写出生命的激情和自在的语境。当他文本中的人物、情节、故事超越我们感官、心理承受的峰值，起伏着四面杀声的时候，我们便可以看到人性的张扬、宁静、感伤和单纯，我们与这样的作品相逢，就如同得到了精神和意志的别样的体验。虽然，文本本身谈不上是什么宏大叙事，但其中却包含着丰富的人生命运和生命本源，直面人间那种生命意志和智慧的格斗。这种表现，在现当代的文本空间里，也是稀有的存在。而且，我们从麦家文本中体验的奇崛的人性，要比其他作品可能更多、更深刻和细腻。还有，麦家叙事所显示出的恰切的“紧实度”，避免了这类题材本身的极端性所带来的过多“戏剧性”“传奇性”等通俗化倾向，规避了题材、故事的褊狭、极端意绪和场景的僵硬感。由此，我们可以更加充分地感知麦家驾驭写实小说艺术的功力，同时，窥见到他把握生活的另一个路数和面向。因此，从文学的维度上讲，“麦家密码”或者“特情小说”等标签，仅仅是评论者们对麦家小说题材之于中国当代文学叙事进行拓展的认定而已，但并没有解锁麦家小说精神性品质和文体之间的隐秘关系。麦家小说写作的真正“密钥”，究竟隐藏在文本的缝隙和“空缺”处，还是潜伏在这类小说整体的“文本互文性”背后？《人生海海》的出现，则赫然帮助我们打开了麦家叙述的“文本性”暗道，以往的误读或者“误判”，就像影子一样，随着审视视角的调整，逐渐消逝。我感觉，麦家《人生海海》的写作，更像是一场人生旅程或探险中遭遇到的曲径通幽，一种简洁而朴素的对于历史、人性的探秘，历史渐次地呈现于我们面前。所以，“整体性”地阅读麦家，考量他近二十年的写作，我们就会发现一个“不一样的麦家”，会发现麦家是一位拥有自己“倔强的”小说理念和文化认知的小说家。这样，我们就可以清晰地看到，麦家文学叙述中的存在、世相与文化，以及文体创造性之权重。所以，揭开麦家的写作之谜，消解掉血色“谍战”对于麦家近乎“颠覆性”的覆盖，还原一个作家写作的“原生态”美学面貌，就显得异常必要和必须。

二

我清楚，重新面对麦家并试图解析麦家的小说创作，需要一个新的阐释视角和思考维度。对一位由“畅销”到“长销”的小说家来说，这其中埋藏着多少想象和叙述的隐秘，并非一件可想而知的事情。从写作发生学的角度看，麦家之所以能够写作出像《解密》《暗算》《风声》这样充满悬疑、怀疑、犹疑的破解人性和存在本质的小说，这其中肯定有着属于他自身的、有别于他人的个性因素。麦家旷日持久的写作，他近三十余年创作的成果，已经在中国大陆形成一种独特的文学、文化现象，引人注目。人们对麦家的接受和喜爱，都显示出庞大的读者群的阅读期待。这里面固然有传播机制和麦家小说文本体现出的思辨性、智性，但是，我相信，决定一位作家写作趋向和气质体现的因素，还是心灵的模样。麦家的文学观和价值观，以及他个人对于文学意义的理解，也在一定程度上决定着麦家文学叙述的方向。他清楚：“文学没有这么高的功能，但是文学有一个基本的功能，是软化人心。”因此，对于命运和心灵的揭示和言说，早已成为麦家人性探索的关键。心灵之谜，就成为叙述之谜的首要之入口。

早在2000年，麦家在阅读博尔赫斯的时候，曾经受到某种巨大的影响和启示，“我现在要说的是：当你们懂得怀疑时，就等于喜欢上博尔赫斯了。因为怀疑，或者说制造怀疑，正是博尔赫斯最擅长并乐此不疲的。”[3] 另一位作家余华也曾在《博尔赫斯的现实》一文中这样写道：“在他的诗歌里，在他的故事里，以及他的随笔，甚至是那些前言后记里，博尔赫斯让怀疑流行在自己的叙述之中，从而使他的叙述经常出现两个方向，它们互相压制，同时又互相解放。”麦家认为，倘若真的失去“怀疑”及其这样的叙述方式和艺术思维结构，很难想象博尔赫斯的作品还会让人感到如此浩瀚和深邃，如此“山重水复疑无路”。固然，“怀疑”肯定是一个作家的可贵品质，唯有向这个世界发出有关存在的“天问”，关于存在世界的谜团才可能构成人的思考依据、理由和动力之源。麦家深情地回忆阅读给他带来的那个令其迷醉、感动的下午：

> 如果说迷醉、感动我一个下午，不是件太难的事，那么要彻底迷醉、感动我，让这种迷醉和感动日以继夜、夜以继日地衔接起来，流动起来，风雨晨昏永不停歇，像某些传说里的爱情一样经典，这肯定是困难而艰巨的，“要比用沙子搓一根绳还要难”，“需要悟透所有高级和低级的谜”。现在看博尔赫斯就是这样一个人，一个悟透了所有高级和低级的谜的人，他把我心灵的无数个白天和夜晚都以一种感动、迷醉的方式维持下来，流动起来。他甚至改变了我的形象，我不再是那个桀骜不驯的什么主义者，而是一个懂得了天高地厚的崇拜者。我敢说，我身边一个个自以为是的名作家也不乏这种感受和变化，只不过他们更喜欢在私下说而已。[4]

我现在还在猜想，1987年的春天，麦家在南京作家鲁羊的家里阅读的情形。博尔赫斯究竟是怎样启发麦家“悟透所有高级和低级的谜”。博尔赫斯何以有如此强大的影响力、引导力和“训诫力”，让一位初出茅庐、跃跃欲试又自以为是的年轻写作者如此膜拜。进一步说，麦家实质上特别膜拜的是博尔赫斯制造“迷宫”的气度、格局、能力和手劲。同时，能够彻底地消解麦家早期桀骜不驯的极端主义写作的根本，还在于他真正体悟到博尔赫斯强大的叙述力量，以及无与伦比的超越自我的神秘意识。我认为，这正是麦家后来真正切入博尔赫斯式的审视世界、探索存在两极——既有古典的幻想与理念，又崇尚现代的怀疑与冥想——的开始。我也相信，此后，麦家索源历史和人性，在文本中发掘自己的才华，张扬智慧，就是从对博尔赫斯精髓的感悟中认祖归宗的。无论是《解密》《暗算》，还是《风声》，在麦家建立的智力、智慧、人性和命运的叙事罗盘上，既有与博氏相近的时间感、永恒、命运、死亡、隐喻等母题及其叙事逻辑，也有自身重新开启的有关智慧和人性的叙述起点。写作主体自身，人为地为文本预设出相当高的技术难度。而且，由于文学的职业操守和道德感，在麦家内心所占据的重要位置，也决定了麦家在依托叙事展开丰富人生、人性的深刻性和诚实坚韧的文学品质。或许，麦家与博尔赫斯在文脉上，真的有着某种神秘的精神接续？若由此看去，“迷宫”和“密码”所建立的智力系统，其间埋藏着人类的自我测试和博弈，仿佛人类给自己预设的隐蔽陷阱，正可谓“风声鹤唳”“捕风捉影”，天才和精英，沉潜其中，将人性链接起国家利益、安全维系的重大使命，在神秘的符号魔咒里，完成出生入死的“原型”和“赋形”的智慧矩阵。

在这里，我们不由得想起博尔赫斯那篇著名的短篇小说《交叉小径的花园》。这是一篇有着“凌乱”而繁复的人物、故事和情境的小说，具有丰富的题旨，充满玄秘、隐喻和寓言性。但是，我们却可以从中清晰地分辨出博尔赫斯叙述的最终指向——时间。叙述在时间的统摄之下，存在就仿佛是一个巨大的迷宫，博尔赫斯像一位哲学大师，一开始就迅疾地展开运用叙述论证糅合抽象的思维和神话，竭力在自觉或不自觉的状态里，超越自身所意识到的领域。其实，博尔赫斯想要阐释的一个重要的思想，或者说，他所要表达的就是关于叙事、虚构与存在的隐秘关系。那么，这一切，他都想通过这个复杂的叙述，不折不扣地呈现出来。交叉小径的花园，是一个庞大的谜语，或者是寓言故事，谜底是时间。“在大部分时间里，我们并不存在；在某些时间，有你而没有我；在另一些时间，有我而没有你；再有一些时间，你我都存在。”“因为时间永远分叉，通向无数的未来。”我们会感到，博尔赫斯在呈现时间的存在方式时，他想给我们呈现的还有空间的多维性，人的思维、意识能够体察的事物的原发性。在博氏的“叙述”里，存在像是一座迷宫式的花园，而且，这个花园竟然是梦的花园、智慧的花园。如此看来，这篇小说所凸显的，不仅是时间的多维性，而且强调了空间的多维；时间和空间，以及时空中的我们，都是一个不可思议的幽灵。那就是生命之谜、历史之谜、命运之谜、存在之谜，说到底，原本都是时空之谜、智慧之谜。吊诡的是，它们都蕴藉在博尔赫斯文本的修辞里，在谜中发现世界，感悟世界，这样，也才能将我们的感受和目光一起引入非常态的世界，在那个时空中，发现自我的多维性，认识自我的丝丝微茫。如此说来，博尔赫斯的欲破解之谜，与麦家想洞悉之谜异常地接近，它们都深度触及人的智力、品质、存在感、灵魂，触及特定时空中人性或心理病灶的真实状态。表面上看，两者有很大不同，实质上，他们所关注的都是人类精神生活和存在世界的终极问题。我感觉，正是他们精神气质的接近，让麦家的叙述，愈发自信而沉实。尤其博尔赫斯对叙述形式、语言的雕琢、精微和“陌生化”，这些，都成为麦家小说结构的种子。渐渐地，麦家开始在自己的素材和经验的土壤上，精心地耕耘和收获。

这时，我似乎渐渐明白了，麦家为什么要不断地“重写”自己同一内容的文本。我认为，《解密》是麦家迄今最重要、最杰出的作品，是最能体现麦家叙事功力的文本。这部写了十年的小说，最早是1991年构思，直到1994年从六万多字的草稿中，整理出一部两万字的短篇小说，以《紫密黑密》之名发表；1997年，麦家又将其写到十一万字，又把它整理成一个四万字的中篇《陈华南笔记本》发表。2002年，在这个文本的基础上，写出长篇小说《解密》。这个过程，像一场不折不扣的自我接力赛、拉力赛，作家本人在不断调整理念和目标之后一次次上路，它体现为一种执拗，一种坚韧，也是不断在新的审美视域下增加叙述自信的结果。“我多次说过，《解密》折腾了我十一年，被退稿十七次之多。这过程已有限接近西西弗神话：血水消失在墨水里，苦痛像女人的经痛，呈鱼鳞状连接、绵延。我有理由相信，这过程也深度打造了我，我像一片刀，被时间和墨水（也是血水）几近疯狂的锤打和磨砺后，变得极其惨白，坚硬、锋利是它应有的归宿。说实话，写《暗算》时，我有削铁如泥的感觉，只写了七个月（甚至没有《解密》耗在邮路上的时间长），感觉像在路边采了一把野花。”[5] 那么，用十一年的时间写作《解密》，麦家究竟想在路上种植和采摘一把什么样的花朵？这里，其实还有一个为叙述寻找新路的可能性、实验性问题。他并非将自己局限在某种囚笼里，而是试图突破自己已知的困境所进行的新的腾挪。这时，作家可能愈发接近那个情感的“隐秘结构”，发现那个人物最内在的核心力量。这样，叙述距离存在的谜底才可能更近一步。对于呈现人以及存在世界而言，叙述或虚构最重要的是战胜以往那些轻车熟路的“套路”，也就是挑战我们曾经固有的、依赖的惯性，挑战经验或常识。借此，发现人性和存在的隐秘。我感觉，解析了《解密》，就会清楚麦家的纯文学叙述方向和美学风貌。简言之，《解密》的写作，是麦家文学创作过程的重要节点，它是一部具有独创性品质的杰出叙事性文本。

三

重视人物塑造，是一个杰出小说家不容忽视的写作诉求和难题，它又可以作为一部成熟的杰作、经典的标志性元素。一些具有特殊性格、品格和行为方式或从事特殊职业的文学人物，在中外小说史上也算屡见不鲜。拉伯雷《巨人传》、塞万提斯《堂吉诃德》、卡夫卡《城堡》、萨拉马戈《里斯本围城记》、阿来《尘埃落定》、阿城《棋王》、韩少功《爸爸爸》等等，不一而足。其实，麦家的每一部长篇小说和中短篇小说中，都有一些独特的人物形象引人注目。尤其《解密》《暗算》和《风声》在当代小说林中独树一帜，其中的几位人物形象都可以跻身这一行列。

我认为，从所谓“英雄”“天才”和“小人物”的视角考量麦家小说里的人物“属性”，实在是简单而粗暴的、僵化的划分方式。像容金珍、阿炳、黄依依这样的人物，最好称之为“奇人”“超人”。他们身上具有“超现实性”“反日常性”和“反经验性”，这类人物都有比较相近的性格或心理特征：孤独和脆弱。他们内心的常态，往往是自信却焦虑、不安、充满无助感，或身不由己地遁入自我和人性的幽暗之处。他们所具有的异禀，或从事的特殊职业，使得他们以一种与众不同的方式存在着，行走在神奇、传奇的人生荆棘之路上。作家们努力要做的是，书写他们“复杂、泥泞、宽广的人性”，而“人性只有在极端的条件下才能充分体现，这个任务我觉得奇人应该比常人更容易出色完成。这是我要写奇人的‘思想基础’”[6]。而这些人物，在中外文学史上已有许多作家为他们画像，作品也借此而成为不朽之经典。

无疑，容金珍是当代文学史中人物画廊里的一朵奇葩。《解密》这部小说，最表层的叙述者“裹挟”着“容先生”和“郑局长”的访谈录，还有疑似作为档案“附录”的《容金珍笔记本》，作为“后记”“补记”，构成一个“众声喧哗”的“复调性”文本。这与另一位当代作家李洱的长篇小说《花腔》，有异曲同工之妙。后者，一个负载重要责任和使命的生命个体——葛任（个人），完全是作为一个被讲述的影子存在着，具有强烈的叙述的暧昧性、不确定性；而前者则不同，容金珍本身就是故事内部一股强大的推动力，戏剧性、悬疑性、深邃性的因素，存在于几方面谈话的机锋回转之间，而整体的叙述结构存在于一种宏观检视的远景之中。这恰恰就是存在本身和人性彰显的自然结构状态。拉近距离，直抵细部时，诸多细枝末节裸露出来，逼近生命的纹理；远观事件和人物之间的复杂纠结，容金珍的故事又具有不可转译的浑然、缥缈的品质。真实和虚构，都在挣脱于现实、历史和人性的紧张、荒唐、危险之中，极力让人物的心力摆脱某种抽象的引力。这种对政治、国家利益的遵从，使得容金珍沉溺于思想或幻想，愈发孤独而疲惫。他破译密码的过程，似乎常常会使自身的心智、心理、精神和灵魂飘离肉身，在梦中去捕捉制造“紫密”和“黑密”的魔鬼。因为制造“黑密”的人，是一个魔鬼，具有和常人不一样的理性、思维，那么容金珍作为一个常人，只能在梦中才能接近他。现在看，能与魔鬼角力的，也断然不是常人，他一定是可以与魔鬼博弈的“奇人”“超人”。在一定程度上，这也铸就容金珍的神性或“怪力乱神”之智。在这里，我们会联想到博尔赫斯的一篇小说《博闻强记的富内斯》，它描写一位拥有超凡记忆力的人物——富内斯，以前是一个视而不见、听而不闻、忘性特大、什么都记不住的人。但他十九岁时从马上摔下来，苏醒之后，虽然已经瘫痪，但他的记忆力却让他变得无所不能，无所不知。富内斯说：“我一个人的记忆抵得上开天辟地以来所有人的回忆的总和。”[7] 就是说无论是人间世相，还是古老的知识和语言，各种各样的存在世界的细节，都能在他的脑海里呈现出来。而容金珍与《暗算》中的阿炳、博尔赫斯笔下的富内斯一样，都可谓智力或精神超人，他们在身体或某些器官受限的状态下，上帝眷顾地为其打开另一扇“天窗”，让他们获得另一种独步天下的自由。

在对于《解密》《暗算》的阅读和阐释，尤其分析容金珍、阿炳、黄依依这些人物形象时，我感觉，巴赫金在《陀思妥耶夫斯基诗学问题》中提出的有关主人公形象塑造的理论，与麦家的写作策略和精神如出一辙。容金珍、阿炳和黄依依的世界，各自构成巴赫金所说的是由麦家作为非“独白型”作家“供自己用来创造十分完整的作品和十分完整的作品中世界的所有手段”，麦家将其“全部交给了自己的主人公，使它们成了主人公自我意识的内容”。在这里，文本叙述直接通过“郑局长访谈实录”，来解析容金珍这个形象的大致性格轮廓：“说实话，我在破译界浸泡一辈子，还从没见过像他（容金珍）这样对密码有着超常敏觉的人。他和密码似乎有种灵性的联系，就像儿子跟母亲一样，很多东西是自然通的，血气相连的。这是他接近密码的一个了不起，他还有个了不起，就是他具有一般人罕见的荣辱不惊的坚硬个性，和极其冷静的智慧，越是绝望的事，越使他兴奋不已，又越是满不在乎。他的野性和智慧是同等的、匹配的，都在常人两倍以上。审视他壮阔又静谧的心灵，你既会受到鼓舞又会感到虚弱无力。”[8]

接下来我们可以从巴赫金关于人物的理论中，看到麦家创作主体意识与这位理论大师的神遇，而麦家文本散发出的独特的感性和气息，则十分契合作者与人物的心灵密语。

不仅主人公本人的现实，还有他周围的外部世界和日常生活，都被吸收到自我意识的过程之中，由作家的视野转入主人公的视野。它们与主人公已经不属于同一层面，不是并行不悖，不是处于主人公身外而同主人公共存于统一的作者世界中。因此它们也就不可能成为决定主人公面目的因果和根由，在作品中不能发挥说明原委的功能。能与囊括了整个实物世界的主人公自我意识并行不悖而处于同一层面的，只有另一个人的意识；与主人公视野并行不悖的，只是另一个视野；与主人公世界观并行不悖的，只是另一种世界观。作者只能拿出一个客观的世界同主人公无所不包的意识相抗衡，这个客观世界便是与之平等的众多他人意识的世界。[9]

在独白型构思中，主人公是封闭式的。他的思想所及，有严格限定的范围。他活动、感受、思考和意识，都不能超出他的为人，即作为特定的现实的形象而局限于自己的范围之内；他只能永远是他自己本人，也就是不超出自己的性格、典型、气质，否则便要破坏作者对他的独白型构思。这样的形象是建立在作者世界观里的，而作者世界对主人公意识来说是个客观的世界。要建立这个世界，包括其中不同的观点和最终的定评，前提是应有外在的稳定的作者立场、稳定的作者视野。主人公自我意识被纳入作者意识坚固的框架内，作者意识决定并描绘主人公意识，而主人公自我意识却不能从内部突破作者意识的框架。主人公自我意识建立在外部世界坚实的基础上。陀思妥耶夫斯基对独白型的所有这种种必备前提是拒不接受的。独白型作家供自己用来创造十分完整的作品和十分完整的作品中世界的所有手段，陀思妥耶夫斯基全部交给了自己的主人公，使它们成了主人公自我意识的内容。[10]

显然，《解密》和李洱《花腔》的叙述，都明显地"符合"巴赫金有关"复调小说"理论的框架和内涵。在这样的文本里，不是众多性格和命运构成一个统一的客观世界，也不是主人公变成作家意识的单纯客体，他绝不受作者思想支配，其个性和意识很少处于与"他者"进行对话的状态，那种"慎独"，直接将其带入常人难以抵达的、莫名的玄思冥想。问题的关键在于，如何保持作家、叙述人或隐含作者，与人物之间的对话张力，相互冲突和对撞，以免人物的独立性、个性锋芒遭遇削弱、毁损？在这里，主人公"只能永远是他自己本人，也就是不超出自己的性格、典型、气质，否则便要破坏作者对他的独白型构思"。就是说，在相当大的程度上，容金珍这个形象时刻都在与自己的内心进行"对话"，与"他人意识"（包括作家、叙事者、其他小说人物）对话。这个问题，已经不仅仅是叙事学层面的技术性考虑，而是作家叙述的精神哲学。从这个角度说，麦家叙事的自觉性也充分地表现出来。

无疑，容金珍已经成为一个独特的人物形象，一位不可复制的个性化存在。麦家通过大量的细部呈现，凸显这个人物不可思议的存在力量，他有种抓住事物本质的本能和神性，而且抓住的方式总是很怪异、特别，超出常人想象。麦家写出了容金珍这个人物对职业、专业无可比拟的穿透力和领悟力。容金珍（或者说，是麦家）已经将对密码的理解，与生命融合一处，连成一体，他相信世间的密码与鲜活的生命是一样的，一代代密码、同一时代的各部密码幽幽呼应，而密码无情而神秘。容金珍介入世界密码史，将其诉诸心灵进行冒险和挑战破译的禁忌。其实，从这个角度看，容金珍已被麦家塑造成一位历史瞬间的个体创造者。因此，这部《解密》也是容金珍的心灵史和人性揭秘。

“麦家的写作对于当代中国文坛来说，无疑具有独特性。《暗算》讲述了具有特殊禀赋的人的命运遭际，书写了个人身处在封闭的黑暗空间里的神奇表现。破译密码的故事传奇曲折，充满悬念和神秘感，与此同时，人的心灵世界亦得到丰富细致的展现。麦家的小说有着奇异的想象力，构思独特精巧，诡异多变。他的文字有力而简洁，仿若一种被痛楚浸满的文字，可以引向不可知的深谷，引向无限宽广的世界。他的书写，能独享一种秘密，一种幸福，一种意外之喜。”[11] 这段关于《暗算》的授奖词中，“封闭的黑暗空间”“被痛楚浸满的文字”这两组词句，基本上概括了麦家小说《暗算》以及另外几部长篇小说《解密》《风声》等人物的处境，以及作家表现身陷这种特殊处境的主人公时精神和灵魂的自我状态。人类健全的心智和理性及其俗世、习俗编织的肌体，如何受到现代生活、政治和国家利益的挑战和博弈。其实，人能否释放出不可思议的能量，摆脱个人性格、心理的局限和危机，以神性击败人性，就像一把尖锐的双刃剑，像怀揣巫术和魔力，一切都并无坦途和捷径可言。

对于《解密》中的容金珍来说，最后的神经错乱或强迫性“失忆”，应该算是一种生命的“疯癫”状态。他完全进入一种类似“冷却”的生命状态，它是由一种无节制的、脱离了限制性的物质基础后形成的智力、神智“抑郁”。从这个层面讲，容金珍早已形成的自身的神秘逻辑，已经无法在俗世的温度里体会到快乐和悲伤。在那种思维的有序和无序之间，平静和躁动共同发酵出难以安置灵魂、精神的才气、想象和记忆等各种感觉。这时，梗阻必然就会出现。麦家借《容金珍笔记本》渗透出人物的玄思和冥想状态，那些如箴言般的、富于思辨性、哲理性的词句，反射出具有异禀品质的天才的思想游丝：“所有的存在都是合理的，但不一定合情——我听到他这样说。说得好！”“工作既是你忘掉过去的途径，也是你摆脱过去的理由。”“天光之下，事物都是上帝安排的。如果让你来安排，你也许会把自己安排做一个遁世的隐士，或者一个囚徒。最好是无辜的囚徒，或者无救的囚徒，反正是没有罪恶感的。现在上帝的安排基本符合你的愿望。”“梦啊，你醒一醒！梦啊，你不要醒！”这些句子，仿佛是从精神的异域散落下来的灵魂碎片，隐讳的、抒情的、思辨的，甚至也是错乱的，但是，却是真实的。对于这样的异禀之人，现实世界的门永远是关闭的，兀自蜷居在自我灵魂的暗室里，将孤独留给测量自己与上帝之间深邃的密码。

四

仅仅从人物形象塑造的角度看，麦家也不是只写“奇人”“怪人”而少写“常人”的作家。写出“常人”一般性的同时，发掘出其“异质性”，是麦家一直以来的叙事追求。因此，探讨麦家的短篇小说，也是描述麦家小说世界整体价值和意义的必要选择。

像驾驭复杂的叙事结构一样轻松，麦家的短篇小说文体文风，依然自由洒脱，故事、结构简洁朴素而不华丽。就连小说的题目也是信手拈来，顺其自然，毫不纠结，《两位富阳姑娘》《日本佬》等一大批短篇小说，都取其叙事中表现对象——人物的特征、特性等——作为称谓，并不做任何故弄玄虚的设计和玄想，更不会选择那些具有视觉冲击力的尖锐视角，而是在平实的叙事节律中彰显人物的个性。我没有想到的是，短篇小说这种通常被“宠幸”、可以直面现实、保持对于现实特殊敏感度的文体，麦家不断选择它，并以此进入当代历史，讲述上世纪五六十年代的中国故事。想必喜欢选择这种题材，喜欢这种“历史叙述”，这对于1960年代中期出生的麦家，可能更容易产生拉开时空距离之后的想象和审美张力。

这些短篇所表现的生活和人物，其骨子里着实还都是具有传奇性的人物，命运的叵测，暗合时代和如烟生活中人所遭遇的突发的转折，人生的道路并非线性，像《暗算》中的701人，极可能就是由一念间的偶然，被促成、被酿就乖戾或危机，尤其前面提及的叙事的悲情，不可思议的悬念和结局，常常渗透着彻骨的森然之气。所以，历史、现实的畸变，人生的窘境，世事如烟中的偶然与必然，相倚相生。书写那种吊诡衍生出的传奇，甚至光怪陆离的个人历史，这样的文学元素或特质，或许正是麦家一直以来的制胜法宝。短篇小说《两位富阳姑娘》《双黄蛋》《日本佬》等作品，并非都是十分“单纯”的小说，而是一种具有集体记忆和独特个人性经验的叙事文本。它对1970年代的中国社会的政治、文化、道德、伦理思维方式，都是一次次深刻的触及和反省，或者说，是麦家在时隔多年以后，经过沉淀、回忆，重构出的几个鲜有的能够以悠长的凝视直面人物的人生、命运，直面历史并“打捞”这类被生活和时间淹没了的小人物，重新整饬和回顾历史的幽谷。麦家搅扰着时间和记忆的细流，追讨着梦魇的延伸，再现历史消弭之后的传奇和呓语。也许这才是短篇小说的使命和责任，它简洁地横切了历史的断面，由此可见，短篇小说不仅仅是可以直面现实的，它更能够发掘历史湮没扭曲的斑斑遗迹。这种叙事所产生的张力和修辞力量，正可以重现那个年代底层人群的生死之契，乱世偷生。一个情节，一个细节，或者一个情境，看似是在给历史“做减法”，实则是在实践一种重现历史和现实之荒谬、孤愤、怅然的感伤美学，以此表现那个年代被湮没、被遗忘人群的疼痛。

确切地说，短篇小说《两位富阳姑娘》，初看上去，是一个有关个人命运的残酷的故事：叙述一个人在生存中所面临的困境，揭示那个年代所倍加珍视的一个女性“贞操”的重大问题。说白了，就是“作风问题”“道德问题”。“破鞋”，是那个年代里一切不“贞洁”女性的指代，这个极其通俗的名词，混杂着那个时代的政治、道德和伦理判断，这个词语，可以否定掉所有关于情感、婚姻、自由恋爱、隐私的自由选择。往现在看，一条“道德红线”就变得清晰可见，不同年代的“道德”变迁史，奇妙吊诡，因时而异，令人忍俊不禁，继而沉思，也让人感到沉重。这个小说呈现了一个初涉人生之路，一切都还没有开始的女孩子，刹那间就遭遇到人生的“畸变”，尚在懵懂之际命运就从浪峰直跌入谷底，构成特定历史时空里命运突如其来的无形的暴力。至今回顾，既让人惴惴不安，令人不胜唏嘘，更让人对那个年代仍会感到空虚寂寥，沉痛不安。小说叙写出那个年代从军入伍后的政审和体检，是那个年代（当然也包括现在，但女性入伍体检，似乎已经没有此项）普遍认定一个人是否值得信任，其贞操、忠诚的两个尺度，是必备的程序。这里要考察的，是人的最根本的政治属性：思想立场和道德标准，同样也涉及政治观念和伦理。在这里，这两个层面构成了悖论和极大的反讽。小说中，这位单纯、淳朴、性格内向、懦弱而倔强的富阳姑娘，被“体检”出“处女膜”破裂，未婚处女的不贞洁，踏上回乡之路后，深切的悲伤和凄楚从身体深处涌出。她体检之后被立即遣返，送回原籍，这样的命运，实在是还不如没有这样的过程要好。在一个完全没有个人隐私的年代里，一个荒谬的逻辑，随时就可以摧毁任何尊严：处女膜在什么时候破裂，决定了对一个女性的道德判断，一个人的个人身体的“异常”，直接决定了对一个人的思想品质及其伦理的判定。可见身体在禁欲主义时代是如此重要，政治赋予了身体一种特殊的能指，说明连身体也是由政审把握和控制的，这在一定意义上，毋宁说具有人格阉割的意味。“体检”在那个时代，也意味着由身体到道德、灵魂到政治的“人肉搜索”。难以预料的是，这个富阳姑娘入伍后被遣返的结果，立即使得这一家人的面子被彻底撕碎。恰恰就是这个“面子”，就是这一家人的现实存在的理由。最终，这个女性意识尚未觉醒的富阳姑娘，由沉默到爆发，生成走投无路的绝望，在无法隐忍中引爆人物性格或品质中最深处的解脱执念，以死来建立起一个小人物的尊严。麦家不露声色地写出了她的绝望，让这种无法落地的绝望，缓缓地从父亲的暴力中滋生出来，并且细腻地让我们目睹父亲是怎样捍卫自我强大的尊严——面子。那个传统的礼教般的道德感，让他在暴力的刀刃上行走，最后血刃了自己女儿。显然，父女两人属于两种倔强，但是，他们在尊严的道路上并驾齐驱。麦家在情节的处理上，既体现出他的想象力和爆发力，也施展出其设置“悬疑”的本领。也许真的没有人想到，新兵队伍里会有不老实的撒谎者，令富阳姑娘被“张冠李戴”“冒名顶替”以恶名，移花接木，轻而易举就将厄运送给无辜的富阳女。于是，让来自组织、乡邻以及亲人的重压，酿成一个无辜者的生死大祸。

看得出，麦家深怀悲悯之心，叙写这样一个懦弱乡村女子的自我控制力。我感到他是在用迟到的文字为她伸冤，更是在潜心思考那个时代的政治、道德和伦理。这样的故事，也许是那个年代的一种生活的常态，因为若干年来，类似这样的情境和故事不知曾经发生过多少。问题是，我们是否都还有这样的记忆？我们显然已经遗忘了，我们真该想一想，为何作家麦家到了 2003 年还要写早已属于那个时代的往事？保持记忆，反抗遗忘，也许，只有文学才可能这样完整地留存那些卑微者的历史，它就像是无字碑，即使是沉默的痕迹，谁也无法肆意地将其抹去。

作家张炜曾说，一个短篇小说不繁荣的时代，必是浮躁的、走神的时代。而一个时代价值观的变化，则会直接影响到作家创作取向和审美判断的重新选择。重建短篇小说叙事的尊严，在新的政治、文化和历史语境中，从新的美学向度出发回到历史深处，“还原”艰难时世中的灰色图景，省察存在真相，向生活和存在世界发出新的质询和诘问，我想，对于作家，这是任何时代都需要的无畏的气魄。短篇小说《两位富阳姑娘》就是要写出那个年代的小人物，因为另外一个人的“谎言”酿就的严酷悲剧，得出在特定历史环境中人的命运的无常和脆弱的真谛，一切仿佛完全是一个不幸的偶然。通常，谎言说上一千遍就成了真理，可是，这里的一句谎言就结束一条无辜的生命，这既表明谎言的强大，也显示一个时代道德秩序的混乱。也正是这种撼人心魄的残酷叙述，造就短篇小说叙事强大的内爆力。来自富阳的麦家，在世纪之交的时空维度，眷顾、回首故乡大地上的历史悲歌，在记忆深处淘洗时间的铅华，这无疑是历史在作家的经历、经验、情感、时空感、艺术感受力，以及全部的虔诚与激情中的重新发酵。十一年之后，写于2014年的《日本佬》，可以看作是《两位富阳姑娘》的精神延续，只不过这种历史意绪的时间间隔，显得有些漫长，但是，这也让我们进一步感知，麦家对历史依然是如此耿耿于怀、如此眷恋。

《日本佬》这个短篇，讲的是一个被称为“日本佬”的父亲的故事。说是“日本佬”，但写的并不是真正的日本佬，而是写一个普通中国人。抗战时，十五岁的父亲曾经被日本人抓了“壮丁”，当“挑夫”，有过在鬼子阵营里打杂干活的经历。小说讲述的仍然是小人物的历史，随时就可能被湮没的人物的个人生活史。当然，“只要给鬼子做事了，就是汉奸”，依据这样的逻辑判断，“日本佬”的经历在1960年代，就成为一个极其敏感、极其“原则”也必须调查清楚的经历，那个年代里人的政治“清白”是最重要的做人原则，否则就可能被划入“黑五类”。问题的关键在于，“日本佬”父亲对自己的经历还有更大的隐瞒，这样的隐瞒就构成了叙事最有嚎头的“爆破点”。“父亲”在被抓壮丁、当“挑夫”期间，最大的隐秘就是竟然救过一个掉到江里险些淹死的十岁日本孩子。他为了保护自己，多年来并没有向组织报告，隐藏并虚构了自己个人生活的历史，直到这个被救命的长大成人的日本人，前来寻找恩人，“日本佬”的这个历史隐秘才暴露出来。实际上，这就等于当年的日本男孩真正害了“日本佬”。事实上，当时还存在着另一种情形和可能，那就是，如果父亲“日本佬”，不救上这个与他一起去江边给狼狗洗澡的日本男孩，父亲也难辞其咎，必然会被日本人杀掉。当然，这里的情理和逻辑自难辩说，重心还在于要写出一个人处境的两难，小说就是要将人的逼仄处写出来。所以说，这篇小说不仅仅是想写一个普通人骨子里的善良情怀，说重了，也许还有他天性中与生俱来的人类的悲悯和良知，还有一个人选择的无奈，然而，从另一方面看，这又关涉民族大义与人性之间的一个悖论。在抗战年代里救一个日本人的命，无论是成人还是十岁的孩子，在任何时候评判，可能都是“天大的罪”。这算不算是一个人在个人生命危急时刻，选择了自己的偷生和苟活，或者，就是一个人的存在本能和“个人无意识”？小说叙事显然试图要将人性置于历史、民族、伦理的锋刃之上进行考量，特别是刻意将这样尖锐的问题，置于“敌我二元对立”的场域来审视。因此，这个小说叙事的背后，隐藏着一个家国、民族和人性之间的深刻主题，也是一个有关民族大义的“大伦理”。与《两位富阳姑娘》相比，这篇小说似乎可以归结为有关“政治贞洁”或“民族立场”贞洁与否的小说。也就是说，这依然是一个有关“政审”，或者说，一个人是否“纯洁”的故事。这一次，麦家把故事背景依然置放于 1960 年代中后期，也许，对于这样具有传奇色彩的故事，发生在这个历史时段，正是可以将人物、故事和叙述推向极端或极致的状态。

父亲——“日本佬”，这样的叙事称谓，本身就隐含历史的玄机和继承关系。在某种意义上，这段历史也是“家世”或“家史”。这与历史的“大叙事”逻辑形成了对照。日本佬这个人物形象，也有十足的象征意义。“日本佬”说是一个绰号，在中国现当代汉语词汇中，实则是一个具有特殊意义的词语，它凝结了历史的激烈、沉重和乖张。但父亲这个“日本佬”所负载的，原本就是“抗战”史中构不成传奇和悲壮的一段往事，却在 1960 年代演绎成一场新的“人性的战争”。麦家从一个极其伦理的视角——“儿子”的视角，来观照“父亲”的历史，而且，小说叙述了包括爷爷在内的三代人，同时直面“父亲”这段极不光彩，理应遭到“严惩”的历史。家族的小伦理套在国族的大伦理之中，麦家耿耿于怀地反刍历史中小人物的命运，纠结于个人与历史的吊诡、错位，实属是对“抗战”和“文革”双重历史记忆的摩挲与思辨。进一步说，任何时期都不存在所谓“绝对正确的人道主义”，这就可能让我们深入思考下去，在什么样的情况下，才可能逾越人类社会人道主义的道义底线？文学叙事的历史张力和现实诉求，都体现出当代人所应有的超越性，以及对历史逻辑演绎的推陈出新。

有趣的是，这一次麦家没有让当事人“日本佬”选择“自绝于人民”，而是“爷爷”无法忍受，对父亲“日本佬”的行径愤怒、气恼至极，为保持家族和个人的尊严，喝了农药要服毒自尽。麦家在叙事中始终让“我”保持一个中性的姿态和立场，让三代人共同走进历史的现场，人物的性格、心理、精神、伦理，多种元素在文本中的呈现张力十足，举重若轻。看上去，这个小说整体叙事上轻松、诙谐，充满夸张和调侃的语气，鼓荡着那个时代的特有的生活氛围和政治气息，但叙述中人物、故事和环境的凝重感显而易见，最后，“祖辈”喧闹的悲剧性的结尾，颇具隐喻性，足以体现那个年代的政治、道德、人性的伦理，给人们造成啼笑皆非的遭遇和种种不堪。历史的风车，犹如堂吉诃德一般，生命个体的存在，在大历史的了无理性中充满自我解嘲的玄机。

在前面的叙述里，我还始终在想，麦家为何在 2003 年还要写早已属于往事的《两位富阳姑娘》这样的小说，2009 年，他写出《汉泉耶稣》，在 2014 年，又写出《日本佬》。现在似乎更清楚了，《日本佬》中的“日本佬”颇像《人生海海》里的那个“上校”。我们在“上校”的身上，几乎可以看到麦家小说人物之间的某种深刻的“血缘”关系。由此可见，一位作家叙事的主题、人物，包括文本结构方式，都有自身的延续性，这是艺术创造过程的审美延展，或者说，是作家写作正在走向自觉和自由的状态。

五

如何处理、表现人性、人的本能、特异经验与存在世界的隐秘关系，无疑会是麦家在内的所有作家充满兴味的写作问题。另一方面，作家的经验以及传达、呈现的艺术思维逻辑，与表现对象之间同样构成表现策略层面的技术难度。因此，如何洞悉、呈现人性的复杂性，处理好经验到文本的转化，成为作家写作的重要因素。

> 经验一般是值得回忆的，所以表现所赋予它的魅力的外在根源，即使对于它所从出的意识也十分清楚。例如，一个字往往只靠它的意义和联想而显得很美；但是有时候这种表现力的美还加上这个字本身的音乐性。所以，在一切表现中，我们可以区别出两项：第一项是实际呈现出的事物，一个字，一个形象，或一件富于表现力的东西；第二项是所暗示的事物，更

深远的思想、感情，或被唤起的形象、被表现的东西。这两项一起存在于心灵中，它们的结合构成了表现。假如价值完全在于第一项，我们便没有表现的美。阿拉伯纪念碑的装饰性的铭刻，对于不识阿拉伯文的人是不可能有表现之美的；它们的魅力完全是物质的或形式的美。或者，假如它们有一些表现力的话，那也是凭借它们可能暗示的思想。[12]

致力于审美“第二项”的营构，是作家创作一部杰出作品的必要途径之一，它直接决定文本的艺术、精神的双重价值系统。

我看到，《解密》的叙事在完成了起、承、转、合四个部分之后，麦家的文体意识似乎比此前更加强烈。有趣的是，写到“合”这一章时，作家在自信中逐渐变得“闪烁其词”起来，我们明显感觉到，这是作家试图“伪饰”自己的策略。这是否就是作家致力于“第二项”的审美意图所作的努力？

和前四篇相比，我感觉，本篇就像是长在前四篇身体上的两只手，一只手往故事的过去时间里摸去，另一只手往故事的未来时间里探来。两只手都很努力，伸展得很远，很开，而且也都很幸运，触摸到了实实在在的东西，有些东西就像谜底一样遥远而令人兴奋。事实上，前四篇里包裹的所有神秘和秘密，甚至缺乏的精彩都将在本篇中依次纷呈。此外，与前四篇相比较，本篇不论是内容或是叙述的语言、情绪，我都没有故意追求统一，甚至有意作了某些倾斜和变化。我似乎在向传统和正常的小说挑战，但其实我只是在向容金珍和他的故事投降。奇怪的是，当我决定投降后，我内心突然觉得很轻松，很满足，感觉像是战胜了什么似的。[13]

元叙事策略，就是叙述者或者作家忍不住站出来说话，其目的无非是作家想进一步强调虚构中无法抵达的层次，或者麦家已经开始在“真实与虚构”之间徘徊，纠结于人类的“设密”—“解密”之间最内在的智力诉求、功利选择，以及极端状态下人性与现实的激烈冲突。整体上讲，在《解密》《暗算》《风声》中，真实、历史与虚构、想象之间，都处于某种撕裂的状态。我们在文本的字里行间，感受到作家本人叙事时自我呼吸空间的逼仄，那种难以遏制的直奔英雄、智者灵魂深处的渴望，无法比拟和形容。看得出来，麦家对其笔下的人物，都充盈着轻柔的宽容和细腻的谅解，这种叙事姿态，体现出麦家对自己笔下每一位人物的尊重。我们已看到，即使在那些中短篇小说中，“我似乎在向传统和正常的小说挑战”，麦家浓郁的“元叙事”色彩和氛围，拉近了叙述者与人物的关系，制造出强烈的“非虚构”情境。使得文本的传奇性和“传记性”凸显出来。麦家似乎要将人物、故事的水分拧干。我能感觉到，麦家在描摹、呈现人物时，不愿让虚构的强制性影响、干扰人本身所固有的深层丰富性，也就是说，麦家在根本意义上对人的纯然本性的把握怀有充分的信心。他要通过对隐含作者、叙述者、人物关系的处理，将人本性质擦拭出来，进而呈现“灵魂的实体”。于是，所有的叙述，都在言行连绵的展开中，寻找人物在真实世界里“坚硬如水”的再生性力量和价值。

麦家在谈及《暗算》写作发生的时候，曾提到 2003 年《暗算》初版的问世，及此后这部小说初版版本与电视剧本、小说人文社的“修订版”，2013 年北京十月文艺版，还有其间部分章节的“重写”和修订，电视剧《暗算》的热播，构成一部小说生动、复杂的写作发生史和接受史。这种现象，再次让我们看到麦家写作所遭遇的纠结状态，以及强烈的叙事欲望，对于小说题材、个人经验的灵动处置。如我前面提到的“寻找人物在真实世界里‘坚硬如水’的再生性力量和价值”，这是麦家写作的内在动力之一，也体现出作家真诚、自觉地处理小说人物时的机智。这部小说及电视剧中的阿炳和黄依依，成为麦家最“费尽心思”的叙述部分。进一步说，人物的“再生性力量”，源自人性与世界关系的偶然、必然的轴心，其个性、独特性和审美价值，都取决于心理、精神逻辑的推衍。我知道麦家致力追求的叙事目标和境界，是那种超越现实和虚构临界点的真实性。

我曾经想，作为一个故事，让人相信，信以为真，并不是根本的、不能抛弃的目的。但这个故事却有其特别要求，因为它确实是真实的，不容置疑的。为了保留故事本身原貌，我几乎冒着风险，譬如说有那么一两个情节，我完全可以凭想象而将它设置得更为精巧又合乎情理，而且还能取得叙述的方便。

但是，一种保留原本的强烈愿望和热情使我没这么做。所以说，如果故事存在着什么痼疾的话，病根不在我这个讲述者身上，而在人物或者生活本身的机制里。那不是不可能的，每个人身上都有这种和逻辑或者说经验格格不入的痼疾。这是没办法的。[14]

其实，这里涉及的，还是那几个重要的写作理念：人性、英雄、天才和日常性。正是这些理念及它们之间构成的隐秘关系，构成麦家叙事的纠结和难题，也构成叙事的魅力。以往对于天才和英雄的叙述惯性，直接影响作家想象、捕捉、描述其人性的日常性。像容金珍、阿炳、黄依依作为叙事的核心，从普通人到天才或英雄并没有鲜明的界限，但是如何探秘他们人性的复杂性、“超人性”则成为关键。王尧认为，麦家“赋予了‘人性’和‘阶级性’一种新的关系”，“‘英雄’一方面存在于人间，然而日常性又丝毫没有磨损英雄身上负载的传奇性光环”。[15] 所谓“阶级性”隐匿在人性的自我对应性的背后，英雄和天才的价值，被人性、性格层面的特质所覆盖。那么，这在很大程度上，就解决了在意识形态层次进行伦理判断的难度，增加了人物的真实性。即使是他们身上的“超人性”特质，也是以“肉身性”为基础和前提的。至于“每个人身上都有这种和逻辑或者说经验格格不入的痼疾”，在叙述的层面讲，就成为构成文本丰富性、奇崛性的必要元素或成分。麦家直言不讳：“破解密码，是一位天才揣测另一位天才的‘心’，这心不是美丽之心，而是阴谋之心，是万丈深渊，是偷天陷阱，是一个天才葬送另一个天才的坟墓。”[16] 实质上，这就构成了天才、英雄身上的分裂性和“原我”品质，在文学叙事文本里，成为人物不可抗拒的、莫名的“魔性”。表现在《暗算》的阿炳身上，体现为脆弱和天分一样出众，一样的无与伦比，“他像一件透明的闪闪发光的玻璃器皿一样，经不起任何碰击，碰击了就会毁坏”。黄依依更是如此，情感层面的脆弱和隐忍，使得她的性格成分更多了些许可以捕捉到的东西。但是，容金珍和阿炳所具有的独一无二的“异禀”“天资”，确实是一种不可理喻的存在，这也许是科学的“雷达”探测不到的幽深、隐秘的所在。他们的大脑，仿佛是一枚“果壳中的宇宙”，如莎翁笔下的哈姆雷特认为的“即使将他关在果壳中，仍然自以为是无限空间之王”。容金珍和阿炳，之于爱因斯坦、霍金这样的科学巨匠，虽然都属于人类社会的天才、奇才，但又自然有其本质上的巨大差异性。前者从俗世出发，因为某种特殊的机遇，成为走向探秘之旅的疯癫人物，从此，任由天性、自我本能的驱使，从神秘走向神秘，从俗世的平静、平庸的状态，走向生命的新状态。而爱因斯坦和霍金自觉追求的，是发现世界本身的隐秘，依据强大的科学逻辑、推论和引证，在不断激发的创造性中避免、摆脱人类精神的枯萎和死亡，窥探宇宙和生命的奥秘。因此，科学家的神经都是坚忍的，他们可以不断地抛弃一个观念，不断地建立新的观念，有假定，有预言，有理论建构，不乏猜想但较少随机性。他们是对整个宇宙观呕心沥血的重新建立。这一切都基于最可操作的科学、哲学之上。时间和空间，都成为科学地想象存在的元素之一。而容金珍、阿炳和黄依依们，虽然也是依靠天分进行奇思妙想，可是他们所面对的是存在世界中人为预设的秘密和可能性。他们的记忆、推论和猜想的对象，都是由与他们的同类布下的精密的迷阵，它将他们引向一个可能迷失自我的危境。因为这是人类自己预设的企图超越上帝的狂想。也就是说，如果做个不够恰当的比喻，牛顿、爱因斯坦和霍金，他们的大脑可能是“宇宙的果壳”，而麦家的小说人物的大脑或思维模态，则是“人脑的果壳”。若对这类人物做出超越文学审美阐释的话，最终可能会指向哲学、心理学和医学，而想要对科学家的人格、品质做出判断，则需要依赖思维科学。人脑毕竟是一个神秘的存在，在文学和科学两个维度上，有着不同的描述方程式，同样具有冒险性和挑战性。

我认为，麦家的故事既具有浓郁的具象性、形象性，也包括、渗透着独特个性的理性经验。一个作家的全部作品，一定是隐含着一种想象方案显形的逻辑，具有作家个人的统一性美学取向。我想，麦家在叙事或呈现人物存在状态时，他常常携带着自己的理念来处理素材和经验、构思情节、完成细部修辞。传奇性和悬疑性，都隐匿在貌似浓重的戏剧氛围里，以完成他对这个特殊人群的生命探秘。在很多叙述中，我们也明显感受到麦家的谦卑和敬畏之心，他向文本中的人物致敬的尊贵品质。如果说，同情和悲悯是作家最重要的品质的话，人道主义的优雅，更能凸显出写作的价值所在。而且，我们还能够体会到麦家驳杂、厚实的知识谱系，尤其是“密码学”“破译学”诸如此类的专门知识和经验。麦家一旦进入这样的文学世界，就会“神与物游”般沉浸其中，大有“思接千载”的叙事气度。也许，面对这样的故事和人物，只有麦家可以做到，聚焦这些存在于类似“黑洞”般境遇里的迥异于常人的“半人半神”者，麦家必须寻找并建立起一种新的叙事法则。

六

其实，长篇小说《人生海海》，也是作家处理、呈现某种特殊的人生经验，展开一个人宿命般复杂人生场景的一部力作。这部长篇，无疑也是麦家走回自己的故乡，重新走进历史纵深处的一次人生演绎，是对故乡的一次深情眺望和如约“回归”。毋宁说，《人生海海》呈现的也是一次有关人生、自我反思的精神苦旅。同时，这里的主要人物“上校”，也是麦家延续、调整前期小说人物塑造基本理念的重要实践。麦家在这部长篇小说的写作中，逐渐回到历史与日常性的“亲和”与“整合”状态。这种写法既是策略，也是历史观、价值观以及叙事美学的升华，选择依然如前文提及的“个人的统一性美学取向”，人物性格及其价值都具备唤醒历史和现实的必不可少的冲击力。而叙事的结构，仍然是隐讳地凸现“审美第二项”的意蕴和个人性经验。我始终坚信，叙事的力量就在于“审美第二项”的坚实存在。无论是人物、故事、情节，还是文本的整体结构，只有穿越表象的层面才能构成“镜像”的复杂意蕴。这是作家淬炼生活和经验的成果。“上校”作为一个历史的符码，被麦家借以其在时间之流中的人生痕迹，像熨烫衣物一样抚平了历史可能性的褶皱。

在世人眼中，“上校”传奇性的人生是荒诞不经的，仿佛是一个擅于“变形”和“隐形”的孤独的人物。时代、岁月的刻痕在他的身上不停地“发酵”为一种历史的镜像或隐喻。“我心里早就有了上校这个故事，慢慢在酝酿，在这个过程中写了一系列短篇，比如《日本佬》《畜生》《汉泉耶稣》《杀人者》等，基本上都是以故乡为圆心展开的系列短篇。某种意义上，这些短篇都是在为《人生海海》的写作热身。”[17] 由此，我们看到麦家的经验积累和重新整合的过程。“还有多少秘密可以被挖出来？”作家骆以军曾直面麦家发出如此设问。[18] 这个“秘密”是什么？不唯所谓“谍战”“秘密战线”“破译”“解密”，才可能有“秘密”可挖，才有麦家叙事“奇崛性”、神秘性的存在可能。显然，大家普遍所“热衷”的这种题材上的纠结，对于麦家似乎已经不够重要了。关键是，在这里存在着一个作家如何讲故事，如何面对历史和虚构的问题，即历史叙事和文学叙事之间的暧昧性和真实性。“我想通过《风声》，人们能看到我对历史的怀疑。什么叫历史？它就像‘风声’一样从远方传来，虚实不定，真假难辨。”[19] 看得出来，麦家无意以历史之重“证实”自己故事的可靠性，也不想做“解构”历史的后现代叙事，他所自信的还是虚构的力量。我感觉麦家始终在精心营构自己的叙事结构，铸造文本情节编排结构，讲述自己的“特种故事”，甚至试图将历史想象成寓言。麦家清楚历史所使用的虚构形式，所以，他的“元叙事”策略，对世界、人性的判断和描述，似乎在竭力蜕掉特定历史观、意识形态的规约，依靠个性化的经验去“还原”、发现存在的价值和意义。因此，麦家从《解密》到《暗算》《风声》，再到《人生海海》，“历史”仅仅是作为叙事的大背景，影影绰绰，而绝不将其作为历史仿制品的文学文本。就是说，麦家高度警觉历史、叙事、故事与小说修辞之间的微妙关系。麦家的历史感，隐藏在一个小说家“诗意智慧”的逻辑链条上。而小说人物所负载的重心，不是历史的“精确性”，而是故事和人物的现实性、情感真实性，这也体现为麦家小说结构的谨严和细部修辞的讲究。我们可以将麦家的叙事，界定为“命运叙事”，或“命运结构”，而且，由于这些长篇小说独特的写法，存在于传统写实主义之外，政治性、日常性、传奇性、神秘主义、哲理感悟、心理分析、悬疑、梦魇、笔记、日记和谈话录，诸多元素充斥其间，使叙事跨越了传统文体的边界，如果从这个维度来审视麦家的文本，我们就会体悟到这些人物个体的生命经验，就跟整个宇宙一样，神秘、阔达而莫测，尤其具有深刻的哲学意蕴，他们的沉浮、生死、压抑和张扬，被上升到人生哲学的高度，它的核心其实就是自由、幻影和无处逃遁的悲剧人生。《人生海海》之于上校，也是通过三个“被讲述”的层面展开对人物的梳理和发掘。选择一个时间段的三个隐蔽性视角，“剥洋葱”般把人物的人生形态和生命轨迹立体化，避免以单一向度的“平扫”手段描摹，而是“多声部”地进行交叉式想象、“互证”、辨析、补充。相对于大历史，一个渺小的人物，怎样在“海海”的生存空间和现实维度，获得自己的人生坐标？任何个人的生命，无论是英雄还是普通小人物，在时间和空间里的流淌或消失，都只能被“反抗遗忘”的文本记忆打捞上来。

麦家眼里的世界是一个英雄、天才、奇才被毁损、遭遇命运戕害的残酷的世界，也是一个悲剧丛生、出离现实又难以逾越现实的世界。我们时刻都能感到人物命运的多舛和动荡。这不仅是因为“这不是一个职业，而是一个阴谋，一个阴谋中的阴谋”，而且，天才、英雄自身的脆弱，上苍赋予他们异禀、才能的同时绑缚给他们的致命的缺憾，构成苍凉命运中无法避免的灾难。“英雄”是超出对天才本身的，具有政治、意识形态意义的评估。作为国家利益的维护者，舍生取义、赴汤蹈火，理应在所不辞，这是麦家叙事的伦理前提。“组织”所安排的一切，都是神圣的不可有任何犹疑的使命。但是，麦家并没有忽视或“省略”英雄们的世俗性，比魔鬼还道高一丈的神人阿炳，他在“宣誓”时对组织提出的“悲壮”的要求，竟然是“妥善地解决母亲的柴火问题”，“决不允许任何人割下他的耳朵去做什么研究”。而黄依依这位“有问题的天使”，在竭力追求俗世性爱、欢愉时，则被视为危险的越界。与身体残疾、没有生育能力的阿炳相对照，黄依依的悲剧色彩看上去更为强烈。天才的悲剧，犹如一次坎坷命运的写照，他们相近的宿命般的结局，似乎源于神性和世俗性构成的内在矛盾和难以抵御的冲突。记得史铁生在《我与地坛》中说过这样一句话：“命运不是用来打败的；关于命运，休论公道。”[20] 我觉得，这恰好暗合麦家小说人物在特定历史环境、现实背景下逼仄的存在状态。看得出，麦家小说人物的命运结局，大多都不是“从噩梦中醒来”，而是从噩梦到噩梦，或者从噩梦到彻底崩溃。

从一定的意义上说，《人生海海》是关于命运的小说。小说里的上校也是一个天才。他的命运与几十年的现当代历史紧密相连。“上校”——蒋正男是这个村落最神奇、无法为“常识”所接受的古怪的、极其“复杂”之人。他不仅当过国民党军官，也参加过解放军，是一个可以称之为“英雄”的抗日战士。而且，他竟然还在国民党特务机关里游刃有余，在昔日的青楼里寻花问柳。这就使得他在此后特殊的历史年代，成为被审查、被质疑、被“清算”的对象。面对这样一个拥有复杂个人史的人，很难对其做出任何“阶级”或意识形态的界定。如何书写和“讲述”他，是一个巨大的难题，对于作家是一个挑战。可以说，这个人物同样是当代文学人物画廊里的一朵“奇葩”。在文本里，“上校”代表一种复杂的大历史的风云际会，无疑也代表一种英雄的传奇身份。而“太监”则代表着个体生命的遭遇或命运史，这是历史雕刻在英雄身上的羞怯和耻辱。小说的叙述人选择了“我”——一个孩子的视角，他凝望、审视着父辈和祖辈。从孩童直到长大成人，“我”不断地回忆，与父亲、老保长等一起讲述这个“太监”或“上校”的“前世今生”。这些纷繁驳杂的视角和“众声喧哗”的声音，向着历史的纵深处勘探。描摹、反思一个乡村青年的生命之旅，勘察他如何卷入20世纪风风雨雨、动荡不宁的令人惶恐的历史。他既有不可思议的传奇生涯，身上又有被刻写毁损生命尊严的耻辱印记，因此，这样的一个人物魂归何处，就成为麦家叙述最强大的动力。归乡的爱似乎才有人之安放心灵的归属，可是，“上校”最后却只能选择逃离。小说取名“人生海海”，来自闽南方言，喻指人生复杂多变，命运多舛。个体人生常常就像一叶扁舟，在大海的激流中漂荡、沉浮。所以，什么事都要像大海一样宽容，人生就是要坚忍地去生活。生长于烟波浩渺的历史之中，每个生命都在经历冲击、磨难。在这里，对于上校或太监，甚至对于每一个孤独的个体，是很难将生命再度展开的。任何生命都可能被历史或现实断然终结，所以，麦家选择让上校最后疯掉，退化成一个儿童，或许是一个“明智”的选择。表面上看，历史、记忆和讲述都遭遇了“梗阻”，实质上，这既隐喻着历史的断裂、时光的倒错、感性和理性的纠葛，也有人作为历史主体的尴尬和无奈。或许，麦家笔下的上校最后的“疯癫”，可以视为是对其个人尊严的保持。麦家的叙事诉求，明显是想从历史里生生地拔出个人的时间体验，触及被压抑的生命个体，以及救赎的愿望。这个几乎很少人知道他名字的人物，在历史和文本之间的沉浮，正是个体性悲剧处境的象征。

我极为看重王德威教授对这部长篇小说的评价和感受：“细心的读者不难理解麦家如何利用叙事方法，由故事引发故事，形成众声喧哗的结构。居于故事中心的上校始终没有太多自我交代——他在‘文革’中受尽迫害，其实疯了。反而是周遭人物的臆测、捏造、回忆、控诉或忏悔层层叠叠，提醒我们真相的虚实难分。然而《人生海海》不是虚应故事的后设小说。麦家显然想指出，写了这么多年的谍战小说，他终于理解最难破译的密码不是别的，就是生活本身。”[21] 王德威从这部长篇里，体悟到麦家整体叙事的“隐秘”。他“纠正”了以往阅读接受中对麦家的误读和褊狭理解。就是说，麦家写作的精神内核，不是表层的有关密码的“物语”，而是麦家超越题材、处理经验的终极目的——破译人生的秘密。麦家在《人生海海》中，通过“上校”与周遭人物的纠结，含蓄地举证出人生、存在和价值观的巨大差异，自我与“他者”的错位和龃龉，深入地凸显了不可避免的人生、生命的内在悲剧性。或许，这也是我们所身处的世界如此丰富却又难以解码的原因。

七

是否可以说，麦家给自己的几部重要的长篇小说取名为《解密》《暗算》和《风声》，都是他执着于对“秘密”的事物、生命的发现以及求解的冲动。每个人都有自己需要对付的魔鬼，而这个魔鬼可能就潜伏在自己的内心。麦家在对人的天性、神性、魔性的勘察中，洞悉人的灵魂和品相及其隐秘。

从叙事策略层面看，这几部长篇小说都具有极强的结构感。像《暗算》的叙事结构，有意无意中生成一股文体力量和叙述张力。这部小说，表面上看是三部中篇的组合，实质上是几个故事和人物的“不期而遇”。“《暗算》是一种‘档案柜’或‘抽屉柜’的结构，即分开看，每一部分都是独立的、完整的，可以单独成立，合在一起又是一个整体。这种结构恰恰是小说中那个特别单位 701 的‘结构’。”[22] 如此说来，它构成“701”的历史长廊，也构成“秘密史”的整体性、场域性的关联。当年莫言的《红高粱家族》、高晓声的《陈奂生上城出国记》就曾经采取这样的文本形式，“分而合之”为“组合拳”，具有整体的精神趋向和意蕴，而绝不是随心所欲的几记“散打”。《解密》和《风声》的结构，则是封闭的、密不透风的叙事环境、背景和氛围。

我们会注意到，麦家在处理文本中人物关系时，尽量保持平衡之中的内在冲撞和对峙状态。容金珍和希伊斯，阿炳和林小芳，黄依依和安在天，“上校”与爷爷，可以说，麦家在他们之间，真正找到了“关系”。这些大多都是“囚禁”于某一特殊环境和精神状态的人，几乎被现实、环境、职业和内心压力逼近“绝境”，如何在人物关系的层面呈现人性的冲突和裂变，正是小说叙述的难度所在。

另外，麦家在写作中极其重视小说的叙述语言。无论是长篇还是短篇，麦家都讲究叙述语言的凝练和诗性、文学性的浓度，因为麦家深知文学叙述的力量在哪里。他清楚，写小说就是“写语言”“语言是思想的直接现实”。所以，我们看到麦家小说语言的精致、灵动和谨严。这些语言特性，充分地体现在文本的叙述语言、人物语言、对话几个方面。尤其像《解密》《暗算》和《人生海海》，明显具有极强的“复调小说”特征，麦家注意到语言的神奇性和半透明性的意义。我感觉，麦家在文本叙述上像打磨镜片一样打磨词句。容金珍的“独语”，《人生海海》的人物语言的个性化，《暗算》和《风声》的叙述语言，麦家尽可能地丢弃包裹着“意识形态”的历史，蜕掉地域或隐喻的共鸣语境，积累和叠加“双关语”或词语的弦外之音，尽力不遗漏任何有价值的事物的描述或具有思想性的心理、精神空间。每一个词语的使用都有可以围绕的核心，制造出叙述的能量场，实现对故事、人物、情感和文本结构的有效控制。

可以肯定，不存在所谓“彻底”的现实主义，只有独具匠心的写实。在人的身上发现人性的底色，才是叙事的终极目的。那么，现代小说叙事的出路究竟在哪里？这成为作家和评论家们争议多年的话题以及困扰。我始终认为，现实主义，或者说写实主义，除了在理论上存在诸多观点的纠缠，它们在“逼近”现实、重视“真实性”方面是一致的。近些年来，由于现代社会和生活的复杂性和奇崛性，作家的想象力愈发显得逼仄、匮乏，现实和历史本身的独特性日益丰盈、奇诡，作家“讲故事”或叙事的难度不断增大，超越现实成为一个艰难的工作。但是，作家只要诚实地“叙述”，就可能刺破现实的幻觉，抵达文学应有的样子。麦家小说现实与虚构之间的界限，其实是非常模糊的。这不仅是因为我们前文提到的“元叙事”策略的运用，而且，麦家始终保持着对待故事、人物崭新的态度和叙述故事的热情、技巧，使得这些隐秘、陌生的故事重获生命。

麦家在《答王德威教授问》中，坦率而饱含激情地表述了自己对现代社会、世界的整体性的理解和思辨。这些，完全可以视为麦家写作的叙事伦理、精神宣言和价值观取向，当然，这也是铸就了麦家进行文本结构、保持其持久原创力的思想基础。

> 英雄也好，死敌也罢，斯诺登也好，容金珍也罢，他们是被上帝抛弃的人。可悲的是，不论是哪个国家都有相当一部分这样的人。我不会站在容金珍角度嘲笑斯诺登，也不会以斯诺登的目光去鄙视容金珍。我很遗憾无法选择做宇宙的孩子，但我很荣幸做了文学的孩子：这是最接近上帝的一个职业。文学让我变得宽广坦然，上帝在我身边，我敢对魔鬼发话。听着，如果没有文学、艺术、宗教、哲学等人文精神的代代传承，科

技这头怪兽也许早把我们灭了，即使不灭，恐怕也都变成一群恐龙、僵尸，只会改天换地，不会感天动地；只有脚步声，没有心跳声；只会流血，不会流泪；只会恨，不会爱；只会战，不会和；只会变，不会守……以文学为母体的人文艺术，像春天之于花一样，让我们内心日日夜夜、逐渐又逐渐地变得柔软、饱满、宽广、细腻、温良，使科技这头怪兽至今还在我们驯养中。[23]

麦家是一位对现实异常清醒的作家，他在文学与科学、人脑之间，找到了一个重新打开人性黑洞的密钥。因为清醒，所以眷顾“迷局”和“计中计”的解密和“暗算”。麦家乐于将叙事、人物置于极其特殊的环境和背景下，或生死智斗，或命运多舛，或慎独煎熬。也就是让人物或事物经受令人意想不到的变局或困局。如此，无论人本身的尊严，还是人性、道德的底线，就被拉到一种极致或悬浮状态，已经变得无足轻重，因为，这些人物的存在，就是为了彰显、肯定他们所天然具有的另一种实用性价值——以阴谋击碎阴谋，以天性对抗魔性，不知道这是否可以视为文明外衣下的另一种疯癫？“破译他国密码，本身就是一个阴谋，一桩阴暗的勾当，是国与国之间，或不同的政治集团之间，你死我活的隐蔽斗争。”于是，人物和事物，都隐藏在封闭的密室之中、隐形之中，困兽犹斗，志在必得。看上去，容金珍、阿炳、黄依依等人除了相信自己的智力和异禀之外，劳动的义务与对职业追求的信念毫无关联，若是劳动和投入其间的事业出现奇迹，他们也仿佛处在某种苦修般的漫游里。什么是“高级隐形处理”？它不仅是表象的修饰，而是心理、精神、灵魂的“人工过滤”，甚至梦境或梦的暗示、提示，对于破译者来说，都已成为智慧竞技者抵达胜利彼岸的秘密通道。“破译密码是听死人的心跳声”，则一语道破事物的本质。其实，麦家文本所表达的经验，总是散发出一种“怪异”的感觉，因为，只要从人性的复杂层面考察身体，尤其大脑器官渗透出的隐秘的精神、心理编码，我们就可能发现人性的幽暗之处。这也许就是科学、技术、天分所忽略的伦理学和宗教的部分。麦家的价值观也是异常清晰，我们从他进入作品时的视角，可以窥见他内心的宽广和执着。因此，麦家在一种更接近“宇宙视角”或“上帝视角”的层次或境界上，能够以常人的角度看待“超人”“异禀奇才”，也能够以上帝的视角审视、裁夺魔鬼的异端性。如果我们站在另一种维度看，麦家小说的人物，都似在梦中。当然，只有将叙述置于似真似幻的整体性梦境，作家才会有更大的虚构悬疑和秘密的能力。打破线性的思维模式，模糊人、魔、天才之间的边界，让智慧无处不在，让生命的神秘性充斥于理性和非理性之间。不唯此，就很难解析、穿透人性的“危险地带”、发现海德格尔说的“存在的被隐蔽”，就会失去总览人性存在的最佳视觉、方位。

其实，麦家谈到自己的时候，也非常刻薄，毫不隐讳自身的特性和存在的缺陷：

> 也许是身世不幸，也许是遗传基因不好，或者别的什么原因，我这人总的说是个堆满缺点的人：任性，敏感，脆弱，孤僻，伤感，多疑，胆小，懒散，怕苦，缺乏耐心，意志薄弱，羸弱多病……一大堆贯彻于血脉中的毛病，常常使家人感到失望。小时候，父母对我最不抱希望，似乎料定我不会有甚出息。想不到我这人运气不错，在几个决定命运的关键时刻，仁慈的老天都恰到好处地佑助了我，结果弟兄三个，还算我活得“光荣又幸福”。这是命。旁人都说我命好。
>
> 但命好抹不掉我的缺点，而且随着年龄长大，我的缺点似乎也一道长大、滋多了。尤其是结了婚，我的缺点明显地又增加了对妻子不温存（太粗暴），不宽容（严厉得近乎刻薄），不谦让（大男子主义），不糊涂（什么事都要弄个水落石出），不克己（从不委屈自己）；对家庭没有责任心，没有抱负；缺乏生财之道，且常常乱花钱等等。[24]

在麦家深刻的自我解剖和反省里，我们深切地感受到他天性里的善良基因。加之他自己“总结”的任性、敏感、脆弱、孤僻、伤感、多疑，不能不说这统统构成一个人成为作家必备的“天资”。一位作家能否在一个特殊的题材领域，从容不迫地驾驭故事和人物，对叙述有强大的控制力，取决于他审视生活、处理经验的能力，也与其个人情感“雷达”能否对人性进行探测并做出文学判断密切相关。文学写作本身需要一位小说家有责任感和担当，需要用心写作。麦家在接受“华语文学传媒大奖”

的获奖感言中就谈到“用心写作”的问题：“要想留下传世之作必须用心写，我们平时谈论的那些经典名著大多是用心或者是用心又用脑写成的，光用脑子是无论如何写不出这些传世巨作的。但用心写经常会出现两个极端：好的很好，差的很差，而且差的比例极高。那是因为大部分作家的心和大部分人差不多，荣辱要惊，爱恨要乱，欲望沉重，贪生怕死。相对之下，用脑写可以保证小说的基本质量，因为脑力或者说智力是有参数的，一个愚钝的人总是不大容易掌握事物的本质，分辨出纵横捭阖的世相。我很希望自己能够用心来写作，同时我的智力又告诉我，这可能不是一个用心写作的年代。用心写作，必须具备一颗非凡伟大的心，能够博大精深地去感受人类和大地的体温、伤痛、脉动，然后才可能留下名篇佳作。”[25] 在这里，我们看到麦家的叙事“野心”，也看到了他叙事的雄心。因此，我们对麦家的写作，也就始终抱有更大的期待。

注释：

[1] 季亚娅：《麦家之“密”——自不可言说处聆听》，《芙蓉》2008 年第 5 期。

[2] 请参阅拙文《富阳姑娘、日本佬和双黄蛋——麦家的几个短篇小说》，《长城》2019 年第 2 期。

[3] 麦家：《博尔赫斯与我》，《接待奈保尔的两天》，浙江文艺出版社 2016 年版，第 16 页。

[4] 麦家：《博尔赫斯与我》，《接待奈保尔的两天》，浙江文艺出版社 2016 年版，第 19 页。

[5] 麦家：《暗算》，北京十月文艺出版社 2018 年版，第 354 页。

[6] 麦家、骆以军：《关于创作的三段对话》，《扬子江文学评论》2020 年第 1 期。

[7] 博尔赫斯：《博尔赫斯全集小说卷》，王永年、陈泉译，浙江文艺出版社，1999 年版，第 141 页。

[8] 麦家：《解密》，北京十月文艺出版社 2014 年版，第 162 页。

[9] 巴赫金：《巴赫金全集》（第五卷），河北教育出版社 2009 年版，第 63 页。

[10] 巴赫金：《巴赫金全集》（第五卷），河北教育出版社 2009 年版，第 66 页。

[11] 第七届茅盾文学奖麦家《暗算》授奖词。

[12] 桑塔耶纳：《美感》，缪灵珠译，中国社会科学出版社 1982 年版，第

132 页。
[13] 麦家:《解密》，北京十月文艺出版社 2014 年版，第 223 页。
[14] 麦家:《解密》，北京十月文艺出版社 2014 年版，第 223 页。
[15] 王尧:《为麦家解密，或关于麦家的误读》,《扬子江文学评论》2020 年第 1 期。
[16] 麦家:《谈解密》,《捕风者说》，作家出版社 2008 年版，第 165 页。
[17] 季进、麦家:《聊聊〈人生海海〉——麦家访谈录》,《当代作家评论》2019 年第 5 期。
[18] 麦家、骆以军:《关于创作的三段对话》,《扬子江文学评论》2020 年第 1 期。
[19] 麦家:《与姜广平对话》,《捕风者说》，作家出版社 2008 年版，第 181 页。
[20] 史铁生:《我与地坛》，人民文学出版社 2011 年版，第 86 页。
[21] 王德威:《人生海海，传奇不奇》,《当代作家评论》2019 年第 5 期。
[22] 麦家:《形式也是内容——再版跋》,《暗算》，作家出版社 2011 年版，第 272 页。
[23] 麦家:《接待奈保尔的两天》，浙江文艺出版社 2016 年版，第 41 页。
[24] 麦家:《非虚构的我》，花城出版社 2013 年版，第 59 页。
[25] 麦家:《接待奈保尔的两天》，浙江文艺出版社 2016 年版，第 121–122 页。

余华论

一

若干年前，我与苏童在一次聊天中曾谈及余华。苏童认为，相对而言，在中国当代作家中，余华的内心，要显得更加强大。毋庸讳言，一个作家的写作，一定和他的内心以及他与所处现实之间存在着密切相连的关系。我想，这些也必然决定一位作家写作的伦理起点和心理逻辑。苏童对余华的看法或判断，不仅仅是基于他与余华多年的交往、认可或惺惺相惜这一层面，或许，同为作家的苏童，在余华的文本里，早已经洞悉到作为作家的余华，其心路的历程和叙述的价值是如何超越现实的、经验的维度，摆脱自身的写作困境，让叙述抵达存在的真相。也许，我们还会将余华及其文本，与“苦难”“残酷”“暴力”“冷硬”“荒寒”等美学元素联系起来。同时，另一组如“忍耐”“温暖”“幽默”“宽容”等词语，也会被镶嵌在余华小说的字里行间。这些词语相互缠绕，相互对峙，相互覆盖，也相互支撑，建立起余华叙述的精神结构的坚实基础。我们由此也能够感觉到，余华自己内心的承载，可能更多地需要对世相、现实、历史的隐忍和宽容。这需要一种坚执，因为写作已然越出了诗学的层面，对作家形成哲学和信仰方面的考量。

那么，是否可以说，一个杰出作家的写作，将会成为对话一个时代灵魂的“封面”？显然，余华并没有辜负我们这个时代。因为当代作家所处时代的复杂性，对作家写作有更高的“段位”上的要求。也就是说，大时代如何进入作家的内心，就成为对作家的深度考察。在我们的时代，一个真正有良知的作家的写作，的确需要拥有强大的内心，这个“内心”，包蕴着对时代的良心和耐心。可以说，余华近四十年的写作，已呈现出中国作家努力发现我们时代内在的真实、灵魂的隐秘以及历史情境的诸多征候。

余华从写作之初，就明确表达过自己的写作宣言：

> 一位真正的作家永远只为内心写作，只有内心才会真实地告诉他，他的自私、他的高尚是多么突出。内心让他真实地了解自己，一旦了解了自己也就了解了世界。很多年前我就明白了这个原则，可是要捍卫这个原则必须付出艰辛的劳动和长时期的痛苦，因为内心并非时时刻刻都是敞开的，它更多的时候倒是封闭起来，于是只有写作，不停地写作才能使内心敞开，才能使自己置身于发现之中，就像日出的光芒照亮了黑暗，灵感这时候才会突然来到。
>
> 长期以来，我的作品都是源出于和现实的那一层紧张关系。我沉湎于想象之中，又被现实紧紧控制，我明确感受着自我的分裂，我无法使自己变得纯粹，我曾经希望自己成为一位童话作家，要不就是一位实实在在作品的拥有者，如果我能够成为这两者中的任何一个，我想我内心的痛苦将轻微得多，可是与此同时我的力量也会削弱很多。[1]

余华认为，“几乎所有优秀的作家都处于和现实的紧张关系中”，“一生都在解决自我和现实的紧张关系”，“内心让他真实地了解自己，一旦了解了自己也就了解了世界”。这些，成为我们进入余华文本世界和“内宇宙”的重要通道，成为我们重新认识和理解余华、重读并阐释余华文本的有效路径。

自1980年代以来，我还没有看到有多少作家像余华这样，如此重视自己的写作与内心、心理、精神状况的张力。他敏感地处理经验与现实之间的复杂关系，竭力发现自身包括写作必然涉及的价值观和文学观在内的种种悖论，并在写作中坚定地践行自己的文学观。当然，这种“践行”，始终围绕着余华内心的精神向度和心理图谱，不断地进行调整和修正：“很久以来，我始终有一个十分固执的想法，我觉得一个人成长的经历会决定其一生的方向。世界最基本的图像就是这时候来到一个人的内心深处，如同复印机似的，一幅又一幅地复印在一个人的成长里。在其长大成人以后，不管是成功，还是失败；不管是伟大，还是平庸；其所作所为都只是对这个最基本图像的局部修改，图像的整体是不会被更改的。当然，有些人修改的多一些，有些人修改的少一些。”[2] 这个“世界最基本的图像”，以及图像所蕴藉的“余华元素”和写作“基因”，就是随着余华每一部作品的问世，不断地“复印”或叠加在余华文学叙述的罗盘上，构成余华整体创作的景观和气象，形成独属于余华自身的美学格局。实际上，这也就是我们要深入探究的——余华整体创作上的变与不变。这些年，余华究竟“变”在哪里？“不变”又在何处？具体说，余华是怎样不停地“复印”这个“图像”的？看得出，除了充满个性的勇气之外，余华需要展示作家内心的力量和冲动，找到现象世界背后隐藏的密钥。当然，余华不会像三岛由纪夫那样，在写作中无限地伸张个人的欲望，而让自己的现实生活变得越来越狭窄，让写作覆盖自己的生活。但是，即使从作家以感性的角度极其理性地“放逐”现实的非理性考虑，余华的内心确实需要无比的强大。

若按着余华的“图像说”梳理余华近四十年的写作，从《十八岁出门远行》到《现实一种》《河边的错误》《一九八六年》《世事如烟》《古典爱情》《黄昏里的男孩》，再到《在细雨中呼喊》《活着》《许三观卖血记》《兄弟》《第七天》《文城》，我们能够从中依稀地辨识出在漫长的叙述旅途上，余华强有力的、又略显孑然一身的踪影。其中，隐藏在余华所有文本中的那个“梦”——“让一个记忆回来了，然后一切都改变了”[3]。余华按着“内心的方向”，不断地虚构、重构经验和记忆，始终不改其志。从一定意义上讲，写作就是作家一个伟大梦想的达成。作家的文本里，一定潜藏着作家无数可以解析的梦幻。而且，它们必定具有各自精美的结构。2013 年 6 月，余华的长篇小说《第七天》出版后，哈佛大学的王德威教授在《读书》上撰写了一篇精彩的短文《从十八岁到第七天》，举重若轻地将余华的写作进行了一次美学的梳理和厘定。其中，王德威对余华《十八岁出门远行》中所体现出的先锋精神赞不绝口，尤其肯定余华在一个短篇小说里写出了一个时代的“感觉结构”，肯定余华对前面一个时代的叙述，以及文字的某种终极性意义和“重构”的力量，称其作品是“文字的嘉年华暴动”，并且是“开始成为探讨人间伦理边界的方法”。在这里，王德威还特别指出了余华写作中贯穿的一条不易被觉察的主线，即写实主义的脉络和气息，直指死亡、暴力、残酷的暧昧创作主体的内在纠结。这种纠结，体现为余华对生命乌托邦及“恶托邦”的率性臆想和大胆裸露。显然，文本中批判的力量，完全隐遁于对生命和存在世相的绝望之后。有时候，余华的叙述，常常令我们感到万世苍凉的压抑和无奈及其生命对命运的隐忍。我们的内心和灵魂，被一种强大的叙述力量不断地撕扯。因此，从表现人生、存在世相的角度看，余华的叙述，无疑又是直指灵魂的。这一点，构成了余华文学叙述的精神骨骼。

可以说，从上世纪 80 年代迄今，余华几十年的写作，犹如一条漫长的河流，或者似一条起伏不定、尘埃也未有落定的跌宕道路，在我们的眼前延伸、激荡、震动，悠远而沉重。这些年来，伴随着我对余华的阅读，一个对余华写作美学判断和伦理界定的想法油然而生，挥之不去。这就是余华在对存在世相进行灵魂整饬之后，始终不移坚持的审美心理和姿态：内心之死。余华在叙述的时候，选择了残酷和绝望的立场，在表达人性的暴力时，字字珠玑般呈现的图像，几乎都是残忍和隐忍的博弈和绝杀。很早，李劼就将余华和鲁迅联系在一起，“余华是一个最具代表性的鲁迅精神的继承者和发扬者”[4]。赵毅衡认为，余华和鲁迅的不同之处在于，鲁迅的对抗双方是以新旧来区分的，余华的对抗双方是以虚实来划分的，而且“虚和实的对抗有新旧对抗所不可能有的新的区别”[5]。而张梦阳则将余华的写作方式称为“二十世纪新的写作方式的诞生”[6]。他将余华笔下的许三观与鲁迅的阿 Q 进行比较，分析、阐释余华为何在写作上，更加关心人物的欲望层面而轻视所谓性格塑造，其实质性意义则是余华以自己的写作方法，打破“现状世界提供的秩序和逻辑”，冲破常理和经验的局限，无限地“接近真实”。

必须指出，余华对中国当代先锋文学，乃至对中国当代文学的重要贡献，就在于他在叙述上的别具一格，在于对现实的深刻洞悉及戳破历史书写的假象之后所保持的一种近距离的剥离。他努力地剥离掉任何想象成分中僵化的“主题先行”的惯性，呈现“原生态”的人性和生存图景。或许，还原生存的本相，应该是余华写作这类小说的一个不可或缺的关键词。而且，这种“还原”，是余华在一条不愿与别人重复的道路上，在表现世界的丰富的同时，凸现个人空间的独特和冲决狭窄的惯性叙事的勇气。也就是说，余华的努力在于，他能够通过叙述，试图让“我们的人生道路由单数变成了复数”；他让我们在一个平凡的故事里，找到一个多重的记忆、思想和力量。这是许多有才华、有能力的作家都有的抱负，但余华真正做到了，尤其是在篇幅看上去很“轻”的短篇小说里，他平静地举起了一块块巨石。前面提及的《十八岁出门远行》这个短篇，即让我们感到，余华一上手就俨然是一位成熟的作家，连同《现实一种》《河边的错误》《一九八六年》《四月三日事件》，凸显出一种难以模仿的余华风格。不消说，他几乎越过了“学艺”阶段，直接把握和焊接了文字、叙述与存在的想象关系，直抵存在世界的内在之核：人、人性、尊严和存在世相。余华以所谓“非启蒙话语”，体现着更具灵魂内暴力的“陌生化”启蒙。这既是一场叙事革命，也是动人心魄的“批判的抒情”。“从十八岁到第七天”，余华通过他的文本不断地打破我们理解力上的障碍，体味着叙述的“轻”与“重”。他摈弃“油滑”和乖张，追求文本之内的对称、平衡、冲撞、完整和结实。现在，直到这部长篇小说《文城》，我们意识到余华的激情和虚构力也仍然没有丝毫的衰退。虽然，叙述层面的冒险性格犹在，但那个在叙述上坚不可摧、良苦用心且游刃有余的余华，依旧本色、自由而率性。这部《文城》里的林祥福，怀揣生命的远景，几乎一生都在寻找一种“声音”。对此，余华始终在自己的心里叙述，调和、澄明自己的想象，让思想徜徉在那些坚定地保持着强烈文学性的文本里，从“抒情”迈向“史诗”。他让我们看到一个作家——不竭的叙述者，如青铜雕像般孔武有力。余华“可持续性的写作”，完全可以印证这样一句话：唯有写作的时候，一个作家才有可能成为真正的作家。

二

余华的每一部长篇小说的问世，都是一个重大的文学事件。与《兄弟》和《第七天》的问世有所不同，他的新长篇小说《文城》发表之后，虽然并没有引起狂潮般的质疑和批评，但在不同层面上的阅读接受依然呈现驳杂的态势，甚至偶尔亦有“喧哗”迥异之声。一部文本接受美学上的差异，恰恰表明文本可阐释性的丰盈与张力。我想在对《文城》的阐释之前，不妨再仔细回顾和反思余华叙述的履历，也许，这既有助于我们理解《文城》之于余华的意义，也可以让我们重新审视余华写作本身存在的问题、价值和意义。

我们现在可以从《文城》向前推及余华以往的长篇小说、中短篇小说的表现形态和叙事伦理，并进一步深入到余华写作的精神肌理，即探寻余华虚构立场中的偶然性、“天数”、叙述方式等因素，那些并非循情循理的契合点，以及他如何摆脱外部的现实模拟性，以虚构来虚构，徒手走向个人经验的“纯粹虚构”。在这里，有几个关键的问题必须重视，就是余华处理所谓“经验”的方式究竟是什么？他坚持始终的小说理念与他的写作之间的互动关系是怎样的？以及我们如何来看待、理解他的文学观念？李敬泽曾认为，余华并不十分擅长表现人类的复杂经验。那么，什么是复杂经验？什么是简单经验？就如同张梦阳所提及的“哲学境界与历史深度”，余华是如何得以抵达？其实，这样的问题困扰着许多中国作家的写作。对余华而言，经验的传达，一方面基于作家的“文学经验”，通过回忆、想象力、思考力再度整合存在世界的物象和事象，完成文本叙述。因此说，“文学经验”是作家的写作经验，是作家“重构”世界的具体方法或策略；另一方面，在余华看来，什么是经验，什么是文学，固然已经是复杂的话题，但文学和经验两者相遇之后是什么，则是更为重要的问题。无疑，这里的“经验”，不再是“文学经验”本身，而是作为一位作家对于存在的感受、体悟和想象，也是未经“整合”的、尚带有粗糙“毛面”的、有质感的“事实”。对于这种“事实”经验的处理方式，既依赖于“文学经验”，也取决于判断人和事物的伦理起点和叙事的逻辑起点。现在的问题，是任何作家都无法回避的“真实”和“真实性”的问题。那么，什么是真实？对真实的理解已经成为处理经验的关键。“经验只对实际的事物负责，它越来越疏远精神的本质。于是真实的含义被曲解也就在所难免”[7]。这段文字其实是说，文学应该向我们提供怎样的真实。文学必定是大于个性经验的，“文学让经验出现了无限延伸的可能性，也就是说，是文学，让局限的经验成为开放的经验”[8]。说到底，如何理解真实，如何选择处理经验的方式，直接决定文本的结构和形态。余华反复强调：“自身的肤浅来自经验的局限”，“无法明白有关世界的语言和结构”的根本原因，就是不能断定“生活是不真实的，只有人的精神才是真实的”，“有关世界的结构并非只有唯一”。[9] 可以说，余华始终在寻找一种真实的“有关世界的语言和结构”，这是一个不同于以往经验世界的新的文本结构。不言而喻，余华总是试图创造一个业已变形的世界。这时，我们看到，余华实际上早已走在虚构的刀刃上。而变形的结果和质量如何，则取决于余华的个人心智的能量以及他的思想力度和灵魂状态。在对文字深度的追求中，他似乎永远都没有退路。

现在看《十八岁出门远行》和《现实一种》，这两个文本中蕴含的许多元素，都在余华后来的几乎所有作品里不断地生长、繁衍和壮大着，继而成为持续存在于其文本中独特的“余华元素”和精神因子。此后，因为余华“奇崛”“突兀”的文本形态，我们曾将余华视为冲破已有文学观念的“爆破手”，而一度将其划入“先锋作家”的序列。《十八岁出门远行》问世后，余华立即受到李陀的极高评价和赞誉，他认为余华已经走在了“中国文学的前列”。在李陀看来，余华的叙事方式和理念，是写作主体对以往叙事因果关系和伦理起点的一次重大的反叛，不啻是发动了一场小说界的“叙事革命”，这篇小说所呈现出的风貌使之被称为一种“成长小说”“教育小说”或“一篇苦涩的启蒙小说”[10]。作品貌似平淡无奇的写实，蕴藉着许多不可思议的吊诡。天真少年“出发”时，根本就“没有目的性和指向性”，“柏油马路起伏不止，马路像是贴在海浪上，我像一条船”，“我在路上遇到不少人，可他们都不知道前面是何处。他们都这样告诉我：你过去看吧”。这些，仿佛要让一个刚刚试水的少年，充分体验到行旅中的动荡，意识到整个世界的茫然和缥缈。“我已经不在乎方向。我现在需要旅店，旅店没有就需要汽车，汽车就在眼前。”未来没有预期，没有方向，只想当前的需要，就不可能永远“随遇而安”，因为叙述让一切都处于不确定的状态。与个体贩运苹果的司机偶然的邂逅，司机驾驶着破烂的汽车，他忽冷忽热、喜怒无常的情绪，沿途的人事风景，折射着寂寥与冷漠。然而，一切都在静悄悄地发生。“我不知道汽车要到什么地方去，他也不知道，反正前面是什么地方对我们来说无关紧要，那就驰过去看吧。”节外生枝，途中遇险，没有任何理由的抢掠和打斗，竟然是强盗般的农民哄抢车载苹果引发。无法说清楚的是，厚道的农民竟然会暴力地打伤阻止他们的“十八岁的远行者”，实在令人匪夷所思。在这里，“入世”的勇敢，事与愿违的变故，意外和不幸，宿命和虚无，令“在路上”的一切变得恍惚、惶恐和迷惘，令这次十八岁的“兴高采烈”的仅仅一天的短暂而“遍体鳞伤”的出行，成了真正意义的“远”行，一个理所应当的荒谬的“成人礼”。但是，《十八岁出门远行》无疑是余华有关现实世界认识和理解的第一幅“文学图像”。虽然，它还有些“糙面”，或是涂涂抹抹的原生态的“墨迹”，但它已然成为未来诸多大文本的“原型”，练达的叙事，显示出余华式的“坚硬如水”。从一定角度讲，这篇小说也像是一篇以“流浪汉小说”为原型的寓言，从未涉事、独闯世界的少年，遍体鳞伤；少年与汽车的对视，躺在“汽车的心窝里”，一切又都开始变得温暖。余华在结尾处，“重写”这位十八岁的少年出发，实际上就是刻意将叙事的开始移至结尾，昭示一个轮回或“错位”。整个叙述，余华的叙事姿态，始终表现得异常冷静。可以说，从这篇《十八岁出门远行》开始，到《现实一种》达到极端、极致状态，余华的叙述使得“文学让经验出现了无限延伸的可能性”。因此，李陀才称余华这篇小说“可能是中国一种新的写作样式的开始”。

应该提及，写于 1987 年 9 月的《现实一种》是余华“先锋时期”最具代表性的中篇小说。它与《河边的错误》《一九八六年》一起，成为余华早期最“结实”的几个中篇。无论在 1980 年代，还是在今天，它都是一部非常奇特的小说。这是余华直逼人性，发掘人性恶和暴力根性的一部寓言式小说文本。我认为，《现实一种》，是中国现当代小说史上极为罕见的一篇表现人性暴力、彻底颠覆伦理的最具叙述强度和冲击力的文本。在小说中，随着死亡在亲人之间接二连三地密集地重演，叙述迅疾地撕开人性的面纱，让我们从这起家庭血案中，看到难以想象的一幅关于“恶与暴力”的人性图景。

如果要“破题”的话，《现实一种》则透射出叙事本身无尽的深意。可以理解为是现实的真实一种；或者说，这仅仅是一种而已，尚有种种。但“这一种”足以照见人性的真实状态以及最晦暗、最混沌的非理性和非人道的层面。“连环杀人”“连环生死”，竟然发生在同胞兄弟的两个家庭之间，抑或就是一家人之间。亲情的伦理、血缘的伦理，在这里形同虚设。中国传统文化和历史中，最引以为傲的温情脉脉的纲常、礼仪、孝悌，在这里被作者冷静的叙述无情地碾压、粉碎，成为神话的齑粉，荡然无存。余华选择这样一种人伦关系，来勘测血缘的可靠性，甄别人性异变的种种可能。他将人与人之间最可靠的人伦关系毁损了给你看。而且，是“现实”的“一种”，不是虚幻，是充斥着血色的实存。我们禁不住要问，余华为什么呈现出如此不可理喻的在亲情之间的相互残杀？亲情尚且如此，更何况是其他的伦理关系？“中性”叙事的语气，给我们释放出极大的阅读、想象空间。无疑，这是一幅极端冷酷、冷漠的“现实”图景，彰显着深刻的人性的断裂。母亲、山岗山峰两兄弟、山峰的妻子、山岗的妻子、四岁的皮皮、襁褓中的婴儿，构成一个反伦理、反逻辑的事实链条。母亲的漠然令人惊诧。一开始就是她的情绪、心理，或者说是她的存在形态，笼罩了整个家庭。这是一个聚集在一起的有血缘关系的家族结构，但这个结构似乎是虚伪的。糜烂、陈腐、衰朽、冰冷、死亡的气息，弥漫在这个家庭的每一个角落。“山岗看见儿子像一块布一样飞起来，然后迅速地摔在了地上。”山岗与妻子的对话，关于儿子的死，竟然异常的冷静与淡漠。即使是死去孩子的母亲，也在眩晕中异常地冷漠。冷硬与荒寒、嚣张与怪诞，是这部小说的整体美感特征。非理性成为存在世界的一种常态，连环杀人就发生在亲情之间。杀人、暴力、死亡，一切看上去都是自然而然必然要发生的事情。一个动作接着一个动作，这期间，所有的人物，都没有任何感情波澜和理性的自省或自我约束。叙事中超凡的想象力，对存在世相惊人的表现力、概括力，细节和细部，都显示出余华惊人的虚构力。这种书写，是一场艺术变革，它创造了一个奇异而独特的感觉世界。全新的美学意识，彻底放弃了典型化原则，想象变得如此自由。小说叙述背后的哲学意味、伦理秩序和血缘连锁关系，均被颠覆。那么，如何来理解和阐释余华这部小说的深层意蕴，以及这部小说的写作逻辑起点呢？我们看到，世情的虚幻化和存在的不确定性，没有启蒙的诉求，对“中心”题旨或本源的拆除，对宏大历史叙事完整性的解构，自我与人物的祛魅或符号化；情感的中性化，对暴力、死亡、逃亡等行动的极端表现，利用错位和意外构造故事，使得小说的结构逻辑与传统小说构成本质性差异。宿命论式的神秘主义，甚至可以延伸至胡塞尔“现象学”。这种主观化的意图，又令余华的叙述我行我素。纯粹的主观性，就是纯粹的客观性，胡塞尔在抹去主客观的区别时，其实是抹去了客观性，这与几乎同时兴起的“新写实小说”叙述姿态基本一致，直抵事物的“原生态”。这种所谓“零度写作”，对中国当代文学来说，弱化了宏大主题对叙述的规约。它用冷静、客观的态度去描摹、记录生活，与“零度情感”相接近，显然受到罗兰·巴特《写作的零度》影响。毋庸置疑，小说《现实一种》是一种极其特殊、奇异的叙述情境和语境，这种文本形态，一度将余华带入个人经验的“极致”或“叙述疯癫”状态。

但是，在沉迷所谓“暴力叙述”后不久，余华在几年内一口气写出了三个长篇小说：《在细雨中呼喊》《活着》《许三观卖血记》。叙述的形态发生了根本性变化。评论界立即意识到，余华的写作在审美风格上呈现转型的趋向。长篇小说《在细雨中呼喊》，展示人生经历中生命之诞生、挣扎、毁灭以及孤独与人性恶的小说，是余华对生存最初的极其严肃的心理、精神探寻。余华通过对一个人从六岁到十八岁人生经验的描述，不仅表现了生命的本能冲动、现实与世界“造化”出的宿命和神秘，而且在人的无数生命片断和故事中，演绎出一种完整的生命图式。这种生命图式又是通过“在细雨中呼喊”这一意象，获得富于哲性的诗学表达。我认为，这时余华对生存的思考及表达仍然颇具“形而上”意味；对人与现实关系的表现，也恰如余华自己常说的，是源于作家自身与现实的一种“紧张关系”。虽然《在细雨中呼喊》这部小说呈现给我们的是多主题复合语义、意蕴，但更多的还是主人公对生命中诸如孤独、焦虑、恐惧、忧伤、生与死、存在与未来的寓言式的灵魂“拷问”。这就为余华后来关注现实人生的写作铺洒了智性的光辉。因此，它对于余华此后的两部长篇《活着》和《许三观卖血记》能在接近写实的道路上获得巨大成功，构成一个重大的拐点，这自然也是顺理成章的选择与走向。我曾把这两部描写人生存苦难的小说称之为“生存小说”。因为在这两部小说中，余华以惊人的想象力和表现力，为人们提供了一个令人心灵震颤的关于生命、生存的寓言。或者说，它展示的是一种“生存模型”。在小说的“形而下”世界中，从福贵和许三观的身上，我们所能看到的不仅仅是人的充满质感的存在状态和图景，而且还能听到人类面对苦难和命运时灵魂所发出的内在声音。这声音中有焦虑，有希望，有欢乐，有痛苦，还有更多的忍耐。余华说，一个作家要“忍受生命赋予的责任”。作为人类灵魂的观照者，对人类存在境遇及心灵伤痛的深切体恤与抚摸，敢于直视人类生存的苦难，对人在历史、社会以及自我命运的抗争过程中，直面遭受的心灵隐痛，作出独属自己的表达，这是一个作家的使命和天职。而作家的思考力、想象力，尤其是作家内在的生命之光、心灵质量又直接决定着作品的思想深度。重要的是，作家如何在叙述和呈现中从容地潜藏深度？

福贵一次次隐忍命运，面临苦难、死亡的困境，以“千钧一发”的内力，扛过生活中的所有窘迫和无奈。许三观每在生活的关键处卖血，用生命本身的能量或人自身最后的能耐来解救自己，摆脱或暂时改善生存的困境。这与福贵在本质上是相同的，都是依靠自己养活自己。不同的是，许三观偶尔还“奢侈”一下。在同厂女工林芬芳摔断腿后，他为表达爱心去卖了一次血，这一次姑且可以视为许三观唯一超越物质世界之上的一次精神之旅。我们所惊叹的，仍然是余华能在这样的叙述长度中，将生活本身的苦难用质感极强的语言表达出来。他在叙述中还是采取让人物自己开口“说话”的方式，展现生活自身的流程。其中，多次的重复叙述的手段，增强了表达的力度和效果：一是许三观在每次卖血后去饭店补充身体时对店家的吆喝，“一盘炒猪肝，二两黄酒，黄酒给我温一温”；二是许玉兰生三个孩子时在产房的三次叫骂；三是人们议论一乐并非许三观亲生儿子的叙述；四是许三观过生日那天分别给三个孩子用语言讲述做红烧肉的那顿“精神会餐”。这些叙述，表现了生活本身的重复性，人的生存状态的恒常性，人对存在“定式”及其宿命、命运难以逾越的现实羁绊。因此，“重复”重申了生活、存在嵌入叙事结构之中的记忆，显示出经验的重构价值。

无疑，这两部长篇小说，将余华的写作带入他个人写作史的巅峰状态。有关这两部小说的评价、赞誉，可以说是“浩荡而来”。也就是在这个时候，余华的写作及其叙事形态，又被界定在“《活着》的时代”。从此，余华就已经很难再与这部杰作分开。

现在看来，长篇小说《兄弟》和《第七天》似乎是两个“异类”，其间，出现了余华写作的多种新质。遗憾的是，这些新质却被那些迷恋、笃信余华《活着》《许三观卖血记》的接受者们几乎忽略掉了。尤其是《兄弟》，我曾经用“压抑的，或自由的”来描述、形容、概括余华写作这部长篇的状态和文本特征。这种判断，既指小说的内容特点，也指这部小说创作上的变化。从小说内容上讲：《兄弟》上部中弥漫着“压抑的”气息，而下部则试图描绘出一种相对自由的氛围。正如《兄弟》“后记”中所述，小说的“前一个故事是‘文革’中的故事，那是一个精神狂热、本能压抑和命运惨烈的时代”，“后一个是现在的故事，那是一个伦理颠覆、浮躁纵欲和众生万象的时代”。在前一个故事里暴力和爱情，血腥和温情，短暂的幸福和持续的悲伤等构成了巨大的艺术张力，作品在一个压抑的年代里体现了强烈的自由精神，作家显然采用了一种超然的反观历史的叙事态度。后一个故事里，描绘了自由时代的社会繁荣和个人命运的变迁。时代的禁锢已经解除，人们有了更加自由发展的空间和机会。遗憾的是，作者在下部中失去了审视现实的力度，他并没有从中抽离出深刻的生命体验或人生哲学来。在《兄弟》（上）中，革命和理想似乎代表了伟大的自由，实际却压抑了自由；而《兄弟》（下）中金钱和命运似乎已经得到了自由，实际上却重新陷入压抑。换言之，上部中，个人选择的自由等被压抑的元素，在下部中得到了自由的爆发。而像宋凡平的夫妻情，李光头的手足情，这些自由的元素却在下部中几乎消失。从人物关系来看：李光头和宋钢两兄弟的生活，一同贯穿了这两个时代，他们共同从压抑的年代走向了自由的年代；他们在压抑中享受过自由，同样在自由中备受压抑。他们一个代表着压抑，另一个代表着自由，他们又互相代表着对方；他们是矛盾的统一体，是共同体的分裂物；他们在裂变中裂变，在爆发中爆发；他们在压抑中寻求着自由，又在自由中重新陷入压抑。兄弟俩和他们的时代一起表达了一种现实体验与历史经验：人既是自由的也是压抑的，所以每个时代是自由的也是压抑的。唯一不同的是哪一个更多一些，谁在享受它们而已。从创作变化的角度来讲，如果说《兄弟》上部还基本延续、综合了前期作品里的许多元素，是那种"压抑"元素偏重的叙事方式；《兄弟》下部则完全由压抑状态走向了肆意过度的"自由"。人物张扬、情节延宕、语言失控等体验感很大程度上冲淡了作品的艺术性。我们不妨幽默地调侃，正是这种"自由"的写作让作品加厚了页码，部分地稀释了读者深切的期待。当余华把笔伸向当下自由经济的时代时，他的写作和他笔下的故事，也沾染许多自由经济时代的衍生物。当时，从这部《兄弟》的出版看，普遍认为，余华的这部作品似乎是没有表现出他以往的文学高度。实际上，它一方面宣告了余华压抑创作状态的结束，表明作者不愿一直停留在历史回忆的叙事中，而是要努力开拓现实生活的创作疆域，以期获得更大文学自由的意图；另一方面，也可能预示着余华在重复以往的同时，既有突围的希望又铸就了"下坠"或"悬浮"的可能，开始渐渐显现出作家试图超越自己的困难和无奈。[11]

不可否认，从《在细雨中呼喊》《活着》《许三观卖血记》《兄弟》到《文城》，确实在很大程度上形成一个不断延宕的写实脉络。在叙事伦理层面，它们都呈现出一种隐性的、排斥道德判断的姿态，从而向我们展示出人与世相的真实形态。写到这部《文城》，余华小说叙事的反道德、反逻辑倾向或理念，依然像"地火"在文本深处燃烧，再度构建起余华叙事的"心理真实""欲望叙事"的"隐性结构"。同样，余华仍是更加注重彰显人物的欲望层面，不在意或忽视呈现在表象中的“性格形象”。就是说，《文城》叙事的因果关系和人物之间的伦理关系，仍在经受着巨大的考验。若干年前，我们看到余华从《在细雨中呼喊》的“南门”发起的“一个孩子开始了对黑夜不可名状的恐惧”，“一个女人哭泣般的呼喊声从远处传来，嘶哑的声音在当初寂静无比的黑夜里突然响起”。这时的余华，已经开始建立起文学叙事的“记忆的逻辑”：“我当时这样认为自己的结构，时间成为了碎片，并且以光的速度来回闪现，因为在全部的叙述里，始终贯穿着‘今天的立场’，也就是重新排列记忆的统治者。我曾经赋予自己左右过去的特权，我的写作就像是不断地拿起电话，然后不断地拨出一个个没有顺序的日期，去倾听电话另一端往事的发言。”[12]

既然所有的叙述都是余华依据“记忆的逻辑”对存在世界的“重构”，经验也就成为虚构和想象的“附庸”。我想，这就是余华写作的新思维。《文城》将故事或小说叙述的时间，拟定在清末民初，无非是为了更加舒展地打开狭隘叙事背景的制约。其实，故事讲述的时间，在余华的文本里已并不那么重要了。

那么，现在我们如何才能敲开余华这座“文城”之门？

我认为，这部《文城》仍然是一部关于命运的叙事。然而，它似乎是余华“抛弃”《兄弟》和《第七天》的叙事理路，重新回到我们倍感亲切的《活着》的路径上的“本色”回归之作。正因为这样，才让无数的余华“铁粉”重又找回曾有的阅读感觉和长久期待。或许，我们可以想象和猜测，余华此时的写作发生及其深层动机究竟是什么，但是，文本本身所呈现出的种种悖论和疑惑，仍然深度地萦绕于怀，挥之不去。这个故事发生的时间被“设置”在清末民初，情节也并不复杂：主人公北方人林祥福接纳了路过的一对“兄妹”，“兄长”阿强谎称自己要去京城投亲，先期离去，留下小美。不久，林祥福遂娶“妹妹”纪小美为妻。数月之后，小美窃取金条，几乎卷走林祥福的一半财产离奇失踪。之后，小美与在附近等待的阿强聚首，两人奔去上海挥霍，享受快活的日子。过了一段时间，怀孕的纪小美又突然返回林祥福身边，生下一女之后再度不辞而别。《文城》后面的大部分情节，就是林祥福携带女儿漫漫的寻妻之旅：他沿着小美和阿强的“乡音”，抵达疑似“文城”溪镇，并结识陈永良一家。那些年，他仍然坚持辛勤“创业”，暗中与妓女翠萍私通、往来，最后却死于土匪张一斧之手。之后，昔日的管家田氏兄弟，将林祥福的棺柩运回北方老家。而这期间，阿强和小美已重返溪镇，得知林祥福已经找来，却无颜相见。他们在强烈的负罪感的袭扰下，在冰冷的祭天跪拜仪式中，冻僵死去。可以说，林祥福的“南下”寻妻，在溪镇又创立新的家业，但他终究还是在对纪小美的思念中耗掉了自己的后半生，由此生成个人命运的悲剧。南帆说：“如果说，每一个成熟的作家无不按照自己的风格重构故事梗概，那么，余华的叙事赋予《文城》强烈的悲情。”但是，南帆随之又发出“激烈”的质疑：

> 人们找不到任何借口为这一对夫妇开脱，余华不愿意赋予他们某种崇高的使命，例如执行某个秘密组织的命令，或者忍辱负重地拉扯几个年幼的弟妹。千真万确，这仅仅是两个不堪忍受传统家规的不肖子弟制造的荒唐骗局。这种状况极大地压缩了《文城》的阐释半径，人们无法轻易地将这个故事与某种重大意义联系起来。这显然加剧了纪小美必须承当的道德谴责。奇怪的是，各种道德谴责迟迟未曾出现。纪小美与阿强之间的深情竟然将世俗道德隔离在另一个遥远的地方，以至于许多人根本没有想起来。这时，人们再度意识到余华的叙事成效——如果无法将纪小美塑造为一个纯真的爱情形象，她将被鄙夷的唾沫淹死。[13]

我感到，余华在《文城》里，写出了一种在他以往作品里从未有过的“危险关系”，将焦点直接指向了道德。这是一个容易在“小说之外”引起叙事伦理争议的文本，它更关乎我们对作家如何作出文学理念臧否的依据。就是说，余华《文城》的叙事，不仅造成阅读层面接受美学所面临的困境，还继续着为什么我们仍然放不下那个属于《活着》的余华的犹疑。于是，人们不得不开始探究余华叙事的理由，重新回到某种叙述伦理学的怪圈——余华到底为何要写作这样一个文本或故事？余华写作的终极诉求是什么？抑或，他给我们这个时代的阅读提供了什么新的元素和生长点？在林祥福、小美和阿强之间所发生的聚散离合、生死歌哭，其背后的旨意或隐含意是什么？我们早已在《活着》《许三观卖血记》以及《兄弟》和《第七天》里，触摸到了清晰的叙事温度和文本意义指向，但是，这部《文城》就像当年的《兄弟》，因其不言而喻的余华式“叙事伦理的怪圈”，不断地缠绕、“限制”着我们对它的深入阐释。

“文城”是什么？“文城”在哪里？我们可以认定，这是作家余华刻意虚拟的一个不存在的“存在”，它是一种念想，是一个支撑叙述的信念。只不过，对林祥福本身而言，他已经永远也敲不开这座“文城”之门了。从另一个维度看，余华的写作伦理的深度“偏移”，使得《文城》把我们引向略显迷惘、朦胧而诡异的语境。我相信，《文城》依然会成为当代文学史上一桩重要的“个案”，构成余华写作史上的一朵“奇葩”。但是，余华毕竟是余华，他“一意孤行”的叙述姿态，有时不免令我们惊异甚至错愕，似乎也颇显龃龉。因此，这部《文城》所牵扯出的小说的价值和意义诉求，必将长久令我们犹疑和纠结。

三

其实，我在《文城》的故事里，更多地读到的是另一种“绝望叙事”。这种“绝望叙事”，从《第七天》开始，就已经将生死、欲望、命运和人性等小说母题，诗性化地统筹在一个虚拟的生死两界的文本空间里，进而折射出遥指生命、命运、人性、历史、现实之谜的偈语。尽管余华在谈到文学写作的意义时坦言：“文学是什么？文学寻找的都是有意思的，哲学可能寻找的都是有意义的。文学不要把哲学的饭碗给抢了，我们大家吃自己的饭。当然我们在一部作品中，肯定能够读到意义，但是文学的目的是为了寻找有意思的。”[14] 但实质上，余华始终没有忘记将叙事的精神价值意义和文本“内在底蕴”隐藏在文本的背后，潜入深处，臻入化境。在这里，哲学固然也不会担心自己的“饭碗”会被文学端走，文学自有其显示哲学力量的方式和策略。四十年来，余华的成功，在一定程度上不仅取决于细部修辞的策略和力量，还在于他对一个世纪以来中国社会现实下人性的审视和探勘的勇气和执着，我们更是丝毫不怀疑余华惊人的叙事天赋。确切地说，余华文本的力量，就是来自于叙述。或者说，余华是一位擅于叙述的作家。在这里，叙述体现为对故事、情节、人物以及隐性内涵的整饬，最终凝结在语言层面上，并且形成强大的文本张力。

余华曾经表示，希望自己的写作能触及到20世纪，“刚开始写《文城》时，只是想把二十世纪都写到，写写之前没有触及的从清末民初开始的故事”[15]。表面上看，余华的写作强调“世纪写作”的时间维度，而实质上，余华的每一部（篇）小说的时代背景和人文情境都是相对“模糊”的。我以为，这种模糊性是余华有意为之，目的是在“淡化”历史背景时凸显人性的“模态化”特征。当然，余华终究不会彻底忽略掉时代、社会、人性等诸多元素，只不过在最大限度上“淡化”这个传奇故事发生的具体年代或特征，或许，这正是余华将叙事推向超越性的寓言化策略。尤其是小说的细节或“细部”，都会让我们有恍若隔世之感，历史、现实、存在，都被“悬置”起来。而这恰恰是余华在“传奇性”的噱头上，让叙述自由地游弋在写实主义和浪漫、虚拟之间。传奇这种特性，可以在很大程度上扩大叙事的边界，将故事引向深邃的隐含意义。我觉得，无论是传奇，还是所谓“浪漫”，是悲剧，还是喜剧，唯有叙述的寓言品质，才是余华孜孜以求的审美效果。因此，我们也发现，余华格外注意“叙事结构”的有机生成，在故事、情节和细节之间，寻找“超越性”的灵魂拷辩。这就让我们从文本“间性”中获得对世相的整体性玄思。从这个角度考虑，《文城》不啻又是一篇考量灵魂的寓言。

其实，重读余华早期的短篇小说，可以再度审视其叙事策略的持续性，还会再度发现、阐发出余华小说的崭新质地。我们在余华早期的两个短篇小说《黄昏里的男孩》和《我没有自己的名字》里，就能够窥见余华对寓言性的写作追求。寓言性写作，就是将传奇、悲剧等元素，都整合在一种王德威所强调的作家叙事的“感觉结构”里。此外，我们还感受到了余华“细部修辞的力量”，以及他在短篇小说这种文体里所显示出的叙事才华。叙述个体生命的遭遇，呈现人性的本然状态或变异性，彰显近乎“原生态”的存在世相，如王德威所言：“余华建立一个充满揶揄性质的（反）道德秩序。他仿佛看穿了法律及文化的伪善本质，却企图以更大的恶、更极端的暴力来涵盖。……他的暴力叙述竟隐含讴歌的诗意。”[16] 也许，小说家的职能，就是试图从根源上洞悉、揭示那些极端的、隐匿的、不可思议的生活。而叙事的背后，就是富于强烈哲学意味的寓言品性。这些，构成了延续余华写作最基本的叙事因子。

在《黄昏里的男孩》里，我们看到一个成年人使一个孩子的世界毁灭的故事。我们可以从容地分析并体验到，余华所构筑的悲剧性情境和寓言性、隐喻性。这种“再现”，不仅令我们瞠目结舌，也使得我们每一个人都会感到无地自容。在小说里，孙福是一个曾遭遇过重大人生变故的中年人。他的儿子在五岁的时候，不幸沉入池塘溺水而亡，妻子在几年之后，与剃头匠私奔。一个原本幸福的家庭在不经意间土崩瓦解。这样的生活变故和人生转折，也许发生在很多人身上，只是时间各异罢了，其中的种种诱因，都难以说清。生活中存在大量的谜，往往都是我们难以破解的。孙福的遭遇，可以说是个人生活的灾难，就在他最好的年龄、身体最结实、最容易产生幸福感的时候发生了。这些，在余华叙述到最后的时候，才帮助孙福进行了一个短暂而平静的回忆，这种回忆虽然轻描淡写，但是深意盎然。或许，我们能够想象出来，一个成年人在遭遇丧子丢妻的生活罹患之后，性格、人性、精神、心理可能会发生一些变化。余华将关于孙福的这些“背景”交代，留在了叙述的末尾，而让一副凶狠、残暴的面孔率先登场。我们在孙福最初的形象中始终认定他是一个缺失人性善良的恶人，无法猜想他曾有过这样一个幸福的家庭和还算得意的早年光景。一个少年，不是一个职业的乞讨者，也可能是因为家庭的变故，流落在街头。这个比孙福溺死的儿子小不了多少的孩子，俨然终于成为孙福的一只期盼已久的猎物。饥饿覆盖了这个少年的真实面孔，饿得发昏，已然有些恍惚状态的时候，他抓走了孙福果摊上的一个苹果。从此，余华的叙述开始了漫长的、令人喘不上气的细节的铺排，开始展示一个人和另一个人之间都属于最低的存在起点。无疑，文学的记忆，其实往往是一种感官记忆，味道、声音、色彩、细碎的场景和细节，悠长地凝聚着生命在种种存在缝隙中的真实。上世纪末以来，看上去，我们仿佛生活在一个几乎没有细节的时代，意识形态化、商业化和娱乐化正在从人们的生活中删除细节，而没有细节就没有记忆，细节恰恰又是极端个人化的沉淀，是与人的感官密切相连的。只是那些完全属于个性化的、具有可感性的生动的细节，才能构成我们所说的历史和存在的质感。在《黄昏里的男孩》里，余华通过极其个性化的细节，将人的所有尊严带入了绝境，或者说，余华在一种“内心之死”般的绝境中，把一种可能成为尊严的生命形态和存在品质、一种人区别于其他动物的存在理由，毫不虚饰地进行割裂。让我们面对人生最绝望、最可怕、最无奈的境地，让我们在精神心理上，承受那种躲在黑暗中的无情和凶残，最后，让我们的内心几近崩溃。

于是，像是陀思妥耶夫斯基在《罪与罚》中，用长达几页的篇幅描写拉斯科尔尼科夫杀人的细节和场面，余华也在不断有意地延长叙述中的孙福的暴力。孙福拼命地追上偷走了他一只苹果并且咬了一口在嘴里的男孩，他苛刻、无情地打掉男孩手里的苹果，一只手抓住男孩的衣领，另一只手去卡他的脖子，向他疯狂地喊叫："吐出来！吐出来！"——余华让孙福迅速地进入疯狂的状态。余华的叙述几乎都是由近景或特写组成，细腻地呈现这残忍的一幕。而且，他让叙事者叙述的时候，好像心如止水，冷静异常，不露声色地让孙福继续残忍下去，扭曲下去，将他的疯狂继续舒缓地拉长。我们此时的感受已经是毛骨悚然，不寒而栗。孙福在得意中娴熟地从事这一切，享受着这一切。而好奇的人们都在认真、贪婪地目睹着，心满意足的看客，将这些当成趣味横生的风景。余华让他们与孙福一起创造一个人世间的奇观：一只苹果约等于一只中指，这是一个非理性、非逻辑的一种比附。也许，我们会理智清醒地以为，这是在我们时代发生的一个荒诞不经的新游戏。故事如果就此收场，余华恐怕还不能算是"残酷"的作家，也谈不上残忍，于是，余华就让男孩继续遭受孙福的折磨，肆意扩展着叙述的长度，使男孩所遭受的羞辱达到了极致。"孙福捏住男孩的衣领，推着男孩走到自己的水果摊前。他从纸箱里找出了一根绳子，将男孩绑了起来，绑在他的水果摊前。"只要有人过来，就是顺路走过，孙福都要他喊叫"我是小偷"。小说中，一个人的命运，没有丝毫幸运的安排和归宿，贯穿一个幼小少年内心的伤痛，映照出另一种恶所制造的心灵灾难。

或许，从另一个角度看，余华确实是一个书写绝望的高手。这些年，他通过"绝望叙事"，不断地延宕他对于人性的诊察和无情的解剖。我们无法不深深地同情这个因饥饿而偷了一只苹果的孩子。道德的天平，让我们向着小男孩无限地倾斜下去。我们在文字里已经闻到了秋日黄昏里血和泥土混在一起之后所产生的腥红气息。余华让这种人性最野蛮的状态，在一个秋日的黄昏，泛滥成一场疯癫的丑剧。余华这位对自己极其苛刻的作家，这一次，对人物的表达也苛刻到了极点。他在对人性最低劣品质的表达，显示出他对人类、民族精神心理现状的高度警觉。说到底，余华通过很小的细节，挖掘出隐匿在人性深处的卑劣现实，人内心最黑暗的部分尽显无遗。这里，也表现出余华极大的悲观性书写，"男孩走进黄昏"或"黄昏里的男孩"，无疑是一个沉重、沉痛的意象，男孩在沉默和悲凉中的隐忍，是否也可以视为一种"反抗绝望"？读到这里，我又恍惚看到了鲁迅的身影，眼前的文字变得令人难以卒读。余华以这个虚构的故事，将我们引入生命、存在的绝望之境。这又是一次刺探人性的尖锐的写作，对于一个作家来说，依然是需要一种特别的勇气，需要作家内心的强大。而且，这种“绝望书写”一直延续到《第七天》。只是那个叫杨飞的主人公，在阴阳两界都呈现出极其无力的生命状态。他“死后”，重新遁入现实的“雾霭”，伴随所有的生命的“回望”，被再次卷入“无地的彷徨”。“无地”就是杨飞的最终归宿，没有葬身之地，亦没有重生的希望。我想，黄昏里的“男孩”、十八岁的少年和细雨中呼喊的孩子，是否可以视为杨飞的“成长版”，构成生命的筚路蓝缕，人性在既有的存在秩序中的“罪与罚”。因此，我们可以判断，余华的内心，也是在无数个“现实一种”的“世事如烟”中，在“难逃劫数”的命运“疯癫”里，日渐强大起来，并作出反逻辑、反道德、反伦理的叙事，书写人性和命运的残酷。同时，也在寻求如何重铸人性和尊严的途径。

在这里，短篇小说显示出丰富的容量，其不可估量的内蕴和力量，令人震撼。这种文本现实，在余华的小说里，似乎不仅仅是通过隐喻和寓言式的结构、模式来完成的。他常常通过人物的命运来实现这一切。或者说，人物的命运就是充满个性化的寓言，它本身就构成有关生命和存在的“隐形结构”。孙福在践踏、极端地毁损男孩尊严的同时，分明在延续自己惨淡的命运和不幸。在叙述中，孙福的不幸在先，这些不幸并没有将他引入怜悯、善良和同情，相反，他残暴、凶狠、尖刻，令他深陷于歇斯底里的疯癫状态。究竟是什么让他无视、蔑视人的尊严呢？性格即命运，孙福的性格、心理结构在自己命运的颠簸中迷失了道路，发生了扭曲和变形。因此，他自己没有作为一个人的尊严，同样，也不可能在他人的身上认同一种叫作“尊严”的东西。《黄昏里的男孩》表现的就是对人尊严的践踏，并且，余华给了我们一把解构个体灵魂的钥匙。在另一个短篇《我没有自己的名字》中，布满了生命尊严可能遭遇的所有荆棘，书写出一个庞大的人群对尊严的蹂躏。在这个文本里，余华不是在描写一个人和一条狗的命运，他所表现的依然是人与人之间灵魂的差距。几十年来，余华始终在写有关平等或不平等的故事，从《活着》《许三观卖血记》《兄弟》到《第七天》，都是在竭力地表现人在各种环境下的平等和不平等。前者是写活着的不平等，后者是写“死后”的不平等。我们可以在余华的写作史中，清晰地梳理出这样一条叙述平等的线索，活着，或者卖血，死后，无葬身之地。人自身，人与现实，都在余华的叙述中由“轻”变“重”。无疑，这实际上是一条从希望、坚忍直至绝望的道路，这是余华“恐惧”现实，“与现实有着紧张关系”的渊薮。而这两个早期的短篇《黄昏里的男孩》和《我没有自己的名字》，仿佛是余华叙述的精神起点，他一上手就是要着意表现人的精神和灵魂现实。其实，《我没有自己的名字》更像是一篇荒诞小说，但这是余华式的荒诞。他与贝克特、尤奈斯库、马尔克斯和卡夫卡都不一样，他没有像他们选择采取抽象式的荒诞，将一种存在和事物最终指向理念或哲学。余华意识到他们的荒诞是贵族式的，并且充满了社会的荒诞性、政治的荒诞性。而余华文本所具有的荒诞品质，是充分人性化和寓言性的，是中国式的“黑色幽默”，是沉重的、令人感到窒息的。余华在这个短篇小说里，依然将故事讲述的年代做了很模糊的处理，叙述的重心还是在细腻地描述人的命运和感受。我们应该注意到，在 1990 年代中期，讲述这样一个故事，不得不让我们考虑那个年代的文化语境和社会生活形态。“讲述故事的年代”与“故事讲述的年代”之间，可以使文字在一种“互文性”中生成巨大的想象的张力。余华在写作这些作品的时候，呈现出他对世界和存在的整体性的发现。我想，决定余华写作这些作品的重要理由，就是缘于他内心对这个世界的认识，缘于他的怜悯和同情心。因此，即使那些叙述基调清冷、沉郁甚至压抑的文本，都掩抑不住埋藏在文学场景、文学图像背后坚实的同情心。这是在余华叙述背后，不易被人察觉的“表情”。

与其说来发是一个人物形象，不如说是一个符号，或者说是一面镜子。因为我在感受这个人物的时候，总是恍惚想起中外文学史上的许多著名的人物，如鲁迅笔下的阿 Q、阿来《尘埃落定》中的傻子等。来发与他们一样，是这个“文学类型”中的一员。但这个类型，也是形态各异，就像不同的哈哈镜，可以折射出不同的视觉和感觉效果，他们都能够自己凹凸出不同凡响、出人意料的寓意和价值。余华在这个短篇里，埋藏着巨大的叙述雄心。他最终的愿望，就是想表达人性和世情的真相。这个目的，却是通过细节、对话、人物的种种神态释放出来。擅于讲故事的余华，貌似在讲述一个平淡得不能再平淡的故事，其叙述却在平淡的看似波澜不惊的情境中撞击人的心灵。可以说，余华总是喜欢在一个叙事的结构里表达一种纯粹的意愿。他在《我没有自己的名字》里，就表达出了这样一种尊严被颠覆、生命被侮辱的人性暴力。

现在，我们面对《文城》的时候，就会感到，余华小说叙事对内在精神性的诗学诉求从未停止过。如果我们从“细雨”“呼喊”“活着”“卖血”“幽灵”和“寻找”的视角，考察这条充满压抑、沉郁的人性“冷链”的话，覆盖于余华叙事之上的那股揭示性的力量，一直游弋在字里行间，构成个人经验、文化记忆、家国记忆的内核。

四

或许，我们还可以从小说艺术表现形态的角度，从整体上来探究余华小说创作的叙事学、文体学、小说修辞学和寓言性意义，也可以深入探究余华如何探勘人性、表现生命尊严。余华小说如何在时间、空间之维建构故事的意义层次以及与此相关的诗学问题，包括关于小说叙事的伦理起点、逻辑起点。其虚构和想象力之间可能产生的张力，到底应该在多大程度上才能为我们的阅读所接受？无论从哪种视角看，《文城》都再一次给我们提供了如何面对并阐释文本的新的契机。

其实，余华小说写作在文类、文体上的尝试，早在 1980 年代末就已经开始了。他在所谓“先锋时期”，曾经写过三个“戏仿小说”。《古典爱情》是“才子佳人小说”，《鲜血梅花》是“武侠小说”，《河边的错误》是“侦探小说”。我不清楚，余华那时是否真的有想写出一部真正意义上的“传奇小说”的愿望。那么，究竟什么样的文本才可以称之为“传奇小说”呢？或者说，小说的“传奇性”是否可以作为叙事的一种元素，可以附着于所有的虚构、非虚构文本之中？“传奇小说”和“传奇性”之间的差异性又在何处？现在，这部《文城》难道是戏仿才子佳人小说《古典爱情》中“余华元素”重新开始发酵的结果吗？我们看到，丁帆教授给予余华的《文城》以较高的评价，他特别强调其具有“史诗性”价值，这是以往对余华小说的评论和研究中少有的阐释视角。丁帆在文中，对“传奇性”“史诗性”“悲剧性”的理念，都作出重新的阐释并对《文城》给予充分的肯定，视之为进入《文城》的重要路径。[17] 无论是史诗性、悲剧性、寓言性，还是叙事结构的开放性和“互文性”，在我看来，似乎都与余华小说的“符号性”有着某种莫名的关联。而就余华小说的情节、故事、人物、性格、欲望而言，若从小说叙事学的层面考量，余华文本的故事、寓言性结构，仍是余华小说创作的内核。前文，我们亦曾探讨过余华为何有意忽视所谓人物性格的“塑造”，现在，许多人又开始对《文城》的人物形象发生质疑。特别是小说的男女主人公林祥福和纪小美，包括阿强，试图以其是“扁平人物”还是“圆形人物”来甄别，进而作出伦理评价。在概念的提出者——小说家福斯特看来，“扁平人物”是基于某种单一观念或品质塑造的人物，“圆形人物”更具复杂性或“弹性”机制，实际上两者的差异性和区别，很难作出量性的切割。余华在写这几个人物时，并没有给人进入到某种人性深度的绝妙感觉，而只是选择他们身上各自的性格侧面带入情境。因此，这些人物在文本中的“合法性”，似乎显得不甚明了。

> 纪小美是《文城》之中唯一的多面性格。她聪明伶俐，送入沈家当童养媳，继而被严厉的婆婆逐出家门。丈夫阿强割舍不下她，窃走家中的钱财携带纪小美周游花花世界，直至耗尽所有的盘缠。纪小美设下圈套嫁给林祥福，卷走财产是题中应有之义，重返林家生养与思念女儿才是未泯的良知突如其来的觉醒。如何评判这个人物？美人计？出卖色相盗取他人财物？面对林祥福清澈而固执的眼神，她怎么能如此坦然地说出谎言？纪小美挚爱的阿强又是一个什么角色？缺乏与母亲抗争的勇气，不负责任地将手中的最后一文钱花出去，然后打发妻子卖身行窃？事实上，他们是情节内部真正的反面角色。尽管可恶的土匪一次又一次地重创溪镇，但是，林祥福一辈子无法痊愈的内心伤痛源于纪小美与阿强的诈骗。[18]

显然，南帆对余华小说人物塑造的“说服力”表现出警觉。这让我们再次联系到余华对事物、人物判断的伦理坐标，余华为何要如此这般地描述这样几个人物？人物和故事背后的隐含意义是什么？余华经常提及的美国作家艾萨克·辛格，告诫他正处于写作状态的弟弟说：“看法总是要陈旧过时，而事实永远不会陈旧过时。”由此可以推断，事实或存在世界本身的可能性，都要比我们的“看法”宽广得多。好的作家必然会在存在世界、事物和人性之间，发掘事实（故事）自身的内在隐秘，让其在文本中释放出应有的光芒。蒙田也说过类似辛格给弟弟所讲的意思：

“按着自己的能力来判断事物的正误是愚蠢的。”我觉得，这句话的深意在于我们发表“看法”的时候，是否应该绕过自己的看法，而让事物或人物的“命运”取代我们对它们任何肆意的判断。说到底，辛格和蒙田，是否让作家放弃任何判断？显然不是的。这依然是一个如何处理经验的问题。作家直面生活并将其转化成文本经验时，肯定要祛除那些“定格的画面”，解构掉虚假的暂存性和因果性，摆脱线性叙事解构和故事因果关系，发掘那些潜隐在事物背后的深不可测的存在本相。这自然构成了作家写作的精神高度和拓展事物可能性的难度。作家的判断不应是“肆意的”，但终究也应该是有边界的。

余华曾说：“寻找一个角度来叙述的小说，我称之为‘角度小说’，往往可以舍弃其他，从而选择叙述的纯洁。可是正面叙述的小说，我称之为‘正面小说’，就很难做到这样，这样的小说应该表达出某些时代特征。‘角度小说’里的时代永远是背景，‘正面小说’里的时代就是现场了。”[19] 那么，若是从故事和情节的角度看余华小说的叙事变化，可能会让我们更加理解余华小说的叙事逻辑、趋向和坐标。而西方的叙事学理论对于我们故事和情节的辨析，也会帮助我们阐释《现实一种》《活着》《第七天》以及《文城》等文本的意义。《文城》出版后，读书界、评论界提出“一个好故事就是一部好小说吗？”的疑问。小说和故事之间，到底存在着怎样的差异或隐秘关系？一个很自然的故事及其讲述本身，难道还无法构成一部小说文本坚实的质地吗？而这些想法，究竟对作家意味着什么？无论是“好故事”还是“好小说”，叙述的终极指向都是从内心出发的意义“能指”。那么，现在我们能否判断，余华真正地“回到内心”了吗？可见，余华在自由地叙述的同时，也给我们留下许多值得深思的问题和困扰。

前文提及，余华的每一部长篇小说的问世，都会构成一种余华“现象”或“事件”，引起文坛和读书界极少有的轰动效应。由此可以看出，二十余年来，我们对余华这样的作家是始终充满期待的。在当代，余华的作品，已经成为中国当代作家能给予我们时代的最重要的精神食粮。不容置疑，任何时代的文学，都以其坚执的、充满美学气质的“纯文学”质地，成为一个时代的精神镜像。作家选择什么样的表现手法和叙事策略，选择怎样的叙事伦理，直接导致一个文学文本对话时代与读者的形态和效果。

浪漫主义或者现代主义均是纯文学的重要组成部分。浪漫主义时常以强大而蓬勃的主体傲视世俗社会，对于财富嗤之以鼻。怎么能因为利润而牺牲心灵自由？他们不想向守财奴或者资产阶级暴发户低下高贵的头颅。少女可以歌唱失去的爱情，守财奴怎么能歌唱失去的金钱？这是美学精神高蹈昂扬的时代。现代主义丧失了浪漫主义的骄傲而换上一副颓废、反讽、愤世嫉俗的表情。现代主义以玩世不恭的姿态嘲讽兢兢业业的生活，嘲讽围绕财富积累形成的一系列观念，包括市场以及法律条款。正如人们所言，浪漫主义或者现代主义的叛逆和批判缺乏政治经济学基础。缺乏经济学设计图，美学能够走多远？当然，这个问题并未在纯文学内部获得足够的重视——经济学？算了吧。……纯文学并未消失，可是缩小了占有的空间，成为一种——而不是唯一的——文化范式。技术与经济正在改变文化结构，试图赋予美学新的位置。美学周围若干长期遭受忽略的环节得到了应有的重视。[20]

在我们所处的时代，文学正承载其应该担当的使命和责任。余华的小说文本始终在与时代生活的对话中，向历史和现实并对人性发声。而且，他通过文学叙述，不断地为我们提供对存在世界思考的新的起点。作家与时代的距离，必然会影响到文本谕示出的人性和生活的深广度。我们能感觉到，余华不断地调整和变化姿势，寻找能刷新自身审美边界的路径，调整审视存在世界和勘察人性的视角、逻辑起点。无疑，余华永远是一位敢于挑战自己的作家。文学史是由作家的名字以及他们创造的经典连贯起来的，作为作家的余华，近四十年来，他的每一部作品似乎都构成自身写作生涯的标志性文本。同时，余华小说也成为不同时间段当代文学的“风标”。他在相当大的范畴内，触动、拉动着一个时代的阅读，引发出人们借助文本的魅力去对撞时代、社会最敏感的神经。从这个角度讲，余华又是一位“越界”的作家，因为余华文本的结构及其叙事，已成为我们对照现实生活和人性自身的一面“镜像”或“参照系”。

注释：

[1] 余华:《〈活着〉前言》,《活着》，南海出版公司 1998 年版，第 1 页。

[2] 余华:《一个记忆回来了》，余华等著《文学：想象、记忆与经验》，复旦大学出版社 2011 年版，第 128 页。

[3] 余华:《一个记忆回来了》，余华等著《文学：想象、记忆与经验》，复旦大学出版社 2011 年版，第 133 页。

[4] 李劼:《论中国当代新潮小说》,《钟山》1988 年第 5 期。

[5] 赵毅衡:《非语义化的凯旋——细读余华》,《当代作家评论》1991 年第 2 期。

[6] 张梦阳:《阿 Q 与中国当代文学的典型问题》,《文学评论》2000 年第 1 期。

[7] 余华:《虚伪的作品》,《我能否相信自己》，人民日报出版社 1998 年版，第 158 页。

[8] 余华:《文学与经验》，余华等著《文学：想象、记忆与经验》，复旦大学出版社 2011 年版，第 188 页。

[9] 余华:《虚伪的作品》,《我能否相信自己》，人民日报出版社 1998 年版，第 159–164 页。

[10] 王德威:《当代小说二十家》，生活·读书·新知三联书店 2006 年版，第 130 页。

[11] 参阅张学昕、刘江凯《压抑的，或自由的——评余华的长篇小说〈兄弟〉》,《文艺评论》2006 年第 6 期。

[12] 余华:《〈在细雨中呼喊〉意大利文版自序》，作家出版社 2012 年版，第 5 页。

[13] 南帆:《悲情的重构》,《文汇报》2021 年 4 月 22 日。

[14] 付子洋:《余华：文学不要把哲学的饭碗给抢了》,《南方周末》2021 年 5 月 4 日。

[15] 罗昕:《余华〈文城〉：只要我还在写作就进不了“安全区”》,《澎湃新闻》2021 年 4 月 20 日。

[16] 王德威:《当代小说二十家》，生活·读书·新知三联书店 2006 年版，第 139 页。

[17] 参阅丁帆《如诗如歌　如泣如诉的浪漫史诗——余华长篇小说〈文城〉读札》,《小说评论》2021 年第 1 期。

[18] 南帆：《悲情的重构》，《文汇报》2021 年 4 月 22 日。
[19] 余华：《我们生活在巨大的差距里》，北京十月文艺出版社 2015 年，第 207 页。
[20] 南帆：《当代文化结构：美学、技术与经济》，《文艺报》2021 年 4 月 21 日。

图书在版编目（CIP）数据

中国当代小说八论 / 张学昕著．-- 北京：作家出版社，2022.10

（中国当代文学研究与批评书系）

ISBN 978-7-5212-2058-2

Ⅰ．①中…　Ⅱ．①张…　Ⅲ．①小说研究-中国-当代 Ⅳ．①I207.42

中国版本图书馆 CIP 数据核字（2022）第 190146 号

中国当代小说八论

作　　者：张学昕
责任编辑：李亚梓
装帧设计：周思陶
出版发行：作家出版社有限公司
社　　址：北京农展馆南里 10 号　　　**邮　　编：**100125
电话传真：86-10-65067186（发行中心及邮购部）
86-10-65004079（总编室）
E-mail: zuojia@zuojia. net. cn
http: //www. zuojiachubanshe. com
印　　刷：三河市紫恒印装有限公司
成品尺寸：152×230
字　　数：248 千
印　　张：15.75
版　　次：2022 年 10 月第 1 版
印　　次：2022 年 10 月第 1 次印刷
ISBN 978-7-5212-2058-2
定　　价：56.00 元（精）
